20 SHIJI HOU 20 NIAN
CHANGPIAN XIAOSHUO WENTI GEXIN XIANXIANG YANJIU

20世纪后20年
长篇小说文体革新现象研究

刘霞云 著

 时代出版传媒股份有限公司
安徽文艺出版社

图书在版编目（ＣＩＰ）数据

20 世纪后 20 年长篇小说文体革新现象研究/刘霞云
著. 一合肥：安徽文艺出版社,2016.12（2024.7 重印）
 ISBN 978-7-5396-5965-7

Ⅰ. ①2… Ⅱ. ①刘… Ⅲ. ①长篇小说－小说研究－
中国－当代 Ⅳ. ①I207.425

中国版本图书馆 CIP 数据核字(2016)第 318198 号

出 版 人：姚　巍
责任编辑：姜婧婧　　　　　　　装帧设计：张诚鑫

出版发行：安徽文艺出版社　　www.awpub.com
地　　址：合肥市翡翠路 1118 号　邮政编码：230071
营 销 部：(0551)63533889
印　　制：安徽芜湖新华印务有限责任公司　(0553)3916126

开本：710×1010　1/16　印张：19.75　字数：400 千字
版次：2016 年 12 月第 1 版
印次：2024 年 7 月第 2 次印刷
定价：79.00 元

　　本书受安徽省高等教育振兴计划优秀青年人才支持计划项目（2014QNJH194）、马鞍山市中青年作家创作方阵扶持项目资助。本书为安徽省高校人文社科研究重点项目（SK2015A750）阶段性研究成果。

目 录

绪 论／001
一、相关概念释义／001
二、研究的缘起／014
三、研究思路与方法／021

第一章 长篇小说文体革新现象的历史演变／026
第一节 新时期初：落寞的整齐划一／028
第二节 80 年代中后期：暗涌的异质新构／039
第三节 20 世纪末：高蹈的实验狂欢／050

第二章 文学资源的渗透与文体革新的格调／066
第一节 现代、后现代思潮植入与文体的"西化"／069
第二节 古典文学传统复归与文体的"返祖"／105

第三章 文类的等级、界限与文体的自律转化／133
第一节 文类等级、界限与文类的发展／134
第二节 长篇小说的"文类互融"现象／143

第四章 代际、个体差异与文体革新的原动力／168
第一节 作家代际差异与文体表征分野／169
第二节 作家的个性差异与文体选择／198

第五章　文体革新现象的限度及可能性维度／230

　　第一节　文体革新面临的限度／231

　　第二节　文体探索的可能性维度／245

结　语／267

附录一:20 世纪后 20 年具有文体革新倾向的代表性作品／274

附录二:20 世纪后 20 年具有文体革新倾向的代表性

　　　作家学历及职业状况调查表／279

参考文献／283

后　记／305

绪　　论

正如苏珊·朗格所言:"要想对于一种理论以及这一理论有关的所有概念做出可靠的解释,就必须先从解决一个中心问题着手,即先从确立一个关键概念的确切含义着手。"①对于创作而言,含混的概念因其包容性和多义性往往能为作家辟出无限的想象空间,但对于研究而言,概念的含混与模棱两可却是不可原谅的。很显然,本论文以长篇小说文体革新现象作为研究对象,廓清长篇小说作为文类和文体的概念区分,界定在此基础上衍生的文体革新现象的内涵与外延,框定论题的研究基点与范畴,则是深入开展研究的关键之所在。

一、相关概念释义

(一)长篇小说文类及文体

在了解长篇小说作为文类和文体的发展流脉、现状以及所含要素之前,很有必要厘清二者的概念所指及意义区分。在西方语境中,文类指文学作品的"类型、种类和形式"②。这种界定很宽泛,直到 20 世纪初,文类才在文学批评中得以确立,但在很长一段时间内,此概念都处于不确定状态之中。在西方学界,从俄国的形式主义到英美的新批评,再到结构主义等一系列的理论角逐中,文类始终是诗学的重要范畴之一,但大家对文类的理解也始终莫衷一是。形式主义者主张文类应依附于语言形态学,反形式主义者主张文类应重于对世界的终

---

① 　[美]苏珊·朗格:《艺术问题》,滕守尧、朱疆源译,北京:中国社会科学出版社,1983年,第 3 页。

② 　陈军:《文类基本问题研究》,北京:北京大学出版社,2013 年,第 1 页。

极思考,而在后现代主义者那里又表现出"反文类"倾向,进而完成了文类理论从古典向现代的嬗变。在嬗变过程中,韦勒克、沃伦在《文学理论》中首次设专章论述文类,并将其概括为"外在形式"和"内在形式"的统一体,前者指"特殊的格律或结构",后者指"态度、情调、目的等以及较为粗糙的题材和读者观众范围"①。这种界定相对于将内容和形式割裂开来各执一端的说法不失为一种妥帖的行为,在一定程度上框定了文类的基本范畴。

在中国文论史上,文类这个词首次出现于《后汉书注补志序》(司马彪,刘昭注补《后汉书·志二》,北京:中华书局,1965 年)中的"求于齐工,孰曰文类",只是此处的文类乃指"文章类似"之意,并没有文论范畴的意义,但文论中的"文学分类"已经不自觉地与形式意义上的文体联系在一起,如曹丕的《典论·论文》将文学分为四科八体,甚至提出"夫文本同而末异,盖奏议宜雅,书论宜理,铭诔尚实,诗赋欲丽",已注意到文"体"的审美特征。陆机的《文赋》将文学分为十体,也提出"诗缘情而绮靡,赋体物而浏亮"的风格特征。接下来,从南朝到明清,其间虽也出现诸多标有文类的文集,但依然是"文章汇聚"之意,真正与文论范畴意义相近的文类出现于明清。明代徐师曾提出:"盖自秦汉而下,文愈盛;文愈盛,故类愈增;类愈增,故体愈众;体愈众,故辩当愈严。"②言下之意,"文"盛则"类"增,"类"增才"体"多,文类的范畴应大于文体,且文类、文体和文章之间存在着互相依附的关系。由上述可见,文类从一开始就和文体、体裁搅在一起,但彼此之间有所区分。

但随着文学的发展,文类在当下中国学界的同义词越来越多,如文体、体裁、样式、体类、类型、种类、形式、式样、体例等,一开始就认定的文体与文类各有所指的状况,到了当下则演变成互为等同的混乱局面,如童庆炳认为:"体裁就是文学的类别。"③赵宪章认为:"中国古代的文体主要指文章和文学的类别、体式,而这一意义实际上就是西方的文类和体裁的概念。"④为厘清文类与文体的内涵所指,不妨重新转向文类的基本概念界定。《简明不列颠百科全书》认为

---

① [美]韦勒克 沃伦:《文学理论》,刘象愚等译,北京:三联书店,1984 年,第 263 页。
② (明)徐师曾:《文体明辨序说》,罗根泽校点,《文章辨体序说·文体明辨序说》,北京:人民文学出版社,1962 年,第 77 页。
③ 童庆炳:《文体与文体的创造》,昆明:云南人民出版社,1994 年,第 103 页。
④ 赵宪章:《文体与形式:中国文艺学的现在和未来》,北京:人民文学出版社,2004 年,第 1 页。

文学类型是"文学作品的一种范畴,这些作品具有相似的主题、文体、形式或者目的"①,指明了文类与文体包含与被包含的关系。国内也有学者持此观点,如陶东风认为"在国外,文学类型的划分一直是既考虑到内容、题材,又考虑到形式、文体"②,"当文类的划分以形式规范或结构方式为依据时,它与文体就非常接近了。但当它是以题材为依据时,情形就不是如此了"③。姚文放也认为文类"不宜仅理解为文学形式的类别,也不宜简单理解为文学风格的类别,而应理解为文学体例的类别,其中既包括语言形式,又包括题材内容"④。南帆认为"文体学可以看作文类研究的一种分支"⑤。这些观点皆指出文类范畴大于文体的关系,如以小说为例,从题材看,小说有乡土、历史、军旅、寻根、文革、武侠、爱情等类型,但从文体角度看,又有笔记体、寓言体、词典体、注释体等类型,而这些类型又统归于小说文类的名下。

关于文体,中文有多种释义:文体、风格、体裁、式样、语体、类型等,这种含混的释义意味着从任何一个角度切入似乎都能勾勒出文体的状貌。正因如此,古今中外学者对文体的理解也莫衷一是。罗杰·福勒曾言:"文体是文学批评中历史最悠久然而却屡遭曲解的术语之一,关于它的意义所指颇有争议,至于如何恰当地使用它,批评家们更是争论不休。"⑥

国内古文论者从审美、修辞、语言三重属性归纳文体的内涵,如吴承学认为古代文体"内容相当丰富,既指文学体裁,也指不同体制、样式的作品所具有的某种相对稳定的文学风貌"⑦,他将"体"归纳为六种含义即"体裁或文体类别、具体的语言特征和语言系统、章法结构与表现形式 、体要或大体、体性及体貌、文章或文学之本体"⑧。郭英德指出古文体"义旨多端,或指体裁,或指风格,或

① 《简明不列颠百科全书》编辑部译编:《简明不列颠百科全书》,北京:中国大百科全书出版社,1985 年,第 267 页。
② 陶东风:《文体演变及其文化意味》,昆明:云南人民出版社,1994 年,第 9 页。
③ 陶东风:《文体演变及其文化意味》,昆明:云南人民出版社,1994 年,第 43 页。
④ 姚文放:《当代性与文学传统的重建》,北京:人民文学出版社,2004 年,第 216 页。
⑤ 南帆:《文学理论》,杭州:浙江文艺出版社,2002 年,第 55 页。
⑥ [美]罗杰·福勒:《现代西方文学批评术语词典》,袁德成译,成都:四川人民出版社,1987 年,第 269 页。
⑦ 吴承学:《中国古代文体研究》,广州:中山大学出版社,2000 年,第 322 页。
⑧ 吴承学 沙红兵:《中国古代文体学学科论纲》,《文学遗产》2005 第 1 期。

指语体"①。西方文论者则从语言学角度揭示文体的内涵。《简明不列颠百科全书》指出"文体是一种话语方式,是怎么说而不是说什么的问题,偏重于作品的形式"②。M. H. 阿伯拉姆主编的《简明外国文学词典》指出"文体是散文或诗歌的语言表达方式,即一个作家如何表达他想要说的话,可从作品的辞藻、句法、韵律、语音、修辞等方面去分析"③。韦勒克、沃伦也认为"如果没有一般语言学的全面的基础训练,文体学的探讨就不可能取得成功"④。国内当代文论者则糅合诸方观点,对文体的理解趋向多元。其中有持语言文体观者,如徐岱把文体理解成"用语言这种符号表情达意时所呈现出的一种具体的言语形式"⑤,申丹认为文体是"文学语言的艺术性特征、作品的语言特色、作者的语言风格等"⑥,王一川认为"文体不应被简单视为意义的外在修饰,而是使意义组织起来的语言形态"⑦。也有持结构形式观者,如陶东风认为"文体是文本的结构方式,是一个揭示作品形式特征的概念"⑧。还有持综合属性观者,如杨义指出"文体不能单纯地做修辞学上的探讨,因为它融合了时代气象和作家艺术气质,形成文艺学、修辞学、社会学、心理学的综合研究课题"⑨。

文论者们对文体的界定并不统一,作家们飘忽的感悟更是将文体推向不可言说的含混境地,如格非认为文体是"与所面对的现实之间关系的一个隐喻或象征"⑩,阎连科认为"结构、叙述、语言、情节、细节等,这些文学中林林总总的东西,它们有可能都是文体,文体是一种有形无形的朦胧"⑪。

从国内古文论者的三重属性文体观,到西方文论者的语言学文体观,再到当下的多重属性文体观,文体所包含的内涵越来越丰富,囊括的范围越来越广,

---

① 郭英德:《中国古代文体学论稿》,北京:北京大学出版社,2005 年,第 1 页。

② 《简明不列颠百科全书》编辑部译编:《简明不列颠百科全书》,北京:中国大百科全书出版社,1985 年,第 127 页。

③ [美]M. H. 阿伯拉姆:《简明外国文学词典》,曾忠禄等译,长沙:湖南人民出版社,1987 年,第 352 页。

④ [美]韦勒克 沃伦:《文学理论》,刘象愚译,北京:三联书店,1984 年,第 189 页。

⑤ 徐岱:《形式叙事学》,北京:中国社会科学出版社,1992 年,第 84 页。

⑥ 申丹:《叙述学与小说文体学研究》,北京:北京大学出版社,2001 年,第 73 页。

⑦ 王一川:《我看九十年代长篇小说文体新趋势》,《当代作家评论》2001 年第 5 期。

⑧ 陶东风:《文体演变及其文化意味》,昆明:云南人民出版社,1994 年,第 2 页。

⑨ 杨义:《中国现代小说史》,北京:人民文学出版社,1986 年,第 198 页。

⑩ 格非:《文体与意识形态》,《当代作家评论》2001 年第 5 期。

⑪ 阎连科:《寻找支持——我所想到的文体》,《当代作家评论》2001 年第 6 期。

神秘难辨的文体也在众象丛生的阐释中渐显轮廓。首先,文体是作品结构体例的外在呈现,如小说的章回体、诗歌的四言体等;其次,文体是作品言说方式的体现,如小说的意识流、诗歌的节奏性等。当然,文体不单指作品的外显形式,还凝结着创作主体的创作意图、审美诉求以及对整个世界的精神追问。鉴此,童庆炳做了较全面的概括,认为"从呈现层面看,文体是指独特的话语秩序、规范、特征等,从深隐原因看,文体的背后存在着创作主体的一切条件和特点,同时也包含与本文相关的丰富的社会和人文内容"①。

文体对于小说文类来说非常重要,李国涛曾指出"文体不是小说的一个局部,而是它的全部,小说的一切都在文体之中"②。回溯中国小说的历史发展轨迹可知,唐传奇体制短小乃缘于"说话"、讲故事的需要,长篇白话小说铺张扬厉乃缘于"讲史"、演绎历史的需要,而中篇小说在体制、叙事、结构上皆受制于短篇与长篇的既有格局,进而在小说发展史上难觅一席之地,这也是有学者认为"我国古代几乎不存有中篇小说"③的因由。进入现代,长中短篇小说在篇幅上的界定几乎没变,在体制上的差异也没古代那么明显,但随着时代的变化以及文类自身的发展,长中短篇小说在作品容量以及处理题材的角度和表现方式上存在鲜明区别。短篇小说因其"截取方式"和"叙事结构"的独特性,注重结构、语言以及情节安排的精心设置,在言简意赅中反映主旨,但面对博大的社会生活往往力不从心。中篇介于二者之间,在古代处于模糊界定状态,在当代依然还是这种局面,甚至有了"小长篇"和"抻长的短篇"之称。但在结构安排、人物塑造以及话语表达上,由于篇幅的限制,也比较注重文体的设置。故具有一定文体意识的作家,其文体实验多从中短篇小说开始。而长篇小说深受"史传"传统影响,和中短篇小说相比,也具有自己的优势,这主要体现在:一是题材上要求反映重大现实或历史题材,书写对象是具有一定时空跨度的世间百态;二是在主题上具有极强的丰富性和多义性,讲究思想的深度和厚度;三是在人物塑造、情节设置上要求具有一定的庞杂性、趣味性、典型性;四是叙述方式上能把诗歌、散文、报告文学甚至音乐、绘画等多种艺术形式的长处一并融合,具有极

---

① 童庆炳:《文体与文体的创造》,昆明:云南人民出版社,1994 年,第 1 页。

② 李国涛:《小说文体的自觉》,见白烨编:《小说文体研究》,北京:中国社会科学出版社,1988 年,第 64 页。

③ 李运抟:《短短长长有章法——论当今小说文体的篇幅界限》,《写作》2000 年第 4 期。

强的兼容性。这些特征合在一起突显了长篇小说"思想厚重"与"体格博大"的特点。正因长中短篇小说各自的文类特征,使大家形成了一个共识,即中短篇小说讲究艺术性,长篇小说追求思想性。但随着时代的发展以及读者审美观的变迁,大众对长篇小说的审美需求开始转换为对艺术审美性与思想性兼顾的青睐。从此角度看,相对于中短篇小说,文体对于长篇小说来说意义显得尤为重大。对此,莫言曾认为"我们之所以在那些长篇经典作家之后,还可以写作长篇,从某种意义上说,就在于我们还可以在长篇的结构方面展示才华"①。

作为一种文类,长篇小说如同社会发展的晴雨表,全面反映着时代的精神风貌和文化走向。正因这种特性,长篇小说的创作需要一定的生活积淀和艺术积累,需要对新的艺术变革和美学追求进行长时间的吸收和消化。追根溯源,中国长篇小说的雏形可溯至南宋的《大唐三藏取经诗话》,其情节粗略,为唐三藏取经故事的最早形态,但已初具《西游记》的大致轮廓。若以此为起点,中国长篇小说只有千余年的发展历程,一直处于艺术的摸索与成长之中。明清时期,随着印刷技术的普及、经济的发展以及当政者对小说"文以载道"功能的看重、老百姓对小说娱乐功能的推崇等,长篇创作进入历史上第一个繁荣期,最典型的体现则是堪称经典的四大名著的问世。到了清末民初,随着国门的被迫打开,西方文艺思潮的涌入,中国社会语境随即发生巨大变化,人们的生活方式、思维方式、情感方式和审美心理等也随之变化,这些都加速了长篇小说的艺术成长,长篇小说开始转入坎坷的现代化历程。而无论从社会文化条件,还是艺术条件,现代30年可谓中国长篇小说发展的另一个繁荣期,长篇小说的现代化转型也进入初步的定型期。接下来"十七年"以及"文革"时期,在政治化、民族化、大众化的社会语境下,长篇小说与同时期的其他文类相比依然处于文类的中心地位。进入新时期,诗歌、小说、散文、戏剧等文类较之"十七年"乃至"文革"时期都有了自足的发展。在20世纪80年代,新诗和中短篇小说居文类之首,长篇小说则处于发展期。90年代虽然散文风靡文坛,但它们的辉煌较之长篇小说则又逊色几分,20世纪90年代以来无疑是20世纪中国长篇小说的真正繁荣期,长篇小说作为"时代中心文类"的地位得以真正确立。关于90年代长篇小说的文类地位,国内学界持一致肯定态度。如认为"长篇小说已从根本上

---

① 莫言:《四十一炮》,上海:上海文艺出版社,2008年,第6页。

占领了文学写作和阅读的制高点"①，"在时下的文学格局中，不同文体之间形成了一种潜在的等级制度：小说＞散文＞诗歌，长篇小说＞中篇小说＞短篇小说。在这种气候中，长篇小说成为文学的形象工程，而其他文体则任其自生自灭"②。其具体表征如下：

一是逐年攀升的出版量。关于长篇小说的出版数量，虽然具体数字表述不一，如何镇邦认为"80年代末90年代初，大概每年有多部长篇问世，1995年出版量七百余部，1996年突破八百部，1997年预计逼近千部"③。黄发有认为"当代文学史的前17年共出版发表长篇320部，而1995年一年就高达400多部，1996年增加到600部，1997年突破了700部大关，1998年更是超过1000部"④。笔者无意去罗列更多的数据统计，但有一点可以肯定：不论质量如何，仅从数量上来看，长篇小说已占据当代文学阵地的制高点。

二是一路飙升的销量。一部作品问世后，作家最关注的是作品的被关注度，而其中最客观的量化指标则是作品的销售量。随着文学的发展，当代文坛已形成"三分天下"的文学版图，即"主旋律文学、大众通俗文学与作家审美文学"⑤，吴俊认为"1949年迄今60年来的文学历程，主要是三种潮流的消长、博弈的过程。这三种潮流就是国家权力建构的主流政治意识形态、承传近代和五四新文化传统的人文启蒙文学，以及由个人经济利益和市场价格所主导的商业化写作"⑥。但在市场销量上，三大文学版块却在共同创造着一个个神话。如茅盾文学奖的获奖及入围作品中既有主旋律作品，也有纯文学作品，也有通俗化倾向的作品，这些作品都有着几十万乃至上百万册的销量。对于并没获奖却引起广泛争议的作品如《废都》发行量均超百万，甚至一度出现"洛阳纸贵"的现象。且随着中国文学在世界文学中影响力的增强，如莫言、余华、苏童等作家作

① 王春林：《九十年代长篇小说文体流变》，见中国小说学会主编：《1978—2008中国小说30年》，天津：天津人民出版社，2008年，第165页。

② 吴义勤 施战军 黄发有：《也谈60年代出生作家及其长篇小说创作》，《上海文学》2006年第6期。

③ 何镇邦：《观念的嬗变与文体的演进》，北京：作家出版社，2009年，第139页。

④ 黄发有：《准个体时代的写作——20世纪90年代中国小说研究》，上海：上海三联出版社，2002年，第221页。

⑤ 何镇邦：《观念的嬗变与文体的演进》，北京：作家出版社，2009年，第12页。

⑥ 吴俊：《长篇小说的视角：六十年文学反思之一》，见中国作家协会创作研究部编：《长篇小说艺术论》，北京：作家出版社，2013年，第97页。

品在海外也有一定的销售市场。总之,不管艺术质量如何,长篇小说正以不可抵挡的汹涌之势呼啸而来,在表象上制造了极度虚妄的繁荣。

三是参与长篇写作的作家群体。当下从事长篇写作的作家很多,按照吴俊略显夸张的说法,即"有多少小说家,就有多少长篇小说家"①。按照传统写作观,"长篇小说不是截取生活的一片段,而是有头有尾地描绘生活的长河"②,因为"生活长河"的限定,大部分作家多从中短篇小说或诗歌、散文写作开始,在基本技能训练达到一定熟练程度时,随着生活阅历的增加以及对人生体验的加深,自然而然就有了写长篇的冲动。扫视当下文坛,从事长篇写作的不仅有前期进行大量中短篇训练并创佳绩的作家,也不乏那些偶有几部中短篇或诗歌、散文发表,然后始终以长篇为主阵地的作家,甚至还有从未写过中短篇,上手就写长篇的作家,并且取得成功者不乏其人。正如陈忠实所言:"文坛有一条不成文的惯例,作家如果没有长篇就好像在文坛上立不住脚。"③在这种语境下,即便有作家知道自己不适合甚至不喜欢写长篇,但依然以写长篇为自己的终极目标。可见,众作家在多种合力下已无法自控地表现出对长篇小说的文类崇拜。

目前,长篇小说已然成为时代中心文类,这"中心地位"不仅体现在出版量、参与作家数等可量化的显性指标上,还体现在作家及论者对文体的探索与关注上。从文体角度纵览中国长篇小说的发展历程,传统章回体小说强调完整的情节,追求以"讲史"为目的的全知全能视角和"讲述"式话语表达,强调时间和因果逻辑的线性关系,这在很大程度上影响着中国现当代长篇小说的文体设置。而现代三十年长篇小说虽一度进入繁荣期,但在体式上依然主要分为命运型、故事情节型、生活全景型以及散文化等结构形态,比起明清、民初虽具有一定的进步性,但作家的文体意识较淡。如堪称现代长篇经典的《子夜》也只是以繁复的人物世界、宽阔的社会场景、史诗般的艺术构架而标志着中国现代长篇小说发展的成熟。"十七年"以及"文革"时期长篇小说又走上古典小说传统体式的回头路,遵循的则是变异的"伪"现实主义艺术手法。进入新时期,历经20世纪80年代前中期中短篇小说文体形式的训练,20世纪80年代中后期长篇小说的文体追求已变成作家的自觉行为,文体发展呈个性化、多元化倾向,从而形成了

---

① 吴俊:《长篇小说的视角:六十年文学反思之一》,见中国作家协会创作研究部编:《长篇小说艺术论》,北京:作家出版社,2013年,第98页。

② 茅盾:《试谈短篇小说》,见《鼓吹集》,北京:作家出版社,1959年,第256页。

③ 张英:《文学的力量:当代著名作家访谈录》,北京:民族出版社,2001年,第196页。

长篇小说文体现代化历程最亮丽的一笔,而进入 20 世纪 90 年代,长篇小说的文体革新进入高蹈的实验期,进入新世纪之后,文体探索进入多元、稳定的成熟期。故依据文体对于长篇小说的重要意义、长篇小说"时代中心文类"的地位以及作家活跃的文体探索现状,确定 20 世纪后 20 年长篇小说文体为研究对象当为理想的选择。但在当下,随意地将短中篇注水成长篇,或将长篇缩成中短篇的现象时有发生。早在现代,茅盾也曾为这种现象困惑过,"今日称之为长篇小说这一类的作品是否就是长的短篇小说"①?的确,长篇小说含有哪些基本文体要素使其区别于中短篇?梳理这些基本要素是作家必须面对的重要命题之一,也是本论题研究必须面对的重要命题之一。

文体的多重属性决定了"长篇小说文体"的多义性。目前国内学界对"长篇小说文体"的界定也不一。吴义勤从难度、长度、速度、限度四个方面总结长篇小说文体的基本特征,认为其"是一个深邃、复杂、立体、多维的系统结构,它牵涉到小说的故事、情节、人物、结构、修辞、叙述、描写等几乎所有的方面"②,突出了文体的综合性。王素霞在《20 世纪 90 年代长篇小说文体论》中指出长篇小说文体特指时间形式、空间形式和文体修辞三方面,突出了文体的时空性与修辞意义。结合众论者对文体要素的体认,笔者将长篇小说文体要素定为结构样态、叙述方式和话语表达三个方面。小说的结构样态主要指作品意义表达以及叙述方式安排而呈现出诸如逻辑、意义表达等结构形态。其中逻辑结构主要指小说在叙述时序、时空设置等方面所体现出诸如线性结构、网状结构、空间结构等形态。意义结构主要指小说因表达内容各异而呈现出诸如故事型、命运型、心理型等形态。而叙述方式主要体现在叙述视点、叙述节奏以及时空的安排等方面。很显然,叙述方式和结构样态互相缠绕,前者的多样化必然会带来后者的丰富性。曾有论者指出"叙述从动态、过程看是叙述方式,从静态、结果看就是叙述结构"③。而语言是小说不可或缺的文体要素,高尔基就曾说过:"语言

① 茅盾:《浅谈短篇小说》,见《茅盾全集》(第 25 卷),北京:人民文学出版社,1996 年,第 305 页。

② 吴义勤:《难度·长度·速度·限度——关于长篇小说文体问题的思考》,《当代作家评论》2002 年第 4 期。

③ 张彦哲:《小说的叙述结构及其功能》,《齐齐哈尔师范学院学报》1990 年第 3 期。

是文学的主要工具,它和各种事实、生活现象一起,构成了文学的材料。"①小说中的语言包含表意、表现、叙事等功能,其中表意功能重于表达语言在字面或概念意义上的释义作用,这是语言的最基本工具功能;表现功能则突出体现在言语的修辞效果上,如语言的风格化追求和各种语言手法的运用所产生的诸如诗化、散文化、反讽、戏谑等言语方式;叙事功能则注重语言在各种形式的言说中所形成的不同话语体式如对话体、独语体、自述体、杂语体、转述体等,这三大功能合在一起构成了长篇小说独特的话语表达方式。若说话语表达是文体的血肉肌理,叙述方式是文体的骨骼经脉,那么小说的结构样态则是文体的整体框架,由此观之,长篇小说文体的三大要素之间体现为由局部到整体的统一关系。不过在此需要说明的是,如此归纳并不代表长篇小说的文体要素仅限于此,只是对应于长篇小说的特点择其要素进行分析。并且用这三大要素去研究中篇和短篇也未尝不可。还要说明的是,这三大要素之间并非界限分明、彼此独立,而是互相渗透、立体交叉。如叙述时间和空间的交叉往往构成了小说的结构形态,而叙述节奏的快慢又和小说的话语表达存在一定关联。当我们面对一个无法量化的研究对象时,寻找合适的切入点显得尤为重要,结构样态、叙述方式和话语方式正是研究长篇小说文体的逻辑基点。

(二)文体革新现象

谈及文体革新,必然涉及创作主体的文体意识。所谓"意识"来自拉丁文"consciencia",意即"认识"。生理学意义上的意识指人脑对大脑内外表象的觉察。心理学意义上的意识是人脑的一种精神活动,是对客观物质世界以及自我的认知能力以及清晰程度的反映,是感觉、印象、记忆、联想、推论等系列心理活动的总和。我们可通过提升意识层次来提高对内在和外在世界的认知程度。以此观之,文体意识可理解成作家对文体所持的一种综合认识。有论者将其归纳为"对文体类型、文体图式、文本图样的从感性到抽象的全位看待。从感性层面可将其分解为标题意识、开笔意识、视角意识、线索意识、节奏意识、开合承转意识、收束意识、语体意识、文面意识等。从抽象层面看,亦可分解为文体个性

---

① 高尔基:《和青年作家谈话》,见《高尔基选集·文学论文选》,北京:人民文学出版社,1958年,第294页。

意识、功用意识、目标意识、趣味意识、情调意识、文风意识等"①,这些复杂的文体认识投射到创作中,则表征为"写什么"和"怎么写"的写作立场。扫描当代文坛,根据作家写作立场的不同,可将文体意识大致分成淡漠型、适中型、强烈型、偏激型等类型。

文体意识淡漠型作家在写作过程中重视"写什么"。他们多从正面进攻所要表达的对象,在结构样态、叙述方式、话语表达等方面多中规中矩,如在结构样态上多封闭式线型结构,在叙述方式上多采用传统的线性逻辑,所产生的艺术效果有时难免会陷入"开口即见喉咙"的模式化、平面化倾向。这类作家主要包括在文坛上被称为主旋律②的作家如张平、张宏森、王跃文、陆天明、刘玉民等,还包括正面书写历史和关注现实的作家如熊召政、徐贵祥等。

文体意识适中型作家创作伊始也四平八稳地书写历史或观照现实,但在写作过程中,渐渐不满传统写法,开始求新、求变,文体意识逐步增强,但在"写什么"与"怎么写"的杠杆上还是倾向于前者。他们已意识到文体设置对于一部长篇的意义,于是在传统现实主义手法上加入一些现代主义技巧,或融入一些古

---

① 余佐辰:《文体意识简论》,《吉首大学学报》(社会科学版)1995 年第 6 期。

② "主旋律"本为音乐术语,指一部交响乐或合奏曲、合唱曲中的主部,是贯穿乐曲始终并决定乐曲基调的旋律。将其作为一种战略构思则起始于江泽民在 1994 年 1 月 24 日的一次工作会议讲话,会上他明确提出"弘扬主旋律是发展宣传文化事业,繁荣社会主义市场的主题"。(江泽民:《在全国宣传思想工作会议上的讲话》,见《十四大以来重要文献选编(上)》,北京:人民出版社,1996 年)之后国家中宣部在各个领域逐层组织实施"主旋律"工程。"主旋律"并不是一个具有确切含义的概念,它具有高度的多义性、包容性,在不同时代承载不同内容。在当下,"主旋律"包括影视、戏剧、音乐、舞蹈、新闻、美术、社会科学等,甚至还包括各种文化建设与活动。将国家主流意识形态文艺定义为"主旋律",则意味着在整个国家文化格局中,国家主流文化即"主旋律文艺"是时代的"主部",而相对应的"精英文化"与"大众文化"则是"副部"。而主旋律小说是"以当下中国的政治为背景,以转型期政治意识形态作为主要表现内容,反映当前政治体制下的社会现实和人们的生活状况和精神状态,反思当前社会中存在的种种问题,从而引起人们对当今政治体制和社会问题的关注。"(谢金生:《转型期主旋律小说研究——以现代化为视角》,哈尔滨:黑龙江人民出版社,2005 年,第 12 页)

典文学因子,形成具有东方特色的现代现实主义小说①,这些现代或传统因子的加入并不影响作品的可读性和故事性,作品的结构样态、叙述表达、话语方式等有了一定的改变,这类作家主要指李锐、刘恒、迟子建、孙惠芬、张懿翎、尤凤伟、史铁生、罗伟章、曹乃谦、陈亚珍、王青伟、毕飞宇、王安忆、柯云路、宁肯、陈忠实、刘心武、方方等。

文体意识强烈型作家在处理"写什么"与"怎么写"的立场上是理性的,他们清楚地知道对于长篇而言,故事和审美二者皆不可偏废。对此,莫言有着清醒的认识,他"不愿四平八稳地讲一个故事,也不愿搞一些过分前卫的让人摸不着头脑的东西",而是"希望能找到巧妙的精致的自然的结构,将普普通通的故事讲述得风生水起"②。这类作家在现实和现代、东方和西方、民间和正统之间求得平衡,形成了诸如东方意识流、心理现实主义、魔幻现实主义、荒诞现实主义、新笔记体等革新文体。这类作家主要包括王蒙、莫言、韩少功、阎连科、贾平凹、张洁、阿来、李洱、徐小斌、张承志、张炜、李佩甫、林白、红柯、刘震云、金宇澄等。

文体意识偏激型作家在文体追求上走向另一个极端,他们漠视"写什么",对作品的形式很感兴趣。他们推崇现代主义和后现代主义艺术手法,倾其才情在作品的结构、叙述、语言上狠下功夫,放逐了故事、意义、思想、人物、情节,但过分的"文体本体"意识导致文体陷入另一种虚无,最终为读者呈现的只是飘忽的人影、无厘头的场面、碎片式的思想等。这种偏激的文体意识,其一开始的求新探奇动机就意味着最终难以逃脱"形式焦虑"的下场。这类作家主要指在文坛上被称为"先锋"的作家如格非、苏童、马原、余华、孙甘露、北村、吕新、洪峰、潘军、刘恪、残雪等。当然,文体意识的开放性、生成性决定着这些不断求新的作家在文体探索之路上的分化,要么搁笔转行如潘军,要么转向传统的现实主义手法如马原、余华,要么继续自己的文体实验如刘恪、残雪,要么收敛昔日极致的文体意识,在现实和现代之间寻求新的突破如格非、苏童等。

---

① 最早提出"现代现实主义"说法的是彭雪峰在 1937 年鲁迅逝世一周年纪念会上的讲话,指出"鲁迅主义是现代现实主义之中国特色"。(姜弘:《关于中国现代现实主义》,《江汉论坛》1988 年第 7 期。)不过这里的"现代现实主义"强调革命性、主观性,无异于"革命现实主义"。而本文中所指的"现代现实主义"主要言指小说观、审美观,尤其体现在技巧层面,在传统现实主义基础上借鉴、吸纳西方现代主义技巧或继承东方民族传统艺术手法,使其在艺术形式上由传统走向适合新的内容的一种艺术手法。

② 莫言 王尧:《莫言王尧对话录》,苏州:苏州大学出版社,2003 年,第 153 页。

很显然,文体意识的强烈与否直接影响着作家的文体倾向。文体意识淡漠型作家将故事和意义放在首位,在文体表达上少费心思。而文体意识适中或强烈型作家,他们不同程度地吸纳、运用西方现代或后现代主义技法,或转向中国古典文学资源,或综合糅杂中西文学资源中的文体因子,创作出现代现实主义小说。文体意识偏激型作家则创作出相对纯粹的现代或后现代主义小说。很显然,后三者的文体探索行为带有明显的革新意味。所谓革新,《现代汉语词典》解释为"革除旧的,创造新的",即在现有基础上进行的局部改进或创新的活动。由此观之,作为一种活动,文体革新可理解成作家为了更好地表达作品的意蕴,最大限度地实现作品的思想性与艺术性的融合,在文体表达上进行妥当的局部改进或开拓性的创新活动。

扫描 20 世纪后 20 年的文坛,若从横向向度梳理作家的长篇创作,一个不可否认的事实则是,在文体意识适中、或强烈、或偏激的作家创作中,或多或少存在着各种文体革新现象。若从纵向向度梳理作家的文体革新镜像,80 年代中后期作家的文体意识处于觉醒和尝试期,这种意识影响下的文体革新活动表征为开始出现具有现代因子的结构样态与叙述方式,初具个性化语言与开放性话语表达。90 年代处于文体意识高扬期,这种意识影响下开始出现高蹈的文体实验,表现为凌厉的结构样态与炫目的叙述探索以及极致的本体化追求与话语表达的深度开掘等现象。

上述文学事实表明新时期以来文体革新现象确凿存在,而在这些文体探索活动背后,则是部分文体评论者的及时跟踪与总结,是各种类型文学活动的文体推崇与媒体导向,是各种社会文化思潮的激荡与渗透等,这些现象的存在又使文体革新现象蕴含了更加丰富的文化内涵。故作为一种文学事实和文化现象,文体革新主要包括以下内涵,一则言指创作主体的文体"本体"探索行为。二则包含在各种文化因子影响下生成的各种文体现象,如在西方现代、后现代文学思潮影响下现代主义叙事因子的文体"嵌入"、后现代主义叙事策略与文体"本体"的构建、古典文学传统的复归与组构体、新笔记体、寓言化、哲思化等"文体返祖"现象的生成等;如创作主体在时代文化记忆、地域文化、家庭环境等代际共性差异和个体个性差异因素影响下的文体选择等。三则包含长篇小说在文类等级以及文类界限的融合破立中形成的"文类互融"现象。四则包含各种形式的文体关注与推介活动等。质言之,文体革新作为一种复杂的文化现象,对其进行研究不仅关乎长篇小说"怎么写"的问题,还关乎长篇小说"为什么要这样写"以及"将来怎样写"的问题。故进行文体革新研究,不仅研究创作主体的文体观、文学观以及文学修养等的构成与流变,还研究作家所处的社会文化语境的变迁以及文类自身的发展规律等。

二、研究的缘起

下文将从研究现状及学术增长点、研究意义两大方面考察论题研究的缘起。在研究现状及学术增长点部分,将重点从微观的文体"本体"考察、时代文体特征的总结及流变趋势的宏观把握、单个作家作品的个案研究三方面梳理研究现状。此外,将纵向的历史梳理与横向的现状分析有机结合起来,在肯定现有研究成果的基础上挖掘论题研究的学术增长点。在研究意义部分,首先从理论意义角度考察本论题研究对学术史的贡献,对当下乃至今后相关领域的研究所起的推动作用。其次从实践意义角度考察本论题研究在实际应用方面对作家创作、读者接受等所具有的引导意义。

(一)研究现状及学术增长点

相对于诗歌、散文,中国长篇小说的发展历史并不悠久,而在"有意味"的文体探索方面,中国长篇更多表现出对西方的膜拜。从某种程度上说,在很长一段时间内,西方思潮与技巧是中国当代有文体意识作家的主要精神食粮。在这种类似于父亲与儿子的等级关系影响下,国外读者和学界对中国文学知之甚少,只有不多的翻译家和汉学家在从事中国现当代文学的译介与研究工作,且主要集中在现代文学方面,而对当代长篇的研究主要集中在莫言、余华、残雪等几位作家身上,其余皆为褒贬不一的印象之评。如德国学者顾彬尖锐的"中国文学垃圾论"①,德国学者高立希的宽容与赞赏②,瑞典学者、诺贝尔文学奖终身

---

① 2006年顾彬接受德国权威媒体"德国之声"访问时,发出"中国当代文学很孱弱,中国作家既不会用英语写作,也看不懂外文版作品。莫言用19世纪的方法写故事,王安忆没有写出都市的味道,《狼图腾》对德国人来说是法西斯主义,一些所谓'美女作家'的作品根本不是文学,是垃圾⋯⋯"等惊人之语,猛烈抨击中国当代长篇小说,否定了整个当代文学。

② 2009年高立希批评同行顾彬"中国文学垃圾论"的狭隘性,认为不能断然否定一个时期的所有作家,所有国家的文学作品都有好中坏之分。他曾翻译余华、王蒙、王朔、阎连科等作家作品,对余华和王朔的作品大加赞赏。

评委之一马悦然的欣赏与肯定①。这些有限的评价主要以访谈、序言、媒体报道的形式发表,对长篇小说文体的关注只是随意地夹杂其中,鲜有系统的专题分析。因此,国外对中国当代长篇小说文体现象的研究基本空白,而真正有价值的、扎实的研究成果主要来自国内。

1. 论题的研究现状

新时期以来,关于长篇小说的文体关注在逐步升温②。进入 20 世纪 90 年代,长篇创作似乎"进入一段开阔的河面,而在相对平静的水面下分明又涌动着一股股潜流"③,其实,在创作潜流涌动的同时,随之涌动的还有作家们的文体探索活动以及论者们对文体的关注热情。论者们的文体关注主要体现在微观的文体"本体"研究、宏观的文体趋势把握以及文体个案分析三个方面。

首先是关于长篇小说文体"本体"研究,主要从结构样态、叙述方式、语言形态三方面进行。一是关于小说结构样态的研究。1988 年张志忠认为长篇小说的结构"不仅是情节、人物的设置和延展,是作品材料的安排组织,而是作家的激情、思索与作品的人物、题材、主题等的汇合,是决定作品内在的意蕴和情调、比例和参照以及叙述方式的选择等的重要尺度"④,指出了结构的综合性以及对于长篇小说的重要性。1989 年刘孝存、曹国瑞(《小说结构学》,光明日报出版社,1989 年)指出小说的内部结构是多层次的,归纳小说结构的方法、角度也不尽相同:有封闭式与开放式的二分法;也有纵连法、横联法和二者兼有的交叉法的三分法。这些研究成果对小说结构的概念界定详尽,但呈各执一端之状。90 年代张彦哲进一步厘清了叙述方式与结构的关系,并根据特定的时空顺序将小

---

① 1990 年初马悦然偶读曹乃谦的短篇小说,遂将其译成瑞典文。2005 年马悦然公开宣称曹乃谦与李锐、莫言、苏童一样,都是中国一流的作家。2008 年马悦然因翻译曹乃谦长篇《到黑夜想你没办法》获瑞典皇家科学院年度翻译奖。2012 年马悦然为曹乃谦新作《佛的孤独》作序,盛赞其是个"极微形式的作家",认为其小说的对话设置具有音乐之才。

② 以知网公开发表的论文为据,真正意义上的长篇小说文体研究与长篇小说的兴起几乎同期。最早可溯至春容在 1983 年第 4 期《辽宁大学学报》发表的《〈冬天里的春天〉的情节结构艺术》,还有斯忍在 1983 年第 4 期《语文教学与研究》上发表的《〈冬天里的春天〉——独具一格的艺术结构》。接下来 1985、1986、1987 年始有诸多专门针对第一届茅盾文学奖获奖作品以及同时期出版的具有文体革新倾向的作品如《金牧场》等文体评论文出现。

③ 朱向前:《97 中国文坛回眸》,《中华读书报》1998 年 3 月 1 日。

④ 张志忠:《论长篇小说的结构艺术》,《小说评论》1988 年第 6 期。

说结构分为链式、平行式、辐射式、散点式等模式。而李洁非指出小说的结构是作品"篇幅的长短、情节的安排所体现出的叙事特征"①。格非在谈及小说的结构时认为"作家在安排长篇小说结构时,自然会考虑到多种因素:故事的长度,作品的容量,主题的复杂程度等,它还涉及作家对长篇小说艺术长期以来所形成的某种固有的信念、哲学观、传统的文化形态的影响"②。在这里,他肯定了结构作为小说外在形式的重要意义。由上述研究成果可知,目前学界关于小说结构的理解多元化,笔者将小说结构分成外部样态和内部形式则为本论文研究的一种自足安排。

二是关于小说叙述方式的研究。从修辞学角度看,小说是叙事的艺术,而叙述的功能就是叙事。叙述方式不仅是一种叙事技巧,也是作者叙述观念的体现。新时期以来,叙述观念以及叙述方式得到了学界的高度重视。孟悦、季红真在《叙事方法——形式化了的小说审美特性》中论述了叙述方法的多样构成及其功能,并将叙述者分为不掩饰的叙事人、主要人物叙事、次要人物叙事、傀儡叙事者、隐身叙事者五种类型,将叙述视角分为全知视角、次知视角、戏剧视角等类型。张虹在《论小说的叙述艺术》中将小说的叙述者分成大于或等于或小于人物的三种类型,将叙述视角分成全知、第一人称、第三人称三种视角。程德培认为"叙述者是小说的中介物,它一头与作者密不可分,另一头又和言语符号的传达息息相关,叙述者的存活率取决于作者指意和叙事能指的合一"③,其探讨了叙述者作为受指与能指的双重角色,分析了叙述者与作者之间的联系与区别。进入新世纪,吴效刚的《论小说的叙述者》详细论述了叙述者与作者、人物、读者之间的关系,加深了人们对叙述者角色功能的了解。总之,目前学界关于叙述方式的要素界定基本一致,本文言指的叙述方式除了包括叙述者、叙述视角,还包括叙事节奏以及时空安排等。

三是关于小说语言形态的研究。语言在文学创作中承担着极其重要的角色。王彬彬说"语言是小说的本体,写小说就是写语言。小说的语言是浸透了内容的,浸透了作者的思想"④。新时期以来,小说语言观已由传统的"工具论"

---

① 李洁非:《小说类型探讨》,《当代作家评论》1991 年第 3 期。

② 格非:《长篇小说的文体和结构》,《当代作家评论》1996 年第 3 期。

③ 程德培:《受指与能指的双重角色——关于小说的叙述者》,《文艺研究》1986 年第 5 期。

④ 王彬彬:《〈遍地月光〉与长篇小说的语言问题》,《文学评论》2012 年第 3 期。

转为"本体论",语言在小说中的地位与作用逐步得到提高。较早对小说语言工具论提出异议的是高行健,他强调作家的语言运用应当多有创造,自成一格,而不必顾虑先在的语法规范和修辞尺度,同时还提出"语言风格是作家的个性、气质、文化修养、美学趣味的总和,是超乎语法学和修辞学之上的语言艺术"①。高行健的说法得到不少作家的响应。阿城认为"语言是文化"②,何立伟认为"成熟的风格,首先是成熟的语言"③,汪曾祺认为"语言和内容是同时存在,不可剥离的"④。龙渊则指出"作为小说艺术,语言符号乃是一种不可或缺的中介物质,它使小说家的审美理想得以细密充盈地表述和挥发,使读者具体入微地感知这种独特的审美机制和情感色彩"⑤。同时,他还根据题材的选取、题旨的构思来确定小说的语言形态,并归纳出新时期小说语言呈现出"淡化"和"非美文学化"倾向。

20 世纪 80 年代中后期是中短篇小说文体实验的活跃期,有文章说"不论你喜欢与否,有个现象却是持各种观点的人都无法否认的:在这一年,中国当代小说家以及他们的作品头次失去统一即统一的观念,统一的精神,统一的思路,统一的手法直至统一的语言"⑥。80 年代中后期也是文艺理论争鸣最活跃的时期,南帆认为"小说进入一个争议最为频繁的时期,争议的很大一部分已不属于政治与道德的分歧。小说的语言、叙述方式、形态、文体日益成为人们的关注对象,小说形式的探索正逐步解除禁令"⑦。80 年代中后期创作界和理论界共同掀起的"语言热"使小说文体实验更是掀起大浪。但高潮的语言文体实验之后则是江郎才尽的难以为继,尤其是历经先锋小说的文字游戏之后,进入 90 年代之后,在新的语言观的指导下,语言批评突破单一的技巧模式,开始多元化的批评方式,新的理论体系得以重构。

其次是关于时代文体特征的归纳及流变趋势的宏观把握。关于 80 年代长篇小说文体发展趋向的研究成果不多,其中王春林认为从 1978 至 1989 这十年

① 高行健:《现代小说技巧初探》,广州:花城出版社,1981 年,第 59 页。
② 阿城:《文化制约着人类》,《文艺报》1985 年 7 月 6 日。
③ 何立伟:《美的语言与情调》,《文艺研究》1986 年第 3 期。
④ 汪曾祺:《关于小说语言札记》,《文艺研究》1986 年第 4 期。
⑤ 龙渊:《修辞法则:当代小说的语言形态》,《小说评论》1988 年第 1 期。
⑥ 李洁非 张陵:《1985 年中国小说思潮》,《当代文艺思潮》1986 年第 3 期。
⑦ 南帆:《变革:叙述与符号》,《当代作家评论》1989 年第 1 期。

中,长篇小说文体表现出"革命现实主义文体的复归、现代现实主义文体的创化、现代主义文体的初始尝试"①的趋向。魏石当认为"80年代小说创作呈现出意识流和生活流两种新的叙述方式与结构方式"②。对90年代长篇小说文体进行宏观研究的成果较丰富。张学昕认为"90年代中期所有作家日趋成熟,20世纪末达到了形式探索的高潮,小说的寓言性结构趋势和性别文体诗学的出现以及网络文学的出现带来文体的变化"③。李豪曙认为"90年代小说文体走向个人化、大众化、本土化,出现了内心独白体、新闻媒介体、史传体等新的文体"④。贺仲明认为自90年代以来"作家对小说形式美有意关注和追求,作品在文体、叙述方式、叙述语言等形式上进行创新,并在创作资源、思想情感和艺术上表现出本土化趋势"⑤。这些研究成果表明90年代文体革新在形式构建上体现出"西化"和"本土化"倾向。也有论者从总体上归纳长篇小说的文体发展趋势。刘克宽认为"新时期长篇小说的文体以结构的多样化为中心,在叙述、语言、审美视角等方面走向多姿多彩的领域"⑥。陈春生认为"80、90年代的文体演进走了借鉴—实验—和谐的道路"⑦。李少咏认为"前新时期小说文体超越传统,后新时期则在多元融合中形成了独特的共享空间,小说的现实形态日趋复杂多元化"⑧。已有的研究成果表明,长篇小说文体的关注者在逐步增多,长篇小说文体大致表征出80年代尝试、90年代多样化形式实验的发展轨迹。

再次是个案文体研究。随着作家文体意识的增强,注重文体探索的作品也在逐步增多,相对于文体本体和宏观文体趋势把握的有限研究成果,具体作家

①　王春林:《1978年到1989年长篇小说文体流变》,《理论与创作》2009年第2期。

②　魏石当:《生活流与意识流——对新时期小说文体特征的研究》,《河南社会科学》2002年第4期。

③　张学昕:《当代小说文体的变化与发展》,《吉林大学学报》(社会科学版)2004年第6期。

④　李豪曙:《论20世纪90年代中国小说文体的发展与新变》,《当代文坛》2005年第1期。

⑤　贺仲明:《形式的演进与缺失——论90年代以来小说创作的技术化潮流》,《上海文学》2006年第6期。

⑥　刘克宽:《从时空观念的变化到叙事方式的革新——漫议八十年代长篇小说的文体发展》,《青岛大学师范学院学报》1996年第1期。

⑦　陈春生:《新时期小说文体演进的轨迹》,《湖北师范学院学报》(哲社版)1998年第5期。

⑧　李少咏:《遮蔽与澄明——新时期小说的文体革命》,《殷都学刊》2001年第1期。

作品的个案文体探究甚是繁盛。以知网从 1987 年起的学术期刊和博硕论文为依据,据不完全统计,在 1987 至 2013 年公开发表的关于长篇小说文体的 210 篇期刊论文中,有 168 篇个案研究。在 2000 至 2013 年关于长篇小说文体的 70 多篇博硕论文中,有 54 篇个案研究。在众多个案研究中,对作家的关注度并不一样。经粗略统计,研究对象大致名单(按关注度从高到低的顺序)如下:阎连科、莫言、王蒙、李洱、王小波、韩少功、王安忆、贾平凹、红柯、余华、李锐、刘恪、张承志、苏童、史铁生、格非、林白、叶兆言、李佩甫等。从研究角度看,多从叙事学、语言学、美学等方面探讨作家作品的文体特征。在这里且以阎连科为例。自 2005 年以来,关于阎连科的硕士论文有百余篇,其中关于叙事研究的有几十篇①。这些论文大多从结构、语言、叙述方式等角度指出阎连科作品的寓言体、戏仿体或索源体等文体特征,还从题材、主题思想、美学风格等角度探究阎连科创作的艺术特色。严重不足的是,简单重复的研究成果太多,且有将叙事和文体的概念相混淆的倾向。

2. 论题研究的学术增长点

综上所述,新时期以来长篇小说文体研究取得一定成绩,但依然存在一定的不足:一是目前研究多为"本体"研究,且缺乏系统性。在"本体"研究中,研究者偏重于纯粹的小说文体基本要素的理论分析,缺少具体文本的美学阐释。且在众说纷纭的言说中,不仅没对文体要素做出清晰的界定,反而在各执一端中陷入越说越乱的境地。关于文体发展趋势的宏观把握,诸多研究也限于从思潮流派、艺术手法等角度对文体"本体"做出表象的归纳,且这些本体研究在关注面上又呈零散状态,关注点主要集于单个作家作品。虽然目前有诸如王春林的《新世纪长篇小说地图》、陈文超的《中国当代小说叙事演变史》、崔志远的《中国当代小说流变史》、张学军的《中国当代小说流派史》、金岱的《世纪之交

---

① 兴起于 20 世纪 60 年代的"叙事学"是个至今在学界置喙不一的批评理论,"叙事"既指语义学层面的叙述行为,即用语言尤其是书面语言表现一件或一系列真实或虚构的事件,又指语言层面的修辞格即指口头或书面书写的话语,还指构成叙述话语的一连串的事件以及它们之间的各种关系。此处的"叙事"既指叙述行为、叙述方式,又指题材及故事本身,是广泛意义的叙事研究,如《论阎连科小说的残疾叙事》《论阎连科小说的叙事策略》《论阎连科乡土小说的苦难叙事》《阎连科乡村权力叙事研究》《阎连科小说的叙事修辞》《论阎连科小说的乌托邦叙事》《阎连科乡土小说的死亡叙事》《论阎连科小说的暴力叙事》《论阎连科小说的乡土叙事》《论阎连科小说的身体叙事》《论阎连科的寓言叙事》《论阎连科小说的叙事伦理》等。

长篇小说与文化解读》、金汉的《中国当代小说艺术演变史》等研究成果,这些著作皆提及"叙事"或"艺术演变",但实际上还是小说思潮发展史。也有学者从史的视角梳理当代小说的文体流变,如冯光廉主编的《中国近百年文学体式流变史》、李洁非的《中国当代小说文体史论》、高卫红主编的《百年文体从头阅》等,这些著作都在不同程度上提及"长篇小说",但皆蜻蜓点水般略过。目前从"史"的角度系统关注当代长篇小说文体"本体"的专题研究成果不多,主要有庞守英的《新时期小说文体论》、王素霞的《20世纪90年代长篇小说文体论》,其中庞守英的研究主要针对中短篇小说,且以系列论文的方式呈现,不能算作真正意义的专题研究,后两部著作从不同视角切入,为读者还原了90年代和新世纪长篇小说文体"本体"图景。总体观之,目前学界还没有一部专著系统鸟瞰20世纪后20年长篇小说文体"本体"图像。二是对文体革新现象及成因缺乏关注。已有的文学事实表明,新时期以来文坛上存在诸多文体革新现象,但已有的研究现状表明,更多论者的焦点集中在文体的"本体"要素分析上,鲜有论者系统关注,尤其对一些典型的现象关注不够,如对"文类互融"现象的考察,新时期以来善用"文类互融"手法的作家实在不少,他们在创作中有意识地践行"文备众体""文体互渗""跨文体"等手法,为当代文坛留下系列文体杰作。现有的研究成果在一定程度上遮蔽了当代长篇文体革新的本原全貌,更遑论对各类现象成因做系统深入的挖掘。三是研究方法偏重于内部研究。此种不足由前两种不足衍生。正因当下学界对文体的关注偏重于本体研究,故论者相应采取了如文体学、叙事学、语言学等偏重于内部研究的方法。这是一种封闭式研究,即便有学者从宏观上归纳小说文体的时代流变特征,但这也只是文体"本体"发展走向的归纳,鲜有论者进行深入的成因剖析,这些研究方法及成果皆无法客观还原文体革新全貌及成因。

鉴于上述不足,本文欲从以下几个方面进行拓展:一是将新时期以来20余年长篇小说文体革新现象当作一个整体来研究,这较之当前大量碎片化的个案文体分析以及断代的文体"本体"研究往前拓新了一大步,具有量的推进意义。二是侧重剖析文体革新现象成因,这较之目前学界侧重研究文体"是什么",鲜有"为什么"的探索具有质的拓新意义。三是以中国文化诗学为主导视角,侧重从社会政治、经济、文化、创作主体的代际差异和个性差异、接受主体的文体期待和批评、文体内部的自律发展等内外结合的视角来研究革新现象的多重成因,这较之目前学界封闭式的本体研究具有一定的拓新意义。

（二）研究的意义与价值

20 世纪后 20 年是长篇小说发展的黄金期,长篇小说以其不可替代的思想性、艺术性、兼容性、故事性等文类特征,在多种合力下成为时代的宠儿,因此,我们选择以中国文化诗学为主导视角来研究长篇小说文体革新现象成因,具有一定的理论意义和实践价值。

本论题研究的理论意义有:第一,因为文体的不可言说性,文体研究相对于传统的主题、思想、形象等研究始终处于单薄状态。正是在此意义上,研究小说文体突破了长期以来小说传统研究统领学界研究格局的惯性模式。且运用文化诗学方法全方位挖掘诸多文体革新现象成因,彰显外在语境如西方文艺思潮、中国古典文学传统等因素对文体形式嬗变所起的功用,还开拓性地从代际差异、个体差异以及文体内部发展等方面发掘革新现象成因,不仅展现了有别于传统小说研究所表现出小说的艺术形态、美学风格等,还拓展了文体研究的社会学、文化学、心理学等视角。第二,文体革新是一种重要的文学现象,本论题的研究可为其他诸如中短篇小说、诗歌、散文、戏剧等非长篇小说文类的文体研究提供一定的诗学经验。尤其在对"文类融合"等现象的爬梳剔抉,实用文与文学类文体的深度互渗为跨文类文体研究提供了一定的理论基础。

本论题研究的实践价值有:一则为当下作家的文体探索提供现状分析与理论引导,让大家洞悉当前文体发展趋势,自觉增强文体意识,调适文体探索路向,创作出更多的艺术佳构。二则从文化诗学视角全方位挖掘长篇小说文体革新现象成因,这种寻根究底式研究一方面为读者呈现了当前长篇小说基本的文体状貌,让其"知其然",一方面还让读者"知其所以然",为读者欣赏长篇小说的美学品质提供了一把钥匙,在一定程度上增强读者的文体意识,减缓读者对文体的隔膜,也间接缓解文体革新作家"自娱自乐"的尴尬。

三、研究思路与方法

（一）研究思路

本文的研究思路及大致框架如下:全文分为五大章,第一章从整体上对 20世纪后 20 年长篇小说文体革新现象做一个纵向勾勒,侧重于从诗学角度进行文体本体的内部研究,还原长篇小说文体发展演变的大致状貌。文体作为一种文学现象,其形成与发展都归因于多重因素的影响,既有内部的,也有外部的。其中鲜明的外部因素会直接影响到文学的发展,进而间接影响着文体的革新面貌。内部因素主要言指长篇小说作为一种文类历经长期的内部发展与变化,最后逐步形成规范、打破规范、形成文类内部变异的自律转化过程。除此之外,还包括生活在外部环境中作家文体观的形成因素,其中既包括带有社会学性质的代际差异、文化心理的影响,还包括作家个性心理的影响。在论文的第二、三、四章分别结合第一章所归纳的文体革新现象进行专题性成因剖析。其中第二章侧重从外部因素如西方文艺思潮、中国古典文学资源的影响与传承等方面来解释相应的文体现象成因。在西方现代主义文学思潮影响下,形成了诸多西方文体"嵌入"现象;在后现代思潮影响下,形成了诸多文体"本体"构建现象;而从整体上看,在西方现代、后现代文学思潮的双重交织影响下,诸多现代现实主义作品则成为当代文坛的主流作品。作为一种文学现象,各种文体现象的出现从来都不是单纯受某种文学资源的影响,如组构体、新笔记体、寓言体、哲思体等文体形式的出现也可从古典文学资源中寻得滥觞,从而呈现出文体"返祖"现象。第三章从文体发展的内部因素出发,侧重从文类等级、界限以及破立融合中揭示出由此而形成的"文类互融"现象的成因。第四章将外部与内部因素相融合,侧重从代际差异、个体差异来分析创作主体文体意识形成的原动力。作为一种生物学和社会学的代际分类,当前文体革新的骨干为50后及以前作家、60后作家,而70后、80后作家在文体革新上暂处于摸索状态。而文体革新骨干作家在叙事题材关注、叙事审美方式、深层文化成因、代际交流等方面呈现出一定的代际差异,进而影响着中国当代长篇文体革新的格局与发展空间。作为一种个体精神活动,创作主体的先天"才""气"以及后天的"学""习"在一定程度上影响着作家的文体选择。最后一章对长篇小说文体革新所面临的限度以及可能性维度做出评判。文体作为一种文化现象,必然要受到来自社会政治、经济、科技等时代因素的影响,如时代的发展所导致的写作市场化、作品影视化、写作媒介化等现象,这些都会造成对文体的冲击。而作家代际差异的存在又间接导致作家梯队构成的"断代"窘况,以及由此造成长篇写作的大众化以及写作主体文体常识的缺乏等困境。而与作家文体探索逐步升温现象相对应的则是文体批评的"不在场"等,上述这些因素都使文体革新陷入一定的困境。面对如此限度,国内外文坛及学界对思想性与艺术性兼备佳作的逐步推崇、学界与创作界之间的良性互动、作家对文体常识的恪守与突破等,这些又为作家的文体革新提供了强劲的精神支持。

全文五大章之间存在一定的逻辑关系,其中第一章解决"是什么"的问题,第二、三、四章解决"为什么"的问题,第五章结合"是什么"和"为什么"的内容进行整体反思,三大部分之间呈递进式逻辑关系,而在"为什么"的核心部分,三章之间又呈互为交叉的并列式横向逻辑关系,使得论文在纵横交错的梳理与论证中尽可能客观还原文体革新现象真相,并在此基础上完成成因的挖掘。

(二)研究方法

20 世纪西方的文学批评理论异常发达,理论研究方法走马灯似的轮番登台,令人目不暇接。从以作者为中心的批评理论如传记批评、精神分析批评、原型批评等,到以文本为中心的批评理论如俄国的形式主义批评、英美的新批评、法国的结构主义批评等,再到以读者为中心的批评理论如姚斯和伊瑟尔的接受美学、美国的读者反应批评等,最后到文化批评如解构主义批评、新历史主义批评、女性主义批评、后殖民主义批评等,整个批评理论走了一大圈,每一种批评理论都存有不同程度的缺憾,如以文本为中心的形式主义批评理论转向纯粹的内部研究,容易陷入科学主义的技术陷阱,忽略了文学的人文观照。而方兴未艾的文化批评无所不包,又容易偏向极度的政治和意识层面,忽略了文学本身该有的审美特质。而文学现象的发生、发展都由多重因素造成,故文体革新现象的成因既包括外来文化思潮的影响,也有本民族文化的影响,还包括国家的政治、经济等方面的制约。作为创作主体,其文化心态、文体观的形成必然会受到外在环境的影响,同时还在一定程度上受到文体自身发展内部因素的影响。总而言之,任何割裂性的内部研究和外部研究都不能全面揭示文体现象的成因,如何打破这种掣肘,让文学内部研究和外部研究很好地融合起来,变文学研究为真正意义上的文学研究? 80 年代后期在国内兴起的"文化诗学"不失为一种比较妥帖、理想的研究方法。

从命名的角度看,在中国古代乃至现代的文论研究中,都没有"文化诗学"这一说法。而在 20 世纪 80 年代,美国学者格林布拉特出于对当时流于"无诗意""反诗意"文化研究现状的不满,防止自己"永远封闭在文化的话语之间往来,或者防止自己断然拒绝艺术作品、作家与读者生活之间的联系"①提出了"新历史主义文化诗学"。而与此同时,中国国内正如火如荼地演练着西方各种文艺理论与方法,格氏的"文化诗学"自然也被介绍进来,但在当时并没引起多大反响,直到稍后的"文化研究"被介绍进来并形成热潮之后才改变这种现状。和西方格氏"文化诗学"的提出情形一样,偏重于外部研究的"文化研究"对传统的"文学研究"构成了一定的学科危机和学理危机,90年代初国内开始有人倡导并提出构建"中国文化诗学"方法论。从源头上看,中国文化诗学受到格氏"文化诗学"的直接影响,但巴氏的"社会性文化诗学"②不仅在时间上早于格氏的"文化诗学",更被后者借鉴与吸收,故其对中国文化诗学的形成也产生一定影响。

作为一种阐释学方法,尽管中国文化诗学直接源于西方文艺思潮,但在中国古代、现代文论中也能觅得影响的痕迹。中国最早的文学研究是围绕诗而展开的,诸如"知人论世""六经皆史""诗史互证"等皆可视为中国文化诗学传统的最早体现。对此,中国文化诗学理论最早构建者之一的学者童庆炳就指出:"文化诗学不是什么新鲜的东西。中国古代文史哲不分,那时的研究就是一种综合性研究,研究的成果就是文化诗学。孔子的'兴观群怨'说、孟子的'以意逆志'说和荀子的'美善相乐'说等,都是最早的文化诗学。"③这种阐释文化诗学的路径在现代也得以继承与发展,其中刘师培在《中国古文学史讲义》中提出从学术演变、生活习俗、道德风尚、士人心态来看文学及其风格的演变。鲁迅从"历史叙事的表意窥见其中隐含的断裂、矛盾并进而联系具体历史文化语境来

---

① [美]格林布拉特:《文艺学与新历史主义》,《世界文论》编辑委员会编,北京:社会科学文献出版社,1993年,第80页。

② 巴赫金认为文学是一种复杂的社会审美文化现象。他主张诗学研究应当从文学内部结构入手,从文学体裁和形式切入,但又不应脱离社会历史和文化语境。而在诸多语境中,特别强调从文化的角度研究文学。巴赫金的文化诗学体现出一种整体文化观,一种多元互动的文化观。在文学与文化的关系上,他提出三个观点:第一,文学是文化不可分割的一部分,研究文学不能脱离一个时代完整的文化语境,反对越过文化把文学与社会经济因素直接联系起来。第二,各种文化之间是相互联系、相互依赖和相互作用的,不仅文学与文化之间没有绝对界限,各种文化领域之间也没有绝对界限。第三,要在一个时代整个文化有区分的统一中来理解文学现象。([苏]巴赫金:《陀思妥耶夫斯基诗学问题》,见《巴赫金全集·第5卷》,白春仁等译,石家庄:河北教育出版社,1998年)

③ 童庆炳:《文化诗学是可能的》,《江海学刊》1999年第5期。

探究言说者或被言说者深层人格冲突及其生成原因"①,这也是中国文化诗学的又一基本研究路径。而王瑶在继承鲁迅研究路径的基础上提出"文学思想本身以及它和当时一般社会思潮的关系""文人生活和文学生活的关系"②来研究文学,进一步丰富了文化诗学的研究路径。新中国成立之后至"文革"结束,中国文学研究侧重从社会政治角度研究文学,这又使文学研究不可避免地陷入社会学的外部研究之中。进入新时期,国内学界在西方文论和中国古代传统文论的双重影响下,形成了具有中国理念特色的文化诗学。刘庆璋指出诗学"不仅指向某一局部的文学实践活动,是对创作、文学批评、文学史研究等文学实践活动起到导向作用的一种文学理论"③。童庆炳认为中国文化诗学"把文学文本的阐释与文化意义的揭示联系起来,把文学研究的'内部研究'与'外部研究'贯通起来"④。李春青认为文化诗学是"从社会文化观念、精神旨趣、文化心态等角度对各种类型的文学作品、相关文学现象进行理解、评价的方法、标准与观念系统",是"古今学人根据中国文学作品与相关文学现象的特征而形成的,从具体社会文化角度对文学现象进行理解与阐释的研究路向"⑤。

质言之,文化诗学作为一种研究方法,是对传统本体研究的一种反拨。其提倡回到文本之内,并与文本之外的历史文化结盟,是一种跨学科、具有政治属性和历史意识形态的开放式研究。故在具体研究过程中,本文以文化诗学为主导视角,采用宏观把握与微观分析、理论阐述与文本解读相相结合的方式,运用综合比较法、文本阐释法、文献归纳法等方法,回到文学现场还原20世纪后20年长篇小说文体革新现象的大致演变轨迹并探究成因,力求打通文体研究的内外界限,变文学研究为真正意义的文学研究。

① 李春青:《中国文化诗学的源流与走向》,《河北学刊》2011年第1期。
② 王瑶:《中古文学史论》,北京:北京大学出版社,1986年,第4页。
③ 刘庆璋:《文化诗学:富于创意的理论工程》,《漳州师范学院学报》2004年第2期。
④ 童庆炳:《文化诗学作为文学理论的新构想》,《陕西师范大学学报》(哲学社科版)2000年第6期。
⑤ 李青春:《中国文化诗学的源流与走向》,《河北学刊》2011年第1期。

第一章　长篇小说文体革新现象的历史演变

　　"文革"结束后的20余年,是中国近现代历史上比较重要的20余年,从社会学、经济学、历史学等角度看,不能不说是个充满奇迹的20余年。作为与社会政治、经济、文化息息相通的文学,自然难逃互动影响的既定法则:时代造就了文学,文学又直接反映了时代。而关于新时期以来的文学成就,学者吴义勤曾评价其"在对文学本性的回归方面,在提高文学审美品格方面,在完成中西文学的交流与对话方面均代表了20世纪中国文学的最高成就"①。在这不平凡的文学发展过程中,诗歌、小说、散文等文类都以自己的话语方式和审美追求形成了各自不同的运行轨迹,而在国家主流意识形态、市场经济以及长篇小说内在发展等因素的合力下,长篇小说则以高出版量、高销售量、高关注度等从表象上印证了其作为"时代中心文类"的显赫地位,为长篇小说的诗学观察提供了丰富的资源与论述的可能。但作为一种中心文类,其在实际创作过程中的文体探索现象究竟以怎样的镜像存在? 弄清此问题可为整个论题的研究打下可靠的根基。在着手爬梳这些镜像之前,关于20世纪后20年具体时间分段问题必须厘清:

　　首先是关于"20世纪后20年"的上限问题,其实也就是关于新时期文学的起点问题。目前学界有三种观点。第一种观点以历史事件划分,即以"文革"结束为起点。如丁柏铨(《中国新时期文学词典》,南京大学出版社,1991年)认为新时期是中国大陆上一个特定历史概念。按通常理解,它以1976年10月粉碎"四人帮"为起始,并正在不断向后延伸。第二种观点也以历史事件划分,即以

---

① 吴义勤:《中国新时期文学的文化反思》,南京:江苏文艺出版社,2009年,第1页。

1978 年 12 月十一届三中全会为起点。如冯牧认为"我们的文学,在党的十一届三中全会思想路线指引下,确实可以说进入了一个新的时期"①,董健也认为"新时期文学是指'文化大革命'之后,特别是党的十一届三中全会以来这一时期的文学"②。第三种观点以文学事件为起点。如吴义勤认为"新时期文学不应发端于 1976 年的粉碎'四人帮'和 1978 年的十一届三中全会,而应肇始于 1977 年刘心武的《班主任》的发表"③。陈思和认为当代文学史的第二阶段是从 1978 年算起,而不是"文革"结束的 1976 年,因为"就文学的真正复苏来说,是以这年 8 月开始的伤痕文学为标志的"④。笔者认为划分一个文学时期的标准应该从文学本身出发,而不应从社会学视角出发,故倾向于第三种观点,但本文研究的对象是长篇小说,而进入新时期以来,根据实际创作情况,第一部长篇小说可定为 1978 年魏巍的《东方》⑤,故将研究的起点时间定为 1978 年。

其次是关于如何安排这 20 余年的具体时间分段问题。20 世纪后 20 年的文学时间在文学史上并不算短。如何清晰梳理这 20 余年内的文体革新现象,必须要有相应的时间分期。20 余年虽是一个整体,但从作家的文体意识、作品的出版数量、经典作品的影响力、作家的文体探索实绩等来看,具有一定的阶段性特征。1985 年中国文坛发生了诸如"寻根文学"的兴起、有关"现代派"的文学论争、关于"20 世纪中国文学"概念的提出等重大文学事件,不可否认 1985 年是 80 年代文学发展最重要的一年,曾有论者形象地指出"80 年代就像一个紧张的思考者,在现实主义与现代主义的激荡中,1985 年成为新时期文学的一块界碑"⑥。且从 1985 年开始,"在写作内容上'超越'政治,在表达形式上'超越'革命现实主义,'超越'成为不少作家的自觉追求,'超越'成为使用频率最高的

---

① 冯牧:《新时期文学的广阔道路》,《人民日报》1984 年 9 月 24 日。
② 董健:《新时期小说的美学特征》,南京:南京大学出版社,1991 年,第 1 页。
③ 吴义勤:《中国新时期文学的文化反思》,南京:江苏文艺出版社,2009 年,第 4 页。
④ 陈思和:《中国当代文学史教程》,上海:复旦大学出版社,1999 年,第 8 页。
⑤ 《东方》最早于 1978 年 9 月由人民文学出版社出版。该作品获首届茅盾文学奖。而同年影响较大的是姚雪垠的《李自成》第 2 卷也获首届茅盾文学奖,该作品共 5 卷,第 1 卷于 1963 年出版,第 2 卷于 1976 年出版,1978 年第 1 次印刷,第 3 卷于 1981 年出版,第 4、5 卷于 1999 年出版。故从研究的完整性来看,新时期的第一部长篇小说可定为《东方》。
⑥ 雷达:《重建文学的审美精神》,北京:北京师范大学出版社,2010 年,第 368 页。

词汇之一"①。基于这样的文学事实,一则为了表述的方便;二则为了充分突显不同时期文体的阶段性特征,本文将20余年分为"1978—1984"(新时期初)、"1985—1989"(80年代中后期)、"1990—1999"(20世纪末)三个阶段。在厘清时间分期的基础上,从结构样态、叙述方式、话语表达等文体基本要素出发,采用宏观把握与文本阐释相结合的研究方法,历时还原新时期以来长篇小说文体革新现象历史演变的大致轨迹。

第一节　新时期初:落寞的整齐划一

大致说来,中国长篇小说历经清末民初的现代转型之后,20世纪30年代进入现代成型期,50、60年代则又进入模式化时期,且这种模式化倾向在80年代前中期还是不可避免地存在。以此观照80年代前中期长篇小说,从文类发展状况看,比及中短篇小说,它是落寞、单调的,这一特征不仅体现在优秀作品的数量上,也体现在作品的主题表达与题材选取上。从"文体探索"角度看,比及中短篇小说的高调实验,长篇作家的思维方式与文体观整体上是传统、封闭的,当然也不排除已有个别作家文体意识开始觉醒,有积极进行文体探索的前卫文体个案的存在。

80年代前中期短中篇小说的勃兴与辉煌是有目共睹的,这与时代语境以及文类自身特征有关。新中国成立后,中国历经了近30年的各类政治运动,尤其是10年"文革"浩劫的结束,让压抑太久的中国知识分子皆有一种噩梦醒来的庆幸与愤恨。短篇小说以其"短、平、快"的文类优势,强烈控诉极"左"或极右政治对人民所犯下的罪行,首开先河地将批判精神带进历史新时期,迅疾地揭开了新时期文学的序幕。伴其左右、轰动一时的还有中篇小说。从作品发表来看,1978至1984年间是中短篇小说的春天,连续六届全国优秀短篇小说和三届全国优秀中篇小说评奖活动的开展让很多作家一夜成名,同时,围绕这些获奖作品的电影改编、文学思潮的探讨更是将中短篇小说推向"时代中心文类"的宝座。而此阶段的长篇小说是落寞的,最直接的表现体现在优秀作品的数量上。

---

① 王又平:《转型中的文化迷思和文学书写——20世纪末小说创作潮流》,武汉:华中师范大学出版社,2011年,第25页。

从 1978 年魏巍发表《东方》以来,一直到 1984 年,有影响力的长篇小说数量有限①。这些作品和后来文学繁荣期的年产千部相比,不能不说此段时间是长篇小说的清冷寂寞期。

数量有限只是文类边缘化的表征之一,从作品的题材选择和主题表达来看,此时期的长篇小说也是单调、落寞的。洪子诚等学者皆认为20 世纪50 至70 年代的中国文学在文学规范、政治体制等力量的控制下,是"一体化"②的文学,这一过程直到 80 年代才开始解体。与之大意相近的是学者陈思和提出的"共名"③之说,他认为 1937 至 1989 年中国文学处于"共名"状态,共同的主题是抗战、社会主义、"文革"和反"文革"。这种状态下,"知识分子不但自觉认同时代主题,而且往往把它作为评判社会见解的一种参照。作家把握时代主题进行写作,不管其艺术能力高下,写出来的都可能成为被时代认可的流行文学而受到欢迎。但在这种状态下作家精神劳动的独创性往往被忽略,作家的个人化因素与'共名'构成紧张的关系"④。根据陈思和提出的共名状态下的"三种创作可能"⑤,很显然在当时语境下,大部分作家都在进行第一种类型的创作,如

---

① 其中 1979 年《许茂和他的女儿们》《第二次握手》《创业史》(第二部)《黄河东流去》《青春万岁》,1980 年有《星星草》《正红旗下》《将军吟》《人啊,人!》,1981 年《芙蓉镇》《冬天里的春天》《沉重的翅膀》《刘志丹》《李自成》(第三卷),1982 年《蹉跎岁月》,1983 年《浓雾中的火光》,1984《白门柳》(第一部)《新星》《钟鼓楼》等。

② 谈及 50 至 70 年代中国大陆文学的总体特征,谢冕在《文学的纪念》(载《文学评论》1999 年第 4 期),丁帆在《十七年文学:"人"与"自我"的失落》(开封:河南大学出版社,1999 年)中皆用"一元化""一体化"来概括,而对其做出详细论述的是洪子诚,他从"一种文学时期特征的生成方式""文学的生产方式与组织方式""文学形态"三个方面赋予"一体化"以确切内涵。(洪子诚:《中国当代文学史》,北京:北京大学出版社,1999 年)

③ 关于"共名",陈思和最早在为《遥近世纪末小说选》(上海:上海文艺出版社,1995 年)第 2 卷序言里提出过,本意是探讨九十年代大陆的小说现象。他认为当时代含有重大而统一的主题时,知识分子思考问题和探索问题的材料来自时代,个人的独立性被掩盖在时代主题之下,这样的状态就是"共名",而这种状态下的文化工作和文学创作都成了"共名"的派生。

④ 陈思和:《共名和无名——百年中国文学发展管窥》,《上海文学》1996 年第 10 期

⑤ 陈思和认为"共名"状态下的文学创作通常会出现三种可能:一是作家自觉把握时代主题,并在艺术创作中进行阐释。这类作品只要作家稍具才力就能成为流行的文学而发生影响。二是作家拥有独立的精神立场,也认同时代共名,但把对时代的某种精神现象的思考融化到个人独特的经验中去。三是作家拒绝认同共名,有意回避时代主题,其以较强烈的个人因素突破时代共名的限制,在创作里注重个人的生活经验、审美情绪和精神立场。(陈思和:《共名和无名——百年中国文学发展管窥》,《上海文学》1996 年第 10 期。)

《东方》《许茂和他的女儿们》《将军吟》《芙蓉镇》《冬天里的春天》《沉重的翅膀》等作品皆顺应"伤痕""反思""改革"思潮,控诉"文革"给知识分子所造成的伤害,或在更大范围内回溯和反省历史。这些题材重大的作品鲜有个性化、个人化的主题表达,且从叙事方式来看,"十七年"以及"文革"时期的思维方式和思想残留物依然存在。即便存有如《人啊,人!》的第二种类型创作,但依然是在控诉反思"文革"的时代主题大背景下进行的,其对人性的挖掘依然停留在标语式口号的呼告层面,缺少真正文学意义上的思考。落寞也罢,单调也罢,这些都是此时期长篇小说真实的存在状态,这种现状使得进行文体分析变得切实可行,因为在这不多的作品中,作家的焦点多集中在"写什么"上,在对小说基本要素的体认上,大家都习惯性地恪守着传统长篇小说的惯常叙事模式,但在这乏善可陈的文体样式中,却存有前卫的个案文体探索现象。

一、乏善可陈的文体样式

自小说诗学产生以来,大家皆认为结构对于长篇小说来说意义非同寻常。"结构之优劣,可别小说之高下种类,亦可觑小说进化发达之次第。"①但何谓结构,学界一直众说纷纭。结构主义理论者皮亚杰认为结构是"一个由种种转换规律组成的体系。这个转换体系作为体系含有一些规律。正是由于一整套转换规律的作用,转换体系才能保持自己的守恒或使自己本身得到充实"②。持有机结构观者亚里士多德指出"史诗的情节应围绕着一个整一的行动,有头,有尾,有身,这样才能像一个完整的活东西"③。不管持什么结构观,但大家皆认为结构"绝不是单纯的技术问题,而是小说家打算以何种观念为内核,去组织融化纷繁的材料,将表面上似乎并无联系的事物组合起来,去建构作品的情节体制和形象体系,从而构成有机完整的艺术世界的根本问题"④。不仅难以对结构下一个确定的定义,而且对于如何对其进行分类,也是角度不一,莫衷一是,如线性结构、网状结构、段缀式结构、情节型结构、命运型结构、纪年型结构、封闭式结构、开放式结构、表现型结构、再现型结构等,若想采用量化手段对一部长篇

---

① 吴宓:《评杨振声玉君》,《学衡》第39期,1925年3月。
② [瑞士]皮亚杰:《结构主义》,倪连生、王琳译,北京:商务印书馆,1986年,第2页。
③ 参见伍蠡甫主编:《西方文论选》,上海:上海译文出版社,1987年,第76页。
④ 欧阳健:《历史小说论纲》,《厦门教育学院学报》2003年第1期。

的结构进行精准分析,那是一种危险的企图,因为"理性的秩序和道德的秩序在艺术中是根本不存在的,除非把它们照艺术的秩序组织起来才行"①。当然,尽管结构技法琳琅满目,尽管结构形态千姿百变,但作为一种文体现象,在一定时期内进行考察,小说的结构变化还是有迹可循的。而若想研究新时期以来长篇小说结构形态的演变,必须要了解古今中外长篇小说的结构演进,目前关于这方面的研究成果颇丰。中国长篇小说大致可分为古代、近代、现代和当代四个时期,古代的长篇结构主要是情节型章回体结构,小说开始具有现代化转变起始于近代,但真正有了现代化倾向的还是现代,随着西方现代主义思潮的涌入,现代小说的结构由情节型转向心理型和自由型,但从 40 年代至"文革"时期,特殊的社会语境以及为工农大众服务的文学导向使此时期的小说结构重新转向古典和封闭。这种状况到了新时期有了新的逆转。而比中国晚了一个世纪的西方长篇小说,其历经文艺复兴至 18 世纪的"流浪汉小说"的线性结构、19 世纪"巴尔扎克小说"的综合整体结构、20 世纪前中期打破传统超越时空的"意识流小说"等开放型结构以及 60、70 年代的结构现实主义者所提出的"立体小说结构"等。很显然,新时期以来的长篇是在汲取中国、西方长篇小说艺术营养的基础上发展起来的。而于 70 年代末再次涌入中国的西方思潮也在一定程度上影响着长篇的写作,这使得新时期初的作家在继承古典长篇小说结构模式的同时,开始尝试一些具有西方文学因子的艺术形态。故此时段作品的结构样态主要表现为两种类型,一是传统的线型时间结构,二是拓展性线型时间结构,传统的线型结构又指时间结构、情节结构。马丁在《当代叙事学》中就指出"指称叙事结构的文学术语当然是情节,我们知道情节由时间的连续和因果关系二者结合而成"。这是西方 20 世纪以前传统的小说结构观,不管是 16 世纪的线性"流浪汉小说"结构,还是"巴尔扎克小说"的整体结构观,他们都强调故事情节的逻辑性,坚持小说时空转换的严密性。这种小说观和中国古典小说的情节型结构观是一致的,只不过中国古典小说有的如以相对松散的"章回体"组织小说,因其连缀性,片段性而遭受西方小说论者的诟病。其实仔细分析,中国古典小说不管是链条式、递进式,还是立体网络式,最终都指向统一的主题,在人物塑造和故事演绎中完成结构的完整性。中国古典小说和西方长篇这种整体结构观

---

① ［美国］马克·肖勒:《技巧的探讨》,见崔道怡等编著:《冰山理论:对话与潜对话——外国名作家论现代小说艺术》,北京:工人出版社,1987 年,第 180 页。

长时间地影响着当代作家的长篇写作。在新时期初,存有部分诸如《白门柳》《浓雾中的火光》等传统线型结构小说,多呈现为由一个主要故事线索而引发出多组人物情节的矛盾冲突,这使小说结构在意义内容上呈故事型结构,在讲述故事的过程中,比较注重故事前因后果的线性发展,故从叙述逻辑来看,结构上又多呈线性结构或单体式网状结构等。

拓展性线型结构的长篇也注重结构的整体性、严密性和统一性,注重故事和情节的因果逻辑,注重结局的封闭性,但在表达主题的过程中开始对笨重、冗长的历时性叙述进行局部的改良,以提高结构的艺术性以及与表达内容的融合度。如《黄河东流去》采用锁链式结构来展现黄河泛灾区七户农民悲欢离合的命运,其结构是对《水浒传》的继承与发展,但不是递进式的环环相扣,而是有断有续,分合自如。鉴此拓展性表达,有当代文学史评价其采用了"《水浒传》的链条式结构和古诗、民歌、谚语的开篇导入,适应了我国人民群众审美心理和审美习惯的民族化艺术形式"①。而《李自成》的"单元共同体"设计也是对传统有机结构的拓展,作者根据小说中所涉的几条矛盾线索,将相应章节定为一个单元,分单元集中描写各方矛盾,且各单元之间注意轻重搭配,上下之间巧妙衔接,或者不注意衔接,突然插入事件,这种"笔断意不断"的方式较之严密的线性表达显得虚实相间、波澜起伏。《芙蓉镇》也秉承传统结构手法,但追求"立人物小传的'链条式'结构和'融多种色彩成分为一体'的小说语言特征"②,从正面构建历史,反思历史,作品浓郁的地方民族风俗情调给读者留下了深刻的印象。《钟鼓楼》在结构设计上更是独具匠心,其以北京四合院里一户普通居民的婚宴为中心点,在从早晨5点至晚上5点的客观时间里立体展现了四合院十几户居民形形色色的现代生活,作者自己将其归纳为"橘瓣型"结构,即"从一个花心出发,花心朝着各个方向张开,一层又一层;或似乎像剥开的橘皮,又一瓣瓣地将橘肉加以解剖,但合起来又是一个严密的整体"③。

还有部分作品在传统型结构中插入一些西方小说技巧,形成了具有现代特色的线型结构,如《冬天里的春天》在三天两夜的客观时空里通过联想、回忆以

---

① 刘景荣:《中国当代文学》,开封:河南大学出版社,1995年,第304页。

② 陈其光:《中国当代文学史(1976—1988)》,广州:广东高等教育出版社,1992年,第464页。

③ 唐跃:《时间的艺术——兼析〈钟鼓楼〉时间的艺术处理》,《文艺理论研究》1986年第3期。

及意识流、蒙太奇等手法，将历史事件和现实活动互相穿插，把一个完整故事分割开来，构成一种张弛有致的线型结构。而《沉重的翅膀》则是典型的情节融合心理型结构。作品没有大起大落的情节冲突，但形散神凝，巧妙穿插细腻的内心活动，并聚合起松散的故事与人物矛盾，举重若轻地完成既富有时代气息又不乏个性特征、既追求宏大叙事又不乏细致内化的史诗性文本。

"伟大的小说似乎不是给我们讲述故事，更确切地说，是用它们具有的说服力让我们体验和分享故事"①，这"说服力"则是指作者讲述故事所采用的表达方式如结构的设置、叙述方式的选择等。结构对于长篇小说的重要性自不必说，利奥塔认为人类的全部知识分为科技知识和叙述知识两大类，叙述是人类把握世界的一个基本途径，对于艺术地叙述世界的长篇小说而言，叙述方式的选择更是意义重大。对于小说来说，首要的问题是解决"谁来讲"②的问题，"'谁讲话'的问题应位于叙述研究的六大问题之首"③。这里的"谁来讲""谁讲话"则指叙述视点即叙述者，叙述者是"叙事文本中陈述行为的主体"④，是叙事学中最核心的概念之一。但叙述者不等同于作者，也不等同于人物，且还涉及小说的叙事视角和人称安排问题。视角是作者审视世界的眼光和角度，是"小说家为了展开叙述或为了读者更好地审视叙述的形象体系所选择的角度及由此形成的视域"⑤。而叙述者与人物的不同关系又形成了聚焦的几种形式如零聚焦、内聚焦、外聚焦等。总之，叙述方式主要涉及叙述者、叙述人称、叙述技巧、叙述节奏等基本要素。叙述方式本身无优劣高低之分，它和作品的结构设置、主题表达等相辅相成，从整体上体现出小说的独特气质。

与封闭式有机结构相对应，20 世纪 80 年代初期长篇小说的叙述方式在叙述者的安排、叙述技巧的运用、叙述节奏的把握等方面显得单调、传统。此时期的叙述人称多为第三人称视角，叙述者多为游离于故事情节之外全知全能的零

---

① ［秘鲁］略萨：《给青年小说家的信》，赵德明译，上海：上海译文出版社，2004 年，第 29 页。

② ［秘鲁］略萨：《给青年小说家的信》，赵德明译，上海：上海译文出版社，2004 年，第 47 页。

③ ［美］卡勒：《文学理论入门》，李平译，南京：译林出版社，2008 年，第 90 页。

④ ［法］托多洛夫：《文学作品分析》，王泰来等编译：《叙事美学》，重庆：重庆出版社，1987 年，第 14 页。

⑤ 李建军：《小说修辞学研究》，北京：中国人民大学出版社，2003 年，第 105 页。

聚焦叙述者。在这些叙述者中,有的扮演第三人称权威叙述者,这种叙述者"既在人物之内又在人物之外,知道他们身上所发生的一切但又从不与其中的任何一个人物认同"①,故这种叙述者又称"介入型叙述者",其权威性不仅体现在无所不知的视角上,还体现在通过叙述干预对作品主题的确定、人物的评价与价值立场的判断上。如《李自成》对李自成的间接评价:"刘仁达被李自成这种威武不能屈的英雄气概和毫无通融余地的回答弄得无话可说",如《沉重的翅膀》对叶知秋的评价:"她的思想是新鲜的,感觉是敏锐的,她并不陈腐。"这些看似中立的评价直接表达出叙述者的直接判断,点出对人物性格的评定,无形中诱使读者趋向隐含读者的阅读期待,但这种评价性干预将故事主旨指向一元,无形中限制了读者的自由。而有些叙述者也像上帝一样,叙说、报道、描述、展示所发生的事件场景,但完全不介入作品,只客观呈现故事的发生发展,看不出一点情感倾向,故又称"非介入型叙述者""显现式叙述者""隐身人叙述者"。这种客观呈现的叙述者讲述使故事更加真实可信,最大限度隐匿了作者本身情感,在传统历史小说中比较多见如《白门柳》《李自成》等。还有叙述者在保持客观冷静叙述的同时,潜入人物意识进行心理叙述,扮演起"次知叙述者",如《沉重的翅膀》中出现大量人物的心理描写,莫征和叶知秋因为观点不一发生争执,莫征则在想:"简直就是莫名其妙! 难道她们那一代人全是这个样子吗? 唉,她们那一代,是多么善良、多么轻信、多么纯洁而又多么顽固地坚守着那些陈腐观念的一代啊!"叶知秋则在想:"在他们的眼睛里,凡是有些年纪的人,大半是老朽的。陈腐这种印象是莫征这一代人强加在她头上的。"这种深入人物内心的意识表达,无形中承担起第一人称内视角的叙述功能,更加体现出零聚焦叙述的权威性与灵活性。

零聚焦叙述者皆按照叙述的规范行使职责,在情感表达上多客观叙述,少旁逸斜出的主观叙述。叙述人称视点固定,很少有人称转换现象出现,即便出现诸如《冬天里的春天》《将军吟》《沉重的翅膀》等人物内心活动的描述,也是以全知视角出现。且因为叙述者的可靠性与权威性,在作品的主旨立意、人物的价值评判等方面,作品通过插入议论、评价或者过渡性转述等叙述干预行为,已向隐含读者表明自己的态度和立场,这种叙述方式易于隐含作者表达自己的评判立场,喜怒哀乐、爱憎分明的情感倾向,但对于读者来说,其有可能在精神

---

① 徐岱:《小说叙事学》,北京:中国社会科学出版社,1992年,第188页。

道德上接受了故事的洗礼,但在心理上很难与作者取得审美共鸣,从某种程度上来说,读者像个白痴一样,接受作者的一切安排,从而产生厌倦感、束缚感,真正意义的艺术审美因距离太近而未真正开启。

小说是关于时间与空间的语言艺术,任何一个作家在小说中都隐含了他的时空观,但从本质上说,小说是关于时间的艺术,尤其体现在以故事情节取胜的传统小说中。传统小说讲究情节的线性发展,讲究前后因果关系,随着情节的大开大阖,冲突迭起,小说进展很快,这就是我们所讲的时间逻辑。而小说的时间又分为故事时间、叙述时间、时间跨度等,其中故事时间指小说讲述的故事发生的时间,叙述时间指叙述者讲述这些故事的时间,叙述者可以打破原初的故事讲述顺序,如采取倒叙、插叙、预叙等方式对故事进行重新组合。而时间跨度主要指故事时间和叙述时间之间的比例和参照的结果,是"通过比较事件真实发生所需要的时间和阅读所需的时间来衡量的"①。上述三个因素合在一起在一定程度上影响了小说的节奏,快慢与否主要取决于时间跨度。时间跨度越小,小说节奏就越快。反之,节奏就越慢。此时期尽管出现诸如《冬天里的春天》《沉重的翅膀》因心理叙述的加入,旁逸斜出的插叙、回忆、蒙太奇等手法减缓了故事的进展,也缓减了叙述节奏,而典型如《钟鼓楼》的故事时间为一天之内的 12 个小时,叙述时间则扩展为诸多人物的一生,故事时间和叙述时间形成极大的跨度,这使小说的节奏也开始减缓。但整体上此时期大部分作品如《东方》《黄河东流去》《李自成》《白门柳》等因叙事的史诗性,时间跨度都非常大,但整个故事的叙述严格按照时间的规范线性叙述来进行,故事叙述的顺序多为顺时序,在故事的时空安排上,突出的是故事的历时性发展,鲜有横向空间的拓展。因故事进展顺利,叙述的节奏因此较快。而在语言风格上,除了少数如《冬天里的春天》《人啊,人!》的私语化倾向、《芙蓉镇》的散文化倾向,其他作品在语言表达上多第三人称规范性陈述或描写,或对话、或引语,少个性突出的话语表达。

上述大致梳理了 80 年代前中期长篇小说在结构样态、叙述方式、话语表达等方面所表现出的总体特征。此时期的作家把主要精力都放在"如何讲故事"上,至于"如何更好地讲故事"还无暇顾及。当前学界皆认为当代长篇兴盛于

① [英]戴维·洛奇:《小说的艺术》,卢丽安译,上海:上海译文出版社,2010 年,第 206 页。

90年代,但任何一种事物的兴盛从来都不是莫名其妙地突兀生出,在繁盛的背后必然蕴藏着一个漫长的萌芽、发生、发展的过程。从小说文体意识的觉醒、萌发、强化的过程来看,在新时期初的恪守传统创作中已经有个别作家开始萌发一定的文体意识,其作品中展露的文体新质在一定程度上丰富了新时期初期的长篇小说创作。

二、前卫的个案文体探索

80年代前期的长篇创作整体上恪守着传统现实主义手法,但此时的中短篇小说已开始大量借鉴西方现代、后现代主义技巧与方法进行高调的文体革新,这种探索在一定程度上也影响了当时的长篇小说创作,主要体现在《人啊,人!》的文体探索上。《人啊,人!》的作者戴厚英是新时期初的新秀作家,她在既定的文学基调下谴责极"左"历史对人性的摧残,呼唤着人道主义的回归,但作为文艺理论研究者的她显然已意识到"如何写"的重要性,如她自己所说"我采取一切手段奔向我自己的目的:表达我对'人'的认识和理想"①。这"一切手段"即作者的文体选择。《人啊,人!》中充斥着并置叙述、意识流、梦境、荒诞、象征等现代主义技法。小说采用第一人称自述的方式进行心理描写,表达情感和哲理反思是小说的最终主旨,故作品的意义结构为心理型结构。而在众多中外结合的艺术技巧中,最鲜明的文体特征还是对"空间并置"艺术的运用,这使得新时期初另类地出现了空间并置结构,叙述方式等也随之改变。

"并置"是随着西方反理性主义思潮而出现的艺术表现手段,在绘画、雕塑、音乐等领域,艺术家们将各种表面看来不相关的事物并列排放,不作逻辑分析,力图通过具体的事物来客观地表现自然。福柯认为"20.世纪预示着一个空间时代的到来。我们所经历和感受的世界更可能是一个点与点之间互相联结、团与团之间互相缠绕的网络,而更少是一个传统意义上经由时间长期演化而成的物质存在"②。关于小说中"并置"概念的出现,大家皆认为由美国学者约瑟夫·弗兰克于1945年为现代小说的空间形式而首次提出。他认为并置是指

---

① 戴厚英:《人啊,人!·后记》,广州:花城出版社,1980年,第358页。
② [法]福柯:《不同空间的正文与上下文》,见包亚明主编:《后现代性与地理学的政治》,上海:上海教育出版社,2001年,第18页。

"在文本中并列地放置那些游离于叙述过程之外的各种意象和暗示、象征和联系,使它们在文本中取得连续的参照与前后参照,从而结成一个整体"①。这里的并置主要指意象并置,但在小说创作中,运用意象并置显然有些捉襟见肘。因为并置作为一种现代主义小说技巧,是对传统小说追求开端、发展、高潮、结局的线性情节结构模式的反叛,是由时间艺术向空间艺术的拓展,它更多地追求形式的空间化,体现出时间的静止性和叙述的开放性。作家可以依据表达的需要,灵活地将并置分为章节并置、情节并置、叙述者并置、人物并置、意象并置等多种类型。

戴厚英在作品中首开历史先河地运用了章节并置、情节并置、叙述者并置,产生了异样的文体表达效果,为新时期初文坛带来了一股新鲜的空气。在《人啊,人!》中,作家没有沿用传统的适合读者阅读习惯的方式来安排小说的篇章体制,而是将整个小说分成四部分,第一章围绕每个自述人对历史的看法而展开,专章探究历史观;第二章围绕每个自述人对孙悦、何荆夫的爱情而展开叙述,在凌乱的意识流动中一点点还原历史;第三章依然围绕孙悦与何荆夫、赵振环的情感纠葛而展开,在各种意象、片段化情节中展开对人性、人情的探讨;第四章则围绕出版《马克思主义与人道主义》而展开,将作品的哲学反思推向高潮。这四章每章重点不一样,虽然小说的主线是孙悦与何荆夫、赵振环的情感纠葛,但这条主线在不断地被割裂,不断被插入其他细枝末节,使得一条本来也可以很流畅的线性结构隔空成四个既独立又互为逻辑的并置性结构。

故事和情节是有区别的,情节讲究因果逻辑,故事讲究先后时序,一部小说可以有很多故事,从而形成故事并置;一部小说可以是一个故事,但可以采用情节并置的方式完成故事的讲述,从而形成情节并置。情节或故事并置都是相对于传统意义上的线性因果逻辑的情节设置而言,不再追求故事的连贯性,而是将环环相扣的情节链隔空为一个个小的空间单元,而从整体来看,这些隔空的情节单元又在辐射状的单元信息中暗合成一条清晰的叙事链,完整地讲述一个故事。在《人啊,人!》中,因为并置的篇章结构,整个小说被隔成四个部分,而在这四个不同的文学空间里,每个空间为读者呈现了不同的生活场景,这场景极具随意性,互相之间并没有规定的生活逻辑性和先后主次性。通常一遍读下

---

① 吴晓东:《从卡夫卡到昆德拉:20世纪的小说和小说家》,北京:三联书店,2003年,第184页。

来,读者的脑海中只能留下一些有点关联或毫无关联的情节碎片,再加上通篇的意识流、象征、梦境、荒诞等现代主义手法的运用,使每个叙述者的情感世界表达凌乱而通透。用作者的话来说,这些抽象的方法"可以更为准确和经济地表达某种思想和感情,否则,要把这些内容用另一种方法表达出来,是相当费力又费笔墨的"①。情节并置手法虽然最大限度地获取了叙述的自由,却很难为读者描述一个连贯性的故事,读者随着人物的意识流不断地穿越于历史和现实之间,情节碎片随着不断流动的意识更加碎片化,叙述的时间感消失,小说的空间并置效果得以突显。正如弗兰克所言"就场景的持续来说,叙述的时间流至少被中止了,注意力在有限的时间内被固定在诸种联系的交互作用中。意义单位如此之大,以至于这个场景可以凭借全部悟性的幻觉来阅读"②。故读者想读懂《人啊,人!》,必须一次次重温小说片段,在各个人物所提供的点滴信息中一点点构建对历史、对特定时期的人物关系、对人性与人道主义等的理解。

在叙述方法上,《人啊,人!》摒弃传统的"上帝之眼",采用多重第一人称叙述者进行"福克纳"③式叙述。"近世以来,中国小说借西方文化与文学之力派生出许多新的文体、新的方法并提升其地位,这是有目共睹的,几乎没有一个小说家不受西方文化与小说的熏陶。"④戴厚英也概莫能外,从《人啊,人!》的叙述者安排中就能窥出作者借鉴的痕迹。一部作品出彩与否往往不在于讲述的故事本身,而在于讲述故事所采用的方法。《人啊,人!》作为反思小说与同时期的作品相比,讲述的故事并不新颖,但其在作品中采用了叙述者并置手法,让故事人物赵振环、孙悦、何荆夫等轮番出场,以第一人称角色畅谈对历史、对孙悦和何荆夫之间的情感纠葛、对能否出版《马克思主义与人道主义》的看法和个体的心理情感,这些人物叙述者均站在自己的立场来谈论相同的主题,在互相补充中共同还原事件的始末,从而变线性的事件叙述为板块状的空间叙述。且在这叙述中,"让人物自己站出来打开心灵的大门,暴露出小小方寸里所包含的无比

---

① 戴厚英:《人啊,人!·后记》,广州:花城出版社,1980年,第355页。

② 周宪:《现代小说中的空间形式·译序》,见约瑟夫·弗兰克等:《现代小说中的空间形式》,秦林芳编译,北京:北京大学出版社,1991年,第3页。

③ 作为并置叙述的经典之作,福克纳在《喧哗与骚动》中通篇采用第一人称叙述方法,分别让傻子班吉、昆丁、杰生以及隐含作者的视角对康普生家族的兴衰过程做不同角度的描述,完全打破了传统意义上线性叙述方式,形成了叙述者并置的叙事范式。

④ 丁帆 许志英:《中国新时期小说主潮》,北京:人民文学出版社,2002年,第314页。

复杂的世界"①,充分体现出叙述的主观性和叙述者浓烈的情感。作者为减少频繁的叙述者转换带来的阅读干扰,采用每章用标题提示叙述者姓名的方式来完成叙述者的转换,使得作品的叙述思路清晰,情感真挚,读者与隐含作者的情感距离在逐步拉近,进而产生共鸣。

若依据各并置空间在小说中与故事主线所呈现的姿态,可将空间叙述分为串联式空间、并联式空间以及串联并联式空间三种,所谓串联式空间是指对一段漫长的时间进行空间化处理,使原本按线性的时间流动被阻隔成若干个具有典型意义的场景并置,各并置空间之间存在时间先后次序,若想把握小说主题,必须从整体上观照所有的空间场景才能完成。所谓并联式空间是指被割裂的叙述空间之间缺少一定逻辑关联,互相呈并列关系,若抽去其中某个叙述空间并不一定影响主题的表达。但单纯的串联式空间和并联式空间还是较少,更多作品则是串联空间与并联空间的交叉,即为了更经济地突显主题,不再按传统的线性顺序来演绎故事,而是根据表达需要,将线性叙述割裂成多个叙述空间,这些空间之间有的互相交叉,有的互有关联,有的互不关联,它们对于作品主题的表达皆不可或缺。以此观照《人啊,人!》,其整体叙述具有一定的线性进度,所有叙述者的叙述目的奔向同一主题,且各叙述空间之间互有关联指涉,这些叙述空间皆不可或缺,很显然属于第三种类型。这种新颖的空间叙述让读者在政治文化语境下看见一个迥异于同时期声泪俱下、简单控诉的文学空间,在一定程度上拓宽了长篇创作的审美空间,促进了长篇小说的现代化转向。

第二节　80 年代中后期:暗涌的异质新构

从 1985 年起,中国社会进入转型期,新时期初文学受制于政治文化和意识形态的状况得以缓解,社会语境逐步宽松,经济体制的转型、思想的解放以及国门的打开,中国文学又开始大范围地恢复了与世界文学的交流。这些直接影响了作家的审美观以及价值立场。80 年代前中期是短中篇小说的天下,长篇小说暂处于落寞状态,进入中后期,文体革新的长篇小说虽在数量上较之前期并没有表现出异军突起的翻转,但在文体意识的觉醒、文体探索的追求上迈出了可

---

① 戴厚英:《人啊,人!·后记》,广州:花城出版社,1980 年,第 358 页。

喜的一大步,在这里且列出当时一些代表性长篇作品①。和前期相比,数量有了小幅度增长,但从文体设置来看,较之传统的叙事方式,不少作品却能产生惊艳的艺术效果。文体是有"意味"的形式,我们在研究文体时,自然不能脱离作品的内容而空谈形式,故欲对80年代中后期的长篇小说文体革新现象做出评述,首先需了解此阶段长篇小说在题材选取、主题表达等方面的大致镜像。

新时期初长篇小说在主题表达和题材选取上是单调的,主要体现为对国家主流意识的同步诠释,大家基本上整齐划一地随着"伤痕""反思""改革"的节拍往前走,少有作家勇于打乱这样的节奏。进入80年代中后期,这种整齐划一的步调得到局部突破,作品的题材选取和主题表达有了明显变化。一是题材范围的扩大。此时期的小说题材在原有基础上有了变化,其中部分作家还是随着主流意识的节拍往前走,一批改革题材如《浮躁》《古船》《都市风流》等小说应运而生,这些作品要么写农村的发展,要么写城镇的变迁,要么写大开大阖的经济改革,要么写琐碎庸常的日常生活,都从正面展现了改革开放以来中国社会生活的各方面状态。还有部分作家秉承中国传统的史学叙事,在历史的空间里诠释人生,获取启迪,这些历史叙事有对刚刚结束的"文革"叙事如《69届初中生》《血色黄昏》《隐形伴侣》等,还有将历史时空上溯到"文革"以前的各个时段如《金瓯缺》《第二个太阳》《红高粱家族》等,这些叙事要么以历史为正史,要么以历史为背景,探究了历史或超出历史本身的关于"人性""人生""人的命运"等主题,较之前期的"文革"控诉有了一定的拓展。除了上述两种题材,此时期还有新的题材开掘即对民族文化以及人性的挖掘与思想启蒙,《海火》《玫瑰门》《十三步》等以个人叙事的方式剖析人性,《活动变人形》《死街》等既有文化寻根的意味,又含有对民族文化劣根性与生存方式的批判与反思。总体来说,80年代中后期长篇小说的题材主要分为现实、历史、人性三大块,从主题表达看,不再局限于二元式的社会政治价值评判,而开始关注"人"的存在,探讨人性的微妙与复杂,思考形而上的终极问题。而这些自然影响到作家表达方式的改变,正如罗伯·格里耶所说,"我们之所以采用不同于19世纪小说家的形式写

---

① 如1985年《金瓯缺》、1986年《古船》《平凡的世界(第一部)》《夜与昼》(上下卷)《69届初中生》《隐形伴侣》《死水》,1987年《衰与荣》《浮躁》《金牧场》《红高粱家族》《血色黄昏》《少年天子》《活动变人形》《上下都很平坦》《第二个太阳》,1988年《玫瑰门》《穆斯林的葬礼》《洗澡》《平凡的世界(第二部)》《海火》《上帝不能吻》《十三步》《雪城》《突围表演》,1989年《平凡的世界(第三部)》《死街》《酒色财气》《都市风流》《大气功师》等。

作,并不是我们凭空想出了这一形式,首先是因为我们要描写和表现的现实和19 世纪作家面临的迥然不同"①,主要表现是在颇具现代因子的结构与叙述以及初具个性的语言形态与开放式话语表达。

一、开放的结构样态与另类叙述

80 年代中后期的小说在结构样态上较之新时期初,在保持已有结构形态的基础上有了一定的拓新。其中诸如《金瓯缺》《平凡的世界》《第二个太阳》《酒色财气》《都市风流》等作品大体采用有机时间结构。但此阶段的拓展性线型结构较之新时期初的浅尝辄止迈出的步伐较大。如《穆斯林的葬礼》从内容到结构都体现出两条线,一条线以梁冰玉为视角回忆玉器世家两代人在历史大环境下的命运变迁,另一条线以韩新月为视角讲述新一代穆斯林冲破民族文化束缚,追求新生的坎坷。两条线索在文本结构上分别体现为"玉""月"标题,分别代表历史和现实,在互相交叉中深度诠释小说的寓意,体现出结构的完整性。再如《玫瑰门》在线性叙述中隐含着三个时间层,即"文革"期间司绮纹一家的遭遇;解放前年轻的司绮纹的情感婚姻遭遇;成年后的眉眉的内心独白,这几个时间层之间并没有紧密的逻辑联系,因此造成了时间结构的局部断裂,形成了一种"召唤结构",但在读者的思辨与感悟中也完成了作品结构的整合性。

而新时期初尝试运用的"空间并置结构"在 80 年代中后期开始得以局部推广。如出现了《红高粱家族》的主题并置结构。小说由五个单篇组成,这五章相互联系又相互独立,联系它们的主线是通过爷爷的一生经历完整地勾勒出红高粱家族的兴亡始末。围绕这条主线又分出多条分支即《红高粱》《高粱酒》《狗道》《高粱殡》《奇死》。这五个互相独立又交叉的故事表达着小说共同的主题,从而构成了空间并置的艺术效果。如《金牧场》的故事与情节并置。小说由两条主线构成,一条主线为"我"去日本访学的 J 单元,这一单元里又以意识流方式插入对西北地理与民族状况的田野调查与感想情节;另一条主线是"我"忆述在蒙古草原上插队生活的 M 单元,其中还夹叙"文革"中的红卫兵往事情节。整个作品由两个叙事空间平行构成但又互为参照,所包含的四个情境与时态,各时空互相割裂又有机糅杂,形成多语和弦的文体效果。再如《死街》的生活空

---

① 格非:《小说艺术面面观》,南京:江苏文艺出版社,1995 年,第 11 页。

间并置。"它的整体结构是以小块面组合而成,而每个块面之间又完全是一种非情节因果关系,似片段生活的连缀,但后一个块面又往往以消弭前一个块面留下的悬念为前提。"①这种板块并置的结构理念,消解了小说情节的连贯性与人物的整体性,在似假却真的"死街"上,人际关系超然、平淡,互相之间没有内在的情感链接,人物行动的整一性和情节的逻辑性也被打破,在"一人一世界,一人一哲理"的叙述方式中展示了主题的多样性与深刻性。

除此之外,又新出现了与"有机时间结构"和"空间并置结构"相对应的"自由结构",所谓"自由"言指小说不再拘泥于历史性的时间逻辑或共时性的空间连接,不再依靠完整的故事、鲜明的人物或各种空间场景来结构文本,而开始出现淡化情节,主要以意象、心理、情感等为动力势能的结构样态如心理型结构、意象型结构。前者如《隐形伴侣》《海火》等。后者如《活动变人形》《死街》《金牧场》《十三步》等。此时期还新出现一种相对于"有机结构""空间结构""自由结构"而存在的结构形态即"反小说结构",如《上下都很平坦》。

新时期中后期的叙述方式较之80年代初"全知零聚焦叙述者一统文坛、仅有个别作家别出心裁"的现状有了很大突破,如在第三人称叙述视角中出现"视角越界"现象;在第一人称叙述视角中出现"视角杂交"现象;开始出现多重视角的交叉运用;空间叙述更加复杂立体化;诸如元叙述、延宕等叙述技巧的开始运用等,这些现象合在一起形成了80年代中后期长篇小说开放、多元的叙述探索局面。

在人称安排上,此时期第三人称叙述视角的作品大致占据整个作品的一半,这较之80年代初第三人称叙述视角占据绝对主流的状况有了很大改变。而在第三人称叙述者中,有插入主观议论较多的"介入型叙述者"如《平凡的世界》;有既不参与故事情节,也不参与议论的"隐身人叙述者"如《浮躁》等;有不参与故事情节但潜入人物意识进行叙述的"次知叙述者"如《隐形伴侣》。除了上述全知视角,第三人称视角里还出现限知人物叙述者,如《69届初中生》以主人公"雯雯"的视角来讲述主人公从孩提时代至成年后在时代背景下的命运沉浮,小说自始至终都是雯雯的限知视角,由于视角的稳定,相当于第一人称视角,增强了故事的真实性。第三人称中还有限知视角叙述者通过"视角越界",

---

① 胡良桂:《蜕变转型 超越现实——孙健忠倾斜的湘西系列小说描述》,《当代文坛》1991年第3期。

使其具有全知视角和限知视角的双重功能,如《玫瑰门》。《玫瑰门》采用人物"眉眉"的视角来有限度地展现以眉眉的婆婆和姑爸、眉眉的妈妈和哥、嫂、眉眉的妹妹等为代表的三代女性的命运,作为故事的参与者,眉眉是第三代人,她不可能知道上代人的情感与生活细节。在这种情况下,小说不可避免地出现了向全知视角转移的倾向,对于这种现象,已有论者发现并做出归纳,认为"如果叙述者开始由全知视角转向限知的人物视角,或由限知的人物视角转向全知视角,或从第三人称跨越不同时空产生两个不同的第三人称叙述视角时,就产生了视角越界"①,并指出变异视角"提供的信息量比所采用的视角模式原则上要多得多。它既可表现为外在视角模式中透视某个人物的内心想法,也可表现为在内视角模式中,由聚焦人物透视其他人物的内心活动或者观察自己不在场的某个场景"②。正因借助"视角越界",《玫瑰门》表层看似仅有"眉眉"的人物限知视角,深层运行的还有帮助作者完成叙述的隐含叙述者,作者在偶数章最后一节插入成年眉眉和幼年眉眉的对话,将关于人性、命运的命题升华,叙述人称直接由第三人称变成"你"和"我",突显眉眉在作品中既是限知人物视角又是作者化身的叙述者身份。

　　除了占据半壁江山的第三人称视角,新出现了第一人称叙述视角,如《血色黄昏》中的主人公叙述者、《海火》中的人物叙述者、《红高粱家族》中的变异叙述者等。《血色黄昏》中的"我"是故事的主人公,在某种程度上,读者都将"我"等同于作者,作品被称为"新新闻主义"小说也许缘于此种误会。其实,任何一部小说的作者不可能等同于叙述者,文中的"我"只能是隐含作者,其通过细节的取舍、心理的宣泄等来表达作者的情感,但永远只能是作者的一个化身而已。但这种通篇稳定的视角、细腻的内心宣泄,无形中拉近了与读者的距离,增强了故事的感染力。而同为第一人称,《红高粱家族》采用的是变异的第一人称视角。《红高粱家族》中的"我"既不是故事的参与者,也不是旁观者。作者对"我"的身份作了含蓄说明:"我是高粱家族不肖子孙的一员。为了给我的家族树碑立传,我曾经跑回高密东北乡,进行大量的调查。我查阅过县志。"传统的历史叙述都采用冷静客观的零聚焦叙述者,《红高粱家族》却挑战性地采用与历史无关的限知视角。当然,作者的思维并未停留在"我"身上,而是别出新意地

　①　申丹:《叙述学与小说文体学研究》,北京:北京大学出版社,2001年,第265页。
　②　申丹:《叙述学与小说文体学研究》,北京:北京大学出版社,2001年,第269页。

以"我"父亲豆官的视角来还原"我"爷爷余占鳌、"我"奶奶以及罗汉大叔等的抗日史,同样具有零聚焦的全知功能。"我"父亲豆官以儿童的身份也参与历史,但其尚未形成稳定的价值评判能力,通过一个不可靠叙述者的叙述来还原历史,这历史本身就值得怀疑。历史是任人涂抹的小姑娘,"我"父亲为大家还原了历史的另一副面孔,故有论者认为这是"新历史主义"手法,中国"新历史小说"滥觞于此。这些皆归功于变异叙述视角的采用,莫言自己也认为"没有儿童视角这一独特的叙述视角,《红高粱家族》就是一部四平八稳、毫无新意的小说"①。故还有论者指出"这不是一种严格的限制叙事,也不是一种严格的全知叙事,而是一种叙事的杂交现象"②。明明可以运用第三人称全知视角,作者为何却用第一人称限知视角?因为"我"的存在,增强了历史的延续感和真实性,正如苏童所说:"因为在这个过程中,我触摸了祖先和故乡的脉搏。我看见自己的来处,也将看见自己的归宿。"③

若说第三人称中的"视角越界"让人称赞,第一人称中的"视角杂交"让人称奇,而此时期出现的多重视角交叉现象如《活动变人形》的多重视角重叠、《十三步》的"笼中叙事"等则令人叹为观止。《活动变人形》设置了多重视角,第一层是作者本人的全知视角,他在开篇直接将读者引进艺术的世界,而在小说结尾,这个全知叙述者又站出来,在倪家旧事戛然而止的时候,宕开一笔插入自己曾经的坎坷心路和写作倪家旧事的感受,和刚刚结束的历史画面相互召唤,使作品的内涵更加深邃。第二层是故事主人公倪吾诚的儿子倪藻。全知叙述者在开篇就将已是语言学副教授的倪藻引出,时间安排在1980年。倪藻进行国外访学,国内外文化发展现状存在鲜明差距的刺激以及父亲故知的造访触发了其对倪家旧事的回忆,小说的主体故事由此引出。访问结束时,倪吾诚无可奈何地寂寞死去,现实和历史在此汇合。倪藻是父亲悲剧命运的见证者,他对中国文化和其父亲固有的性格缺陷做了最直接的反省,但他对其遭遇持同情又批判的态度。同时,倪藻作为次叙述者,其本身也是小说审视、反省对象,他的命运和倪吾诚的遭遇互为补充,令人不禁感慨生命个体在宏大社会历史面前的渺小与无可逃避。第三层叙述视角是小说中偶尔还以"我"的身份站出来公开发

---

① 莫言 王尧:《从〈红高粱〉到〈檀香刑〉》,《当代作家评论》2002年第1期。

② 孙先科:《作者的在场与退场》《文艺理论研究》1996年第6期。

③ 苏童:《苏童文集》,南京:江苏文艺出版社,1993年,第1页。

表言论的"老王",并公开"我"就是"老王"。"我"在文中是作家的一个化身,但并不是作家本人,是一个隐含叙述者,他也与倪藻保持一定距离。在小说结尾,全知叙述者安排"老王"与倪藻照面,这是别有意味的设计,倪藻是作者审视的对象,也是作者理想的寄托,二人在"海的梦"会面,隐含作者对倪藻"非要往远里游不可"的不懈追求精神的欣赏,也间接表达出作者对人生和艺术更高境界的追求和向往。

《活动变人形》借助多重视角深度批判和反省了民族文化的痼疾以及旧知识分子的悲惨命运,但作者对叙述者人称的安排是谨慎的,承担叙述功能的主要是第三人称叙述者,而在《十三步》中,作者借助人称和视角的不断更换,全力描写了中国知识分子的困境和现实生活的荒诞。严格意义上说,这是一部关于叙述的小说,小说原名《笼中的叙事》,写作的动机缘于作者前部作品《红蝗》的不节制而饱受诟病,于是作者在《十三步》中意欲实行一种有节制的写作,并命名为"笼中的叙事",莫言认为"关在笼里的人与其说是一个故事叙述者,毋宁说是故事本身。但故事无法冲破牢笼,就像叙述人无法跳出牢笼一样。在虚构的笼子里,故事和叙述人是自由的,他们可以在里边做出各样超出常规的动作,但不能越出笼子"①。确实,在这部作品里,故事是自由的,叙述人更是自由的。对于一部小说,"叙述的首要问题是解决谁来讲故事的问题"②,这个问题在《十三步》中显得尤为迫切,因为一旦弄不清叙述者是谁,后文随之不断转换的"你""我""他"的所指也随之一团迷雾。《十三步》的故事并不复杂:中学物理教师方富贵因劳累过度猝死讲台,火化前因让路于副市长而被塞进冰柜并离奇复活。殡仪馆美容师李玉婵为能让同为教师的丈夫张赤球有时间外出挣大钱,将方整容并代替张再登讲台。方的妻子以为方已死,拒绝改容的丈夫入门,真实的张赤球在现实中孤苦无依,无家可归。活着的方富贵以张的面孔苟活于世,最后再次自尽于教室。故事内容的荒诞不足为奇,但讲述故事的方式却让人大开眼界。整个故事的讲述由关在笼中的"叙述者"完成,小说还有另一个叙述者"我们",自始至终和笼中的叙述者对话,进而完成小说的叙述。笼中的叙述者到底是谁?"我们"也不断提问:"你是人还是兽?是人为什么在笼子里?是兽

---

① 莫言:《笼中叙事的欢乐·代后记》,《十三步》,上海:上海文艺出版社,2012年。
② [秘鲁]略萨:《给青年小说家的信》,赵德明译,上海:上海译文出版社,2004年,第47页。

为什么会说人话？是人为什么吃粉笔？""我们怀疑这是叙述者玩弄的圈套，一个吃粉笔的人还值得信任吗"这种叙述干预一方面道出了读者的困惑，另一方面也解决了这种叙述设置的可能性与合理性。当然笼中的叙述者不可能给出正面答案。其实，只要深入研读文本，就会发现笼中叙述者既是方富贵，又是张赤球，因为他们都是故事的当事人，都是教师，都是受害者，作者在小说中根据情节的需要不断切换视角。小说共十三部，其中第一、二、十、十一、十二部的叙述者是张赤球，第三、四、五、六、十三部的叙述者是方富贵，第七、八、九部的叙述者则变成了两人的交叉。整体上来看，《十三步》的叙述者转换富有一定的节奏，但在具体人称所指上，和《人啊，人！》的第一人称转换相比显得复杂缠绕，如"从方富贵死在讲台上那一时刻起，我就产生了强烈的吃粉笔的欲望，粉笔的气味勾引得我神魂颠倒，人们都说我得了神经病，随便，我想吃粉笔，我只有吃粉笔。你眼泪汪汪地向我们叙述着你的感觉，你甚至唤起了我们久已忘却的对粉笔的感情。接下来的问题是给你吃呢，还是留下我们自己吃？"这里的"你""我""我们"之间的转换没有一点过渡，也没有任何提示，读者只有冷静分析才能解出叙述人称的所指。从内容逻辑上进行推理，既然方富贵已死，这里的"我"和"你"当然就是张赤球，"我们"就是旁观叙述者。再如同第十部："在胡同里，你与整容师相遇""你对我们说，你从一切迹象判断，你认为：这场稀奇古怪的偷情给屠小英的刺激十分强烈，她咬着他的肩膀，尝到他的血的味道"。联系上下文，这里的"整容师"自然是李玉婵，"你"分别指屠小英、张赤球，"他"指方富贵。如此高频率的人称转换在常规的小说创作中极其少见，作者对自己的"笼中的叙事"非常满意，称这部小说"向我证明着我在小说技巧探索道路上曾经做出的努力"①。但这种叙述方式对读者的智力提出极大挑战。如第四部的"你"既是叙述者张赤球，又是李玉婵；第十部的"你"既是叙述者张赤球，又是屠小英。这种无厘头的叙述方式让读者不堪其累，陌生化艺术效果极强。作者本意想进行一种有节制的写作，但最终不可违抗地陷入另一种不节制之中。

《金牧场》是一部关于精神漫游的小说，故在作品中很难理出清晰的线性发展脉络。仔细分析，《金牧场》也是典型的并联与串联交叉的空间叙述。作品共分十章，每章由三部分组成，其中黑体字为作者独白，J代表在日本的叙述场景，

---

① 莫言：《笼中叙事的欢乐·代后记》，《十三步》，上海：上海文艺出版社，2012年，第325页。

M 代表在内蒙古草原的叙述场景。两大场景平行叙述，再加上意识流的无序流动，形成了多个叙述板块，这种虚化时间的空间化叙述显然是专为叙述者"我"的心灵游历而设，外在形式的设定构成了作品表达情感内涵的一部分。

"就一般情况而言，叙述者人称一般归纳为三种选择：一个由书中人物来充当的叙述者，一个置身于故事之外无所不知的叙述者，一个不清楚是从故事天地内部还是外部讲述故事的叙述者。前两种是传统叙述者，第三种是现代小说的产物。"①以此观照 80 年代中后期的长篇叙述，尽管存在"越界""杂交""多重转换"等现象，但大部分叙述者都属于传统叙述者，而《上下都很平坦》则属于典型的非传统叙述。将《上下都很平坦》和复杂的《十三步》相比，后者虽考验着读者的智力与耐心，但只要静心分析，读者还是能摸索出一定的叙述规律，洞察缭绕背后所蕴含的深意，但读者若将此耐心和智力投射到《上下都很平坦》则收获甚少。《上下都很平坦》的故事内容很平常，但叙述者的安排很不平常，作为知青群体的"我"在文中不是参与者，只是旁观者，如同一名驻地记者一样全程报道核心人物"姚亮"以及与其相关人物的相关事件。"我"作为旁观的全知叙述者，对各个人物的命运了如指掌，从此角度看，"我"是权威的，似乎等同于作者马原。但"我"在文中热衷于不停地进行叙述干预，将自己的身份以及故事的真实性进行一次次解构。诸如"那部小说的作者也叫马原，不知道那个马原是否还活着"，言下之意，这部小说的作者是马原，但此马原不是彼马原，但"我"是否就是此马原？接下来的叙述干预很快否定了这个假想，"我不知道那个也叫马原的写这部时对我们那里的实际情况知道多少"。因为"我"的身份不确定，直接影响了由"我"所叙述故事的真实性，而"我"在开篇就大相径庭地表白："我像一个局外人一样更相信虚构的那些远离真实的所谓真实的幻想故事""我已经到无可救药的年龄，不再试图还原真实"。随后的不间断干预将读者的怀疑更是加剧到极致，如人物姚亮和"我"探讨肖丽的死因，在交流的过程中骂"我"咬文嚼字，此时的读者对"我"充满期待，希望接下来的回答能让谜底揭晓，但"我"却甩出这么一段话："我不能不咬文嚼字，要骂人我比他更便利，我让他骂人他才骂人，我可以要他死。我在虚构小说的时间里神气十足，就像上帝本人"，此番言论将读者苦心营造的一点信任瞬间消解。很显然，马原这种不间

---

① [秘鲁]略萨：《给青年小说家的信》，赵德明译，上海：上海译文出版社，2004 年，第47 页。

断暴露虚构性的叙述手法正是借鉴了元叙述手法,针对叙述而言,"元叙述起于叙述,又反对叙述,干预着叙述,所采用的是自由视角,其语言表达富有论辩性与机智性"①,而叙述者对故事和叙述方式的反身叙述,"其主要功能在于构建故事的真实性和叙述者的权威性,或揭示故事的虚构性和叙述的不可靠性"②。其在技巧表达上并无"先锋"可言,在中国古传奇《枕中记》《任氏传》《李娃传》等中可发现元叙述笔法,而在西方阿拉伯民间故事《一千零一夜》中也能发现双重叙述方法。很显然,"我"在文中的主要职责就是暴露小说的虚构性以及叙述的不可靠性。作为先锋作家,马原不主张小说的故事性,也不提倡小说的深度模式,《上下都很平坦》中所有故事围绕姚亮展开,但故事之间互不关联却假装关联,尤其在第一章煞有介事地预叙瓶子、二狗、江梅、肖丽等的死亡结局,但在第二章却只字未提死因,第三部分更是不了了之,从讲故事角度看,小说根本没有完成基本的叙述任务。作者用叙述圈套压抑情节,又用片段的情节取消思想的深度,最后给读者留下的只是一个个圈套而已。

80年代中后期的叙述注重心理表达,开始向内转,而空间化叙述的深度表达、叙述干预的多功能显现、多重视角的大杂烩,元叙述的反身叙述等现象,对读者的阅读习惯造成极大冲击,将80年代中后期的个性化叙述推向高潮。而在节奏上,因上述叙述现象的存在造成延宕的效果,小说的时间性减弱,空间感加强,叙述节奏开始变缓。

二、初具个性的语言形态与开放式话语表达

有学者认为"新时期小说因为已不仅仅围绕着人物、故事、环境展开,小说语言也就必定要发生多方面的变异。语言的新色调、新组合已大量产生。新的小说文本赋予小说语言新的形态,而新的语言形态又直接使当今小说与传统小说拉开了距离"③。的确,从修辞学角度看,80年代中后期的长篇小说较之前期开始有了个性化的语言风格,最明显的特征表现为《少年天子》的诗化,《金牧场》的散文化、《红高粱家族》的多语狂欢化,《十三步》《玫瑰门》的粗俗化倾向

---

① 刘恪:《先锋小说技巧讲堂》,天津:百花文艺出版社,2007年。
② 王正中:《元叙述的叙述功能》,《温州大学学报》2012年第6期。
③ 丁伯铨:《新时期小说思潮与流变》,南京:南京大学出版社,1999年,第391页。

以及《钟鼓楼》的地域化特色等。其中特色最为鲜明的则是《红高粱家族》，其广泛借鉴艺术学和心理学的有关画面、色彩、线条、视觉、听觉、嗅觉、味觉、触觉等各种感觉化语言，表现"作家和人物对客观事物的心理感受和情感体验，瞬间饱含了极为丰富繁复的信息"①。与此同时，作品还大量使用通感、戏仿等手法，使得语言幽默、繁复、夸张。而《十三步》《玫瑰门》中开始出现诸多方言、俚语、民间诨语以及各种恶俗的意象描写。《活动变人形》中铺陈、嘲讽、夸张的语言则产生了反讽抒情效果。

80 年代中后期长篇小说的话语表达主要体现在对"对话"的运用上。首先是"对话"语式的突破，不再完全按照直接引语的方式来开展人物之间的对话，即便如《上下都很平坦》虽通篇为直接引语，但多为舍弃对话人物提示的简化对话方式。还有作品舍弃直接引语中必备的引号与作者的交代转述语，在语式上多表现为自由间接引语和自由直接引语。其次在对话范围上有了突破。一是人物之间的对话有了创新如《血色黄昏》的自述体、《隐形伴侣》初见端倪的对话体。二是开始出现作者与人物之间的对话。如《玫瑰门》中追忆者的成年苏眉与亲历者的童年眉眉的灵魂对话。再次是杂语体的出现。"对话"理论由巴赫金建构并发展成熟，"杂语"也是其对话理论的核心概念，但巴氏的杂语体概念界定范围有些广而含混，首先是关于小说在语言表达上的"杂语性"即"在同一个表述舞台上两种相异语言意识偶然相遇"②，小说通过人物的语言引进和组织杂语，人物语言"给作者语言以影响，把他人的话语散布在作者的语言中，通过这种办法使其出现分化，出现杂语性"③。韦勒克也曾指出文学语言的杂语性，认为"因为文学与其他艺术门类不同，它没有隶属于自己的媒介，在语言运用上无疑地存在着许多混合的形式和微妙的转折变化"④。但同时，巴氏又进一步指出"杂语体"在文体方面的杂语性，当然，这些插入文体也给小说带来了自己的语言，并因此分解了小说的语言统一，诸如各类专业术语、实用文言、民间俚语、官方语等的插入，确实也带来小说话语的"杂语性"。从语言学角度来看

---

① 吴秀明：《转型时期的中国当代文学思潮》，杭州：浙江大学出版社，2004 年，第 221 页。
② ［日］北冈诚司：《巴赫金对话与狂欢中》，魏炫译，石家庄：河北教育出版社，2002 年，第 244 页。
③ 《巴赫金全集》（第 3 卷），钱中文译，石家庄：河北教育出版社，1998 年，第 99 页。
④ ［美］韦勒克 沃伦：《文学理论》，刘象愚等译，上海：三联书店，1984 年，第 103 页。

80年代中后期的作品,已有作品呈现出杂语性特点。如《古船》是个充满矛盾和疑惑的文本,多重对话在这里进行,其中有政治话语和文化话语的对话、封建话语和科技话语的对话、民间话语和现代话语的对话,人物内心的两极对话,直到文本结束这些对话还在继续,在作品内涵意义上形成了多声部交融的艺术效果。

总之,80年代中后期的长篇小说在整体数量上并没有表现出惊人的激增趋势,但具有文体革新倾向的优秀作品较之新时期初明显增多,作家的文体意识明显增强,文体探索活动也明显活跃起来,一系列文体特征鲜明的作品脱颖而出,如《金牧场》的"文体互渗"现象、《金牧场》《红高粱家族》等作品的"并置"结构、一批诸如心理型、命运型、寓言型结构的作品明显增多。与结构的多样化相对应的是叙述方式的多样化,重点表现出对"自述体"的青睐以及对多重视角的交叉运用,最典型的如《十三步》中"笼中叙事"的人称叙述实验,体现出作家对叙述方式的思考与重视。而在话语表达上,语言的修辞风格初具个性化倾向,话语表达上对常规"对话"语式有了突破,开始呈现"杂语性"特征。

第三节　20世纪末:高蹈的实验狂欢

与80年代长篇相比,90年代长篇在作品数量上以惊人的速度展现了其疯长态势,据相关数据显示,90年代长篇小说年出版量已突破千部,而更大的变化则是相对于80年代的"共名"状态,90年代文学开始进入"无名"状态。所谓"无名"是指"当时代进入比较稳定、开放、多元的社会时期,人们的精神生活日益丰富,那种重大而统一的时代主题往往拢不住民族的精神走向,于是出现了价值多元、共生共存的状态"①。当然,无名状态不是无主题,而是多种主题的并存,是无名与共名的共舞。对于90年代以来的文学格局,学界公认多元化,但这"多元"并非乱象丛生,依然有章可循。如前两个时期长篇小说的题材选取和主题揭示主要分布在历史、现实、人性三大领域,到了90年代,这种格局得以进一步拓展,重头戏依然是历史和现实书写,但历史书写方式发生变化,除了部分

---

① 陈思和:《当代文学史教程》,上海:复旦大学出版社,1999年,第336页。

正史书写之外,更多作家转向书写新历史小说,如《故乡天下黄花》《我的帝王生涯》《苍河白日梦》《故乡面和花朵》等。在现实题材方面有部分作家坚持宏大叙事如《骚动之秋》《抉择》《车间主任》《国画》《苍天在上》等,除了这些"共名"写作之外,大部分作家坚持自己的个性叙事。

在中国现当代文学史上,"无名"状态的写作时间很短暂,如"1927 至 1937年""1989 年至当下"。对此,有论者归纳出"十七年的叙事主体是'阶级叙述者',新时期则是'精英叙述者',进入 90 年代则是'个人叙述者'"①。所言不虚,从作家的创作现状来看,90 年代之后,作家开始进入"个人化写作"年代。所谓"个人化"写作首先是指"建立在个人记忆基础上"②"逼近个人经验"③的写作,于是有论者认为个人化写作专指"晚生代"的写作,主要特征为"没有内在性、对表象的书写或表象式书写、欲望特别是性成为小说叙事的根本动力"④,对此,韩东曾高调宣称:"在现有的文学秩序之外,有另一种性质完全不同的写作存在。"⑤但不少论者认为个人化写作并不是如此"单一地强调或格外看重创作主体的私人感受与体验以及自我情感与自我意识"⑥,如黄发有认为被贴上"个人标签"的写作是"伪个人化写作",真正的个人化写作应是"捍卫个体独立人格的写作"⑦。雷达将其分为两种,即"一种虽身处边缘化位置,却能把当下的生存体验上升到精神体验的高度,以个人化来贯通对民族灵魂的大思考,另一种写作只为自己,只注重私人空间,以致将极端个人的生存体验和心灵感受幽闭化、绝缘化,把个人化转换为彻底的隐私化"⑧。戴锦华则从三个层面界定:"一是个性风格。另一个层面是只从个人的视点、角度去切入历史。最后一个

---

① 程文超:《新时期文学的叙事转型与文学思潮》,广州:中山大学出版社,2004 年,第271 页。

② 林白:《记忆与个人化写作》,《花城》1996 年第 5 期。

③ 李敬泽:《个人写作与宏大叙事》,《作家》1999 年第 1 期。

④ 陈晓明:《晚生代与九十年代的小说流向》,《山花》1995 年第 1 期。

⑤ 韩东:《备忘:有关"断裂"行为的问题回答》,《北京文学》1998 年第 10 期。

⑥ 刘树元:《小说的审美本质与历史重构——新时期以来小说的整体主义观照》,杭州:浙江大学出版社,2014 年,第 119 页。

⑦ 黄发有:《准个体时代的写作——20 世纪 90 年代中国小说研究》,上海:三联书店,2002 年,第 14 页。

⑧ 雷达:《"个人化"辨》《重建文学的审美精神》,北京:北京师范大学出版社,2010 年,第 82 页。

层面是针对女作家。"①几位论者互为补充,清晰地勾勒出当代"个人化"写作的版图,一类作家如史铁生、张承志、莫言、阎连科、韩少功、苏童、刘震云、张炜等,他们创作个性突出,但对历史、人性、权欲、生存与命运等的终极叩问成了其写作的全部。这些写作虽然也有时代"共名"的因子,但更注重个人的体验、思考以及审美表达。另一类作家多指如陈染、林白、邱华栋、韩东、卫慧、棉棉等新生代作家或部分女性作家如张洁、残雪等,他们具有强烈的"反历史化"逻辑,热衷于讲述亲历的故事,善用"个人独语"的方式展现情绪、身体、欲望等隐秘化对象。

如此勃兴的个人化书写语境为长篇小说文体革新提供了不竭的精神动力,进而产生了一批具有文体革新倾向的作品②,当然,这些作品对应于年均千部的出版量来说,在比例上是不协调的。但是,任何一个时代,文学精品的问世总是极其有限的。就这点来说,当我们面对诸如《心灵史》《马桥词典》《城市白皮书》等在文体革新与内容表达巧妙融为一体的作品时,不得不惊讶于90年代作家在结构样态、叙述方式以及话语表达等方面所做的探索以及取得的成绩。

1. 凌厉的结构样态与炫目的叙述探索

勃兴的个人化书写语境也为长篇小说结构形态的进一步推陈出新提供了不竭的精神动力,而多元的文学理论资源如西方的"有机结构观""自由机构观""结构现实主义""有意义的结构"等观念,中国古典的"史传""诗骚"传统,还有民间的文化传统等,这些皆为姿态各异的结构形态的出现提供了可能。故90年代的小说结构在继承80年代的基础上,又有了进一步拓新。

首先体现在对已有结构形态的拓展与丰富上。此阶段传统的线性结构占

---

① 戴锦华:《犹在镜中》,北京:知识出版社,2002年,第197页。

② 如1990年《金屋》,1991年《故乡天下黄花》《情感狱》《心灵史》《米》,1992年《呼喊与细雨》《边缘》《东八时区》《寡妇船》《我是你爸爸》,1993年《敌人》《白鹿原》《施洗的河》《废都》《妊娠》《旧址》《苍河白日梦》《抚摸》《酒国》《纪实与虚构》《我的帝王生涯》《呼吸》《恋爱的季节》《九月寓言》,1994年《一个人的战争》《失态的季节》《敦煌遗梦》《花煞》《柏慧》,1995年《和平年代》《白夜》《城市白皮书》《光线》《茶人三部曲》(第一部)《家族》《疼痛与抚摸》《长恨歌》《许三观卖血记》《欲望的旗帜》《丰乳肥臀》,1996年《私人生活》《马桥词典》《土门》《务虚笔记》《蓝色雨季》《无风之树》《一九三七年的爱情》,1997年《东方的故事》《耳光响亮》《踌躇的季节》,1998年《尘埃落定》《玫瑰床榻》、《私人档案》《高老庄》《故乡面和花朵》《身体里的声音》《羽蛇》《日光流年》《无字》,1999年《证词》《女人传》《李氏家族》《羊的门》《看上去很美》《独白与手势》《采桑子》等。

据较大比例①,拓展性线型结构的比例也在增加,如《日光流年》的"索源体"结构、《丰乳肥臀》的魔幻与想象、《情感狱》的元叙事、《金屋》的象征意象、《纪实与虚构》的双层结构、《羊的门》的双线体等。《日光流年》以司马蓝的死亡为开端,继而倒叙其壮年、童年以及降生之时,形如一曲人类生命的倒放带,昭示着普泛意义上人类生命的寓意。这种倒放式的线性叙述,较之常规的顺叙更具有艺术震撼力。而《丰乳肥臀》采用顺时序线性史诗的笔法描写了近一个世纪母亲在不同的时代政治背景下为保护儿女所做的牺牲,作品以母亲为主线,以八个儿女的命运为副线,这些线索纵横交错,形成立体网状结构。且作品运用魔幻现实主义手法,合理展开想象的翅膀,让作品洋溢着浪漫主义色彩。而《米》也是传统的线性叙述,描述了五龙作为一个乡下弃儿流浪县城乃至发迹、变态的蜕变历程,但为了突显人性之恶,作者运用后现代的技法,在意象"米"上大做文章,让作品弥散着阴鸷、颓废的气息。

作家们不满足于稍作改良的传统线性结构,此阶段还新出现了变异性线型结构。所谓"变异"即作品依然注重情节与人物,但在叙述时不再是局部的改良,而是在叙述视角、方法、结构的安排上别致新颖,在秉承现实主义手法的基础上创作出从外在形态上逸出常规结构,但在内在叙述上依然遵循线性逻辑的作品,如《苍河白日梦》的采访笔录结构、《城市白皮书》的日记结构、《中国一九五七》的"大小事纪"结构等。《苍河白日梦》采用采访实录的方式再现一个家族的衰败史,故事的讲述者是个百岁老人,记录者就是作者,故事线索清晰,故事的发生遵循客观时间的历时顺序,但因采用回忆讲述的方式,使得线性结构被阻隔成多重含义空间,即被叙述的故事本身、故事中的"我"在当时所产生的感受、叙述者"我"在讲述时的感受、记录者对"我"的感受所产生的感受等,从而在立体交叉中完成了作品的寓意表达。而《城市白皮书》采用一个具有特异功能的小女孩的全知视角,以日记的方式将旧妈妈、爸爸、新妈妈、魏征叔叔等人物在物欲横流的城市里的丑态一并呈现,将常规的线性叙述变异为一幕幕具有因果逻辑性的场景片段,并打上病态视角所能感知的特有视觉、味觉烙印,增添了作品真实又荒诞的现代气息。

① 如《白门柳》《骚动之秋》《最后一个匈奴》《战争和人》《废都》《茶人三部曲》《醉太平》《突出重围》《第二十幕》《梦断关河》《疼痛与抚摸》《一九三七年的爱情》《东方的故事》《采桑子》《抉择》《车间主任》《国画》《苍天在上》等。

此阶段作家在结构形态上的探索是活跃的,尤其体现在对"空间并置"的集束式运用上,并且从具体内涵来看,在继承前期已有手法的基础上也有了一定的拓展。一是对叙述者并置的继续运用。如《无风之树》就是"叙述者等于人物"并置的代表之作,作品中的叙述者就是文中的人物,包括不会说话的死者、哑巴和动物。叙述者并置的叙事之妙正如作者自己总结道:"我让每一个人物自己主动口语叙述。吕梁山的农民就像大山脚下的石头一样永远没有自己的声音,从来都是被教育、被启发、被改造、被赋予的对象,如果真的承认生命的平等,那么就该给卑微者同样的发言权。"①二是对故事或情节并置结构的继续青睐。在90年代的长篇中,单纯地讲述一个故事的作品几乎很少,复调式故事已成为此时段长篇的一个突出特征,同一个时间内不同故事或不同情节之间的互相缠绕已成为90年代长篇的常态结构。如《酒国》在叙事上呈现为三层结构并置,最表层结构是特级侦查员丁钩儿应上级命令到酒国市调查食婴案件,这是小说最贴近现实的故事外壳;第二层结构是小说人物李一斗和"莫言"之间的通信往来,通信内容含蓄指涉现实,真中有假,虚中有实;第三层结构为李一斗所撰写的九篇短篇小说。这三层结构互为表里,在情节上灵活衔接,在语义上互相指涉,在多重并置中宣泄了作者强烈的现实批判意识。诸如此类作品还有《李氏家族》《九月寓言》《妊娠》《呼喊与细雨》《东八时区》等。三是新出现了人物并置的现象,如《尘埃落定》贴身侍女卓玛与草原卓玛、侍女塔娜与土司女儿塔娜、基督教使者翁波意西与新教传播者翁波意西等人物意象的设置,在互相的映衬与对比中推动故事情节,构筑小说的主题,显示小说的空间形式意味。四是词语及意象并置结构的新鲜出炉。如《马桥词典》在外在结构上呈现为多个词条的并置,读者可以用查词典的方式从其中任何一个词条即章节进入,也可以按顺序从头进入,但都不影响读者对作品意旨的整体把握。除去《马桥词典》这样以词典形式体现出的词语并置,90年代长篇在词语组合上也多体现在小标题的设置上,如《敌人》《尘埃落定》《九月寓言》《羊的门》《大浴女》《外省书》《边缘》等,每一章节都有相应的小标题,这些小标题由人物姓名,或景物描写,或行为动态等构成,各种空间场景或相关关键词互相渗透,从而突显了章节的故事核心,形成了小说故事的运行轨迹。此外,还有意象并置的创新运用。

---

① 王尧:《"本土中国"与当代汉语写作——李锐论》,见李锐:《无风之树》,沈阳:春风文艺出版社,2003年,第234页。

如《尘埃落定》中的"罂粟"与"梅毒"、《我的帝王生涯》中的"白色的小鬼"与"美丽的纸人"、《独白与手势》中的"手势"与插图等意象的并置。

追求极致形式主义的"反小说"结构在80年代较少见,但在90年代却有了繁盛生长的土壤。如90年代初就有《突围表演》的高调上演。毋庸置疑,残雪是先锋作家,进入90年代以后,先锋作家队伍开始分化,更多的作家开始回归现实主义,但残雪一直进行形式主义探索。尽管残雪在《突围表演》中也有向现实主义回落的意图,但从文本所呈现的故事、人物、叙述方式等来看,她的努力成效甚微。这部作品少了梦魇和恐怖,多了现实和世俗,但故事缺少生活根基,人物模糊,情节飘忽,一切都处于"可能有也可能没有"的不确定之中,只有五香街居民那热烈的讨论、争辩、分析以及文本插入的引语、格言等才是真切的存在。且小说以论文形式进行,重点突出五香街居民探讨的内容要点。故学界认为这部小说是由各种各样的精神独白构成,甚至有论者评其为"病态心理学标本"[1]。而接下来形态各异的"反小说"让"反小说"结构成为一道奇异的风景。影响最大的是1998年发表的《城与市》。在作品中,刘恪将诗歌、戏剧、散文诗、日记、考证、观察笔记、词条分析、论文、图表等诸多文体糅杂在一起,构成了一部典型的跨文体作品。很显然,这种多文体整合是一次"自反式的现代建构"[2]。他坦承"我的重点依然放在对传统小说的背叛上,叙说那些传统小说认为不可写的东西,还有那些过去从未见过的叙述方法,打破文体界限,建立新的人物规则"[3]。面对这部反主题、反人物、反故事的文本,学界和出版界表现出各异的姿态。学界基本持肯定态度,如王一川认为"这部小说作了迄今为止最为大胆的和独创性的跨体实验,堪称80年代以来我国先锋文学发展的集大成之作"[4]。吴义勤也认为其"是一部充满极端性和无限可能性的文本"[5]。但这部反结构小说历经六年分别被八家出版社以"读者看不懂,不能赔本"为由拒绝出版,最终由天津百花文艺出版社出版,且发行量很少。还有如《玫瑰床榻》被作者赋予一种镶嵌的结构样态,故事、情节和结构只是作者狂欢诗学理念下世界图景的变形与无常,读者进入小说文本如同进入迷离灵境,虚实难辨。诸如此

---

① 黄中俊:《残雪的突围——读残雪〈突围表演〉》,《理论与创作》1989年第10期。
② 刘恪:《城与市》,天津:百花文艺出版社,2004年,第658页。
③ 刘恪:《城与市·后记》,天津:百花文艺出版社,2004年,第671页。
④ 王一川:《北师大讨论会议纪要》,《作家报》1998年12月31日。
⑤ 吴义勤:《将文体实验进行到底—刘恪的〈城与市〉》,《小说评论》2002年第3期。

类无法界定小说身份、呈现无结构形态的作品还有《大气功师》《心灵史》《光线》《抚摸》《呼吸》《女人传》等。

而相对于80年代中后期比较兴盛的意象型、心理型结构,在90年代却有了下降的趋势,其中意象型结构只有如《九月寓言》《金屋》《羽蛇》等较少的几部。而纯粹的心理型结构也较少见,仅有《柏慧》《无字》《一个人的战争》《羽蛇》等。相对而言,同为"自由结构",90年代又新增了具有先锋实验性质的迷宫结构如《敌人》、叙述上的重复循环结构如《许三观卖血记》和向中国古典文学传统致意的笔记体结构如《务虚笔记》以及散文化结构《心灵史》《妊娠》等。

结构的花样翻新必然带来叙述方式的琳琅满目。毋庸置疑,80年代中后期作家对小说叙述方式的探索是积极的。相对而言,若从小说视点、时空的安排以及叙述的效果等来看,90年代长篇的叙述方式虽整体上隐约表现出向传统复归的态势,但对叙述方式的探索更加开放、多元。就叙述视点安排来看,较之80年代中后期第三人称和第一人称平分秋色的现状,90年代选择第三人称叙述视点的作品又开始占据大部分。由于作品数量基数较大,选择第一人称叙述的作品①数量较之前期有了大幅增多。诸如《十三步》那种典型的多种人称交叉实验的作品鲜有出现,但《羽蛇》等在叙述视角的诡异与凌乱上堪望其项背。而在第三人称叙述中,叙述者类型较之80年代稍显丰富,除了不动声色的"隐身人全知叙述者",如《东八时区》《敌人》《旧址》等之外,新出现了一些叙述者类型。

第一,新出现了将主观议论和潜入人物意识相糅杂的"介入型次知叙述者",如《无字》《长恨歌》等。《无字》的隐含作者带有鲜明的女性意识,对与吴为为代表的三代女性有情感纠葛的男人如胡秉宸、顾秋水、叶志清等有着本能的偏见,一种受害者的委屈情绪以评议、内心独白等方式氤氲全文。《长恨歌》的隐含作者采用内外视角交叉的视点,细致讲述主人公王琦瑶飘摇零落的一生,既有内心感受,也有外在场景,絮絮叨叨,不厌其烦,如同一面镜子将人物的里里外外照得一片清亮。

第二,新出现了叙述者并置现象。如《突围表演》是一部论文体小说,"论争"是其主要目的,整个作品的叙述由多个口述者共同完成。作品分为三部分

---

① 如《心灵史》《纪实与虚构》《边缘》《我的帝王生涯》《在细雨中呼喊》《苍河白日梦》《柏慧》《家族》《疼痛与抚摸》《城市白皮书》《马桥词典》《私人生活》《光线》《无风之树》《一个人的战争》《尘埃落定》《羽蛇》《采桑子》等。

即故事前面的介绍和故事的主体部分以及相关的论述,而所谓的故事主体也就是论证 X 女士和 Q 男士偷情一事是否存在。通过多位叙述者即孤寡老妪、跛足女郎、X 女士丈夫好友、煤厂小伙以及神秘的"笔者"等的口述,在论争中企图还原 X 女士的年龄、外貌、职业以及"奸情"的真相。但这些叙述者的观点与内容显然都违背现实,不足以采信,如孤寡老妪认为 X 抢占了她的表哥;跛足女郎认为 Q 是大众情人,她是第一个;X 女士丈夫好友抱怨 X 的不听劝告导致严重后果;煤厂小伙谈他对 X 的痴迷,并把这种疯狂投射到一个老太婆身上。作为隐含作者的"笔者"则以客观的态度进行总结,呼吁大家不要一味因循守旧,否则永远理解不了某些有生命力的新奇的东西。何谓"有生命力的新奇的东西",此处有点题之意,小说的主题是"突围",可通过"笔者"的插入议论窥见一斑:对于女寡妇,笔者想在此插一句,笔者终身受其影响,寡妇在故事中占有举足轻重的地位。"寡妇"在文中代表着维护传统的一种审美情趣,而 X 则代表着要求突破传统束缚的一种新的审美情趣,隐含作者的意愿则是让 X 从五香街旧有势力的围剿中成功"突围"。小说最后点题,即"X 女士脚步轻快,在五香街的宽阔大道上走向明天","突围表演"得以成功完成。而《酒国》的叙述者安排更是奇特,小说是典型的多层结构叙事,每层结构涉及不同的叙述者,在故事的表层结构中采用了全知叙述者视角,而在第二层结构中,叙述者变成了人物李一斗和人物莫言,第三层结构的叙述者则是隐含作者"我"与人物莫言的重叠。小说最缠绕人的地方是对人物莫言和作者莫言身份的界定,作者运用元叙述手法,在评论中引导着读者,如"我知道我与这个莫言有着很多的同一性,也有着很多矛盾。我像一只寄居蟹,而莫言是我寄居的外壳",但同时又借李一斗之口干扰着读者:"你知道他是谁？他就是电影《红高粱》的作者莫言老师。"由此可见,此处的"莫言"是一个矛盾体,具有作家莫言的部分特征,但在精神上又不全部是作家莫言。这如同《情感狱》中作者阎连科一再强调小说中的"阎连科"就是"我",但读者还是清醒地认识到作者永远大于叙述者,不会将《情感狱》当作作者的"自传"来看。

在第一人称叙述中,叙述者类型囊括了前两个时期的所有类型,如类似于《血色黄昏》的主人公叙述者,但叙述内容有了新的拓展,有的是一个以"我"为中心、首尾呼应的有机完整故事如《一个人的战争》等,有的则是由一系列时间与情节、思想的碎片合成的"我"的人生或心路历程如《心灵史》《务虚笔记》等,有的则是在时间和记忆碎片中逐步合成与"我"相关的史诗般故事如《柏慧》

《我的帝王生涯》等。这些稳定的内视角充分发挥叙述者等同于人物的内聚焦优势,以真诚的叙述在心理上拉近与读者的距离,给读者留下深刻印象。尤其如《一个人的战争》《务虚笔记》这样类似于"自述体"的叙述,全方位裸露人物内心世界,随意插入隐含叙述者的议论与评价,从功能上已接近全知叙述视角。

除了主人公叙述者,在人物叙述者的人称安排上也出现新的变化,即运用"视点转移"和"人物并置"来拓展叙述功能的现象。依据人物叙述者出现的多寡,可将其分为单一的人物叙述者和并置的人物叙述者,前者如《城市白皮书》中的女孩"明明"、《我的帝王生涯》中的顺治皇帝、《细雨与呼喊》中的少年"我"、《苍河白日梦》中的少年家仆、《尘埃落定》中的傻子少爷、《马桥词典》中的下乡知青等,后者如《光线》《无风之树》等。单一的人物叙述者中的"我"是故事的参与者,作为作品中众多人物之一,视角是有限的,但有些作品如《城市白皮书》《尘埃落定》《苍河白日梦》等虽为第一人称限知视角,但在实际上承担着第三人称全知视角的功能,这是借助不可靠叙述的功能来实现的"视点转移"现象。不可靠叙述是韦恩·布斯提出的理论范畴,他"把按照作品规范(即隐含作者的规范)说话和行动的叙述者称为可靠叙述,反之,称为不可靠叙述"①。发展到后来,大家将其内涵扩大,李建军在《小说修辞研究》中认为那些在智力、道德、人格上存在着严重问题的叙述者为不可靠叙述者。前者是根据叙述的内容来界定,后者是根据叙述者的身份和能力来界定。严格意义上说,违背隐含作者规范的叙述往往能产生反讽的艺术效果,非正常心智的叙述者在叙述时往往能弥补正常叙述所受到的掣肘而获得更自由的叙述空间。两种观点皆有价值,但从作家的选择来看,他们更愿意在叙述者的身份上做文章。《城市白皮书》中的明明是一名未成年哑巴儿童,本身就是心智不健全者,但作者让其因病而获得特异功能,这样她就不再是一个普通儿童,而是具有上帝之眼的神灵,无所不见,无所不知,作者借这种不可靠叙述者的身份设置成功转移了小说视点。《尘埃落定》也利用不可靠叙述的变异功能,让"我"这个"傻子"同时成为世上最聪明的先知,这种巧妙的灵异视角使"我"在限知视角中窥见全知视角所见甚至无法见到的一切,所产生的艺术效果远比呆板的全知叙述要机巧得多。《苍河白日梦》中的"我"作为一名家奴,所见所述也是有限的,但作者让这个未成年

---

① [美]韦恩·布斯:《小说修辞学》,付礼军译,北京:北京大学出版社,1987年,第178页。

孩子养成"偷窥"的习惯,从形式上直接拓展"我"的视角,在限知视角和全知视角中自由穿梭,所产生的艺术效果更具震撼力。

单一的人物叙述者是限知叙述者,而多重并置的第一人称则能取得全知视角的叙述功能。这种设置在80年代前期的《人啊,人!》中已做过充分的尝试,90年代的《光线》《无风之树》等则在此基础上做了更有深度的探索。《人啊,人!》涉及人物明确,所述事件清晰,作品虽是并置结构,但主线依然存在,且故事结局明确,具有高度的统一性与封闭性。但这些元素在《光线》中都是模糊的。《光线》无核心人物,无中心事件,每章也以叙述者人物的名称作标题,但由于人物之间无主次之分,情节之间无因果关联,整个作品无郑重其事的开头,也没有结构意义的结尾,只是通过众多叙述者的自述片段,在千头万绪中指向一个隐约的主题即展示在以金钱和俗利为主宰的世界中人性的冷漠。而在《无风之树》中,作者虽也以单辟章节的方式进行叙述者转换,但不再拟标题提示读者。为方便读者进入阅读,作者采用叙述干预的方式介绍相关人物信息,如借叙述者之口:"我说,刘主任来啦!他说,曹永福,他不叫我拐老五,叫我曹永福,我知道坏事了。"同时,读者还可借助叙述者的叙述习惯,或者依据上下文的逻辑推理来判断叙述者。为突显小说主题,作者在诸多叙述者中还设置了一个异质声音即"苦根","苦根"代表着当时的主流话语立场,诸多叙述者大都采用第一人称进行自述,而"苦根"的叙述视角是三种人称的互杂,通过自述和他述的方式表明其极端的价值取向,如自述:"我爸爸是烈士,我是党的儿子,我是来改天换地的""我不娶女人,女人都是妖精。"他述:"他恨暖玉,每次看见她就陷入满腔的愤怒和尴尬之中""他庆幸自己是孤儿,庆幸自己是一个私心杂念最少的人,是一个天生全心全意为理想而存在的人"。这与其他叙述者的价值立场构成极大反差,与读者的价值判断存在一定距离,在两相对比中达到反讽的效果。

除了主人公叙述者和人物叙述者,还新出现旁观叙述者如《疼痛与抚摸》。在作品中,"我"不是故事的参与者,但"我"作为叙述者却始终在场,这种"旁观"的身份却能做到"始终在场",对叙述者的身份一定要作特殊安排,否则容易让人质疑。《上下都很平坦》中的"我"是下放知青的一员,"我"作为旁观者在情理上是行得通的,但还是有读者对此表示怀疑,《疼痛与抚摸》讲述水家三代女人惊人相似的悲惨命运,从小说标题的设置可窥作者对三代女人红颜薄命的轮回持同情态度,但三代人的时间跨度很大,"我"到底什么身份?"我"是如何做到始终在场?这个关键问题作者没有交代。所幸作者没有忘记"我"的限知身份,注意使用叙述干预来衔接行文,如"我一直觉得这里有秘密,有内在原因""原来我想她会低头,流泪……""我总怀疑牛老二派李和平去……""我这样猜想……",在一定程度上缓解了读者对这种叙述安排的质疑。

在多种视角交叉运用上,虽然90年代不再出现诸如80年代中后期《十三步》那样惊艳的"笼中叙事",但《羽蛇》的缠绕、诡异也给读者留下深刻印象。《羽蛇》是一部颇具现代意味的关于三代女性命运的心理型小说。小说人物众多,意象庞杂,故事时间跨度很大,从晚清一直到当下,若以传统方式叙述,很难营造出作者想要的诡异与神秘。这诡异与神秘不仅体现在"羽蛇"这个人物所具有的特异功能上,还体现在家族成员之间不可逃脱的血缘感应上,更为关键的是这一切得益于颇为缠绕的叙述方式安排。作品的叙述者颇多,有第一人称人物叙述者、隐含作者的叙述者,还有第三人称全知叙述者。在第一人称叙述者中,诸如羽蛇、金乌、玄溟、若木、亚丹、韵儿等人物叙述者在文中并置出现,并没有《光线》《无风之树》那样清晰可辨,《羽蛇》将所有叙述者的叙述毫无规则地穿插在一起,不做任何交代和铺垫,在衔接上颇显生硬。如小说开篇用隐含作者"我"打开叙述:"因她属蛇,我才把羽蛇这两个字如此牵强地拼凑在一起""还有其他原因,这需要你留神在后面的故事中寻找",但接下来毫无铺垫地出现了羽蛇的自述,后文中诸如此类突兀的人物自述频繁出现。而对于隐含作者"我"的身份,作者在文中出现了"我"和"我们","我"具有单一性,基本断定是隐含作者。"我们"则包含了隐含作者与隐含读者,如"现在我们可以穿越时空,看见三十年前的陕北延安""美丽的女人几乎是薄命的,我们这个故事也未能免俗""现在我们的场景已经切换到了故事的开始,你一定还记得那个与世隔绝的地方""我们在前面讲过关于梅花的故事"等,"我们"在此承担起衔接行文的叙述干预功能,但这种强硬的转换给隐含作者带来叙述方便的同时,却强化了故事的虚构性。隐含作者"我"的叙述干预,本来就是为了补充故事的相关信息,但作者对隐含作者的身份放松警惕,有时不顾读者的感受将隐含作者的感受和故事人物的感受相糅杂,如在全知叙述者讲述义和团时期故事时,隐含作者竟然跳出发表感慨,"我常常对于帝王的威严感到困惑。我常大逆不道地想,假如众人都不跪呢""我真的无法感受古代和现代有什么不同",接下来便是一段冗长的关于古今年代的议论。这种不分戏内戏外的叙述转换有了元叙述的意味,无形中解构了故事的真实性。但作者的初衷显然不愿如现代派小说那样不计后果地解构自己,相反,还在尽力证明故事的真实性,如朋在幻境中看见羽蛇通神谕的经历，"多年后朋对我讲起这段往事的时候，我的第一反应便是质疑。因为我看过一个情节相似的恐怖电影，但是查过相关资料之后，发现朋的经历远在于那个电影之前，这使我感到双倍的恐怖"。这种矛盾的叙述干预和凌乱的叙述者转换虽然给读者制造了阅读障碍，但从外在形式上呼应了小说的神秘气韵，增强了小说的独特韵味。

质言之，90年代长篇小说人称叙述丰富多样，但整体上少实验性质的叙述文本，即便使用多重视角转换以及各种叙述干预，目的都是为了建构小说的统一性与真实性。而在时空安排上，大多数情节型小说注重时间感，在时序安排上，基本遵循线性顺时序。而倾向心理描写的作品如《一个人的战争》《心灵史》《务虚笔记》等淡化了时间意识，更注重心理空间的扩展和情绪的流动。而各种人称视角的并置所产生的叙述效果割裂了小说的线性时间链，形成了时间空间化。90年代前期的《人啊，人!》《金牧场》《红高粱家族》等皆属于并联串联交叉式空间叙述，90年代诸如此类的作品明显增多，如《花煞》的人物并置，《光线》《无风之树》《酒国》等的叙述者并置等。但因为各个空间之间互不关联，每个叙述空间的存在有利于突显小说主题，舍去其中某个空间并不影响主题的表达，故90年代新出现了诸如《马桥词典》的并联式空间叙述。且因为"叙事文体中节奏感的产生主要存在于故事层面，表现为色调的变幻、场景的更替、事件的转移以及表现这些内涵的诸如视点和语态等形式手段等的变幻上"①，故90年代长篇除了像《在细雨中呼喊》《旧址》等注重时间感的小说叙述节奏较快，大部分作品在叙述视角的多重变化、向内转的心理叙述、多元的叙述干预、注重立体的空间化叙述等因素的影响下，小说的叙述节奏在80年代中后期开始变慢的基础上继续变缓。

二、极致的本体化追求与话语功能的深度开掘

在当代小说中，语言变得越来越重要。新时期初的语言以传统的规范语言为主，80年代中后期的语言表达逐步由封闭走向开放。从修辞学角度看，80年代出现了系列具有一定个性的语言特征，如《少年天子》的诗化、《金牧场》的散文化、《红高粱家族》的感觉化、狂欢化、《十三步》的世俗化、《活动变人形》的杂

---

① 徐岱:《小说形态学》，杭州:杭州大学出版社，1992年，第465页。

语化等。从叙事功能看,"对话"功能逐步得以开发运用,对话的形式开始变异。但这些都是局部的,大部分作家的小说语言观仅限于语言工具论和语言审美论,在作家眼中,语言只是文学借以反映生活的方式、媒介,只是一种表情达意的工具。并且,作家们对语言的要求也不外乎简洁、生动、典雅、清新、流畅、优美、准确、传神、凝练等。其实这些要求都是从语言的修辞风格出发,语言的存在对小说的叙事、主题表达影响不大,即便换一种风格的语言,小说的叙事特征也不会变。90年代有相当一部分作家开始持"本体论"语言观,他们从叙事策略的角度来看语言,语言成了决定小说文本形态和艺术风貌的主要因素之一。在传统小说观中,语言作为文体的血肉肌理,似乎小说的外在框架和脉络走向与其关系不大,但在当代小说观中,语言的功能由表情达意的工具功能和审美修辞功能开始升格为叙事功能,语言的风格与运用也成为影响小说结构样态和叙述方式的关键要素。90年代作家对语言的推崇和灵活运用主要体现在修辞审美与叙事表达两方面的功能体现上。

在审美修辞上,90年代部分作家表现出对语言"本体"功能的极度迷恋,主要呈现为以下几种倾向:一是语言的狂欢化、本体化倾向。代表作品为《城与市》《呼吸》《马桥词典》《城市白皮书》等。如《城与市》作为先锋文本典范,最大的特色除了对各类现代、后现代技巧的纯熟演练,就是对人与语言关系的深度揭示,将语言的本体性地位推向极致。小说文本践行的是海德格尔的"语言是人类存在的家园"的语言哲学观,从某种意义上,人不是生活在物质世界中,而是生活在语言中,是语言照亮了人类的生存。所以,《城与市》中语言的诗性、及物性与不及物性都得以体现,语言是伟大的,人是荒诞、渺小的,小说中所有的关系最终呈现为各种语言的交流与冲突,整个小说文本也成了语言的盛宴。而《马桥词典》则直接以词条的方式来呈现世界,世界即词语,词语构成了世界。《城市白皮书》则借叙述者的特异功能,使视角和结构都有了极其自由的空间,这使其在语言运用上更是自由,小说借用通感,通过明明的眼睛,为读者呈现了一个充斥声音、色彩、味觉、触觉等独特个性化体验的世界,语言也随之感觉化,在小女孩眼中,"新妈妈的声音是红色的""旧妈妈的声音是蓝色的""人群里有很多醋,到处都是醋"等语言俯拾即是,从而突显出当代城市的欲望横流、人性堕落的主题。一言之,在这些文本中,语言成了小说的本源、起点和最终目标,语言成了小说的一切。

二是语言的陌生化、游戏化倾向。90年代长篇小说不仅语言铺陈、毫无节制,随着叙述方式的游戏化、技术化,语言方式也渐趋游戏化、陌生化。在"语言本体论"的指导下,"怎样表达语言"成了小说存在的第一要义。但这第一要义并不是让语言如何更好地发挥表情达意功能或形成自己独特的语言风格,而是极尽语言操作技巧之能事,让语言的能指和所指功能分离,从根本上产生晦涩难懂的陌生化效果,如《城与市》则是典型的能指与所指分离的文字游戏文本。而《故乡天下黄花》《故乡相处流传》则是对传统的纯净、标致的书面语言的一次颠覆,文本中充斥着大量的民间方言口语和粗鄙、露骨的意象如"烂脚丫""长脓包""恋物癖"等,作为历史小说,还夹杂着大量的现代性政治话语,调侃、游戏类话语无时不在解构着历史与政治的权威,产生了一定的阻隔感和不真实感。

当然,语言是不分等级的,不管何种类型的作家都会选择自己所契合的语言来表达自己的精神诉求。在部分作家追求"语言本体性"的同时,还有部分作家再次回到"语言即文化"[①]的立场上,使语言表达或节制,或简洁,或空灵,或典雅,呈现出一定的诗化倾向。如曾身为先锋派的格非,在《边缘》中虽然也充斥着诸如灾难、灰色甚至丑恶的各种意象,但整个作品的语言却如同散文诗一般自然流淌,其中各种格调高雅的比喻句如同颗颗珍珠洒落在文本的各个角落,使小说呈现出梦幻般纯净、透明的意蕴。这种诗意化语言讲究语言的能指与所指的有机统一,物化感极强,真正做到了抒情与审美、贵气与地气的完美统一。90年代有这种语言倾向的作品并不少,如《旧址》的静穆节制、《九月寓言》的散文化、《我的帝王生涯》的舒缓、《妊娠》的闲散、《白夜》的文白夹杂、《柏慧》《家族》《茶人三部曲》的典雅、《尘埃落定》的空灵、《白鹿原》中关中方言与书面语有机结合形成的厚重、凝练与冷峻、《高老庄》的"静虚"式语言突显出对明清古典白话小说语言风格的延续和发扬等。

90年代长篇的语言在技术化、游戏化之路上走得很远,在诗意化追求上也造成一定影响,但还有另一种声音在文坛上响荡,即语言的去诗意化倾向,而这"去"主要体现在民间口语化、世俗化、粗俗化、日常化等方面。对于作家而言,选择不同的叙述语言则意味着选择一种新的写作可能,意味着其接近世界途径的不同,如在《无风之树》和《万里无云》中,作者摒弃之前在《旧址》中的古典节制语言风格,直接跳进口语的大海,使用民间口语叙述的方式,让小说中所有人

---

① [英]马林斯诺夫斯基:《文化论》,费孝通等译,北京:中国民间文艺出版社,1987年,第7页。

物甚至包括死者、动物、哑巴都来开口说话，以特有的方式对等级化的书面语言进行一次反抗。

在叙事功能上，90年代长篇的语言依然体现为对小说"对话"功能的深度开掘上。其中有部分作品表现出对小说"对话"句式的多样化设置，如《我是你爸爸》的通篇调侃式对话、《细雨与呼喊》《许三观卖血记》中的重复式对话、《纪实与虚构》中的独语式对话等。还有部分作品继续深化"对话"语式的变异，开始尝试免去小说内部人物对话的全部要素，只是根据行文需要采取分行或不分行的形式呈现，这种变异亦能产生一定的陌生化效果，正如有论者所言："相对于人物话语的常规用法，超常的话语表达方式带给人以视觉、心理、听觉上的新奇感，符合人们的求新意识，具有独特的冲击效果。"①而关于小说对话的形式，则打破传统的二元对话模式，"由原来的两人以上变为一人，并且出现两个或多个'自我'进行超时空的模糊式对话"②。这里的对话其实已演变成独白即私语和自话自说，如《纪实与虚构》《一个人的战争》《私人生活》《务虚笔记》等。当然，私语与对话的区别是相对的，正如巴赫金所说："每个对话在一定程度上都具有独白性，而每个独白在某种程度上都是一个对语，因为它处于讨论或者问题的语境中，要求有听者，随后会引起论争。"③而作品内部的对话除了人物与人物之间的对话，还包括作者与人物、作品结构之间的对话，呈现出"复调"特征。这种特征在90年代几部作品中非常突出，如《务虚笔记》则是一部典型的"复调"式对话文本。作品中不仅有叙述者"我"与人物的直接显性对话，还有"我"与人物之间的隐性对话，同时还有"我"与读者无处不在的对话。与此同时，还有人物与人物之间有限的直接显性对话，也有人物与人物之间为探讨问题而展开的隐性对话。最复杂的还是众人物在对O自杀原因分析时所产生的众声喧哗的叙述效果。

总之，90年代长篇在作品数量以及大家的高关注度等方面表征为"时代中心文类"，而更引人注目的则是其在文体革新上所取得的成绩。关于这一点，学界基本达成共识，如王春林认为"90年代文体创新已成为小说家们的普遍共

① 卞学光：《人物话语表达方式的多样化》，《修辞学习》2000年第5期。
② 于继增：《对话艺术的美学思考》，《朔方》1987年第9期。
③ ［苏］巴赫金：《马克思主义哲学》，见《巴赫金全集·周边集》，钱中文译，石家庄：河北教育出版社，1998年，第470页。

识,尤其是一些比较成熟的小说家更是把文体创新放在与小说内容同等的位置上"①。王素霞认为90年代长篇小说"以自己多语的喧哗昭示了20世纪末长篇小说文体的丰富性、多样性、变异性和实验性等特征,真正达到文体的自足与自觉"②。以全局眼光理性回溯前两个时期长篇小说的文体革新趋势,再放眼展望新世纪以来长篇小说在文体革新上所取得的成绩,笔者认为所言属实。经过前两个时期的文体探索,部分作家对诸如并置、意识流、文体互渗、组构体、杂语体等文体形式做出了一定的探索,而在90年代,上述已有的文体探索还在继续,并出现了一些新的文体革新现象,如在结构样态上"跨文体"现象的异军突起,"文体互渗"现象的普及化,同时还出现了一些极富有个性特征的结构样态如精神独白体、词典体、索源体、注释体等。而在叙述方式上,虽然部分作家还是选取第三人称全知视角,但在叙述者安排上有了变化。除此之外,更多叙述方式的选择与作家个体表达需要相融合,呈现出自然生长之态势。在话语表达上,由于先锋派长篇小说的问世,使得部分作家走上了"语言本体论"的极端,将语言视为小说的内容与全部。还有部分作家在新历史写作中倡导语言的平民化、粗俗化、戏谑化,极尽"后现代"之能事,将小说话语从之前规范的、封闭式表达转向非规范的、开放式语言实验。

---

① 王春林:《九十年代长篇小说文体流变》,见中国小说学会主编:《1978—2008中国小说30年》,天津:天津人民出版社,2008年,第166页。

② 王素霞:《20世纪90年代长篇小说文体论》,北京:光明日报出版社,2006年,第28页。

第二章　文学资源的渗透与文体革新的格调

　　整体观之,新时期以来长篇小说的文体探索现象呈逐步升温趋势,尤其在 90 年代达到高潮期。仔细打量这些诸如"并置""寓言体""哲思化""心理型"等革新文本,其中的兴起与回落与新时期以来中西方文艺思潮的渗透以及文化语境的转向息息相关,如西方思潮影响下的文体"西化"倾向、中国古典文学资源传承与渗透下的文体"返祖"现象等。正如学者朱晓进所言,要想在中国现当代文学研究上取得突破,在很大程度上取决于"我们是否对研究对象的独特性给予足够的重视,是否为该研究对象找寻到最合适的研究角度"①。诸如"西化"或"返祖"等文体革新现象本身是作为一种文化现象而存在的,而文化本身的复杂性、包容性决定了采用中国文化诗学的视角,侧重从外在文化语境的浸染来剖析文体革新现象成因不失为比较合适的研究角度。

　　作为一种文化现象,不同的社会文化语境会促成文体革新不同的格调。纵览"五四"以来各时期的文化语境背景,影响文体格调的语境主要有三种,一是国家主流意识形态与社会经济、文化的发展状况;二是外域各种文艺思潮的植入与影响;三是国内本土文学传统的承继与渗透。很显然,第一种语境在政治与文学的胶着关系中直接影响着文体的存在状态。与政治一样,作为意识形态之一的文学本来就具有相对的独立性和内在自足性。因为"写作是最不能机械地划一。在这个事业中,必须绝对保证个人创造性、个人爱好的广阔天地,有思想和幻想、形式和内容的广阔天地"②。但事实上,文学和政治同属上层建筑,文

---

　　① 朱晓进等编:《非文学的世纪:20 世纪中国文学与政治文化关系史论》,南京:南京师范大学出版社,2004 年,第 2 页。

　　② 列宁:《党的组织和党的出版物》,见中国社会科学院文学研究所文艺理论研究室编:《列宁论文学与艺术》,北京:人民文学出版社,1983 年,第 68 页。

学作为审美意识形态,更高地悬浮于意识形态领域之上,直接反映着社会实践在人的精神世界以及情感领域的投射,而政治生活作为社会生活的重要组成部分,文学自然难逃政治意识形态的渗透。自古以来,凡是涉及时代生活的作品,无不与当时的社会政治内容相关,即便《诗经》《离骚》也概莫能外。纵览中国现当代文学的发展历程,则发现中国文学与政治之间的关系历经了"结盟""僭越"与"新型的规约与奉迎"的阶段性变化。

一般意义上,大家皆把现代中国文学的起点定为"五四"新文化运动,但若从文学与政治的关系着手,则应溯至晚清的戊戌变法运动。以动态的历史发展观观之,没有戊戌变法的爆发,就没有辛亥革命的兴起。因为尽管变法失败,但其在文化上颠覆了儒家经书的变革主张,而这正好为辛亥革命的发展提供了必需的思想条件。同理,若没有辛亥革命的爆发,也没有五四新文化运动的兴起。因为尽管辛亥革命失败,但这场革命结束了中国两千余年的封建君主专制,为五四新文化运动的兴起扫除了政治上的障碍。失败的政治带来了文学的自主革命,由梁启超等发起的小说界革命,首次呼吁发挥小说的政治宣传功能,让政治和文学首次以"结盟"的姿态面世,将小说从几百年前的边缘位置推向中心地位。而在五四新文化运动中,由于辛亥革命的功绩,新文学中明显少了对政治的诉求,文化现出纯粹的面容。且当时的知识分子与政府之间关系和谐,文化的革新在某种程度上代表着当权政府的立场,由此也带来了文学和政治的"结盟"。之后,国内革命战争的爆发又引起文学的变动,第一次国共合作的失败以及国民党的"清党"运动又直接引发了"革命文学"和更广泛的"左翼文学",政治与文学的利益"结盟"再次展开。接下来中日战争的全面爆发催生了全国全民的抗战文艺活动。至此,文学与政治的"自主结盟"不仅完成了现代中国文学史的书写,还为当代文学史的开始拉开了序幕。由此观之,整个中国现代文学史就是一部政治与文学逐渐"结盟"的历史。

但到了当代,取得政治、经济、文化等全面领导权的政党与文学之间不再是"结盟"关系,而是领导与被领导的"僭越"关系。从"十七年"到"文革",近三十年的文学发展过程中,文学失去了自主性,变成了国家主流意识形态的附庸,作家变成了国家政策的代言人和传声筒,这种关系一直维持到"文革"结束。随着新时期的到来,文学和政治的关系开始进入一种微妙状态。在新时期初,由于"文革"刚刚结束,盛行已久的政治逻辑并未就此戛然而止,文学和政治双方都从自己的需求来进行"文革"清算,尽管双方的动机并不一致,但政治清算的共同立场使新时期初的政治与文学呈现出难得一见的"蜜月"期。之后,随着"文革"清算的力度和动机的不同,政治与文学的关系渐趋紧张,国家权力对文学的控制与领导地位也渐显出来。至此,文学与政治之间的关系又变成了领导与被领导的关系。接下来,市场经济体制改革以及社会全方位的转型,文学与政治的关系开始变得松散,政治的内涵发生变化,它更多地关注社会的发展和物质以及精神生活的优化,与文学的关系不再剑拔弩张,文学也开始渐渐疏离政治,以市场化、商品化的方式来迎合政治。进入新世纪,随着电子媒介的高度发达,尤其是网络的普及,国家主流意识对文学的监控虽无时不在,但这种监控不再像政治年代那样严密。政治的中心领导地位得以消解,文学的中心地位也不复存在,但国家主流意识的渗透依然以隐形的方式存在,文学也依然表现出对政治的一种天然依附关系,其中"主旋律"文学自觉承载起"载道"功能,这些都使文学和政治呈现出若即若离的新型关系。

在任何时代,政治与文学的关系都会影响到文学的存在。处于劣势的政治会引发文学的自主革命意识,如抗战时期的革命形势促使文学变成"短、平、快"的轻型文体形式,而胜利的政治会使文学消退其本质审美属性,变成政治宣传所需要的文体样式。以此观照进入新时期以来主流意识形态影响下的文学存在形式,则发现新时期初的政治文化以"文革"定性以及对作家心态引导、作品的定性审核等方式规约了长篇小说的主题表达以及文体设置。进入转型期后的主流文化则又以政策制定、制度设定、奖励设置等方式使主旋律小说自觉承载起"载道"的文学功能。新时期以来,受主流意识规约的"主旋律"叙事鲜明地表现出对小说文体的放逐,而从文体发展的实际镜像看,具有"西化""古典化"倾向的文体革新作品的存在,决定着选取后两种语境作为切入口,剖析文体革新现象成因的理论可行性与实际操作性。

不可否认的是,"在文艺上,几乎每一种文体都是混血儿,不会有单纯的体性"[1]存在,相对于主流意识形态对艺术形式的放逐,从某种意义上可以说,中国现当代小说是在中外文学资源的滋养下不断发展前进的。并且,此命题一直是个显性命题,即便在抗战时期,朱光潜还疾呼"当前有两大问题须特别研究,一是外来的影响究竟有几分可接收,一是固有的传统究竟有几分可沿袭"[2]。而在

① 曹聚仁:《中国文学概要·小说新语》,北京:三联书店,2007年,第14页。
② 朱光潜:《诗论·序》,见《诗论》,北京:三联书店,1984年,第2页。

新时期初,邓小平在中国文艺工作者第四次代表大会上也提出"我国古代的和外国的文艺作品、表演艺术中一切进步和优秀的东西,都应当借鉴和学习"①,再次强调中西文学资源对文学创作的影响。故本章侧重关注"外来的影响"有几分影响到小说文体的拓新,"固有的传统"又有几分在沿袭传承中产生新的质素变异。

第一节　现代、后现代思潮植入与文体的"西化"

回顾西方外来思潮对中国的影响,其中影响最大的两股思潮就是现代主义和后现代主义。尽管早在五四时期就有大量关于现代主义文学作品及论著的译介活动,但由于政治、经济等因素的影响,社会进展到 80 年代初,人们对"现代主义"的认识还处于陌生状态。当熟悉而又陌生的现代主义思潮再次涌入国内时,长期压抑禁锢的文学创作瞬间得以激活,一批具有现代主义倾向的诗歌、小说应运而生。尽管新时期长篇创作处于不发达状态,但这种强势的思潮植入还是通过对作家价值观、文学观、审美观等的渗透,深刻影响了长篇的文体设置。

而在西方,后现代主义发生的时间及意义主张和现代主义存在着无法厘清的缠绕关系,其中具有代表性的观点是"后现代之'后'具有双关性,它体现了对待'现代性'的两种不同态度。在一种意义上,后现代是指'非现代',它要与现代的理论和文化实践、意识形态和艺术风格彻底决裂。在另一种意义上,'后现代'被理解为高度现代,它依赖于现代,是对现代的继续和强化"②。两种态度,前者决裂,后者强化,学界有人支持前者,有人支持后者,但实质上,随着中西文化的深入交流以及"后现代主义"本身所具有的多元、开放与多义性,其在中国与"现代主义"呈"并置"③状态,尤其在后新时期,"现代性与后现代性的同步

---

① 《邓小平文选》(第 2 卷),北京:人民出版社,1994 年,第 210 页。

② 冯俊:《从现代主义向后现代主义的哲学转向》,《中华读书报》2003 年 12 月 31 日。

③ 有论者认为"后现代"并不必紧随现代之后,这可能与"后现代"这个词的命名有矛盾,"后现代"在这里不只是一个历史概念,也是一个空间概念,有了空间并置的含义,文化、技术等的引进往往将时间上的先后承续转换为空间上的并置。(郑乐平:《超越现代主义和后现代主义》,上海:上海教育出版社,2003 年)

渗透,成为中国当代文学的一个鲜明特征"①。新时期以来长篇小说在现代主义和后现代主义两种外来思潮的双重影响下,在文体设置上体现出一定的现代与后现代主义的"西化"倾向。

一、现代、后现代思潮的中国传播与接受

现代主义首先是作为一种思潮和文学运动的身份出现的,这是西方学界几十年研究所得结论②。其次,现代主义是作为一种艺术流派的身份出现的。严格意义上说,现代主义不是某一个具体流派的称呼,而是由诸多流派构成的聚合体,如存在主义、表现主义、象征主义、未来主义、意象派、意识流、魔幻现实主义、黑色幽默等都可归于其旗下。再次,现代主义还是一种创作手法,当然这是一种宽泛的创作手法,它与传统的文艺创作手法分道扬镳,以超越浪漫主义、反叛现实主义为己任,注重非理性观念,善于表现自我和张扬个性,在写作上乐于探索新奇的手法如打破传统线性时空、梦境、魔幻、意象、象征、意识流等。

西方现代主义的产生及兴起有着特定的社会历史背景。早在19世纪70年代,随着第二次工业革命的兴起,西方的工业文明迅速发展,人们的生活水平也迅疾提高。但随着中产阶级的出现,贫富不均的社会现象也开始出现,各种社会矛盾也变得更加尖锐,再加上科技发达所带来的异化现象,现实中人与人之间的关系冷漠。而在20世纪上半叶又接连发生两次世界大战,人们一直渴望并崇尚的自由、民主、平等、博爱和人道主义精神也一并在枪林弹雨中灰飞烟灭,这种摧毁性的人为灾难再一次把人们推向苦痛的深渊。战争不可抗拒性的毁灭和工业文明所产生的巨大异己力量让人们看不到希望。面对生存困境,人们开始思考,这使得始于19世纪末,大致衰落于20世纪上半叶的现代主义思潮运动应运而生。此背景下现代主义所思考的问题就是人类的命运和出路问题,人的自由、尊严以及人生价值的追求是其关注的主要内容。他们抛弃了传统理性的哲学本体论,采用叔本华的唯意志论、尼采的权力意志论、弗洛伊德的精神分析说、萨特的存在主义哲学、柏格森的生命哲学等为哲学基础,推崇"人

---

① 丁帆:《现代性与后现代性同步渗透中的文学》,《文学评论》2001年第3期。
② 西方学界皆认为此运动始于1890年前后,大致衰落于1930年左右,其中以1939年乔伊斯出版的小说《芬内根的守灵》为现代主义经典代表作,但同时也标志着"现代主义"作为一种思潮和运动的结束。第二次世界大战结束后,"现代主义"在西方已真正成为历史。

的情感意志、本能冲动和内心体验"①的人本主义哲学论。

西方现代主义思潮兴盛时,正值中国兴起具有重大历史意义的新文化运动,所以早在五四时期现代主义就已登上中国文坛,意识流、象征主义、新感觉派等现代主义文学因素大面积地出现在现代三十年的文学创作中。当时的作家、诗人、评论者对现代主义的学习均为发自内心的渴求,且由于他们大多有过出国留学经历,外文底子较好,都能直接译介现代主义论著及相关作品,进而将相关哲学、美学、社会学以及心理学等著作引入国内,从而在短期内产生了一批现代主义诗歌和小说,如闻一多、李金发、戴望舒的现代诗,鲁迅和施蛰存等的现代主义小说,形成了现代主义思潮在中国传播的第一次高潮。接下来抗日战争的爆发,特殊的社会语境让文学承担起"宣传"的社会政治功能,现代主义失去了生存的空间。抗日胜利后,国内政权得到空前统一,但接踵而来的是一元化政治主流话语的僭越,文学丧失了本身该有的独立性,变成了政治的附属品。从"十七年"到"文革"十年,近三十年的政治文化语境让现代主义失去了生存的空间。

而在新时期初,随着中国与世界的再次接轨,世界日新月异的现代化转变让刚从"文革"噩梦中醒来的中国人目瞪口呆。面对迅疾发展的现代化世界,唯有实现社会主义现代化建设才能赶上世界的步伐。于是,把一切"现代化"的经验和思想引进国门成了中国很长时间内的政治纲领,特殊的政治、经济语境使西方现代主义的输入一开始就披上了"现代化"的合法政治外衣。除了官方用政策方针的方式规定了文艺"现代化"的方向,创作者也提出"文艺现代化"②的口号,为现代主义的引入呐喊助威。很快,关于现代主义的相关论著、作品大量引进中国。其中影响最大的是袁可嘉等编选的《外国现代派作品选》,这是当代国内出版的首部现代主义文学作品选集,为当时诸多作家初步认识现代主义发挥了重要作用。接下来,各种译介作品纷纷出版,"据不完全统计,新时期的最初十年,我国翻译出版了6000余种外国图书"③。与此同时,关于"现代主义"

① 王振林:《现代西方哲学本体论的建构与趋向》,《吉林大学学报》(社会科学版)1994年第3期。

② 1978年5月徐迟在中国文委全委扩大会议上作了《文艺和现代化》的发言,第一次提出"文艺现代化",1979年3月发言稿在《诗刊》上发表,后来文章收入著作《文艺和现代化》(成都:四川人民出版社,1981年。)

③ 袁可嘉:《西方现代主义文学在中国》,《文学评论》1992年第4期。

的争鸣活动也在不断推进,其中影响最大的是关于"真伪现代派"的论争①,论者所持的态度不外乎支持、反对或"叩其两端而执其中"三种。支持者认为"不管怎样,我们将实现社会主义四个现代化,并且到时候将会出现现代派思想感情的文学艺术"②。反对者则认为"马克思主义和西方现代派在世界观包括艺术观上有着本质区别,是两种不同的思想体系,把西方现代派文学思潮说成整个世界文学的发展前途是不全面、不正确的"③。持中庸态度者认为"现代派的文学观具有浓厚的唯心主义色彩,但其中并不是没有合理的因素。如果我们能够剥离它的唯心主义,发展其合理因素,会有益于我们的文学创作和理论的"④。中国人向来讲究中庸之道,而细究"剥离唯心主义,发展合理因素"的背后,有着一定的意义所指,即在特殊语境中,"现代主义无法完全排斥理性因素,从而形成中国现代主义的独特形态"⑤,这为后来具有中国特色的现代主义小说创作埋下了伏笔。

"现代化"的政治纲领为现代主义的输入提供了合法的政治语境,相关论著、作品的译介以及论争活动为国人深入了解现代主义提供了最基本的媒介可能,而新时期初的社会文化语境为现代主义文学创作提供了精神上的契机与生存土壤。"文革"结束后的社会到处弥散着文化的失落感和怀疑的情绪。尤其是年轻一代,面临着青春年华永不再来时,认清曾经的热烈追求只是一场荒诞闹剧时,其内心深处对现实产生了强烈的怀疑、否定和批判,同时还有对未来的迷惘、焦虑以及对社会的愤怒与谴责。此时强调重估一切价值、反抗权威的西方哲学思想瞬间与国人产生共鸣,促使他们对现代主义的被动接受转为自觉的主动吸纳。此种语境下借助现代主义技巧表达"伤痕""反思"甚至"寻根"的小

---

① 关于"现代派"的论争最早由徐迟于1982年发表在《外国文学研究》第1期上的《现代化与现代派》一文引起。1985年何新在《读书》第11期上发表《当代文学中的荒谬感和多余者》,使已平静下来的论争又掀波澜。1988年《北京文学》开专栏再次专题探讨"现代派"。1989年许子东在《文学评论》上发文,将上述关于"现代派"的论争焦点概括为"我们要不要现代派""我们究竟有没有现代派""我们文学中的现代派好不好"。

② 洪子诚:《中国当代文学史·史料选》(下),武汉:长江文艺出版社,2002年,第656页。

③ 雷达 晓蓉:《坚持文学发展的正确道路》,《文艺报》1982年第12期。

④ 袁可嘉:《我所认识的西方现代派文学》,《光明日报》1982年12月30日。

⑤ 程文超:《醒来以后的梦——二十世纪中国文学中的现代性问题》,北京:中国社会科学出版社,2009年,第215页。

说创作因此而爆发。从 1979 年至 80 年代中期,中短篇小说开始了积极的现代主义探索,如王蒙等的意识流,刘索拉的黑色幽默,马原的叙述圈套,残雪的荒诞意识,莫言的审丑观,苏童、余华、格非、孙甘露等的先锋技巧实验等,作家们以极大的热情把现代主义甚至包括后现代主义的小说技巧演练了一遍。但与此同时,随着长篇小说的慢慢崛起,现代主义因子以"嵌入"的方式长期影响着长篇小说的文体设置。

而关于"后现代",学界有"后现代性""后现代主义"等衍生概念,足显其概念的歧义性以及学界对其理解的模糊性。一般来说,"后现代"是一个社会历史概念,主要指第二次世界大战后出现的后工业社会或信息社会。"后现代性"是在对"现代性"的反拨中产生的一种思想风格。"后现代主义"则是一种文化思潮,充分代表了后现代社会的文化形态与文化风格①。综合众论者的观点,"后现代主义"作为一种文化思潮对西方文学产生影响并衍生出如荒诞派戏剧、新小说、垮掉的一代、黑色幽默、魔幻现实主义等流派。作为文学研究,想清晰了解"后现代主义"的内涵与外延,须把握几个核心要素:

一是了解其时间起点及分期。从字面意思看,"后现代主义"的兴起应在"现代主义"之后,学界对其具体时间起点也是说法各一。第一种观点认为"后现代主义"最早出现于 1934 年西班牙作家德·奥尼斯编纂的《西班牙及美洲西班牙语诗选》,进入 60 年代以后,"后现代主义"作为一个复杂概念才开始在文学、艺术、哲学等领域得以广泛使用②。第二种观点认为其产生于第二次世界大战之前,如哈桑认为"后现代主义"应以 1939 年乔伊斯的《芬尼根的守灵》为起始标志。现代主义经典出现的同时也标志着现代主义的衰落,现代主义的经典正好就是后现代主义的起始。第三种观点认为其可溯至 20 世纪 40 至 60 年代。西方大多数学者认同此观点,科勒认为"'后现代'这个术语此时已一般地适用于二次大战以来出现的各种文化现象,这种现象预示了某种情感和态度的变化,从而使得当前成了一个'现代之后'的时代"③。还有种观点认为其诞生于

---

① 上述观点均来自王岳川:《中国镜像——90 年代文化研究》,北京:中央编译出版社,2001 年,第 173 页。刘象愚等主编:《从现代主义到后现代主义》,北京:高等教育出版社,2002 年,第 261 页。

② 张立群:《中国后现代文学现象研究》,北京:北京师范大学出版社,2012 年,第 2 页。

③ [荷兰]佛克马 伯顿斯主编:《走向后现代主义》,王宁译,北京:北京大学出版社,1991 年,第 31 页。

20世纪80年代,如瑞士思想家汉斯·昆就提出"'后现代主义'则是专指在80年代开始的,其本身价值得到承认的,但概念不明确的符号"①。后现代主义确实在80年代影响全球,中国也在80年代将其引进国内,但作为一种对现代主义的继承或反拨,其产生具有一定的历史语境。80年代距离二战爆发相隔近半个世纪,在多种分歧中最终形成一个比较符合实际的观点即后现代主义萌芽并发展于20世纪40至60年代,繁荣并成熟于70年代末及80年代,之后"逐渐发展为一个具有广泛包容性的术语,几乎所有不能归类为现实主义或现代主义的文化与文学艺术现象,都被归拢到后现代主义的名下"②。甚至,认为其历经了繁盛期之后,"虽然不再具有70年代和80年代初期激烈论争的影响力,但它并非已经失去冲击力,它是将一种精神,一种否定性质植入现代文化的肌体内"③。

二是了解其缘起。后现代主义的兴起也缘于第二次世界大战所带来的重大精神创伤。战后的后现代社会中人被异化的现象越来越严重,一切存在都被消费化、商品化,之前的启蒙理性话语体系所倡导的各种价值和意义遭到了前所未有的怀疑与否定。当尼采高呼"上帝死了"时,现代主义的"人"的主体性地位得以确立;当福柯大声宣布"人死了"的时候,一种对以"人"为中心的话语体系进行颠覆和超越的新兴理论话语即后现代主义得以肇始,并且迅速渗透到多个领域。而在哲学基础上,现代主义受到了人本主义哲学观的影响,而后现代主义则更多地受到存在主义者海德格尔、克尔凯格尔、萨特等的思想和学说的影响。

后现代主义作为萌芽于20世纪40年代、崛起于60年代的西方后现代社会的一种文化思潮,具有持续变化、涉及领域广的生成性、开放性特点,其最终指向"当前时代的主流价值观和精神以及特定的美学和文化倾向"④,并将反对的矛头直指人本主义现代哲学思想、文化精神以及文学艺术表征。

谈及后现代主义思潮在中国的传播,80年代自然也是一个无法绕过的时

---

① [瑞士]汉斯·昆:《神学:走向'后现代'之路》,见王岳川、尚水编:《后现代主义文化与美学》,杨德友译,北京:北京大学出版社,1992年,第159页。

② 孟庆枢 杨守森编:《西方文论》(第2版),北京:高等教育出版社,2002年,第429页。

③ 王岳川:《后现代主义文化研究》,北京:北京大学出版社,1992年,第347页。

④ [英]丹尼斯·麦奎尔:《麦奎尔大众传播理论》,崔保国、李琨译,北京:清华大学出版社,2006年,第96页。

期。美国学者霍伊曾说："从中国人的观点看,后现代主义可能被看作是西方传入中国最近的思潮。而从西方观点看,中国则常常被看作是后现代主义的来源。"①此言是针对海德格尔、福柯等人对于中国思想的迷恋所说,也指出了中国和西方在后现代主义思潮之间某种天然的亲近关系。所以,当后现代主义以一种惊人的渗透力在西方文界发生影响时,时间与语境的契合使其在80年代短期内以各种方式和途径传播到中国,引起学界、文界的高度关注。

后现代主义在中国的传播,也始于80年代初期,但一开始主要停留在相关理论的简介层面。到了80年代中期,对后现代主义传播起重要推动作用的是一批国外学者赴中国的讲学活动②。这些讲学活动使全国很快掀起关于后现代主义相关理论知识的译介传播热。尤其在90年代,出现了一批影响深远的译著。直到21世纪,这方面的译著还在不断升温,将中国学界对后现代主义文学及理论的了解推向深广的天地。除了译介西方原著,国内学界从80年代开始对后现代主义进行评介。最早对后现代主义予以评介的文章应属董鼎山的《所谓的"后现代派"小说》,随后有袁可嘉的《关于"后现代主义"思潮》,这些研究相对浅易,真正深入的研究则始于90年代。与此同时,关于这方面的学术探讨活动也得以广泛开展,相关的研究论文更是汗牛充栋。

后现代主义在特定论域被中国学界予以广泛的关注和思考,但后现代主义理论本身就是一个多元、缠绕的话题,对其任何一个角度的研究都是基于解决中国问题为出发点的。王岳川就曾指出:"'后学'作为一个网状缠绕的问题,成为新世纪研究传统性、现代性和后现代性时不可回避的多层多维的问题族群。我们只能面对而不可能背对这些学术难点与焦点问题。"③于是带着这种解决中国问题的理论探讨与研究活动也如火如荼般兴盛起来。与此同时,西方后现代主义文学作品也受到越来越多的关注,如博尔赫斯、昆德拉、纳博科夫、马尔克

---

① 　[美]大卫·霍伊:《后现代主义:一种可供选择的哲学》,王治河译,《国外社会科学》1998年第4期。

② 　后现代主义权威诠释者哈桑曾于1983年赴山东大学讲学。美国学者杰姆逊于1985年9月赴北京大学开设专题讲座,其在发言中首次向国人介绍"后现代",遂引起国内学者对"后现代"的浓厚兴趣。接下来,其讲稿被译成中文《后现代主义与文化理论》出版。时任国际比较文学学会主席的学者佛克马曾多次访华,于1987年先后在南京大学、南京师范大学作关于"现代主义和后现代主义"的学术报告。(张立群:《中国后现代文学现象研究》,北京:北京师范大学出版社,2012年)

③ 　王岳川:《后现代问题与中国思想拓展》,《中国图书评论》2006年第3期。

斯、卡尔维诺等后现代主义文学大师的作品被广泛翻译,而关于这些作家作品的个案评析文章更是数不胜数。因为"后现代作为现代之'后',确实是在世界主流文化中出现的一种最新的东西,这又是走向国际接轨的中国所必然和必须要面对的"①,所以从80年代初至今,国内学界、文界对后现代主义理论及文学以翻译、细读、评介、模仿等方式内化,产生了一批具有后现代主义倾向的文学作品。有学者将80年代中后期文学称为"后新时期文学",诸多文学现象如"后新潮""后先锋""新写实""新生代""新历史"等被加上"后"和"新"的前缀,至此,西方的后现代主义已获得历史的汇通,以潮水般的涌动冲击着中国人的现代性体验,尤其体现在文学领域。

二、现代主义叙事因子的文体"嵌入"

现代主义思潮从70年代末传入中国,在80年代初开始产生大范围的影响,其叙事特征与审美追求在一定程度上影响着中国作家的创作。现代主义是"揭示存在的无意义或荒诞的艺术,是由于社会现实的解体和陈旧的因果观念的废弃而产生的艺术,是由于有关个人的所有传统观念被摧毁而产生的艺术"②,具有一定的反叛性和质疑性。作为在特定历史语境下生成的文学思潮,其思想主张以及情绪表达不可避免地带有特定的痕迹。在西方现代主义作家眼中,世界是无序的,人的理性是无法把握的。个体力量如此渺小,谁也无法改变糟糕的世界。作家所能做的只能是冷静、麻木、消极地呈现与展示。在这种观念的支配下,现代主义作品里充斥着丑陋、邪恶、荒谬、混乱的审丑意象,弥散着消沉、无奈、颓废的情绪。为了表达这一切,作家所采取的叙述方式极具内隐性,如运用梦境、意识流、暗示、隐喻、象征等手法,这些艺术形式的目的都指向一点即把"人"从集体无意识中解放出来,深刻地表现荒诞的生活和复杂的内心体验。在结构设置上,故事依然存在,但抛开故事的依托,留给读者更多的是形而上的喻义和"向内转"的心理流动。在话语表达上,语言开始成为作者极具个性化的一种表现方式,自述或转述是其主要话语方式,即便是人物对话,也不再

---

① 张法:《后现代与中国的对话:已有的和应有的》,《文艺研究》2003年第4期。
② 袁可嘉等编选:《现代主义文学研究》(上),北京:中国社会科学出版社,1989年,第215页。

是规范的人物直接对话,而变为间接的自由对话,意识流的倾向使语言呈现口语化、生活化、内在化等特征。

西方现代主义的这些艺术主张得到了新时期初作家的积极响应,起初主要集中在诗歌和中短篇小说创作上。随后,众作家在中短篇小说中积极尝试现代主义艺术手法。如王蒙借用意识流手法表现人物"故国八千里,风云三十年"的历史巨变和心灵巨变。尤其当《夜的眼》在《光明日报》发表以后,引起学界、文界的热议,甚至有人直呼"看不懂",王蒙对读者的这种反应甚是理解,认为"不了解意识流特点的人,有时就不太容易了解作品的含意,或看不懂,或把作品思想看得过于简单"①。他在《布礼》《风筝飘带》《蝴蝶》《春之声》《海的梦》等作品中将意识流技法发挥到极致。除王蒙之外,当时尝试运用意识流的作家还有谌容、茹志鹃、宗璞、李国文等。再如《爸爸爸》《冬天的话题》《驼背的竹乡》等作品,又模仿运用变形的艺术手法,根据作家的主观想象、主题表达的需要,将人和物以及事件剥离其自然的本性加以夸张表达。再如《黑骏马》《北方的河》《绿夜》等作品,将故事虚化,使本该写实的叙事作品充满着写意的格调,《北方的河》严格意义上就是一首具有多重象征寓意的抒情诗。正如有论者所评:"在《北方的河》里,作为意象建构的总体,是那呈现为直觉形态的北方五条大河。而黄河,则是这意象总体构图的中心。"②还有如《我的遥远的清平湾》等小说开始出现弱化故事、增强抒情性的文体特征。上述作家在中短篇创作中积极尝试现代主义技巧,不仅为自己在文坛获得一定声誉,也为其后期在长篇创作中运用现代主义技巧打下扎实的基础。

虽然长篇小说在 80 年代中后期才逐渐崛起,但崛起的作家多为前期在中短篇创作中积极尝试现代主义小说技巧的作家,于是在长篇创作中尝试运用现代主义技巧的文体现象从 80 年代初期就开始普及。大致盘点,80 年代文坛上出现了诸多"夹杂"现代主义因子的现实主义小说和通篇"套用"现代主义手法的现代现实主义小说,前者如《将军吟》《冬天里的春天》《沉重的翅膀》《穆斯林的葬礼》《隐形伴侣》《活动变人形》《玫瑰门》《浮躁》《古船》《少年天子》《芙蓉镇》《洗澡》等,后者如《人啊,人!》《金牧场》《十三步》《红高粱家族》《海火》《死

① 王蒙 田力维等:《关于"意识流"的通信》,见何望贤编选:《西方现代派文学问题论争集》(上册),北京:人民文学出版社,1984 年(内部发行)。

② 黄政枢:《新时期小说的美学特征》,南京:南京大学出版社,1991 年,第 261 页。

街》《突围表演》等作品。前者在根底上秉承着现实主义手法,完整的故事、鲜明的人物塑造、因果关系的线性叙述、固定的全知全能视角,规范的话语表达等传统小说因素一应俱全,所以,从本质上来看,还是传统现实主义小说,但在现实主义的底子上加上了些许现代主义因子,故称这种长篇为"嵌入"现代主义因子的小说文体。后者从本质上来说也具备传统小说的基本要素,但更大程度上将现代主义技巧作为形式本体的方式存在,不可避免地还是打上了东方人的思维与意识,这种长篇依然视为"嵌入"现代主义因子的小说文体。

正因西方现代主义在80年代对长篇小说的文体影响最为鲜明,进入90年代之后,后现代主义来势凶猛,两者裹挟在一起共同影响着长篇小说的文体表达,故在此侧重以80年代长篇为研究对象,深窥西方现代主义文学主张对长篇创作的文体影响。扫描文坛,现代主义技巧如梦境、意识流、隐喻、象征等手法以及审丑观、荒诞的内容、颓废消极的情绪表达等美学倾向在80年代的长篇创作中皆能找到影响的痕迹。结合长篇创作实况,下文侧重从东方型意识流、自由型结构、元叙述圈套、感官化语言等方面论述现代主义思潮对长篇小说文体的影响。

(一)东方式意识流

意识流是西方现代主义文学中的一个重要流派,也是在小说创作中被广泛运用的艺术手段之一。意识流本是心理学术语,由美国心理学家威廉·詹姆斯于1884年在《论内省心理学所忽视的几个问题》中提出。他认为意识本身并不表现为一些割裂的片段,它是流动着的。"河"或"流"乃是最足以逼真地描述它的比喻。意识活动具有不间断的流动性和超时间性。此后就将其称为思想流、意识流或主观生活流①。19世纪詹姆斯从心理学角度提出"意识流",在此基础上,20世纪初柏格森提出"心理时间说"即根据意识的流动来结构作品;弗洛伊德提出"精神分析学"即作家要挖掘潜意识,这些为意识流小说的产生提供了哲学和心理学基础。西方意识流小说主张"作家退出小说,客观地描写事物在人物意识上留下印象,记录人物意识流动的轨道"②,认为意识流小说是"以心理结构来表现整个意识范围,尤其强调发掘潜意识领域,描写意识活动的非

---

① 杨清:《现代西方心理学主要区别》,沈阳:辽宁人民出版社,1982年。
② 廖星桥:《外国现代派文学导论》,北京:北京出版社,1988年,第192页。

理性内容,常常运用内心独白、心理分析、感觉印象、自由联想、回忆、闪念、梦境等手段来表现变幻莫测的意识流程"①。西方代表性意识流小说有《追忆逝水年华》《尤利西斯》《喧哗与骚动》等。其实,意识流对中国现当代作家来说并不陌生。翻开中国现代文学史,早在现代文学三十年时期,鲁迅、郁达夫、丁玲、施蛰存、刘呐鸥、叶灵凤等作家都在小说中运用意识流,在文学史上留下诸多具有意识流特征的作品如《狂人日记》《沉沦》《莎菲女士的日记》《梅雨之夕》《九十九度中》等。西方和中国现代的意识流作品对当代作家的意识流运用起着重要的经验示范作用。

　　细究 80 年代长篇创作中具有意识流特征的小说,如《夜与昼》《将军吟》《冬天里的春天》《沉重的翅膀》《隐形伴侣》《活动变人形》《玫瑰门》《金牧场》等,这些作品皆洋溢着清醒的理性精神,人物的意识不是自由泛滥地流动,而是作为一种技巧嵌入其中,有章可循地在情节框架中有节制地插入,自如表达作者的主观内省活动。这种"嵌入式"运用不仅体现在诸如《将军吟》《冬天里的春天》《沉重的翅膀》等具有政治文化规约色彩的现实主义小说中,就连后期具有鲜明现代主义倾向的小说如《夜与昼》《金牧场》《活动变人形》《上下都很平坦》《突围表演》等作品中也鲜有纯粹从人物内心需要而自然流淌的意识流。如《夜与昼》只是借用意识流手法,在一昼夜间最经济地展现整个改革时期的社会全貌和各色人物的心灵震动。《金牧场》借用福克纳式的心理时空,表现了一位访日学者多层次的主观世界。《活动变人形》则采用内心独白、自由联想、潜意识等手段展示了主人公扭曲变形的心态与人生。这些作品多从社会学、文化学角度设置意识流,对人物内心的开掘多注重与客观现实的结合,而这正是中国意识流与西方意识流的根本区别。就连《突围表演》这样淡化情节,完全追求心理流动的现代、后现代主义作品,其注重人物的精神独白,依靠所有出场人物不同形式的"独白"来完成意识的流动,但不接地气的各种"言说"和荒诞的意识流动依托的是世俗的外在环境和写实的叙述方式,在梦境、阻隔、错位中让读者一头雾水,连作者自己也感到迷雾重重。这种具有现实思维的意识流动所产生的艺术效果自然令人无法信服,正如有论者所质疑的,"谁会相信一个头戴黑色小绒帽的孤寡老妪有笛卡尔式冷峻的敏锐分析?谁又会相信一条有个典型的

---

　　① 张学军:《中国当代小说中的现代主义》,济南:山东大学出版社,2005 年,第 61 页。

中国名字的'五香街'上有那么多哲学演讲者和听众?"①

(二)自由型结构

传统的小说多为线型结构。新时期初,由于受到现代主义思潮的影响,有部分作品在传统线型结构中插入一些西方小说技巧,形成了具有现代特色的线型结构,如《冬天里的春天》在三天两夜的客观时空里通过联想、回忆以及意识流、蒙太奇等手法,将历史事件和现实活动互相穿插,把一个完整故事分割开来,构成一种张弛有致的线型结构。而《沉重的翅膀》则是典型的情节融合心理型结构。作品没有大起大落的情节冲突,但形散神凝,巧妙穿插细腻的内心活动,并聚合起松散的故事与人物矛盾,举重若轻地完成既富有时代气息又不乏个性特征,既追求宏大叙事又不乏细致内化的史诗性文本。除此之外,又新出现了与"有机时间结构""空间并置结构"相对应的"自由结构"。所谓"自由"言指小说不再拘泥于历史性的时间逻辑或共时性的空间连接,不再依靠完整的故事、鲜明的人物或各种空间场景来结构文本,而开始出现淡化情节,主要以意象、心理、情感等为动力势能的结构样态,如心理型结构、意象型结构。

心理型结构又称放射型结构,其核心动力因素是心理分析或意识流动,而不是人物命运或情节冲突,其运用内心独白、自由联想、幻觉梦境、象征、隐喻等手法,细致入微地描摹人物的感觉、情绪和思想,在叙述上打破时序,超越时空,显得散乱、无秩序,如《隐形伴侣》《海火》等。《隐形伴侣》虽取材于"文革",但只以其为叙事背景,更具有普泛意义的"人性"探讨。小说没有核心情节,围绕知青肖潇和陈旭之间的情感纠葛展开。他们由相爱到结婚、生子直到出现隔膜以致最后的离婚,都源于他们不同的世界观。陈旭在大事上不撒谎,自认为精神纯净,所以与整个世界格格不入,处境艰难;但他在小事上却撒谎成性,并乐此不疲。而在肖潇眼中,人活在世上是不可能从不撒谎的,有时候精神上撒谎是不可避免的,但绝不能撒谎成性。小说在男女主人公历尽梦境、幻觉、内心独白等深刻的内心纠缠与反省后,最终悟出一个道理:每个人都有一个"隐形伴侣",每个人身上同时存在着"生命自我"和"社会自我",两种人性如影随形地伴随着每一个人。

---

① 舒文治:《伪造形式的迷宫——读残雪的〈突围表演〉》,《文学自由谈》1989 年第 3 期。

意象型结构又称象征型结构、寓意型结构，以意象的反复出现塑造形象体系，进而推动叙事的展开。象征是西方现代主义文学普遍使用的一种手法。从广义上说，一切艺术即象征，甚至有学者认为"没有象征主义就不可能有文学"①。很显然，象征手法并不是西方现代主义的专利，在中国古代文学里早就有"赋、比、兴"艺术手法的娴熟使用，并因此而产生了很多文学经典佳作。但在新时期中后期的小说创作中，众作家如此集束式热衷于运用象征的艺术手法，却与现代主义文学思潮的传播有着密切关联。普遍意义上理解，象征是指借用特定的具体形象来暗示某种观念、哲理、感情，或表现彼岸世界的神秘。运用象征往往会使文学作品出现多种解释的可能，丰富了作品的意义含量。我们可以根据意象内涵的范围大小分为个体意象象征、整体文本象征两种类型。其中，个体意象象征是指借助特定的意象来组织整个小说的形象体系和意蕴内涵。如《海火》中"海火"和"海妖的歌声"反复出现。"海火"是海生物尸体发光的自然现象，其本身就具有一定的复杂性，既指瞬间的辉煌、是生命之火、纯爱之光，但又具有阴暗性。而"海妖的歌声"既是一种诱惑，也是一种警示，让人充满恐怖，又令人无限向往。作者借这两种意象隐喻人性的特点，如同主人公晓雪一样，一面美艳无比，令人倾心，另一面却阴暗歹毒，令人惊悚。两种意象的交替出现，使小说上升为对整个人类灵魂的拷问，对生命本体意义的探寻。而根据意象的内涵属性，又可将个体意象象征分为特定的象征性意象和独创性意象。关于特定性个体意象的成因，南帆认为"情景之间的对应原理显然形成于自然的人化这个漫长过程中。在广阔的实践中，人们的情感对种种现象慢慢产生了相对固定的判断。久而久之，这种情感性判断逐渐上升至文学领域而形成一种较为稳定、较为普遍的审美规范"②。如自然界中的长河落日、草原戈壁、荒野林莽、梅桃松柏、秋雨春阳等，当它们成为作品的中心意象时，既具有自然的物象性质，又具有一定的象征意义并形成一种特殊的力量笼罩全文，进而提升作品的精神气象。而独创性意象则指作者融进自己独创性喻义的普通意象，如屈原诗中的"香草"、艾略特诗中的"荒原"、卡夫卡小说中的"城堡"等就是典型个体意象。这种意象类型在80年代的长篇中也能找到，如《古船》中"古船"意象融

① 赵乐珏等主编：《西方现代派文学与艺术》，长春：时代文艺出版社，1986年，第50页。

② 南帆：《小说的象征模式》，见吴亮等编：《象征主义小说》，长春：时代文艺出版社，1988年，第6页。

进了作者的精神暗喻与表达诉求,它象征着在历史发展进程中古老中华民族这艘"古船"的命运,虽然载船的河水已经干枯,但地下河流的存在,时代新人的涌现,这艘承载民族希望的"古船"扬帆远航将指日可待。《穆斯林的葬礼》中"葬礼"意象隐喻着穆斯林以沉重的代价葬送了穆斯林的陈旧陋习,新的力量即将获得新生。《死街》中"永远定格在空中的太阳"隐喻着窝坨街时间的静止,具备人、牛特性的特定人物石顺则隐喻着窝坨街人半"人"半"牛"的性格特征。而整体文本象征并非依赖于某个特定的意象,而是借助于小说的基本情节和人物命运以及叙事结构形成整体的形象体系来诠释作品的某种思想和观念。当然,整体象征与作品的主题思想有着本质区别,虽然两者的目的都是为了表达作品所蕴含的某种思想观念以及情感,但主题思想并不需要"象征"就能存于作品之中,而整体文本象征则是作者在构思时就已自觉地赋予其象征意义。"整体象征中的形象体系也同时具备小说的表层含义与象征含义。表层含义往往取决于小说的题材性质,象征涵义则同样是作家的额外赋予。"①所以,读者一般能把握住小说的主题思想,但仅凭直觉把握小说的整体象征意义是不够的。80年代诸如此类的整体文本象征作品较多,如《活动变人形》《红高粱家族》《浮躁》《隐形伴侣》《死街》等。莫言是一个喜欢并擅长运用象征和寓意的作家。他认为"没有象征和寓意的小说是清汤寡水,空灵美、朦胧美都难以离开象征而存在"②。《红高粱家族》就是一部具有整体象征意味的长篇小说。"红高粱"是一个民族化、东方化的审美意象,森林般的红高粱是中华民族精神内核的象征,它隐喻着原始旺盛的生命力和顽强凛然的人格力量。作者将"红高粱家族"所处的世界化为前工业时代生机勃勃的生命世界,将人物还原为这个世界里搏杀竞争的生存符号,将故事还原为荒茫大地上壮丽的悲剧诗篇,以荒诞的叙述加深读者对世界和历史的深刻认识,逼近生命与生存的本质,真切地体验到历史被湮没的另一种真实,表达了作者对中华民族顽强蓬勃的理想生命状态的由衷赞叹和对民族"种"的退化的忧虑与反思。《浮躁》的整个文本弥散着改革开放使整个时代所共有的充满生机而又骚动不宁的"浮躁"情绪。《隐形伴侣》则从整体上隐喻着对人的精神主体的透视,每个人身上同时存在着"生命自我"和

①　南帆:《小说的象征模式》,见吴亮等编:《象征主义小说》,长春:时代文艺出版社,1988年,第6页。

②　贺立华　杨守森:《莫言研究资料》,济南:山东大学出版社,1992年,第103页。

"社会自我"，两种人性如影随形地伴随着每一个人。《死街》则隐喻着闭塞、保守的窝坨街是个虽"存"实"亡"或虽"亡"实"不亡"的街道。不管时代如何变迁，只要落后的文化心理没有得以改变，这里的世界永远是垃圾满街、粪便遍地，这里人的乐趣永远是骂街、斗殴或端着饭碗对着太阳"摆街"。

80 年代长篇小说运用象征手法，使作品不再像传统小说那样直白，而是将要表达的寓意渗透在作品的意象之中，以形象自身体系呈现出作品的深层寓意，增加了作品的内涵容量。同时，由于象征的不确定性和多义性，也让作品蒙上了一层神秘感，如《十三步》《海火》中的神秘气息非常浓郁。当然，80 年代长篇小说大量运用象征和寓言，但大部分的寓意指向都带有明确的社会政治批判和民族自省的社会内容，即便有如张承志、张炜的喻意带有对信仰、理想、生命等形而上的思考，但还是缺少西方现代主义中的象征主义对人类命运的哲学思考，与西方象征主义的神秘意蕴也相去甚远。所以，当代中国小说中的象征与喻意也是具有"中国特色"的象征与喻义。

（三）元叙述圈套与多元叙述视角

在现代主义作家眼中，叙述本身就是一种生命活动方式，从"讲什么"转向"怎样讲"，就表明了一种文学观和审美观的转变。这种转变的哲学含义是"存在不再是个拥有固定意义和价值的自在物，它只是在被表述时，在被表述人按照自己的理解呈现为一定的结构和语境时才产生出的某种意义和价值"[1]。也正因此，叙述方式的革命就是叙事策略的革命，主要体现在叙事人称的安排和叙事时间的设置上。受现代主义叙事技巧的影响，80 年代长篇在叙述人称上开始出现第一或第二甚至多重人称的交叉运用现象。叙述者的安排也因人称的变化开始有了变化，如儿童视角和多重视角的共时交叉运用。尤其是莫言，他对自己在《十三步》中大量运用人称视角表示得意，在一次访谈中他宣称"《十三步》也是我的一部登峰造极的作品，我把汉语里面能够使用的人称和视角都实验了一遍"[2]。"就一般情况而言，叙述者人称一般归纳为三种选择：一个由书中人物来充当的叙述者，一个置身于故事之外无所不知的叙述者，一个不清

---

[1]　杨文忠：《结构的意义》，见吴亮等编：《结构主义小说》，长春：时代文艺出版社，1989 年，第 1 页。

[2]　石一龙：《写作时我是一个皇帝——当代作家莫言访谈录》，《延安文学》2007 年第 3 期。

楚是从故事天地内部还是外部讲述故事的叙述者。前两种是传统叙述者,第三种是现代小说的产物。"①以此观照 80 年代中后期的长篇叙述,尽管存在"越界""杂交""多重转换"等现象,但大部分叙述者都属于传统叙述者,而《上下都很平坦》则属于典型的非传统叙述。将《上下都很平坦》和复杂的《十三步》相比,后者虽考验着读者的智力与耐心,但只要静心分析,读者还是能摸索出一定的叙述规律,洞察缭绕背后所蕴含的深意,但读者若将此耐心和智力投射到《上下都很平坦》则收获甚少。

《上下都很平坦》的故事内容很平常,但叙述者的安排很不平常,作为知青群体的"我"在文中不是参与者,只是旁观者,如同一名驻地记者一样全程报道核心人物"姚亮"以及与其相关人物的相关事件。"我"作为旁观的全知叙述者,对各个人物的命运了如指掌,从此角度看,"我"是权威的,似乎等同于作者马原。但"我"在文中热衷于不停地进行叙述干预,将自己的身份以及故事的真实性进行一次次解构。诸如"那部小说的作者也叫马原,不知道那个马原是否还活着",言下之意,这部小说的作者是马原,但此马原不是彼马原,但"我"是否就是此马原?接下来的叙述干预很快否定了这个假想,"我不知道那个也叫马原的写这部时对我们那里的实际情况知道多少"。因为"我"的身份不确定,直接影响了由"我"所叙述故事的真实性,而"我"在开篇就大相径庭地表白:"我像一个局外人一样更相信虚构的那些远离真实的所谓真实的幻想故事""我已经到无可救药的年龄,不再试图还原真实。"随后的不间断干预将读者的怀疑加剧到极致,如人物姚亮和"我"探讨肖丽的死因,在交流的过程中骂"我"咬文嚼字,此时的读者对"我"充满期待,希望接下来的回答能让谜底揭晓,但"我"却甩出这么一段话:"我不能不咬文嚼字,要骂人我比他更便利,我让他骂人他才骂人,我可以要他死。我在虚构小说的时间里神气十足,就像上帝本人",此番言论将读者苦心营造的一点信任瞬间消解。很显然,马原这种不间断暴露虚构性的叙述手法正是借鉴了元叙述手法,针对叙述而言,"元叙述起于叙述,又反对叙述,干预着叙述,所采用的是自由视角,其语言表达富有论辩性与机智性"②,而叙述者对故事和叙述方式的反身叙述,"其主要功能在于构建故事的

---

① [秘鲁]略萨:《给青年小说家的信》,赵德明译,上海:上海译文出版社,2004 年,第 47 页。

② 刘恪:《先锋小说技巧讲堂》,天津:百花文艺出版社,2007 年,第 210 页。

真实性和叙述者的权威性,或揭示故事的虚构性和叙述的不可靠性"①。实际上,这种技巧表达并无多少"先锋"因子可言,早在中国古传奇《枕中记》《任氏传》《李娃传》等中就发现元叙述笔法,而在西方阿拉伯民间故事《一千零一夜》中也能发现双重叙述方法。很显然,"我"在文中的主要职责就是暴露小说的虚构性以及叙述的不可靠性。作为先锋作家,马原不主张小说的故事性,也不提倡小说的深度模式,《上下都很平坦》中所有故事围绕姚亮展开,但故事之间互不关联却假装关联,尤其在第一章煞有介事地预叙瓶子、二狗、江梅、肖丽等的死亡结局,但在第二章却只字未提死因,第三部分更是不了了之,从讲故事角度看,小说根本没有完成基本的叙述任务。作者用叙述圈套压抑情节,又用片段的情节取消思想的深度,最后给读者留下的只是一个个圈套而已。

同样受到现代主义技巧的影响,《活动变人形》设置了多重视角以完成深层次内涵表达。小说第一层是作者本人的全知视角,他在开篇直接将读者引进艺术的世界,而在小说结尾,这个全知叙述者又站出来,在倪家旧事戛然而止的时候,荡开一笔插入自己曾经的坎坷心路和写作倪家旧事的感受,和刚刚结束的历史画面相互召唤,使作品的内涵更加深邃。第二层是故事主人公倪吾诚的儿子倪藻。全知叙述者在开篇就将已是语言学副教授的倪藻引出,时间安排在1980年。倪藻进行国外访学,国内外文化发展现状存在鲜明差距的刺激以及父亲故知的造访触发了其对倪家旧事的回忆,小说的主体故事由此引出。访问结束时,倪吾诚无可奈何地寂寞死去,现实和历史在此汇合。倪藻是父亲悲剧命运的见证者,他对中国文化以及其父亲固有的性格缺陷做了最透彻的反省,但他对其遭遇持同情又批判的态度。同时,倪藻作为次叙述者,其本身也是小说审视、反省对象,他的命运和倪吾诚的遭遇互为补充,令人不禁感慨生命个体在宏大社会历史面前的渺小与无可逃避。第三层叙述视角是小说中偶尔还以"我"的身份站出来公开发表言论的"老王",并公开"我"就是"老王"。"我"在文中是作家的一个化身,但并不是作家本人,是一个隐含叙述者,他也与倪藻保持一定距离。在小说结尾,全知叙述者安排"老王"与倪藻照面,这是别有意味的设计,倪藻是作者审视的对象,也是作者理想的寄托,二人在"海的梦"会面,隐含作者对倪藻"非要往远里游不可"的不懈追求精神的欣赏,也间接表达出作者对人生和艺术更高境界的追求和向往。

---

① 王正中:《元叙述的叙述功能》,《温州大学学报》2012年第6期。

《活动变人形》借助多重视角深度批判和反省了民族文化的痼疾以及旧知识分子的悲惨命运，但作者对叙述者人称的安排是谨慎的，承担叙述功能的主要是第三人称叙述者，而在《十三步》中，作者借助人称和视角的不断更换，全力描写了中国知识分子的困境和现实生活的荒诞。严格意义上说，这是一部关于叙述的小说，小说原名《笼中的叙事》，写作的动机缘于作者前部作品《红蝗》的"不节制"而饱受诟病，于是作者在《十三步》中意欲实行一种"有节制"的写作，并命名为"笼中的叙事"，莫言认为"关在笼里的人与其说是一个故事叙述者，毋宁说是故事本身。但故事无法冲破牢笼，就像叙述人无法跳出牢笼一样。在虚构的笼子里，故事和叙述人是自由的，他们可以在里边做出各样超出常规的动作，但不能越出笼子"[1]。确实，在这部作品里，故事是自由的，叙述人更是自由的。对于一部小说，"叙述的首要问题是解决谁来讲故事的问题"[2]，这个问题在《十三步》中显得尤为迫切，因为一旦弄不清叙述者是谁，后文随之不断转换的"你""我""他"的所指也随之一团迷雾。《十三步》的故事并不复杂：中学物理教师方富贵因劳累过度猝死讲台，火化前因让路于副市长而被塞进冰柜并离奇复活。殡仪馆美容师李玉婵为能让同为教师的丈夫张赤球有时间外出挣大钱，将方整容并代替张再登讲台。方的妻子以为方已死，拒绝改容的丈夫入门，真实的张赤球在现实中孤苦无依，无家可归。活着的方富贵以张的面孔苟活于世，最后再次自尽于教室。故事内容的荒诞不足为奇，但讲述故事的方式却让人大开眼界。整个故事的讲述由关在笼中的"叙述者"完成，小说还有另一个叙述者"我们"，自始至终和笼中的叙述者对话，进而完成小说的叙述。笼中的叙述者到底是谁？"我们"也不断提问："你是人还是兽？是人为什么在笼子里？是兽为什么会说人话？是人为什么吃粉笔？""我们怀疑这是叙述者玩弄的圈套，一个吃粉笔的人还值得信任吗"这种叙述干预一方面道出了读者的困惑，另一方面也解决了这种叙述设置的可能性与合理性。当然笼中的叙述者不可能给出正面答案。其实，只要深入研读文本，就会发现笼中叙述者既是方富贵，又是张赤球，因为他们都是故事的当事人，都是教师，都是受害者，作者在小说中根据情节的需要不断切换视角。小说共十三部，其中第一、二、十、十一、十二部

---

① 莫言：《笼中叙事的欢乐·代后记》，《十三步》，上海：上海文艺出版社，2012年。
② ［秘鲁］略萨：《给青年小说家的信》，赵德明译，上海：上海译文出版社，2004年，第47页。

的叙述者是张赤球,第三、四、五、六、十三部的叙述者是方富贵,第七、八、九部的叙述者则变成了两人的交叉。整体上来看,《十三步》的叙述者转换富有一定的节奏,但在具体人称所指上,和《人啊,人!》的第一人称转换相比显得复杂缠绕,如"从方富贵死在讲台上那一时刻起,我就产生了强烈的吃粉笔的欲望,粉笔的气味勾引得我神魂颠倒,人们都说我得了神经病,随便,我想吃粉笔,我只有吃粉笔。你眼泪汪汪地向我们叙述着你的感觉,你甚至唤起了我们久已忘却的对粉笔的感情。接下来的问题是给你吃呢,还是留下我们自己吃?"这里的"你""我""我们"之间的转换没有一点过渡,也没有任何提示,读者只有冷静、细致地分析才能明白叙述人称的所指。从内容逻辑上进行推理,既然方富贵已死,这里的"我"和"你"当然就是张赤球,"我们"就是旁观叙述者。再如同第十部:"在胡同里,你与整容师相遇""你对我们说,你从一切迹象判断,你认为:这场稀奇古怪的偷情给屠小英的刺激十分强烈,她咬着他的肩膀,尝到他的血的味道。"联系上下文,这里的"整容师"自然是李玉婵,"你"分别指屠小英、张赤球,"他"指方富贵。如此高频率的人称转换在常规的小说创作中极其少见,作者对自己的"笼中的叙事"非常满意,称这部小说"向我证明着我在小说技巧探索道路上曾经做出的努力"①。但这种叙述方式对读者的智力提出极大挑战。如第四部的"你"既是叙述者张赤球,又是李玉婵;第十部的"你"既是叙述者张赤球,又是屠小英。这种无厘头的叙述方式让读者不堪其累,陌生化艺术效果极强。作者举意想进行一种有节制的写作,但最终还是无法自控地陷入另一种不节制之中。

(四)反常规语言形态

西方现代主义思潮的渗透使小说中新出现注重个体情感体验和内在情绪的感观化语言。如《红高粱家族》广泛借鉴艺术学和心理学的有关画面、色彩、线条、视觉、听觉、嗅觉、味觉、触觉等各种媒介工具,形成感官化语言,如"奶奶的花轿行到这里,东北天空抖着一个血红的闪电,一道残缺的杏黄色的阳光,从浓云中,嘶叫着射向道路。高粱深处,蛤蟆的叫声忧伤,蝈蝈的唧唧凄凉,狐狸的哀鸣悠怅。奶奶在轿里,突然感到一阵寒冷袭来,皮肤上凸起一层细小的鸡

---

① 莫言:《笼中叙事的欢乐·代后记》,《十三步》,上海:上海文艺出版社,2012 年,第325 页。

皮疙瘩"①,这段文字描述高粱地里,奶奶的花轿即将遭遇路人打劫以及雷雨将至的情境。按传统语言表述,应是雷阵雨前,空中划过闪电,阳光渐暗,乌云滚滚,闷热使高粱地里一片噪声。但在作者笔下,一系列带有色彩和感觉的词语表明这不是自然意义上的雷雨前兆,在这里即将要发生无比忧伤而又无比亢奋的事件,路人打劫对于新嫁娘来说并不吉祥,若碰到悍匪,有可能导致万劫不复的悲剧。但是在这部作品里,又因为打劫路人的出现成就了奶奶和爷爷的爱情。但对于当事人来说,是福是祸,谁也说不准。所以此时高粱地里的生物皆融进作者的主观体验,"忧伤""凄凉""哀鸣悠怅",而在闷热的轿内,奶奶也有了异常的心理感觉与身体反应,这种非常规的语言表达饱含丰富繁复的信息,既烘托气氛,又暗含玄机,既具有修辞美学功能,又具有一定的叙事价值。

80年代中后期的长篇小说中这种偏向主观情感性的语言变异现象大量存在,如《城市白皮书》《羽蛇》《光线》《酒国》《金屋》等。其中最典型的如《城市白皮书》,其借叙述者的特异功能,使结构样态和叙述方式都有了极其自由的空间,在语言运用上更加自由。小说借用通感手法,通过明明的眼睛,为读者呈现了一个充斥声音、色彩、味觉、触觉等独特个性化体验的世界,语言也随之感觉化,在小女孩明明的眼中,"新妈妈的声音是红色的""旧妈妈的声音是蓝色的""人群里有很多醋,到处都是醋",还有如"树不说话,树不会说话……我也不会说话。从十二岁生日那天,发高烧到44度,烧坏了一支体温表后,我就不会说话了。我只能自己对自己说。我很愿意对自己说。病了,却一下看到了许多东西,看到了别人看不到的东西。旧妈妈说我是一只警犬。新妈妈说我是一台X光透视机,彩色的。害过一场病后,我就成了警犬,成了X光透视机……"这种呓语式的语言突显出当代城市的欲望横流、人性堕落的主题。

从当代长篇的创作实况看,上述诸种西方现代主义技巧的"嵌入"现象不仅发生在80年代的长篇创作中,在整个当代长篇创作中也是俯拾即是。究其根源,从深层意义上看,是由多方面原因造成,最主要体现在两个方面。一则缘于西方现代主义本身的丰富性和多义性,正如西方学者所言:"现代主义一个比较显著的特点就是分布范围广,具有多民族性。但是,每个对现代主义有所贡献的国家都有自己的文化遗产、自己的社会和政治张力,这些又给现代主义添上

---

① 莫言:《红高粱家族》,上海:上海文艺出版社,2012年,第42页。

了一层独特的民族色彩。"①将现代主义置于不同的社会文化语境下,必然会产生不同的变异。而中国现代主义在追求"现代化"的启蒙语境中,因无法放弃"人道主义""民族主义"与"启蒙理性"的"现代性"②诉求和反封建任务而形成了中国现代主义的独特形态。并且,强烈的"现代化"冲动使作家、评论家把"审美现代性"与"政治现代性"等同。正如许子东所言:"'文革'后的现代主义具有理性的渗透,贯穿他们作品的中轴还是对社会政治、历史的严峻的理性的思考。"③特殊的语境决定了中国现代主义技巧的探索从一开始就走上了"反"现代主义的理性之路。二则源于中国根深蒂固的文化传统和心理性格。中国传统哲学追求理性,偏重伦理学意义的探讨,在美学观上追求内敛、节制与含蓄,这种化在骨子里的民族性格决定了中国作家很难像西方作家那样敢于完全冲破理性的堤坝,任凭自己的思绪情感自由泛滥。并且中国文人自古以来"学而优则仕"的观点形成了文人"入世"价值趋向和对社会的介入感。这些因素使中国作家不能像西方作家那样,完全依据文学表达的需要洒脱地从小说中全身而退。如在中国作家眼中,意识流只是其表达关于社会、文化、政治等现实问题的道具而已,是因传统现实主义手法的形式单调与叙事掣肘而对西方意识流所做出的创化与变异的产物。而对于像残雪这样非常决绝地追逐西方现代主义技巧的作家而言,其作品中出现"嵌入式"文体表达效果则是缘于作者对西方现代大师流于皮相的模仿,作者本人并没有做到从骨子里进行创新内化。如同样是迷宫叙事,她就少了博尔赫斯式的迷宫逻辑,不能带给读者以博尔赫斯式的智力愉悦,相反,留给读者的则是"令人难以猜度的、意义含混的一团乱麻"④。如同样是意识流,她"没法按艺术的秩序组织素材,跌进了对变形心态的深挖与

---

①　[英]马·布雷德伯里 詹·麦克法兰:《现代主义》,胡家峦等译,上海:上海外语教育出版社,1992 年,第 75 页。

②　现代性是西方文艺复兴后期产生的以启蒙理性为支撑而建构起来的价值体系。启蒙理性帮助西方社会摆脱古典走向现代,但其在启蒙的同时,对理性的过分肯定而忽略了"人"的内在主体性。故西方现代主义作为现代性的产物,是以对抗姿态批判启蒙理性的。西方现代主义的出现源于现代性的发展,又转而反叛现代性自身。(王文超主编:《新时期文学的叙事转型与文学思潮》,广州:中山大学出版社,2004 年。)

③　许子东:《近年小说探索与西方文学影响》,《文学报》1986 年 3 月 31 日。

④　张学军:《追求者的精神旅途——读残雪的〈最后的情人〉》,《名作欣赏》2009 年第 5 期。

补缀之中"①,这使她的"意识流"令人难以信服并因此而变得不伦不类。

质言之,80年代以来,在现代主义文学思潮影响下出现的具有现代主义因子或现代主义倾向鲜明的长篇小说在文学观、历史观、哲学观、价值观等方面与传统小说相比,具有了一些"新质",即文学表现的范围和功能得以拓展,作家的思维方式和表达方式得以改变,"典型论""反映论"等外在的时空模式和艺术原则被现代主义文学的"淡化""心理时空""意识流"等叙事原则取代。我们从这些创作中鲜明地看见作家主体意识的觉醒、生命意识的升腾和文体意识的增强。但是,正如前文所述,对于尝试现代主义技巧的作家来说,"现代主义的气质、手法、技巧融入他们对具体社会现实的感受和理性之中,理性主义精神始终与他们的怀疑精神缠绕在一起"②,而这也正是80年代产生"真伪现代派"论争的因由所在。尽管存在论争,但西方现代主义思潮对中国文坛长期产生影响,这又与大家对中国现代主义的清醒认识和宽容态度有关。对此,季红真曾提出"在我国当代的特殊历史条件下,很难产生严格意义的现代主义作品,将来能否产生也依然令人置疑"③。黄子平则认为"设立一个'真现代派'的先验规范可能是徒劳的"④。吴方则认为"'伪'一下也是不可免的"⑤。正因这份清醒与宽容,中国当代出现了很多"嵌入式"现代现实主义长篇(当然这些作品也含有后现代主义因子),如《城市白皮书》《无风之树》《无字》《丰乳肥臀》《檀香刑》《不必惊讶》《羊哭了,猪笑了,蚂蚁病了》《村庄秘史》《四十一炮》《中国一九五七》《致一九七五》《最后的情人》等,这个名单还可继续列下去,笔者无意于全面细致分析这些具有现代主义因子小说的现代主义特征,但确信了一个文学事实:西方现代主义文学思潮不仅在技巧表达上,在文学观念上也深刻而广泛地影响了新时期以来的长篇小说创作,这种影响虽因诸多因素的制约而呈波动性趋势,但持久存在。

---

① 舒文治:《伪造形式的迷宫——读残雪的〈突围表演〉》,《文学自由谈》1989年第3期。

② 唐正序等编:《20世纪中国文学与西方现代主义思潮》,成都:四川人民出版社,1992年,第512页。

③ 季红真:《中国今年小说与西方现代主义文学》,《文艺报》1988年1月2日、1988年1月9日。

④ 黄子平:《关于"伪现代派"及其批评》,《北京文学》1988年第6期。

⑤ 吴方:《论"矫情"》,《北京文学》1988年第4期。

三、后现代主义叙事策略与"本体"构建

新时期初,中国作家在模仿学习西方现代主义技巧的同时,学界已经开始译介简单的后现代主义理论,进入 80 年代中后期,全国开始掀起后现代思潮学习热。而后现代主义作为一种思潮和小说技巧方式,具有"无深度感""愈趋浅薄微弱的历史感""情感的消逝与主体的分裂与瓦解""拼凑法"①等叙事特征,国内有论者将其概括为"不确定性、多元性、语言实验和语言游戏"②,突出其解构性特征。结合众论者的观点,从艺术规则的建构来看,后现代主义文学对现代主义做出了继承、超越甚至背离。它继承了现代主义文学"内在化"的叙述倾向,又反对甚至背离现代主义建构的规则,在整体上呈现出"陌生化""本体化""虚无化"的文体特征。在立意表达上,后现代主义作家不再痛苦地进行内心反省,而是不做任何评介地展示世界,这使文本充斥着暴力、死亡、颓废与无序,弥散着比现代主义作品更浓烈的虚无、绝望、黑暗的情绪。在对"人"的关注上,"人"成了一个个抽象的符号,主体意识被放逐,文学的主体性被搁置。而在写作观上,后现代主义作家不再相信文学所承载的任何功能,作家也不愿承担起任何社会责任和历史使命,消解崇高、拒绝理想成了他们的习惯思维,社会、历史、人生、道德等严肃问题也被他们屏蔽。在他们眼中,一切都是荒谬的存在,一切努力都是徒劳。他们不仅怀疑外在的客体世界,也不信赖内在的精神世界。在叙事表达上,后现代主义作家较之现代主义作家,在反叛传统之路上走得更远。

(一)共时性叙述与反小说结构

80 年代长篇在叙述方式与结构安排上也体现出对后现代主义技巧的学习与借鉴。后现代主义小说在叙事策略上讲求彻底打破传统小说线性的叙事链而进入一个任意组合拼接的模式,其中最有影响力的是福克纳的"现在进行时"。虽然福克纳一直被看作现代主义作家,但他的作品如《喧哗与骚动》却鲜

---

① [美]詹明信:《晚期资本主义的文化逻辑》,张旭东编,陈清侨译,北京:三联书店,2013 年,第 433、441、447、450 页。

② 曾艳兵:《后现代主义小说辨析》,《东方论坛》2002 年第 3 期。

明地显示出后现代主义的思想与技巧。故从此意义上看,福克纳是后现代主义的创始人之一,并推动了后现代主义的发展。福克纳认为在小说中,作家可以像上帝一样,不受时空限制地把笔下人物随意调遣,"时间是一种流动的状态,除在个人身上有了短暂的体现外,再无其他形式的存在"①。福克纳的这种"时间并置"的理念和后现代主义文学大师昆德拉的"共时性叙述"意义所指相同。昆德拉则以布罗赫的小说《梦游者》为例分析小说中出现的五条有意穿插起来的线索,认为"五条线中的每一条都写得非常精彩,然而,尽管它们在不断的变化中被共时性地运用,这些线却未被拢聚在一起,未能综合成一个不可分割的整体"②。昆德拉认为此小说没有实现"复调"的艺术效果,但这种"共时性叙述"具有颠覆传统的意义。

80年代长篇中受这种"共时性叙述"影响的作品有《人啊,人!》《红高粱家族》《金牧场》《死街》《活动变人形》《上下都很平坦》等。其中《人啊,人!》采用章节并置、情节并置、叙述者并置等形式,完全打破传统线性讲述故事的方式,突显出对作为个体"人"的主体意识的呼唤。如《红高粱家族》的主题并置结构。小说由五个单篇组成,这五章相互联系又相互独立,联系它们的主线是通过爷爷的一生经历完整地勾勒出红高粱家族的兴亡始末。围绕这条主线又分出多条分支即《红高粱》《高粱酒》《狗道》《高粱殡》《奇死》。这五个互相独立又交叉的故事表达着小说共同的主题,从而构成了空间并置的艺术效果。如《金牧场》的故事与情节并置。小说由两条主线构成,一条主线为"我"去日本访学的J单元,这一单元里又以意识流方式插入对西北地理与民族状况的田野调查与感想情节;另一条主线是"我"忆述在蒙古草原上插队生活的M单元,其中还夹叙"文革"中的红卫兵往事情节。整个作品由两个叙事空间平行构成但又互为参照,所包含的四个情境与时态,各时空互相割裂又有机糅杂,形成多语和弦的文体效果。再如《死街》的生活空间并置。"它的整体结构是以小块面组合而成,而每个块面之间又完全是一种非情节因果关系,似片段生活的连缀,但

---

① 王宁主编:《诺贝尔文学奖获奖作家谈创作》,北京:北京大学出版社,1987年,第190页。

② [捷克]米兰·昆德拉:《小说的艺术》,唐晓渡译,北京:作家出版社,1992年,第72页。

后一个块面又往往以消弭前一个块面留下的悬念为前提。"①这种板块并置的结构理念,消解了小说情节的连贯性与人物的整体性,在似假却真的"死街"上,人际关系超然、平淡,互相之间没有内在的情感链接,人物行动的整一性和情节的逻辑性也被打破,在"一人一世界,一人一哲理"的叙述方式中展示了主题的多样性与深刻性。后现代主义这种片段化、空间并置的观点对中国作家的影响不仅深刻,而且深远。总览文坛,长篇小说的创作从《人啊,人!》起始,直至当下,有诸多的作家与作品分别在外在结构上采用串联式空间并置、并联式空间并置、串联并联式空间并置等形式,在内容上分别采用叙述者并置、人物并置、故事并置、情节并置、意象并置等类型,从形式到内容都践行着空间并置的文体观,对此,笔者在前文已做详细论述,在此不再赘述。

而受后现代主义影响,80 年代中后期的长篇小说中还新出现一种相对于"有机结构""空间结构""自由结构"等而存在的"反小说结构",其以反叛小说的基本要素为基本特征,情节碎片化、人物符号化或者主题虚无化,小说主要元素呈无序、无规范状态。从这层意义上说,反小说结构又可称为"无结构"。当然,也有论者认为没有结构的结构乃是小说写作之化境,但放逐了意义指涉与艺术所思的"无结构"是违背小说本质而存在的另一种虚妄。如《上下都很平坦》明显表现出对传统结构的反叛。作品的故事很老套,讲述一群知青在下放地的情感生活与悲惨命运,作者运用共时性叙述方法,采用附录、插入、梦幻等方式来描述肖丽、江梅、瓶子、小秀、二狗等的悲惨命运以及造成悲剧的原因,整个故事充满侦探小说的悬疑与现代小说的神秘,三大部分和两大附录呈现给读者的是缺乏逻辑的空间场景,凌乱的多头并绪在板块式的释疑中考验着读者的智力与耐力。同时,作品还采用先锋叙事中常见的迷宫手法,一次次暴露出故事的虚构性,造成叙述因果链条的断裂以及各个空间之间连接的缺失,让读者一次次陷入迷雾重重的混沌之中。这种生硬的技巧大杂烩稀释了知青叙事该有的悲愤与痛苦,在 80 年代中后期显然不能得到大众读者的接受,这也是此作品在"文革"叙事中影响不大的原因。

1998 年出版的《城与市》堪称反小说结构的集大成者。在作品中,刘恪将诗歌、戏剧、散文诗、日记、考证、观察笔记、词条分析、论文、图表等诸多文体糅

---

① 胡良桂:《蜕变转型 超越现实——孙健忠倾斜的湘西系列小说描述》,《当代文坛》1991 年第 3 期。

杂在一起,构成了一部典型的多文体作品。很显然,这种多文体整合是一次"自反式的现代建构"①。他坦承"我的重点依然放在对传统小说的背叛上,叙说那些传统小说认为不可写的东西,还有那些过去从未见过的叙述方法,打破文体界限,建立新的人物规则"②。《城与市》的人物众多,这些人物几乎都是小说的叙述者,各种叙述内容的无逻辑拼贴就构成了小说的无序全貌。大致说来,小说的主要叙述者有隐含作者"我"、文、冬、祥四人,还包括很多次叙述者。"我"是故事的发现者与整理者,没有"我"的存在,也就没有故事文本的存在。"文"是一名在杂志社打工的研究生,他的叙述联系着姿、琴、陈斯、南方、黄旗袍姑娘等的故事;"冬"是一位老板,他的叙述联系着雅丽、美美、钟翎、亚宇、小薇、廖丽梅等的故事;"祥"经历过从知青到工人,再到编辑的身份转换,他的叙述联系着燕子、淑梅、虹、淑媛等的故事。这些主要叙述者皆以第一人称展开叙述,互相之间的转换没有任何上下文的提示与干预衔接,所叙述的内容互相独立,偶有交叉,甚至还彼此悖反,这种无交代的叙述对读者的阅读经验提出极大的挑战,但隐含作者"我"在文中说:"这些年我的写作几乎忘却了交代的身份及其含义。我的交代只隐含在叙述者内心,使其叙述失去明确的头绪,在其应该交代的地方留下空白,使之悬置。把交代省略后,并置一些无意义的词语,扰乱视线,读者自会在叙述的迷阵里分析品味,梳理出属于他自己的结构关系。"作者理想中的读者能够在迷乱的叙述中建构自己的逻辑世界,进而开发出作品的可能性空间,但缺少故事的依托,希冀读者能从意象化、片段化、空间化的叙述碎片中生发故事,只能算是作者一厢情愿的美好幻想而已。《城与市》在多元叙述者的设立和多重叙述视角的交叉中体现出对极致形式主义的膜拜,零散的故事在诸多人物叙述者的叙述中被 N 次割裂,留给读者的是一群模糊的叙述者和一片凌乱的叙述内容,作品也因此成为新世纪最极端、最巨大的先锋写作。面对这部反主题、反人物、反故事的文本,学界和出版界表现出各异的姿态。学界基本持肯定态度,如王一川认为"这部小说作了迄今为止最为大胆的和独创性的跨体实验,堪称 90 年代以来我国先锋文学发展的集大成之作"③。吴义勤也认为其"是一部充满极端性和无限可能性的文本"④。但这部反结构小说历经六年分别被

---

① 刘恪:《城与市》,天津:百花文艺出版社,2004 年,第 658 页。
② 刘恪:《城与市·后记 》,天津:百花文艺出版社,2004 年,第 671 页。
③ 王一川:《北师大讨论会议纪要》,《作家报》1998 年 12 月 31 日。
④ 吴义勤:《将文体实验进行到底——刘恪的〈城与市〉》,《小说评论》2002 年第 3 期。

八家出版社以"读者看不懂,不能赔本"为由拒绝出版,最终由天津百花文艺出版社出版,且发行量很少。

(二)本体化、技术化的语言形态

在后现代主义"反叛""解构"等内核驱动力的感召下,90 年代前后一系列以"后""新"命名如后新潮小说(又称后先锋)、新写实(又称新体验)小说、新生代(又称晚生代、新状态等)等作家群体、文学流派纷纷亮相则是明证。正因为一系列反叛倾向,"开放性"和"未完成性"构成了后现代主义作品的基本特征。一方面,小说作为一种文类逐渐与诗歌、散文、戏剧等其他文类处于一种融合互渗的状态,这使文体间的界限变得越来越模糊,另一方面,小说作为文学与哲学、心理学等的融合度越来越深,使小说逐步呈现哲思化、内在化倾向,在获得思想深度的同时也在逐步丧失小说作为文学类型存在的本体意义。并且,这种"开放"与"综合"永远处于"未完成"状态,从某种意义上将小说引向不确定与不断消亡之中。总之,后现代主义文学反对任何既成中心、规范和模式,所有相关的整体性、确定性和规范性都将遭到否定和质疑,极度的"陌生化"与"本体论"成了它们的终极追求,这一切也深深影响了当代长篇小说的语言表达。若说现代主义小说追求语言能指与所指的统一,那么在后现代主义小说中,语言的能指与所指开始割裂,小说文本变成了一堆无法厘清指认的语言碎片,这使小说创作变成了作者玩弄语言的文字游戏。同时,又因戏仿、调侃等手法的运用而使语言产生打破常规审美习惯的艺术效果。

首先体现在"本体化"语言功能的追求上。传统小说以及现代主义小说都注重语言的表意功能,而受后现代主义思想的影响,在诸如《呼吸》《抚摸》等"后新潮"小说中则开始表征出对语言本体的狂热追逐或对语言复杂能指的意蕴演示。其中,《呼吸》在重视语言本体的同时却在解构语言的表意功能,呈现出典型的"得言而忘意"的倾向。《呼吸》是一部被言语湮没了故事的文本,在作品里触手可及的是大量形容词的长句式语言,其覆天盖地地涌向读者,在话语的潮起潮落之间表达着作者难以遏制的话语欲望。这些语言的所指功能被放逐,只剩下一堆堆词语在文本中肆意流淌,语言的指涉被无限制地扩大,各种可能性的能指出现在小说的每个角落。这种不及物性和游戏性的语言追求,所产生的文学效果则是"词不达意"和"不知所云",如此语言表达方式,不仅引起传统语言工具论者的极端反感,也遭到追求语言审美观者的排斥。对于这种语言倾向,曾有论者戏称:老派小说读故事,新派小说读句式。确实,新派小说只能读句式,但读者不仅面对生僻冷奥的词汇一筹莫展,就是面对一堆常见字词和语句,单独阅读都能认识,但将其放在一起阅读就不知所云。甚至,有时连易懂的标点符号也不能全然理解。而同样是晦涩深奥、令人费解,《抚摸》呈现出另一种深度与气质。《抚摸》作为一部具有松散故事的"新潮"文本,具有高度的寓意性和浓郁的诗性品质,这使其语言的"'物性'消融在一片空虚无垠的像梦呓般飞飘无序的意象画卷之中"①,充斥全文的诸如"文字的黑脸和短腿在缓慢周旋,原地奔驰,形同半坡时期沉默不语的农人""升起的炊烟是一种活跃的民间的日常的生态格局,它下面的鸡犬之声温馨如初,日常的器皿在有条不紊的起居之间叮当作响,裙褥丝带拂地而过,窸窸有声"等文字完全陌生于日常的话语方式,在复杂的能指中描绘或阐释客观事物以及各种意象,将规范的文字表达提升为弯弯曲曲、山重水复且不乏空灵纯净的意蕴演示,这种通感、反叛性的语言表达虽为读者制造了重重障碍,却能给读者带来诗意与美感。

其次,体现在戏仿、调侃等语言手法的运用上。80年代末、90年代初的《红高粱家族》《千万别把我当人》等因使用戏仿、调侃等手法,使得语言繁复或夸张,在构建新的言语世界的同时或模拟经典宣泄情感,或解构常规诠释意图,从而产生反讽的表达效果。如《红高粱家族》中《奇死》章里描写抗日英雄耿十八刀在辞灶节日饿死时的幻觉:"他的脸触到遍地积雪时,感到积雪异常温暖。这使他想起母亲温暖的怀抱,不,更像母亲温暖的肚腹,他在母亲的肚腹中闭着眼,像鱼儿一样自由自在地游戏,不愁吃,不愁穿,无忧无虑。能够重新体验在母腹中的生活他感到无限幸福,没有饥饿,没有寒冷,他确实感到非常幸福。"②这是一段对安徒生童话《卖火柴的小女孩》的小女孩被冻死前幻觉的模仿,作者借用这种具有浪漫主义色彩的场面再现,更加强烈地表达出对抗日英雄悲惨命运的同情与愤怒,进而完成对战争与历史的质疑。而在王朔笔下,调侃作为一种话语策略亦能达到嘲讽的艺术效果。如《千万别把我当人》中"我要说秘书处的工作是辛苦的。在我这里有几个数字要讲给大家听,从秘书处开始工作以来我们上上下下所有工作人员没吃过一顿安生饭没睡过一个安全觉。累计跑过

---

① 吴义勤:《末日图景与超越之梦——吕新长篇〈抚摸〉解读》,《当代作家评论》1993年第5期。

② 莫言:《红高粱家族》,上海:上海文艺出版社,2012年,第346页。

的路相当于从北京横跨太平洋跑到圣弗朗西斯科。共计吃掉了七千袋方便面，抽了一万四千多支烟，喝掉一百多公斤茶叶"①，这种一本正经的工作汇报语气和夸张的统计数字让读者领会王朔嘲弄主流意识形态的话语姿态。在文中，作者也采用戏仿笔法写出《致敬信》："敬爱的赵航宇同志，我们全总主任团全体成员在这里一致向您表示尊敬和谢意。在'全总'成立的日日夜夜里，您废寝忘食，日理万机……生的伟大，死的光荣……碧血已结胜利花，怒向刀从觅小诗……落花流水春去也，换了人间。小舟从此去，江海寄余生；待到山花烂漫时，你在丛中笑……"②这是一封戏仿"文革"期间革命小将向革命领袖致敬的书信，但仔细品读，信中将毛主席诗词和语录以及悼词、赞词等生硬杂糅又互相拆解，直接消解了"致敬"的严肃性与真诚度，从而暴露了特定时代的荒唐与滑稽。

　　90 年代中期的《故乡相处流传》《酒国》等作品继续这种戏仿的语言风格。《故乡相处流传》中朱元璋带领数万之众进行大迁徙，为了鼓舞士气，朱元璋带头背诵《毛主席语录》："个人服从组织，少数服从多数，全体服从皇上"，这种戏仿在历史时空的交错、历史人物的降格以及狂欢化语言表达中，产生了一定的叙述张力。《酒国》中对流行歌曲的油滑编改："老师您大胆地向前走，酒瓶不离口，钢笔别离手，写出的文章九千九百九十九！"如《狂欢的季节》中对经典诗词、谚语或俗语等的滑稽模仿："好花不常开，红心不长在，今宵离别后，何日疯再来？""万般皆伪劣，唯有吃饭真"；如《失态的季节》中"有呼无应""东郭女士""闻斗起舞"等成语的戏仿等。这些戏仿语言并没有叙述上的功能与意义，既定的词语被浮夸的方式赋予新意后与原来的词语大相径庭，消解了原来词语的严肃性和神圣性。

　　谈及后现代主义艺术手法，必然要谈反讽③。反讽是新历史小说最突出的艺术风格，在新历史小说中对历史、传统、文化、现实等进行反讽的现象俯拾皆是。"反讽"最初以小丑角色出现，历经不同时段的发展，慢慢演变成一种言语技巧即说的话表面意义貌似是假的，深层意义则是真的。在后现代主义文论研

---

①　王朔：《王朔文集》（第三卷），北京：华艺出版社，1992 年，第 2 页。
②　王朔：《王朔文集》（第三卷），北京：华艺出版社，1992 年，第 150—151 页。
③　"反讽"一词最早来自希腊文 eironeia，原为希腊戏剧中的一种定型角色 Eiron（伊隆）即佯作无知者，在自以为高明的对手 Alazon（阿拉宗）面前假装无知，给对方造成错觉，但最后让对手不攻自破。（王先霈、王又平主编：《文学批评术语词典》，上海：上海文艺出版社，1999 年，第 207 页。）

究中,反讽成了一种理论,成了所有文学文本结构中都具有的品质。经过吸收和转化,在新历史小说中,反讽更多演变成一种形式,这种形式可以是一个词语、一个事件或一种现象,与其生存的具体语境发生抵牾,在自相矛盾中获取新的意义增殖。从某种意义上来看,反讽在新历史小说作家眼中已经发展成一种新的文学思维和艺术逻辑,它代表着创作主体在文本中融合历史与现实、虚构与真实、崇高与平庸等对峙性存在的尝试与努力。细致考察长篇小说文本,反讽主要呈现为直接的言语反讽。所谓言语反讽就是直接借助语言,采用戏拟、戏仿等手法,在嬉笑怒骂、互相指涉中获得反讽的文学效果。这方面做得最成功的例子首推王朔,他在小说中插科打诨、油嘴滑舌,将各式各样的诸如"文革"语录、政治术语、民间俚语、社会俗语、商业广告等语言混合在一起,在语言的乌托邦中炮轰了社会既定秩序,从而获得了极强的反讽效果。在新历史小说中,达到如此反讽效果的作品并不少,如《故乡相处流传》《故乡天下黄花》《故乡面和花朵》《花煞》《坚硬如水》等就颇有王朔式的语言风格。在《故乡相处流传》中,作者戏仿莎士比亚的经典名言"生存还是死亡",将其演绎成曹操在一次大战开战前动员大会上的一段自言自语:"在一次曹府的内阁会议上,丞相一边'吭哧'地放屁,一边在高台上走,一边手里拿着健身球说:'活着还是死去,交战还是不交战,妈拉个×,成问题了哩。'"在刘震云的新历史小说中,诸如此类的言语反讽俯拾皆是,如此夸张而荒诞的戏拟,将历史英雄人物形象以及重大历史事件消解虚无,其所产生的反讽效果也是鲜明的。再如《坚硬如水》就是一部语言独特的"文革"题材叙事文本。独特之一在于作者充分发挥了"文革"话语的时代性表现形式,将诸如曾脍炙人口的革命领袖语录、革命样板戏唱词、对白以及各种标语口号式的短语与语言形态糅杂在一起,同时,将迷狂于极"左"权欲的男女主人公的政治野心与泛滥不可控制的情欲同构为一体,在呈现"文革"语境的过程中突显了小说的反讽功能。独特之二在于整个小说的语言,无论语调、节奏、句式,还是语汇,都是奔涌、急速的,如同男女主人公不可控制的情欲一样,不加节制地宣泄,从而营造了亢奋、狂欢的氛围。

(三)后现代视域下的历史与现实书写

后现代主义思潮相对于现代主义思潮最大的区别在于"解构",而这也正是后现代主义相对于现代主义对中国作家影响深远的原因所在。现代主义在形式与思想上尽力地建构着自己的审美理想,而后现代主义则在形式与思想上敢于打破一切既成规则,其背后的动力不仅是审美观点的发展,也是时代发展的必然。于是这种带有破坏一切的审美思想体现在文学创作中,表现为以解构的视角来面对历史与现实。"理解一种传统无疑需要一种历史视域。"①新历史小说的出现则表明对于历史与文学的关系的一种新的视域的嵌入。随着作为后现代主义思潮之一的新历史主义理论传入中国,国内便开始兴起一场"重述历史"的热潮,不仅在"后新潮"小说中有新历史叙事,在"新写实""新生代"小说中也有,90年代是新历史小说的创作高潮期。于是,在这诸多源头的纷乱中,关于新历史主义小说的起源与确切含义所指就有些混乱。有学者认为《红高粱家族》是新历史主义文学思潮之滥觞②,至于谁是新历史小说的始作俑者,学界目前没有定论,皆认为90年代新崛起的新潮长篇小说无不以对于"历史"的刻意书写而引人注目,对于这种"历史"的大量入侵所带来的新鲜景观,学界宣称一种新的小说流派即"新历史小说"的诞生。在不多的几部新潮长篇中,《我的帝王生涯》从题材到表达,都符合新历史小说的全部特征,指认苏童是新历史小说的始作俑者似乎并不为过。对此,有学者认为"我不能断言苏童就是当前弥漫文坛的'历史'之风的始作俑者。但敢说苏童是在创作中最好地实现了'历史'的叙事功能和审美功能的作家"③。还有学者认为"新历史小说与新写实小说是同根异枝而生"④,只是其把所描写的时空领域推移到历史之中,并将历史的题材范围大致限定在民国时期,其创作手法与新写实小说基本一致。虽然新历史小说所涉范围较广,但还是可以廓清其大致脉络,即最早滥觞于新时期中后期的《红高粱家族》,发端于90年代初的"后新潮"小说,影响扩大于同时期兴起的"新写实"小说和稍后兴起的"新生代"小说,之后,范围进一步扩大,形成更广意义上的新历史小说。据此,90年代以来新历史小说主要包括以下几个范围,一是指80年代末90年代初的"后新潮"历史小说,代表性作品有《我的帝王生涯》《米》《敌人》《在细雨中呼喊》《活着》《许三观卖血记》等,此处展示的是

---

① [德]汉斯·伽达默尔:《真理与方法:哲学诠释学的基本特征》(上卷),洪汉鼎译,上海:上海译文出版社,2004年,第394页。

② 张清华:《莫言与新历史主义文学思潮——以〈红高粱家族〉〈丰乳肥臀〉〈檀香刑〉为例》,《海南师范学院学报》2005年第2期。

③ 吴义勤:《沦落与救赎——苏童〈我的帝王生涯〉读解》,《当代作家评论》1992年第6期。

④ 陈思和:《当代文学史教程》,上海:复旦大学出版社,1999年,第309页。

寓言化、心灵化的历史,在历史迷宫的营造中表现了现代人的深度焦虑与困惑。二是指90年代初期来源于"新写实"的新历史小说如《故乡面和花朵》《苍河白日梦》《故乡天下黄花》《故乡相处流传》等,此处派生的历史是生存化、生态化的历史。三是指来源于"新生代"小说的新历史小说如《花腔》等。四是指更广范围内的新历史小说如《无风之树》《旧址》《坚硬如水》《白鹿原》《丰乳肥臀》《生死疲劳》《尘埃落定》等。这些历史小说共同的底色是历史反思,通过呈现历史来展开具有作家个体情感色彩的关于文化、人性、人类生存等精神层面的深度反思,这与传统历史小说所追求的"虚构总是服从真实,服从于历史本来的面目"①的要求大相背离。它们虽也承认"历史",但真正目的是试图通过对"正史"的补充、还原,建构一个更为本源、真实的"历史"。在创作中,历史本该具有的史实蕴涵被抽空,宏大主题被消解,"历史"在文本中变成一种叙述行为。

对于作家而言,每一种文学选择背后必定伴随着特定的情感体验和价值指向,都关联着复杂的社会学、心理学、文化学等方面的心态认知和精神追求。新历史小说的创作主体之所以不约而同选择解构历史的文学主张,与后现代主义思潮所张扬的颠覆主流意识形态、对抗权威话语的主张存有一定关联。关于这一点,学界已达成共识,有论者认为"新历史主义这一概念来自西方,新历史小说的产生与后现代文化语境的催化直接有关"②。在这种文化思潮的指引下,他们消解宏大历史的目的不仅是为了远离现实,更多的是为了抓住"历史"这块可供他们自由发挥、追求艺术的自留地。在这块天地中,作家们可以毫无顾忌地打破一切既成规范,自由构建理想的文学世界,使"历史"的存在价值得以改写,"历史"已演变成作家们进行文学心智活动的思维载体和媒介,正如罗素所描述:"历史所能做的只是表现某种精神气质,即关于当代事件及其与过去将来关系的某种思想方法与感觉方式。"③同时,作家们能巧妙地扩充历史内涵,在将"现实话语"转化为"历史话语"的过程中赋予"现实"以新的意义,如同罗兰·

---

① 王岳川:《中国镜像——90年代文化研究》,北京:中央编译出版社,2001年,第260页。

② 苏晓:《新历史主义——小说的又一种写法》,《文学报》1994年7月21日。

③ [英]罗素:《历史作为一种艺术》,见张文杰编:《历史的话语》,桂林:广西师范大学出版社,2002年,第174页。

巴特所言："历史话语并不是顺依现实，它只是赋予现实以意义。"①所以，在新历史作家这里，历史的主体性被消解，变成了被创造、被叙述的对象，作家反而成了历史的主宰，如《我的帝王生涯》虚构了一个子虚乌有的封建王朝，以帝王的宫廷和民间生活为依托，隐喻了中国的历史与朝廷文化。《故乡相去流传》则将已成定论的关于曹操的几千年的历史戏谑化、反讽化，将历史真正变成了任人涂抹的小姑娘。《苍河白日梦》中有关家族的历史被未成年的家奴叙述成一部"淫乱衰败史"。在作家眼中，"历史"的本相是罪恶、血腥和欲望。

当然，新历史小说真正目的不是为了呈现这些历史图像，而是挖掘这些历史图像的背后意义以及相应的艺术形式探索。如后先锋作家有"进行历史性思考的新愿望，但是这种思考便意味着批判性的和语境性的质疑""这种质疑性的返回历史，在一定程度上是对封闭的排斥历史背景的形式主义文论的响应"②。他们集中演练诸如荒诞、反讽、重复、寓言化、神秘化等后现代主义小说技巧，其意义不在于表明他们对小说形式的极致追求，而在于文体实验所引领的后现代主义思想倾向。其中最突出的现象是对"荒诞"的极致运用。"荒诞"起初是作为一个音乐术语而出现的，言指音调的不和谐。而作为一种批评术语，则意指人类脱离他们的原始信仰和形而上思维基础，孤独地、毫无意义地生活于一个陌生的世界。其哲学基础就是存在主义，认为人类从虚无出发，最终走向虚无，整个人生历程就是一种毫无意义的存在，既痛苦又荒诞。如同尤奈斯库描述的那样："我们生活在一个彼此不能理解的世界上，在这里，所有的只是一片混沌。在这种混沌中，应当去寻求一种真理或者什么意义吗？那是没有必要的。"③当然，荒诞作为一种风格或艺术手法或主题倾向，在西方的现代主义和后现代主义文学中是最常见的一种运用。在新时期初，荒诞是最先被中短篇作家发现并加以表现的一种具有文学革命意味的话语方式，只不过，这时候表现的荒诞主要来自对西方现代主义思潮的观念性模仿，也有种"主题先行"的局促。而到了90年代，经历了一段时期的演练，众作家对荒诞的理解已经由主题意义拓展为

①　[法]罗兰·巴尔特：《符号学原理》，李幼蒸译，北京：三联书店，1988年，第59页。

②　[加]琳达·哈钦：《后现代主义质疑历史》，见王逢振编：《2003年度新译西方文论选》，桂林：漓江出版社，2004年，第40—41页。

③　[法]加缪、尤奈斯库：《论先锋派》，见《法国作家论文学》，王忠琪等译，北京：三联书店，1984年，第596页。

形式风格与艺术技巧的表现。在新历史小说中,荒诞作为一种主题表达的是对于历史的一种反叛,是对既定秩序的一种抗拒。如《无风之树》中"文革"时期一个女人供全村男人共有的荒诞、《坚硬如水》中将性的狂热与政治的痴迷融为一体的荒诞、《苍河白日梦》中整个家族求生或求死的荒诞等,体现出作家对世界、历史以及生活本身的否定,并且,这种荒诞并不能使人产生深刻的震撼,相反却解构了一切严肃的所指。如《花煞》《故乡相去流传》《故乡天下黄花》这些充满荒诞感的作品并不能激发我们的悲剧感,却产生令人忍俊不禁的闹剧感。当然,因果相承的是,为了呈现这种荒诞,作家们会在语言、结构、叙述、时空安排、技巧手法等方面着手,将荒诞体现为一种具体的修辞手段和艺术技巧。如在《我的帝王生涯》中作者冷漠而夸张地描述了端白出游途中射伤大臣和在宫中残暴虐待宫女的罪恶行径,《花煞》中作者津津有味地讲述了疯狂的群众围杀教民的愚昧行径。再如在《故乡相去流传》中作者把上下几千年的历史人物自由并置在一个时空内,让他们或同室操戈,或握手言欢,在戏谑化的荒诞中消解了庄严的一切。

当代作家除却在新历史小说中表征出对后现代主义思潮的高调借鉴与模仿之外,在"后新潮""新写实""新生代"等小说中的非新历史叙事中也有着鲜明的后现代主义印迹。首当其冲的是"后新潮"小说。"后"本身就意味着"反叛",是"存在于对流行方式的反叛之中,是对正统秩序永不减退的愤怒攻击"①,"后新潮"小说中践行这种理念的作品有《敌人》《呼吸》《施洗的河》《抚摸》等。这些作品从 1990 年到 1993 年由花城出版社推出,并命名为"先锋长篇小说丛书",再一次将本是强弩之末的先锋小说创作推向高潮。尽管作家还是当年的作家,但"先锋"本身的先锋性使作家们对各种形式技巧实验所带的新奇感正在逐步消失,于是,减弱形式实验,回到小说本身似乎成为众先锋作家共同的追求。但细读文本发现,后现代主义思潮对他们的影响根深蒂固,即便有回归传统的决心,但在骨子里难以脱去后现代主义思想与形式的影响,而在诸多后现代主义技巧的借鉴与模仿中,"后新潮"作家尤其体现出对"迷宫"叙事以及本体化、哲思化语言的青睐。

在"新写实""新生代"写作中也有部分从主题、形式等方面具有后现代主

---

① [美]丹尼尔·贝尔:《资本主义文化矛盾》,赵一凡等译,北京:三联书店,1989 年,第 93 页。

义倾向的作品存在。新写实小说在 80 年代中后期崛起，有论者认为其是"先锋作家与现实主义作家的'合谋'，是对现代主义各流派艺术长处的吸收与借鉴"①，其实，从实际创作来看，部分新写实长篇荒诞、丑恶、灰暗、无奈的"后现代"主题、"生活流"式结构、缺席式叙述以及零度描写等文体特征，表现出典型的后现代主义倾向。"新生代"小说中后现代的印迹也清晰可寻。"新生代"本身就是个牵强的概念，无论从作家的生理年龄，还是作品的共同主张以及作品的艺术风格，都无法将其归为一种类型。但既然已成文学事实，我们不妨抛开外在的牵强命名，从文体的角度来分析具体的文本。吴义勤将新生代作家的写作分为三种不同类型，"一类为哲学型(技术型)，这类作家继承先锋作家的文体探索之风，偏重于主题的深度哲学化表述，文本晦涩，崇尚技术实验。一类为私语型，这类作家重表达纯粹的私人化生活体验，在形式上也坚持先锋小说的实验性，但相对于作品极端的个体心理宣泄，形式也变成了私人经验的附庸。还有一类为写实型，主要书写当下现实生活，这类作家追求与生活同构的叙事方式，具有强烈的生活感与现实感"②。据笔者有限的阅读经验，上述三种类型的写作中，第一种类型的写作只是极个别的现象如李洱的"花腔"式炫技，后两种类型的写作现象则比较普及。其中《私人生活》《一个人的战争》《上海宝贝》《糖》等"私语体"小说，从主题到形式都自觉表现出对后现代主义思潮的借鉴。这类小说首先体现为个人叙事模式的建构，在内容上重于表达纯粹的私人化体验。为表达这种封闭性的个体经验，在形式表达上自然采用极具个人色彩的内倾化私语甚至自传的方式，直接呈现赤裸裸的欲望与身体。这种小说被梦幻般的个体心理经验的宣泄所淹没，小说的情节、结构以及中心意义等皆被搁置。而如《物质生活》《什么都有代价》《什么是垃圾，什么是爱》《我们都是有病的人》《春天的二十二个夜晚》等"写实型"小说，也从主题表达、结构设置等方面体现出后现代主义倾向。质言之，与先锋作家的语言本体追逐、陌生于日常话语的哲理性追求以及新历史作家的戏谑、反讽等相比，新生代作家的语言更倾向于日常化、生活化，与他们生活息息相关的诸如"酒吧语言""身体语言""痞子语言""网络语言"等构成了文本的存在。而在结构上，新生代作家也相应采

---

① 朱栋霖：《中国现代文学史》，北京：高等教育出版社，第 178 页。
② 吴义勤：《自由与局限——中国当代新生代小说家论》，北京：人民文学出版社，2010年，第 3 页。

取"无为而为"的自然随意态度,让生活流动成为小说的全部,于是生活的全息结构便构成了小说的"无构之构"。当然,在此只是浮光掠影地提及新生代作家在个人化叙事以及"无为而为"的反小说叙事倾向,由于新生代小说本身内涵的多义性,其中个别呈现出的哲思化、寓言化以及文本实验的后现代主义倾向作品,在此不再——提及。

除却"后新潮""新写实"和"新生代"小说之外,进入90年代以来具有鲜明后现代倾向的长篇小说还有《突围表演》《金屋》《暗示》《城市白皮书》《心灵史》《无字》《情感狱》《日光流年》《我是你爸爸》《九月寓言》《城与市》《酒国》《檀香刑》《马桥词典》《四十一炮》《务虚笔记》《最后的情人》《我们像葵花》《村庄秘史》《尴尬风流》《到黑夜想你没办法》等无法清晰地归为某一类的小说,当然,这份名单还可继续列下去,限于篇幅,就此打住。

总之,后现代主义与现代主义几乎是同时涌入国内,学界对它们的接受也是裹挟在一起的,接受者很难区分自己是受现代主义影响多一点,还是后现代主义多一点。在实际创作中,一部作品很有可能既有现代主义倾向,同时又受到后现代主义影响,正如哈桑所言:"现代与后现代不是由铁障或长城分开的,因为历史是可以抹去旧迹另写新字的羊皮纸,而文化则渗透着过去、现在和未来。一个作家在他的生涯中,能容易地写出一部既是现代主义又是后现代主义的作品。"①从整体上审视新时期以来长篇小说,其中80年代主要受现代主义思潮影响,在文体设置上呈现出"嵌入式"现代现实主义文体特征。90年代长篇在现代主义和后现代主义共同影响下进行文体设置,但现代主义依然是"嵌入式"渗透,更多作品高调地呈现出"反"和"构"的后现代主义倾向。"反"在小说观上表现为反故事、反人物、反封闭式结构,"构"又体现出后现代小说对自由的追求,在解构的同时又建构着小说。这些具有"嵌入式"现代主义因子的作品和既反叛又重构的文体"本体"式作品共同丰富了中国当代长篇小说文体探索的景观,有力地促进了当代长篇的文体发展。

---

① [美]伊哈布·哈桑:《后现代主义转折》,见王岳川、尚水编:《后现代主义文化与美学》,北京:北京大学出版社,1992年,第113页。

第二节　古典文学传统复归与文体的"返祖"

　　很多学者都认为 20 世纪中国文学是在西方文艺思潮的影响下发展起来的。此言不虚,回顾中国长篇小说的百年现代化历程,大致走的是一条西化路线,尤其是新时期以来的小说创作,从"意识流"到"先锋派",从"新历史主义"到"新生代"写作,作家们在匆匆中不断演练着西方各种技巧与方法,在这种思潮影响下,中国长篇创作出现了诸多如并置、反讽、荒诞、意识流、寓意与象征、多声部叙述等文体革新现象。不可否认的是,任何一种文学现象的形成,既有其内在发展的根据,也有其外在的社会条件。而对于同一种文体现象的生成,既有西方文学思潮影响的因素,也有本土文学资源的影响因子。故新时期以来所呈现的各种文体革新现象如"并置""寓意与象征""哲思化""片段化"等,均是在中西文学资源的共同影响下生成,只是具体到某一种文体现象时,影响因子含量大小有所区别而已。

　　当我们带着这种思维纵向考察新时期以来长篇小说文体的发展历程时,会发现一些作家在创作动机的萌发、作品主题的提炼、文体的选择等方面表现出一个不可忽视的趋势即借鉴、效仿、师承古人,从古代文学资源和古典小说传统中寻求更新之路,我们且称这种现象为"文体返祖"①。"返祖"本义指一种特殊的生物遗传现象,指人类身上出现了人类祖先具有而现代人身上已经消失了的解剖生理特征。在这里,且借用遗传学的概念尝试进行文学研究。新时期以来长篇小说创作中何时开始兴起"文体返祖"之潮,对此学界尚无定论,但有点可以肯定,西方文艺思潮在深刻影响中国作家的文体选择的同时,也间接导致了当代长篇出现"文体返祖"现象。因为随着西方思潮的涌入,中国文坛开始失衡,作家们的心态也开始失衡。以新时期初的朦胧诗、意识流小说为序曲,到 80 年代中期的新感觉派小说、魔幻现实主义小说、荒诞派戏剧、新生代诗等一大批

---

　　① 　最先提出"文体返祖"的是学者黄忠顺。他认为"文体返祖"现象指的是在长篇创作中,作家将文体观念的更新和文体创新的可能性,寻向古老的民族文学传统或作为小说之祖的那些原始文本,是针对长篇虚构叙事形式的危机而通过发掘传统资源、古老形式所实行的对其叙述形式、意义组织的一次重新厘定。(黄忠顺:《长篇小说的诗学观察》,武汉:华中师范大学出版社,2002 年,第 5 页。)

具有现代性文学品格的作品充斥文坛,与之相对应的则是一股非难、否定传统现实主义,张扬现代派文学的理论之潮的掀起,这股潮流与传统现实主义严重对峙,动摇了中国作家一贯的写作立场。面对汹涌而至的西方思潮,作家们姿态各异,有完全西化者,有举棋不定者,有试图走中西合璧之路者,还有坚守民族传统者等。在这种语境下,"返祖"则是民族传统和西方思潮的抗争中所产生的一种本能应激行为。很显然,作为一种文学现象,它的出现不是为了取代或排斥西方思潮技巧影响下的写作,而是要在冲突、交融中重铸中国小说的精神,重新找回中国传统小说艺术价值的一种折中选择。

当下文坛上究竟存有哪些"文体返祖"现象,我们很难做到精准概括,但从新时期以来作家对古典文学传统资源的发掘与再造来看,有几种文体现象非常典型:一是80年代中后期开始出现中短篇系列小说合集成"组构体"小说的现象。进入90年代之后,这种现象蔚然成风,并引起了文坛、学界对长篇小说本身文体概念的重新界定。二是由于80年代中期在中短篇小说领域中兴起的"笔记体"小说的异军突起,进入90年代之后,在长篇小说领域内新笔记体小说开始独领风骚,点亮文坛。三是诸子散文中"言此而意彼"的言说方式体现了中华民族独有的思维方式,也深远地影响了后世的小说创作,使部分长篇小说表现出"寓言体"小说的倾向。四是与笔记体、寓言体小说的兴起存有一定关联,以及受到中国悠久的哲思玄想传统的影响,从80年代中后期开始长篇小说又表现出哲思化倾向。不过要明确的是,此处的"古典传统"不是狭隘的民族传统,而是以中国古典文化文学为主,并裹挟着"20世纪以来的现代文化和西方文化合流构成"①的传统。下文重点从史传传统与小说的多重并置、古小说传统与新笔记体小说、诸子散文传统与寓言化小说、哲思玄想传统与哲思化小说四大方面探究长篇小说对古典文学资源中传统文体形式的传承与改造。

一、史传传统与组构体小说

"小说"最早见于《庄子》(杂篇·外物):"饰小说以干县令,其于大达亦远矣。"言即修饰浅识小语以求高名,那和明达大智的距离相差很远了。"小说"在

---

① 孟繁华:《作为文学资源的伟大传统—新世纪小说创作的"向后看"现象》,《文艺争鸣》2006年第5期。

这里意为"浅识小语",并不具有现今所指的文体含义。而作为文体概念理解的则是东汉的桓谭和班固。其中桓谭因袭庄子的观点,认为"若其小说家,合从残小语,近取譬论,以作短书,治身理家,有可观之辞"①,从篇幅上将短书称为小说。而班固在《汉书·艺文志》中说"小说家流,盖出于稗官,街头巷语,道听途说之所造也",指出了小说是稗官所收集的街头巷语。稗官指收集庶人之言传达给天子的"士",而稗官所收之言即失传的"小说"十五家,"大抵或托古人,或记古事,托人者似子而浅薄,记事者近史而悠谬者也"②。此后,班固对小说的界定成为中国小说史上经典性概念。随着时代的发展,文学的格局与样式发生了历史性变化,但中国传统目录学还是恪守着班固的"小道之说",把"重历史"和"反虚构"作为衡量小说的主要标准。很显然,这种观念下的"小说"与我们现代意义上叙事学的"小说"是完全不同的两个概念。

　　唐以前的志人小说、志怪小说只能说是小说的孕育形态,唐传奇才是小说文类的真正发端。所以,清初西湖钓史在《续金瓶梅集序》中对"小说"做了清晰界定,认为小说始于唐宋,小说的价值不在于实录与否,而在于情之有无。小说的社会功用之一是道德劝诫。其实,这里的"小说"就是散文体叙事文学的滥觞,这种概念界定和今天的小说概念几乎无甚区别。在溯源小说概念的过程中我们不难发现,在中国小说漫长的发展过程中,虚构或实录,正史或野史始终成为制约小说是否成为文坛正统的主要因素。除此之外,"史贵于文"的观念也影响了小说的发展。因为小说必须是虚构,小说的真实性不在于它写的故事是否真实,而在于它写的故事是否在生活中可能发生,它要具备的是高于事实的艺术的真实。但"史贵于文"讲究事实,轻视杜撰,故各种史料成为一种主流之后,以虚构为主的小说始终没有正统的位置,这也导致小说长期在事实与虚构之间徘徊,从而阻滞了小说的发展。但"史贵于文"的传统观点在阻碍小说发展的同时,其丰富的叙事经验在话语表达上却深刻地影响了当代长篇小说的文体走向。

　　我国文学有着悠久的叙事传统,早在战国时期就有记言为主的《国语》《战国策》以及记事写人达到很高水平的《左传》,而西汉时期的《史记》更是史传文学之集大成者。其中很多篇章若撇开其中的历史含蕴,完全可以当作小说来

① （南朝梁）萧统编:《文选》（第31卷）,江淹杂体诗,《李都尉陵从军》注。
② 鲁迅:《中国小说史略》,北京:中华书局,2010年,第3页。

读。故有论者认为"中国文学人物形象塑造的一个特点,就是通过一连串的故事表现人物的性格。历史叙述的故事化、情节化,加上鲜明的人物形象,史传文学便具有很强的小说成分与小说模式,所以说,史传文学更应该是中国小说的直接源头。"①史传文学一直以来占据中国文学主流,孕育于其母体内的小说始终依附于史传而存在,他们之间的关系有学者形象地归纳为"史传文学太发达了,以至于她的儿子在很长时期不能从她的荫庇下走出来,可怜巴巴地拉着她的衣襟,在历史的途程中踯躅而行"②。这样的历史事实便形成了历史学家、文论家以及文人对小说的轻视习惯。传统的目录学家始终把小说看成小道,之所以在文坛上还给它留下一席之地,那也是因为它还有一定的史料价值,但依然是作为史传的附庸身份而存在。按现代的观点来看,历史学家讲究真实,小说家讲究虚构,虚构才是文学的本质特征,所以,中国古代小说历经了杂史、杂传、志人小说、志怪小说、笔记小说、野史小说,直到传奇小说为止,才开始在小说中不加掩饰地加入想象和情感的成分。唐传奇以前的"小说",始终作为补充正史的一种独立文体存在,尤其是魏晋南北朝的志怪小说和志人小说,并不是文学意义上的小说,它们是属于子部或史部的一类文体。到了唐代,由志怪小说变异而来的传奇小说的出现,则意味着作为叙事类文学意义上"小说"的出现。但事实上,作为正式补充的属于子部或史部的非文学意义上的小说写作并没停歇,类似的作品汗牛充栋。由此可见,中国历史上始终存在两种类型的小说,其一为剔除于正史之外,附庸于史传的尺寸短书,其本质在于实录;另一个则是供人阅读消遣的故事,其与史传也有血亲关系,但其最大的特征是虚构和想象。石昌渝论道:"史传孕育了小说文体,小说自成一体后,在它漫长的成长途程中依然师从史传,从史传中吸取丰富的营养。研究中国小说如果不顾及它与史传的关系,那就不可能深得其中壸奥。"③陈平原也指出"史传"传统对中国小说的影响,他将古典文学传统分成"史传"传统和"诗骚"传统,并认为二者的影响于中国小说,"主要体现在审美趣味等内在倾向上,而不一定是可直接对应的表面形式特征。但考虑到'史传''诗骚'入小说的倾向古已有之,追根溯源又不能

---

① 郭丹:《史传文学:文与史交融的画卷》,桂林:广西师范大学出版社,1999 年,第102 页。

② 石昌渝:《中国小说源流论》,北京:三联书店,1994 年,第 1 页。

③ 石昌渝:《中国小说源流论》,北京:三联书店,1994 年,第 1 页。

不从文体入手"①,他也认为"中国古代没有留下篇幅巨大、叙事曲折的史诗,在很长时间里,'叙事'几乎成了史书的专利。'史传'传统在中国小说发展中起着举足轻重的作用"②。

关于史传的小说文体要素,石昌渝认为归纳起来大致有三点,"第一是结构方式,第二是叙事方式,第三是修辞传统"③。史传的结构方式有编年体和纪传体两种类型,叙事方式主要体现在"通古今之变的历史意识""实录写真的现实精神""美丑必露的审美原则""心存泾渭的春秋笔法"④等,而其修辞并不是指语言文字修饰的技巧,而是"采用古希腊亚里士多德所赋予的含义,指作者为了使故事的意义尽可能为读者理解而使用的表达方法""历史学家把史传所述故事当作某种意义的载体,从而形成史传的修辞传统"⑤。很显然,史传的叙事方式和修辞传统对后世小说创作产生了很大的影响,但是,从文体革新角度看,这种正史小说文体传统历经千余年的发展,已经越来越呈现出与时代审美需求相背离的趋势,而其结构方式则为后世不同类型作家所青睐,尤其在新时期以后呈现出文体"返祖"倾向。

石昌渝认为"编年体和纪传体的结构方式为后世长篇小说的结构类型的形成奠定了基础"⑥,前者以《春秋》《左传》为代表,后者以《史记》为代表。编年体以年月时序为经,以事实为维,对于重大历史事件的前因后果做连贯的记叙,但对于历史发展过程中出现的重要人和物不能做过多的停留,人和物只能被迫变成碎片镶嵌在历史的长河中,进而影响整个编年体的体例。这种结构方式对后世作家产生一定影响,大体上在总体结构上采用编年体的小说有《三国演义》《金瓶梅》《红楼梦》等,但这种笨重的写法在实际写作中需要把相关情节列成大事年表,非常讲究前后的因果逻辑,往往必须一篇小说完成,才能把一个故事讲完,缺少典型的人物和鲜活的细节,这种结构方式不仅让作家吃力,读者也觉单调。所以,类似于编年体的结构在新时期以来的长篇小说中存在,但也被归

---

① 陈平原:《中国小说叙事模式的转变》,上海:上海人民出版社,1988年,第220页。
② 陈平原:《中国散文小说史》,上海:上海人民出版社,2004年,第8页。
③ 石昌渝:《中国小说源流论》,北京:三联书店,1994年,第67页。
④ 方锡德:《中国现代小说与文学传统》,北京:北京大学出版社,1992年,第146—210页。
⑤ 石昌渝:《中国小说源流论》,北京:三联书店,1994年,第78—79页。
⑥ 石昌渝:《中国小说源流论》,北京:三联书店,1994年,第78—79页。

类于缺乏文体意识的传统作品。

史传的另一个结构类型即纪传体。司马迁在总结出编年体存在不足的基础上创立了纪传体,其根据专题描写的对象不同而分为"本纪""世家""列传""表"和"书"。纪传体以人物为中心,其既可以对历史人物的生平以及人物为中心的事件做连贯而又完整的记叙,又可对某些重大历史场面做细致的描写。这种结构类型在《史记》中多见。《史记》作为文史合一的综合文本,将浩瀚的历史史料、纷繁的历史事件和众多的历史人物组织成一个有序的历史整体,其"上计轩辕下至兹,为表十、本纪十二、书八、世家三十、列传七十",建构了一套"究天人之际,通古今之变",深具历史哲学意味的严谨的结构体系。但这只是从整体意义上建构的严谨,实际上在具体的场景描绘上又依据合理的文学想象进行可能性叙述,很注重细节和逻辑,在描写那些在历史上已成定论的大事件时则遵守历史实录的方法进行粗放式勾勒,形成了"小场景有细节逻辑,大事件描写粗线条,局部构造严谨,整体架构松散"的样态。所以,若从小说的情节安排来看,《史记》更加突出局部叙述结构的自成格局和独立性,从整体上来看情节结构,不是严谨的,而是松散的。这种分而观之,如同短制,但合而视之,却有其整体性。对此结构样态,茅盾的概括很精辟,即"可分可合,疏密相间,似断实连"①。

诸如《史记》这种自由松散的叙事结构对中国传统长篇小说的叙事产生了深刻的影响,以至于形成"千古文人谈小说,没有不宗《史记》的现象"②。金圣叹说:"《水浒传》方法,都从《史记》中来,却有许多胜似《史记》处。若《史记》妙处,《水浒》已是件件有。"③甚至有论者将总体上采用编年体结构的《三国志演义》《金瓶梅》和《史记》进行比较,毛宗岗认为"《三国》叙事之佳,直与《史记》仿佛"④。张竹坡也说"《金瓶梅》是一部《史记》"⑤。而在古代长篇小说中,在整体结构上采用纪传体的代表作品有《水浒传》《儒林外史》。如《水浒传》前七十回是标准的纪传体,分别是给人物写传,其排列顺序是:鲁智深、林冲、杨

---

① 茅盾:《茅盾文学评论集》(上卷),北京:人民文学出版社,1978 年,第 290 页。
② 陈平原:《中国散文小说史》,上海:上海人民出版社,2004 年,第 8 页。
③ (清)金圣叹:《第五才子书施耐庵水浒传》,北京:中华书局,1975 年。
④ 罗贯中 毛宗岗:《〈三国演义〉毛宗岗批评本》,长沙:岳麓书社,2006 年,第 10 页。
⑤ (清)张竹坡:《批评第一奇书〈金瓶梅〉》,见兰陵笑笑生:《金瓶梅》,济南:齐鲁书社,1991 年。

志、晁盖、宋江等,作品在后面的梁山聚义三打祝家庄之后又按编年体来写,但在写作时依然采用纪传体结构。所以,《水浒传》是一部纪传体的典型,但这种结构并不意味着散漫,"各个自成单元都有一种张力,逼上梁山的主题把它们聚合成一个艺术整体。如果追寻其思维逻辑模式的根源,显然又受史传文学纪传体结构的影响。《水浒传》以'传'为名,多少透露了它与史传文学的深刻联系"①。而《儒林外史》完全是一部关于"儒林"的列传,列传中依次登场的人物是周进、范进、严监生和严贡生、匡超人、杜少卿等,这些人物在不同的章节中都是主角,但全文就没有一个贯穿始终的主人公。而不同章节以及人物之间基本上呈并列关系。其实,用现代的眼光来看,这几乎就是一部短篇小说集。但从《儒林外史》问世至今,很少有人怀疑它的长篇小说文类身份,晚清非常流行的批判官场内幕的小说也基本上采用这种互相并列且呈链状的外在结构样态。甚至,当时还流行诸如《二十年目睹之怪现状》《老残游记》等小说,其采用的形式更加松散,各个并列的章节之间毫无关联,故事情节可增可减,整本书呈开放状态,在阅读时,各章节之间的顺序也可以互相调换而不影响阅读效果。

《二十年目睹之怪现状》《老残游记》《儒林外史》等小说的文体形式在当下来看,无疑算是系列中短篇小说,但在中国古代长篇小说的观念中确是毋庸置疑的长篇小说。比照现代人对长篇小说文体的界定,当时的文体观着实开放。其实,进入现代以来,系列中短篇小说一直存在,只是在不同的时期由于文体观的不同而对其文类身份界定不同。在现代小说中,师陀较早创作了系列小说《果园城记》,这部集子创作历时近18年,共包括18篇短篇,且这些短篇之间在形式上是并列的,在内容是独立的,整个集子有一个共同的叙事目的,即描绘虚拟的果园城封闭自足、自然恬静的人生状态。此外,集子还有一个共同的叙述视角,即第一人称"我"。这种共同的主题表达和叙事视角,使得小说集形成一个严谨的整体,这在古代小说观中应算长篇小说,但在现代小说中,其被毫无质疑地归为短篇小说集。可见,在现代小说观中,大家皆以《红楼梦》为标准,认为长篇小说需要有典型的人物、集中的情节、鲜明的主题,需要有一条或多条贯穿始终的主导线索,要有一定的因果逻辑关系,这种文体观一直延续到新时期以后。进入90年代之后,一些在现代作家眼中并不是长篇的作品都成了长篇,小说在篇幅上开始失去严格的界限,十几万的小长篇、中短篇小说的合集都可称

---

① 石昌渝:《中国小说源流论》,北京:三联书店,1994年,第331页。

为长篇小说。若将《史记》以及受其影响的《儒林外史》等作品的松散结构视为中国古代小说传统资源的话，90年代之后出现的众多结构松散小说就是"文体返祖"的表现。并且，大家皆在约定俗成中坦然接受这种趋势。如由5个中篇合成的《红高粱家族》一开始主要以中篇小说《红高粱》而走红文坛，在出版编辑的策划下，将其余几部中篇合在一起作为长篇小说出版，当时莫言也勉为其难，在《跋》中谦称"权当一部长篇滥竽充了数"①，但也不能说莫言对这种将中篇连缀成长篇的做法完全出于"无意"，他在《跋》中为自己的文体自觉意识作了解释，认为"文章之道并无至理，穷途变化，存于一心"②，有点类似于刘勰的"文之体常有，文之变无方"。但意想不到的是，这种"有意"和"无意"的做法却得到了读者的欣然接受。这5个中篇虽然所述故事互为并列，但所涉人物互相有交集，所表达的主题指向也基本统一，若按古代小说观，可以称为长篇小说。接下来，诸如此类由系列中短篇小说合集而成的长篇明显多起来，如张炜的《如花似玉的原野》由24个短篇小说合集而成，这些短篇之间只有极少的几篇有关联，大部分之间并不关联。《尴尬风流》中借助一个贯穿始终的人物老王的"眼"和"心"，打破常规的线性长篇小说形式，天马行空地记叙了300多个与"老王"生活有关的非线性片段，这些片段并不都是具有故事性，有的是生活随感，有的是生活呈现，但更多的是对人生意义和价值的"天问"。小说有共同的人物视角和叙事指向，所以大家也乐意将其归为长篇小说之列。历时十年才得以出版的《到黑夜想你没办法》由29个短篇和1个中篇构成。温家窑共有三十户人家，一共不到两百口人，但出现在小说里包括男女老小在内共五十人。这些人物互相关涉地散落在各个故事中。故事发生的时间比较集中，故事的指向也很统一，呈现了70年代生活在闭塞小村庄的农民近乎原始的生存状况。这样的结构乃为作家的有意设计，正如作家坦言："我写的时候就有意把它当一个长篇来写，而且有意让这些人物交叉，场景重复，发表时也是零散发的。这本书的篇章都是组合柜，最后一摆，就是完整的一套家具。"③阿来费时多年的《空山》也由6部中篇结集而成，小说讲述了20世纪50年代末至90年代初发生在一个藏族村庄机村里的6个故事。这些故事的发生地相同，故事人物也大致相

---

① 莫言：《红高粱家族·跋》，北京：解放军文艺出版社，1987年，第1页。
② 莫言：《红高粱家族·跋》，北京：解放军文艺出版社，1987年，第2页。
③ 曹乃谦：《到黑夜想你没办法》，http://www.chinawriter.com.cn，2011年5月19日，中国作家网。

同,但每个人物在不同故事中所处的位置不同。共同的文化,共同的背景,不同的人和事构成一幅立体式的当代藏族乡村图景。阿来将这种结构命名为"花瓣式"结构,即6个中篇作为花瓣,重点表现"机村的现代变迁"这个花蕊。

上述几部由系列中短篇小说合成的长篇小说呈现出共同的文体特征即各自独立并列的故事,互相纠缠的人物,统一的人物视角,共同的叙事指向。这种特征在新时期初已有论者发现,认为"一部小说不仅由一个叙事整体组成,人物和情节组织成多个相对独立的构体,而不集中投射到一个线性发展叙事主线上"[①],这种类型的小说可称为组构体小说,这种组构特征和古代《史记》的松散结构一脉相承,即整体意义上的严谨,情节叙事上的松散,故新时期后期长篇小说呈现出的"文体返祖"现象,系列中短篇合成长篇则是"返祖"现象之一。深入考察还会发现,在当代长篇小说中结构松散的表现形式绝不仅限于故事的组构,有的还表现为人物的组构、叙述者的组构、情节的组构等。值得一提的是,这里的"组构"和西方结构现实主义所指称的文论术语"并置"意义指向相近。其实,在中国古代文学中已有"并置"的结构艺术,如古典诗歌中马致远的《天净沙·秋思》中有"枯藤老树昏鸦,小桥流水人家"、温庭筠的《商山早行》中有"鸡声茅店月,人迹板桥霜"等,则为意象并置的体现。只是在中国古典文学中,"并置"仅限于诗歌。"并置"作为一种文学理论概念的提出,还是来自西方学界。经过西方思潮的引导,进入90年代以来,众作家对并置结构形态的探索热情持续,充分展现出"并置"手法在长篇小说创作中的艺术魅力。早在新时期初,戴厚英在《人啊,人!》中就相当娴熟地运用了并置手法,在80年代中后期,张承志在《金牧场》中也成功运用了并置手法。对应于前两个时期的寥若晨星式的运用,90年代以后的作家对并置的运用是集束式的,并且从并置的具体内涵来看,有了一定的拓展。由原来的叙述者并置、故事或情节并置拓展为词语并置、意象并置、人物并置。新时期以来蔚为大观的并置结构小说的存在,表明当代作家对类似于《史记》那样的灵活开放式结构的青睐。尽管众多作家在谈及自己的文体构思时,都不假思索地认为自己是受了西方现代主义或后现代主义文艺思潮的影响,但寻根溯源,中国古代长篇小说在早于西方几百年前就已经开始践行"并置"文体观了,只是没有从理论上加以提炼并推广罢了。

---

① 林焱:《论组构小说——小说体式论之四》,《小说评论》1987年第1期。

二、古小说传统与新笔记体小说

在着手研究古小说传统对长篇小说的文体影响之前,有必要厘清三个概念即古笔记小说、新笔记小说、新笔记体小说。在史传与小说之间,除了杂史、杂传之外,还有一个相当广阔的中间地带即古小说。古小说是一个历史概念,专指两汉魏晋南北朝时期的小说。很显然,此时期的小说并不是文学叙事意义上的小说,而是历史载事的一个分支。古小说在性质上与杂史、杂传没有质的不同,唯一不同的在于它的篇幅与体例。杂史、杂传虽不是正史,但一般篇幅不短,而且比较讲究体例,全书体系比较明晰。而古小说不拘体例,一本书可以写很多人和事,并且每篇都是独立的,篇幅短小,所以大家习惯将其称为"尺寸短书"。古小说在魏晋南北朝时期是一种独立的文体,并且在当时产生了一大批小说专辑,在题材内容上也有了明确的分类,如有专记神仙鬼怪的志怪小说,有专记人物言行片段的志人小说。进入唐代以后,这种格局有了分化,演变为三类小说即具有史料价值的野史笔记,讲究实录见闻但需有故事性的笔记小说,突破实录有意虚构主要用以娱情娱乐的传奇小说。当然,自此之后,唐传奇开始因为"虚构性"而真正成为现代文学叙事意义上的小说,野史笔记和笔记小说依然在文体上沿袭古小说的体例和宗旨,还不能算作小说。笔记小说和野史笔记同是笔记文体,都是随笔记录和不拘体例的简短散文,但前者偏重于记叙故事,具有一定的文学色彩和价值,后者偏重于记载史料,具有史学色彩。

关于古笔记小说的文体特征,清初张潮在其编辑的文言短篇小说集《虞初新志·自叙》中指出:"古今小说家言,指不胜偻,大都恒饤人物,补缀欣戚,累牍连篇,非不详赡……读之令人无端而喜,无端而愕,无端而欲歌欲泣。"①此处的"古今小说"指的就是古笔记小说,《虞初新志》指出古笔记小说写人仅摄取传神的瞬间,记事则仅采撷生活的片断,一人一事一记,累牍连篇,结构散淡不拘,行文简约淡远,这使作品读来或喜,或愕,充满着喜怒哀乐。尽管古笔记小说以实录为最低标准,但在主要功能上已不再是史料补缀,而是愉悦读者。古笔记小说从本质上来讲不是小说,但具有记人、记事的叙事功能,相对于野史笔记,

---

① (清)张潮:《虞初新志自叙》,见石昌渝:《中国小说源流论》,北京:三联书店,1994年,第133页。

已具有文学的属性。总览中国古代小说的发展历程,古笔记小说的演变发展一直贯穿其中。自魏晋笔记,六朝志怪,再至唐人传奇阶段已趋成熟,延至明清则进入高潮之余的结束期。在这漫长的发展期,留下了诸多有影响力的作品如魏晋志怪小说《搜神记》、志人小说《世说新语》、唐代的《酉阳杂俎》、宋代的《太平广记》、金元的《续夷坚志》、明清的《剪灯新话》《聊斋志异》《阅微草堂笔记》等,一路走来,真可谓洋洋大观。其中《世说新语》可谓古笔记小说的一块基石,它写人状物,三言两语,简约传神,此种画骨写神之法堪称古笔记小说之典范。《太平广记》因录存了宋以前的笔记小说,为之后的小说家提供了学习的范本,鲁迅曾赞其为"小说之渊薮"①。清人冯镇峦在《读聊斋杂说》中盛赞《聊斋志异》每篇各具局面,排场不一,意境翻新,令读者每至一篇,另长一番精神,不愧为古笔记体小说巅峰之作。《阅微草堂笔记》则是继《聊斋志异》之后与其媲美的一部笔记体小说集。

古笔记小说是中国古代小说很重要的文体,但到了清末民初,随着国门的被迫打开,新思潮不断涌进,同时国内在政治、经济、文化等方面的发展,社会在各方面也发生巨变,这一切使文言越来越不能满足新时代的需求,要求废除文言文的呼声越来越高。随着五四新文化运动的结束,古笔记小说的创作也就此中断。但其作为一种文化传统已然沁入中国文人的血液,在一定程度上为中国现当代作家的写作提供了可鉴的经验,于是一种新的、被学界称为"新笔记小说"开始出现在文坛上。

新笔记小说特指在 80 年代中期出现的具有古笔记小说神韵的短篇小说。学界对其概念不存争议,皆认为始作俑者多属"寻根派"中人,代表性作品如《芸斋小说》《故里三陈》《晚饭花》《故里杂记》《矮凳桥小品》《人间笔记》《遍地风流》《商州初录》《小城无故事》《南窗笔记》《史遗三录》等,这些小说"体制短小,叙事简约,不重情节性、戏剧性,笔法散漫,然而常收意味无穷之效,深得意境、韵味、空白等中国传统美学之神髓"②。何镇邦也认为新笔记小说"不太注意情节的完整性和丰富性,只写一个人或数人的片断,或对某个人物做点儿粗笔勾勒的素描,或写某些生活场景,多篇幅短小,不注意结构的缜密和完整;大

---

① 鲁迅:《中国小说史略》,北京:中华书局,2010 年,第 77 页。
② 祝一勇:《论"新笔记小说"的艺术渊源》,《湖北职业技术学院学报》2007 年第 2 期。

多借题发挥,言近旨远、微言大义,具有诗化、散文化或哲理化的特点"①。学界对"新笔记小说"的渊源、发展、命名以及文体特征大致持相近观点,认为"时人称之为'仿古小说'或'新笔记小说',也有人干脆称之为'笔记小说',虽然称谓不同,但所指同一对象,不过'新笔记小说'这一称谓也许更能准确地昭示其时代的文学特征"②。笔者认为诸如"仿古小说""新笔记小说"都比较妥当,都是建立在对"古小说"文体形式的认同与创新上。

随着时代的发展以及经济大潮的冲击,长篇小说以不可抵挡之势成为"时代中心文类",古笔记小说的尺寸短书很快随着中短篇小说的式微而在文坛上消失,但大家对"笔记小说"这种形式的创化与改造的兴趣并没减退,于是出现了新的文体即"笔记体小说"。学界有论者将"古笔记小说"和"笔记体小说"相等同,这必然导致概念的混乱。如有论者认为"如《太平广记》《洛阳伽蓝记》《郡国图志》《水经注》《博物志》《酉阳杂俎》等,很多人尚不大把它们看成是小说,我却认为它们正好是小说的核心部分"③。实质上,笔记小说不是小说,笔记体小说则可以理解为采用"笔记"形式创作的小说。而且,笔记小说在篇幅上只能是尺寸短书,只能限于短篇甚至片段,而笔记体小说则不一定就是尺寸短书,也可以是长篇小说。张清华在评论劳马的短篇小说时提出"新笔记体小说"之说,他认为劳马的短篇小说和通常的短篇不同,近乎微型小说或小小说,认为其"体式很短小,但富有启示性,情节比较夸诞,很有戏剧感和喜剧性,但也总有严肃的内涵……这使我想起另一个可能的比附,它也许可以叫作一种'新笔记体小说'"④。从另一个角度可以这样理解即"笔记体小说"的命名意味着对古小说形式有了新的继承与创新。这创新的路向中有一种则为"小小说"。有论者认为"文学落潮渐成为显学以来,笔记小说受到冲击,渐呈式微的迹象。从这一时期开始,笔记小说渐渐靠拢小小说阵地,其亦幻亦真的手法,奇人异事的挖掘途径,为一些作家所钟情"⑤。但小小说只是师承"笔记小说"外在形式,不算真正意义上的转化。且一部微型小说合集和古代的笔记小说合集在体例、主题表

---

① 何镇邦:《新时期文学形式演变的趋势》,《天津文学》1987 年第 4 期。

② 曾利君:《"新笔记小说"谈片》,《西南民族学院学报》(哲学社会科学)2003 年第 1 期。

③ 蝼冢:《章回之外的中国笔记体小说》,《花城》2009 年第 5 期。

④ 张清华:《作为一种"新笔记体小说"来读》,《当代作家评论》2008 年第 5 期。

⑤ 刘军:《笔记体小说:川流为河,敦化为众》,《中国艺术报》2014 年 4 月 28 日。

达等方面上显然不是一回事。还有学者尝试着将中国小说分为两类即章回体小说和笔记体小说，他认为笔记体小说的文体特征"第一在形式上区别于章回体小说，笔记体小说主要依靠一种较强的形式来弥补取消章回之后带来的连续性，如陈陈相因的套层结构，保证了多重叙述的可能性。第二，它的囊括性，百科全书式的汪洋恣意。第三，打破情节律"①。这种设想在一定程度上指明了当代小说创作中对古笔记小说的创新与转化的可能路向。

从古笔记小说，到新笔记小说，再到笔记体小说，可看出由当初基本恪守笔记小说的文体特征到后来的创新转化，一个不可忽视的文学事实基本形成，即90年代的文坛上出现了一批具有古笔记小说文体特征的长篇小说。从当初的尺寸短书，到80年代的短篇小说，再到90年代以来的长篇小说，从当初的非虚构叙事，到当下"虚构"中的"非虚构"，笔记小说形式已经得到充分转化。90年代以来具有古笔记小说文体特征的长篇有史铁生的《务虚笔记》《我的丁一之旅》、韩少功的《马桥词典》《暗示》、贾平凹的《怀念狼》、王蒙的《尴尬风流》等。至于这些作品如何实施转化，我们可以从具体的文本分析中窥见一斑。

谈及对古笔记小说的借鉴，《务虚笔记》应是一部无论如何也绕不过去的作品。《务虚笔记》确实很"务虚"，是一部情感纠葛笔记。当然，作者也不反对大家将其归为爱情小说。其实，更准确地说，正如作者的另一本也被称为"生命笔记"的散文集《病隙随笔》，《务虚笔记》应是一部关于人生感悟的"生命笔记"。但《病隙随笔》是散文集，而《务虚笔记》是长篇小说，很显然，后者具有了小说的基本要素。《务虚笔记》作为长篇小说曾获上海第四届长中篇小说优秀作品大奖，大家对其文体形式的设置褒贬不一。褒者认为"形式有特点，叙述有创新。务虚加笔记虽有悖传统小说的某些作法，但内涵丰厚，文笔清新"②；贬者认为"整体结构松散、随意，小说中人物模糊、抽象，有些颠覆小说与反小说的味道"③。其实，把褒贬双方的观点合在一起正好概括了《务虚笔记》独特的文体特征。《务虚笔记》之所以是小说，是因为它讲述了很多故事。全文采用22个片段，讲述20世纪50年代以来特殊的社会语境下发生在残疾人C、画家Z、女教师O、诗人L、医生F、女导演N等一代人之间关于命运与爱情的故事。但是，

---

①　蝼冢:《章回之外的中国笔记体小说》,《花城》2009年第5期。
②　邢孔辉:《〈务虚笔记〉的结构艺术》,《写作》2000年第9期。
③　邢孔辉:《〈务虚笔记〉的结构艺术》,《写作》2000年第9期。

虽然《务虚笔记》像传统小说一样给大家讲故事,但它和传统小说讲故事的方式迥然不同。在这本带有半自传色彩的小说中,作者将诸多故事以及所涉人物打乱分散到 22 个片段中,从单篇来讲是独立的,但互相之间又是缠绕的。如在第十三、十六章中转述了养蜂老人讲述的关于男人和女人的故事,第五章"恋人"讲述了女导演 N 和医生 F 的故事,第六章"生日"讲述"我"的故事,第十章"小街"写女教师 O 与 W、R 之间的故事。故从结构上来讲,是自由开放的,但正是这种片段式叙述和开放式结构,直接影响了故事情节的完整性和发展的连贯性。既然《务虚笔记》采用笔记的方式讲述故事,其最大的特点还在"笔记"上,所谓"笔记"即用笔记下瞬间的所思所想,思想性是其最大特征。对于作者而言,特殊的枯坐轮椅的人生困境使他对写作的认识和别人完全不一样,在他眼中,写作就是要为生存找千万个精神上的理由,使有限的人生不只是沦为一个生物的过程。正是这种思想的指引,作者在小说中不仅要构思故事,还要思考故事的意义,其余时间还要把构思过程写出来。而其思考的内容包罗万象,极具囊括性。正如小说题名,"务虚"与"务实"相对,与灵魂、精神、形而上、生命本质相关,其不注重现实,不注重人物的完整和细节的真实,其注重的是对生命的一种感悟、与生命同时拓展的不同的心魂起点与去向。从故事性、反情节性、片段性、开放的结构特点以及思想随笔性等方面都可看出《务虚笔记》所具有古笔记小说所具有的系列文体特征,甚至可以这样说,《务虚笔记》就是一部古笔记体小说集。

若说《务虚笔记》是一部关于生命感悟的笔记体小说,《马桥词典》则是一部关于语言的笔记体小说。《马桥词典》由 115 个词条构成,若将这些条目按故事和非故事进行分类,故事类片段占 69 条,剩下的则为非故事片段。由此观之,《马桥词典》虽是关于语言的笔记,但主要目的还是为读者讲故事。这些故事中,有的则是自足的短篇小说,如第 32 则"九袋"中就讲述了乞丐王戴世清的故事,作品曾在《湖南文学》中以短篇小说的形式发表。有的则由好几个相邻的片段以故事集锦的方式构成一个相对完整的整体,也可视为一篇自足的短篇小说。如第 17、18、19、20、21 片段由一个被人阉割的人物万玉串起故事,讲述了万玉虽喜欢和女人腻在一起却从不亵渎觉觉歌(情歌),而是将其当作生命的全部,以至于最终为艺术殉道的故事。有的条目虽本身就是一则独立的故事片段,但由于所记故事极其简约,篇幅极其短小,近乎微型小说,但又不具有微型小说的深刻立意,如第 58 则"豺猛子"就是典型。词条中大多数都是几则相邻的片段,虽由一个人物的一些故事和经历所贯穿,但这些被贯穿的片段还夹杂着非故事片段,主要分析一些与人物故事并不关联的内容,从而使片段始终处于零散状态,很难形成自足的整体。作者用词条的方式为读者还原了马桥人古往今来在日常生活、政治历史、乡俗文化等方面的故事,这些词条长短不一、内容不一,有的描述故事,有的偏于玄想,这种率性自由、灵动舒缓的叙事方式,若不以散文集或随笔集的方式问世,而归于小说门下,那也只能以古笔记小说的形式问世。事实上,《马桥词典》里出现的故事和非故事,就是以类似于古笔记小说的方式,或以故事集锦的方式为读者还原了一个在日常生活中不被人们意识到的民间世界,散淡的结构形式使小说具有趣闻、逸闻之审美意蕴。

限于篇幅,在此不再一一论述具有古笔记小说倾向的长篇小说文体特征,但已有的分析表明,当代笔记体小说从篇幅、体例、内容、笔法上师承古笔记小说,只是古笔记小说既讲究实录性和娱乐性,也追求著述性,而笔记体小说偏重于思考性,这种创新性转化造就了独特的笔记体长篇,这是小说文体自身发展的结果,也是适应时代发展,满足读者新的审美需求的结果。作家们纷纷转向古文学传统寻求文学资源,从史传松散的结构传统中寻得当代小说"并置"的资源,从古笔记小说传统中找到新笔记体小说的渊源,而从诸子散文传统里找到寓言化小说的文体渊源。

三、诸子散文传统与寓言化小说

所谓寓言,中国寓言文学研究会副会长陈蒲清认为是"作者另有寄托的故事",是为了表达某种寓意或哲理而借用的一种文体。在寓言中,任何一个故事总是和某种思想内容相联系,从而形成了寓言"表面的故事总是含有另外一个隐秘的意义"[1]的寓言性。小说与寓言结合使小说成为表达寓意的载体形式,如张炜的《古船》《九月寓言》等。小说寓言化在中国文学史上有着悠久的历史渊源,我们可从中国的诸子散文传统中寻得滥觞,诸子散文对后世小说影响最大的文体因素就是散文中的寓言成分。

寓言作为一种文体,最早产生于民间,是人们口耳相传的机智小故事,后来

---

① [美]弗雷德里克·杰姆逊:《后现代主义和文化理论》,唐小兵译,西安:陕西师范大学出版社,1985年,第118页。

先秦诸子大量吸收借用，改编和新造这类小故事，以此作为自己表述思想和政见的手段，这就使得"寓言"这种形式开始发达起来。在中国，最早出现"寓言"的文献应是《庄子·杂篇》中的《寓言》和《天下》。《寓言》篇说："寓言十九，重言十七，卮言日出，和以天倪。"《天下》篇说："以天下为沈浊，不可与庄语：以为曼衍，以重言为真，以寓言为广。"这里的"寓言"是指一些神话式的幻想故事和借外物寓意的故事。《庄子·寓言》在论及写作目的时写道，"寓言十九，借外论之。亲父不为其子媒。亲父誉之，不若非其父者也"。言下之意，《庄子》中寓言占了十分之九，这是一种假借间接的途径来论证自己观点的方法，就像做父亲的不替儿子保媒一样，因为父亲出面夸赞儿子，还不如让旁人来夸赞的效果好。

纵览中国文学史，从古至今，在小说创作中运用寓言表达意旨的文学现象一直存在。自春秋战国之后，魏晋南北朝时期的志人、志怪小说大量出现，社会动荡不安，迷信和宗教的传播很有市场，这些使当时的文言小说如《搜神记》《列异传》等具有寓言化色彩。唐传奇时依然延续这一风格，如《枕中记》《南柯太守传》等，或借助于梦，或虚构一个幻境来表达现实生活中不存在的故事，以说明一个道理，或讽喻一种现实，在追求怪异故事的背后寄寓了深刻的道理。鲁迅就曾言："传奇者流，源盖出于志怪，然施之藻绘，扩其波澜，故所成就乃特异，其间虽亦或托讽喻以纾牢愁，谈祸福以寓惩劝，而大归则究在文采与意想，与昔之传鬼神明因果而外无他意者，甚异其趣矣。"①到了明代，神魔小说在神魔外衣的遮掩下继续讽喻世俗。有论者认为《西游记》就是"一部充满神奇色彩的寓言小说"②。《西游记》借助魔幻的故事、人物、环境等，表现出对统治阶级和社会黑暗势力的谴责与批判，对正义和光明的呼唤。而清代的《镜花缘》也以荒诞的想象、奇异的夸张，暗含着对现实强烈的讽喻意味。接下来，梁启超等所提倡的"小说界革命"促使中国政治小说创作空前繁荣，同时也促进了寓言小说的发展。陈蒲清认为晚清寓言小说大致可分为三类，"第一类是依傍古典名著而加以改造发挥，如吴跃人的《新石头记》；第二类是假想一个国度以影射中国现实，如陈天华的《狮子吼》；第三类是借助动物世界以类比人类现实，如《蜗触蛮三国争地记》"③。这些小说极尽寓言小说讽喻、夸张之能事，对后世寓言化小说产

---

① 《鲁迅全集》（第九卷），北京：人民文学出版社，1998年，第70页。
② 孟昭连 宁宗一：《中国小说艺术史》，杭州：浙江古籍出版社，2003年，第262页。
③ 陈蒲清：《中国现代寓言史纲》，长沙：湖南教育出版社，2000年，第50页。

生一定的影响。而进入现代以来,寓言化小说的产生则裹挟了对西方思潮的学习与借鉴。随着西方思潮的引入,现代文坛上出现了一些具有一定影响力的寓言小说,如张恨水的《新斩鬼传》、沈从文的《阿丽思中国漫游记》、张天翼的《鬼土日记》、老舍的《猫城记》、张恨水的《八十一梦》、钱钟书的《灵感》和《上帝的梦》、王任叔的《证章》、许钦文的《猴子的悲哀》等。这些小说在对社会黑暗的暴露与抨击,对国民性弱点的讥讽,以及荒诞、黑色幽默等手法的运用等方面都体现出对中国古代和西方小说技巧的借鉴痕迹。进入新时期以来的小说寓言化趋势也很明显,尤其体现在寻根小说和先锋小说创作上。

在中国文学史上,小说寓言化倾向可从诸子散文传统中寻得理论的源头。诸子散文是春秋战国时代百家争鸣的产物。这是个政局极不稳定的时代,代表奴隶制周天子的权威地位开始动摇,诸侯各据一方为争霸而使战事不断。在这种语境下,"士"阶层应运而生,他们积极游走于诸侯各国,向他们阐述自己对时局、经济、军事、政治、哲学、道德等问题的见解,从而形成了不同的流派。汉代史学家刘向、班固等将他们分为儒、道、法、墨、阴阳、名、纵横、杂、农、小说十家,所谓诸子散文就是这十家的代表性著述。十家中代表性著述有儒家的《论语》《孟子》《荀子》,道家的《老子》《庄子》,法家的《韩非子》,杂家的《吕氏春秋》等。诸子散文的主要目的是阐明自己的观点和主张,故这些散文皆属于论说性文章,但为了能让自己的观点易于被人理解和接受,他们很注意表述的方式,所谓"言之无文,行而不远",行文不再局限于抽象的理论阐述,而开始采用小故事来做形象的比喻阐释,使散文具有浓厚的文学色彩,这就是寓言体的雏形。

在诸子散文中,《孟子》《庄子》《韩非子》《吕氏春秋》等都运用寓言故事来阐释道理。比较一下,《孟子》运用寓言最少,《韩非子》运用寓言较多。《孟子》只是偶尔插入寓言来阐释比较艰涩的哲理,或者来比喻比较难以言状的精神和品质。《韩非子》则大量采用寓言来论证自己的观点,全书寓言有 320 余篇,其中《说林》采录了许多民间故事,这些故事并不都是以情节吸引人,但都包含一定的道理和智慧,彰显着讽喻和教训的意味。若把《说林》从全书中独立出来,则可视为中国最早的寓言集。但是,若论及寓言运用对后世文学的影响来说,早于《韩非子》大半个世纪的《庄子》则是典型之作。甚至有论者宣称庄子是寓言体文的开创者,认为"其文'著书十万余言,大抵率寓言也'。正是这些寓言,表现了庄子的哲学思想,形成了庄子论文的特征。没有寓言,就没有《庄子》。

庄子开拓了我国古代寓言体文"①。《庄子》全书 33 篇,几乎每篇皆有中心论题,运用层出叠见的笔法,形成寓中有寓、大小寓言紧紧相扣的复杂结构。对此文体特征,唯美主义大师王尔德曾赞誉其为"一部极其令人着迷和愉悦的书",认为庄子"作为小说家,他极具魅力。使用的隐喻也十分幽默。他将他的思想拟人化,使它们在我们面前演出一幕幕戏剧"②。进入 21 世纪,也有论者高度评价《庄子》的文体价值,认为其蕴含了多种文体形态,既是"奇异的散文",又是"绝妙的诗",还是"奇趣的小说"③。

《庄子》作为寓言体文的滥觞,善借具体而鲜明的物象来表征抽象的"道",且为了更好地言说对"道"的思考,隐喻则构成其最基本的内核,外显的物象性和内在的隐喻性则构成了寓言体文的主要特征。从庄子寓言中,我们还领会出先哲们"言此而意彼"的言说方式,体现了中华民族独有的思维方式。这些皆深远地影响了后世的小说创作。

进入新时期以来,中国长篇创作受西方思潮的影响,隐喻性开始成为作品的主要修辞手法。这里的隐喻性与《庄子》的喻意性本质一致。在此,我们可根据隐喻意的表露程度不同将寓言化小说分为显性的寓言化小说和隐性的寓言化小说两种。前者将寓意露骨地在文中表达出来,读者一眼就能看出来。后者将在日常生活中所领悟到的若干哲理深藏不露地表现出来,让读者自己去琢磨,具有一定的多义性与不确定性。很显然,随着时代的进步和文学的发展,读者和作者都不会满足于去阅读或写作显性的寓言化小说,更多地青睐于隐性的寓言化小说。如从表意上看,《金牧场》是一个客观的实体存在,实则又与小说的重要元素暗合,如"我"去日本研究古文献《黄金牧场》、"我"与牧民们当年在"大转场"中历尽艰难回归"黄金牧场"。"金牧场"似乎存在,似乎不存在。它代表虚妄缥缈,又代表着理想、青春、生命、历史、欢乐、奋斗、痛苦与死亡等,它的存在让"我"永远走在追寻的路上。在此,小说将主人公的个体行动意义上升为整个人类的生命历程意义。正如有学者所言"《金牧场》是一个多层多角度的空间,是一个丰富复杂的主体世界:它是青春、生命、人生的寓言,也是大陆、人

---

① 魏宏灿:《论庄子对寓言体文的开拓》,《阜阳师范学院学报》1990 年第 1 期。

② 王尔德:《王尔德全集》(第四卷),杨东霞等译,北京:中国文学出版社,2000 年,第278 页。

③ 李建伟:《简论庄子文体形态及影响》,《管子学刊》2005 年第 3 期。

类、历史的寓言。它是一个寓言的世界,一个关于世界的寓言"①。而《十三步》从内容到结构都体现出作者的寓意安排。小说正好分为十三部,在内容上也是按照十三部的节奏往前推进,但在小说结尾,作者点题即在古老的美丽的传说中,只要看见麻雀单步行走,每走一步都有好运降临,但如果走到十三步,所有的好运将变成反面,厄运将再次来临。所以从整个文本来看,小说正好十三部,所以其最终结局必然是"不仅活人使我们受苦,而且死人也使我们受苦,死人抓住活人不可逃脱地走向毁灭"②的厄运。扫描新时期以来长篇小说创作,具有隐性寓言化倾向的长篇小说颇多。如《活动变人形》《穆斯林的葬礼》《隐形伴侣》《浮躁》《怀念狼》《秦腔》《古船》《九月寓言》《金屋》《城市白皮书》《活着》《日光流年》《受活》《坚硬如水》《万物花开》《尘埃落定》《生死疲劳》《酒国》等,这种集束式寓言化倾向成为一个值得关注的文学现象,细读文本可发现,由于文化语境的多元以及创作主体的个性化追求,这一时期寓言化小说在讽喻主题以及寓言化手法上,在传承古代寓言体小说的基础上做出了一定的革新。

一是继承,主要体现在主题先行的构思意图上。中国寓言故事的基本功能就是向世人揭示某个道理,创作者在动笔之前一定要"意在笔先"地设计好自己的表达意图。南帆曾说:"寓言先是以一种观念作为先入之见解析生活,而后在重新组织生活时再度验证这种观念。"③因此,自古至今,寓言化小说都不是不知所云的空洞之物。新时期以来的寓言化小说依然延续这种"意在笔先"的叙述方式。"不过这种先行主题并非主观主义的观念先行,而是或者说应该是出自对现实世界的思考与提炼,是对审美对象思熟虑后的'意在笔先'。"④因此在寓言化小说中,各种荒诞故事的发生发展皆是来自作家的精心构思,所有人物、情节、物象的选择与安排都能体现出作者所要表达的意蕴或要阐释的道理。这样的例子在当代的寓言化小说中数不胜数。如《活动变人形》通过设置一种东洋玩具即可以自由组合活动的变形人来隐喻人物的心灵扭曲。整个作品围绕几个类似于"活动变人形"的人物而展开,他们的灵魂在封建文化的精神地狱中不

① 陈墨:《寓言的世界和世界的寓言》,《文学评论》1987 年第 6 期。
② 马克思:《资本论·序言》(第一卷),中共中央马恩列斯著作编译局译,北京:人民出版社,2004 年。
③ 南帆:《小说的象征模式》,见吴亮等编《象征主义小说》,北京:时代文艺出版社,1988 年,第 3 页。
④ 李运抟:《新时期小说的寓言化表现》,《理论与创作》2006 年第 6 期。

断被扭曲摧残而变形,尤其像倪吾诚这样一个曾经留过洋,但在40年代的中国现实语境里一筹莫展、唯有空谈的知识分子形象,对封建文化做出了深刻的反思。除此之外,还采用象征性的意象营构、天马行空般的智性表达、神秘氛围的营造、幻觉或想象的描写来突显小说的隐喻性表达效果。

二是革新。新时期以来长篇小说在讽喻主题表达、题材选取以及叙事方式上做出了一定的创新。首先表现在讽喻主题表达上,当代作品倾向于隐性的寓言化叙事,作者要阐明的道理虽然也蕴含在故事当中,但并不会像《守株待兔》《农夫与蛇》的故事那样直白地让读者一眼就能领悟,故事的寓意指向也由当初的单一而转向多元。文学向来是同时代人们的认知水平、道德诉求、政治环境、创作主体的精神品格和审美追求等的直接外射。所以,封建时期以及政治年代的寓言化作品鲜有顾及人自身以及与生存相关的主题,更多的则是简单明了的道德劝喻或政治影射、现实讽喻等。进入新时期以后,长篇小说寓言化已成了普遍的文学现象。可以毫不夸张地说,几乎每部作品包括大众的通俗小说、主旋律小说以及精英纯小说,作家们在讲述故事的背后,都有自己的寓意寄托。但这寓意极具私人化、个性化,彰显着作者个体对历史、人生、社会、人性、自然、文化等的寓意诉求。

其次,表现在渐趋灵活的寓言化技巧上。正是因为寓意的表达由单一转向多元,其决定了新时期以来的长篇几乎都以寓言化的状貌或隐或显地存在着,这也就意味着寓意表达技巧与立意等不能像传统的寓言化小说那样单一。

一是在题材选取上。早期的寓言化小说保留着浓厚的寓言式思维,在题材选取上,多置故事于非现实的环境中,刻意与现实生活拉开距离,在虚幻、梦境中极尽夸张与荒诞之能事,显示出寓言的虚构性特点。相较于传统寓言化叙事方式,新时期以来的作家们不再刻意地拉开与生活的距离,寓言化的一些技巧和手法也趋向隐蔽,表现出从刻意使用寓言式技巧转向作品中寓言意味的追求。讲求故事的生活逻辑性,尽管故事本身是荒诞的,但没有完全脱离现实生活的逻辑性。《生死疲劳》重笔刻画了地主西门闹被枪毙后转世为驴、牛、猪、狗、猴、大头婴儿蓝千岁的生死轮回的故事。这在相信生命轮回的读者眼中并不荒诞,作者非常贴合各种动物心理的想象与描写,透露着现实社会的风云巨变和人事沧桑,隐喻着不真实中的真实,表征着中国农民生存的无奈与生生不息的顽强和乐观。再如《日光流年》中全村人因"喉病"都活不过四十岁的故事,初听似乎荒诞,但实际上,当下环境污染严重,出现任何疾病都不会让人惊讶,故荒诞中隐藏着合理的生活逻辑。在这些看似荒诞实则不荒诞的故事中,读者看见了夸父的身影和西西弗斯的苍凉以及人类的无奈与渺小。扫描当下文坛,诸如此类的寓言化作品数不胜数,在此仅列两例,以表明当代寓言化小说叙事的新质素。

二是在视角选择上。"如何选择视角想必是小说家要做的最重要的决定,因为这会从根本上影响读者在情感和理性上对小说人物及其行为的态度。"①在讲述寓言化故事的过程中,当代作家在视角安排上不再像传统寓言化小说那样让荒诞的故事发生在离现实很远的荒诞环境中,而是采用各种另类的、不可靠的视角来呈现荒诞的世界。这视角主要体现在诸如《尘埃落定》《秦腔》的傻子视角、《城市白皮书》《万物花开》的残疾视角、《生死疲劳》的动物视角、《羊哭了,猪笑了,蚂蚁病了》的亡灵视角等。这些不可靠视角比正常的视角看到的世界更加深刻、真实,同时还增添了小说的神秘性,这也正是新时期寓言化长篇的精彩之处。

三是在意象选择与寓意寄托上。传统的寓言化小说的意象多为类型化意象,如《农夫与蛇》中蛇的歹毒、《中山先生和狼》中狼的凶恶等,但在当代作家笔下,已经少有如此类型化的意象设置,更多的则是寄托着作者的深层寓意,不经过深层次分析,读者一般难以领悟其中含义。如《受活》中"残缺"意象,文中的"残缺"是多方面,首先是自然环境的"残缺"。故事发生的村庄处于几省交际的地方,在行政归属上找不到的归属地,在行政管辖上是残缺的。其次是身体的残缺。这里的人在身体上都存在不同程度的残缺,或聋或哑,或四肢不全,或智力低下。但是作品的寓意不在于展示"残缺",而在于揭示相应的"圆全"的黑暗、贪婪、丑陋与真正的"人性残缺"。如《九月寓言》中作者将被称为"艇鲅"的一种有剧毒的鱼暗比村中人,他们对外人具有攻击性,坚决不与外界交流和通婚,象征着村庄的闭塞和排外。

由史传传统而生发的组构体小说、由古笔记小说形式影响而生成的笔记体小说以及由诸子散文传统而催发的寓言化小说,这些小说形式的借鉴从某种程度上为另一种"文体返祖"现象即小说的哲思化倾向做好了形式上的铺垫,而中国古代的哲思玄想传统则为哲思化小说的出现提供了形式和思维的可借鉴资源。

---

① [英]戴维·洛奇:《小说的艺术》,卢丽安译,上海:上海译文出版社,2010 年,第63 页。

四、哲思玄想传统与哲思化小说

所谓"哲思"即有关哲学道理的思考。而哲学是智慧之学，是对人生意义的追问，对人类命运的关怀，对现实世界的反思以及对理想世界的构建，这一切合在一起构成了哲学对人与世界的根本看法、态度和主张。很显然，文学世界里的"哲思"接近哲学，但不是本体意义上的哲学，只能是作家在文学领域内的玄思，是哲学在文学世界里的另一种呈现。通常意义上，我们把这种以小说的方式进行哲思的小说称为"哲思化小说"。

中国古代称"哲思"为"玄思"，古人通过不同方式进行玄思，比如著述、随笔或清谈。在古诗词里也能窥见古人善"玄思"的情状，如东晋许询《农理》诗曰："亹亹玄思得，濯濯情累除。"南宋朱熹《秋怀》诗云："空知玄思清，未惜年华度。"明代王阳明《送蔡希颜》诗云："羊肠亦坦道，太虚何阴晴？灯窗玩古《易》，欣然获我情……敛枉复端坐，玄思窥沉溟。"虽然古人善玄思，但从理论上归结并提出"哲思化小说"的却是西方学者昆德拉。他把小说分为"叙事的小说、描绘的小说、思索的小说"①。在他看来，思索的小说具有诱人的可能性。他曾设问："小说通过自己内在专有的逻辑达到自己的尽头了吗？它还没有开发出它所有的可能性、认识和形式吗？"答案自然是无，于是，在此基础上，他列出了小说的四种可能性即"四个召唤"："游戏的召唤""梦的召唤""思想的召唤"和"时间的召唤"②。很显然，由"思想"召唤而来的就是哲思体小说。但昆德拉的哲思体小说是有范围限定的，他将哲思的范围限定在海德格尔的存在主义哲学领域内。他认为："小说并不研究现实，而是研究存在。存在并不是已经发生的，存在是人的可能的场所。"③昆德拉对用小说的方式来思考存在充满信心，他宣称："如果说欧洲哲学不善于思索人的生活，思索它的'具体的形而上学'，那么，命中注定最终要去占领这块空旷土地的便是小说，在那里它是不可替代

---

① ［法］安托万·德·戈德马尔：《米兰·昆德拉访谈录》，见吕同六主编：《20世纪小说理论经典》，北京：华夏出版社，1995年，第434页。

② ［捷克］米兰·昆德拉：《小说的艺术》，董强译，北京：三联书店，2011年，第15页。

③ ［捷克］米兰·昆德拉：《小说的艺术》，董强译，北京：三联书店，2011年，第42页。

的。"①在昆德拉看来,思考存在的哲学命题,小说比哲学更具优越性。因为存在是无法体系化的,而哲学恰恰由系统的概念和逻辑构成,它对存在的理论概括显得力不从心,而小说式的思考正好弥补存在意义的不确定性与模糊性。

昆德拉对哲思化小说的文体形式也做了明确界定。面对现实,小说可以描绘或表现它;面对观念,小说也可以阐释、图解它;那面对抽象的哲学,小说该如何去表达? 昆德拉于是说:"深思的疑问是我的所有小说赖以建立的基础。"②这种深思造就了哲思体小说独特的文体特征。首先,在作者思考的过程中,一定要有自己的思考点即"关键词",小说中出现了关键词,整个小说文本就围绕这些来展开思考,昆德拉将关键词称为"基本词",他声称小说"首先是建立在若干基本词之上的,这就像勋伯格的'音符系列'。在《生命中不能承受之轻》中,这个'序列'是重、轻、灵魂、肉体、大进军、大粪、媚俗、同情、晕眩、力量、软弱。在小说的进程中,这些基本词被分析、研究、定义、再定义,并因此而被改变成为存在的范畴"③。其次,因为作者在小说中无处不在的思考,这导致作者在描写人物、设计情节时,自然而然将它们一并纳入思考的范畴之内,从而将小说发展成"论文式"样式,此样式使故事、人物与主题的关系发生变化,小说可以独立于人物和故事而存在,而一些与小说毫无关联的人物与故事因为关键词的关系,也可作为分析的例证进入小说。再次,在思考过程中,为了表达自己的玄思,可以调动系列有利于揭示哲学本质的一切艺术手段如对话体、注释体、笔记体、随笔体、跨文体等,把小说改进成具有综合性质的大型叙事文体,使小说成为"精神的最高综合"④。

虽然昆德拉提出哲思化小说,并因此引领了中国当代长篇的哲思化潮流,但不能因此断定在昆德拉之前中国文学史上就未曾出现过有哲思化倾向的小说。反过来,我们也不能因此就断定中国的哲思体小说完全是因为受了昆德拉的影响。为厘清这个问题,我们可尝试着回到中国哲学传统中追根溯源探得究竟。

中国哲学从古至今至少已有三千年的发展历程,谈起哲学传统,人们首先

① [捷克]米兰·昆德拉:《被背叛的遗嘱》,余中先译,上海:上海译文出版社,2011年,第153页。

② [捷克]米兰·昆德拉:《小说的艺术》,董强译,北京:三联书店,2011年,第29页。

③ [捷克]米兰·昆德拉:《小说的艺术》,董强译,北京:三联书店,2011年,第82页。

④ [捷克]米兰·昆德拉:《小说的艺术》,董强译,北京:三联书店,2011年,第15页。

想到的多是古代传统。中国古代哲学起于殷周,止于明清。大致梳理,始于殷周的中国哲学至春秋战国时代已出现百家争鸣的繁荣局面。到了汉代,儒家哲学占统治地位,但随着印度佛教的传入及其在中国的发展,至魏晋南北朝时期便产生了佛教哲学。与此同时,道家思想也演变成道家哲学,至此,儒、释、道各家思想相互交锋并相互吸收,构成了中国古代哲学发展的主要脉络,形成了中国古代诸多的哲学思潮和流派。中国哲学的古代传统极其复杂,从任何一个角度切入做整体上的把握都是一个令人生畏的课题。并且,研究者们对中国哲学古代传统的基本特质的看法各不相同,如冯友兰先生指出"中国哲学有一个主要的传统,就是求一种最高的境界,但又不离乎人伦日用。这种境界,就是即世间而出世间的。这种境界以及这种哲学,我们说它是'极高明而道中庸'"①。此传统在汉代受到逆转,因为汉代只有宗教和科学而没有纯粹的哲学。到了玄学这里,中国哲学的发展才走上正路,玄学及后来的禅宗都力图统一"极高明"和"道中庸"。宋明理学是这传统的最高阶段,朱熹则是这方面的最高典范。清人批评理学,于是"中国哲学精神的进展,在清朝又受了逆转"②。清人强调中国古代玄学的出现才是真正意义上的哲学发展,也表明了中国哲学进入一个新的阶段。从先秦哲学到汉宗教,再到魏晋玄学、宋明理学,中国古代哲学的中心问题是"天人关系"问题,具有重人道或人生、重心性和道德修养、重体悟和直觉及强调天人合一、知行合一、中和之道等区别于西方哲学的鲜明特点。这些共同而绵长的哲学传统不仅在内容上为后世文学创作提供了丰富的资源,而且其中诸如"哲思""玄学"这样的思辨方法更为后世的文学创作提供了形式和思维的可借鉴资源。

　　玄学因产生于魏晋,又称魏晋玄学。魏晋时期,战乱不休,圣道不行,儒学衰微,经学自身没落,儒家礼教主体失落,主流意识形态缺失,于是文人思维愈加活跃,他们开始思考一些看似很玄虚的问题。玄学是专门针对《老子》《庄子》和《周易》进行研究和解说的一门学问或学说。"玄"这一概念,最早见于《老子》:"玄之又玄,众妙之门。"扬雄也讲玄,他在《太玄·玄摘》说:"玄者,幽摘万类,不见形者也。"王弼在《老子指略》说:"玄,谓之深者也。"故玄学又是研

---

① 冯友兰:《新原道》,北京:三联书店,2007年,第31页。
② 冯友兰:《阐旧邦以辅新命》,见《冯友兰文选》,上海:上海远东出版社,1994年,第229页。

究幽深玄远问题的学说。作为一门学问或学说,它思考的问题是人类已知但用西方科学无法做出回答的问题,它秉承的是东方哲学的思维方法,讲究随意性和不确定性。作为一种思辨性很强的哲学,它比较注重对诸如圣人有情无情、本末有无、声无哀乐、公私养生、言意关系等抽象理论的探讨,主要以玄谈、著论、注释《老》《易》《庄》的方式存在,它除了在对中国哲学概念的开拓、魏晋风骨对后人人生态度等方面产生影响,其思辨性、随意性、不确定性对后世玄思化文学的出现产生了一定的影响。

早在中国古代,在诗歌、散文等文类中就开始出现哲思化倾向,如屈原的《天问》、张衡的《思玄赋》、阮籍的《大人先生传》、柳宗元的《种树郭橐驼传》、苏轼的《赤壁赋》等。郑振铎曾评价"《大人先生传》则为其自传,其哲思几全在于传里"①。这些玄思文学对后世的小说创作产生一定的影响。其中,哲思散文中对世人影响最大的是《论语》。《论语》是一部思想著作,在文体上可以归入哲理散文。《论语》是孔子的言行录,记录者为其门徒,尽管有不少内容为后来的整理与添加,但依然不失真实性。它采取记言记事的方式表达和阐发孔子的思想,这种对话体的方式,为后世的思想学术著作以及小说叙事提供了范本。在表达思想时,《论语》并没完整地记载孔子一生经历,甚至无意于完整记录孔子所经历的某一件事。其中的只言片语只是精神和思想的载体,描述场景和事件不是目的,表情达意才是根本。

《孟子》也是一部关于孟子的言行录,但孟子善辩,故和《论语》相比,更具论辩色彩,才气很旺,巧于取譬。不仅如此,其更注重理论性,在言行记录的篇幅上,章节文字不再限于片段,而是更加讲究理论体系和论证的逻辑。中国叙事文学传统,从一开始就有写实和写意两种艺术表现方式。写实注意故事情节的完整和人物形象的逼真以及细节设置的周到合理,而写意则不注重情节,注重意境和旨趣,表现出一定的诗化、散文化、哲理化倾向。我们若把完整描述人物事件的记叙称为"写实性"记叙的话,诸如《论语》《孟子》这种重于表达和阐发思想的记叙可称为"写意性"记叙。很显然,小说走的是写实的路子,但在漫长的发展过程中,作家逐渐意识到写意的艺术精神对写实的叙事能产生更加微妙的艺术效果,于是在中国文学史上,形成了小说散文化、哲思化的倾向。

---

① 郑振铎:《插图本中国文学史》(第 1 册第 12 章),北京:人民文学出版社,1957 年,第163 页。

哲思化小说的形成不仅与诸子散文中的哲理追求有关,若向中国传统资源作深度开掘,还受到诸如文、史、哲不分家的文学传统、笔记小说的片段形式与随笔思考方式、"讲史"的历史评定立场等因素的影响。尤其在当代文坛上,笔记体小说的问世就是小说哲思化的结果与外化。中国和西方的文学传统存在质的区别,西方小说来源于《荷马史诗》和戏剧,从一开始就很讲究叙事性,重视故事与结构,反对情节的枝蔓与淡化,而中国长篇起源于"讲史",所谓"讲史书者,谓讲说《通鉴》、汉、唐历代书史文传兴废争战之事"①,据"讲史"整理而成的平话则变成了章回体长篇小说的初级形态,讲述历史,评说历史人物功过成了作品的主旨所在。而且,中国民众向来对历史有着浓厚的兴趣,即使是粗略识字之人,也都有了解历史的愿望。而"历史"本身就包含着一定的立场价值与历史评定,这就意味着中国长篇小说从一开始就负载着哲理与思想的内核,故事只是思想的载体与外壳。

哲思玄想乃中国文化、文学之传统,尤其进入20世纪,中国文学出现了鲜明的哲思化倾向。刘小枫也认为"中国文学、诗歌、戏剧愈来愈哲学化",但他将这种文学现象的出现归因于西方思潮的影响,认为"表现主义的诗文,存在主义的小说,荒诞派的戏剧等都成了哲理玄思"②。其实,西方思潮的影响是外因,中国古代绵长的玄思思维和玄思文学传统的渗透则是内因,二者合力促使中国现当代文坛长篇哲思体小说的出现。很显然,从写作的难度与技巧的要求来说,哲思体小说的写作难度较高。盘点新时期以来哲思体或哲思化倾向的小说,作品数量并不多。大致数来,有张承志的《金牧场》和《心灵史》、徐小斌的《敦煌遗梦》、史铁生的《务虚笔记》和《我的丁一之旅》、韩少功的《马桥词典》和《暗示》、刘恪的《城与市》、王蒙的《尴尬风流》、宁肯的《天葬》和《三个三重奏》、姜戎的《狼图腾》等。在这些小说中,一个鲜明的特征就是作者在行文过程中融入了深刻的思考,思考的内容与中国古代哲学的中心问题相关联。如从表象上看《敦煌遗梦》是一部爱情小说,但将其放置在佛教的背景之下,作者在文中植入大量佛教诸神及其教义的考订和梳理,引出了一些佛教的人生哲理。在作品中,哲理性分析与议论俯拾即是,如作品中贯穿始终关于爱与自由的悖论,萨特认为爱是一个枉费心机的企图,这个企图就是占有一个自由,恋人们想被自由

① 胡士莹:《话本小说概论》,北京:中华书局,1980年,第103页。
② 刘小枫:《诗化哲学》,上海:华东师范大学出版社,2007年,第155页。

所爱,却又要求这个自由是不自由的自由,于是由这个哲理引发出主人公对佛家哲学的"怨憎会,爱别离,求不得"的顿悟。如《天葬》,作为一部智性书写,主要表达两个智者围绕西方哲学与西藏佛教而进行的一场形而上的对话,同时还运用"注释"的表现形式,通过人物的对话展示了从哲学视角切入的西藏,因为注释的评议或补充解释功能,这里的每个人物都有说话的欲望,每个人都是富于雄辩的,他们抓住一切机会表达着对西方哲学、西藏佛教以及中西文化冲突的智性思考,使小说浸染着对西藏的历史、宗教、文化以及大自然的一草一木近乎神性的膜拜。故面对这本被外界称为"天书"的智慧文本,有评者认为其"迫使读者在当下这种世俗和物欲充斥的世界里思考生存、肉身和灵魂、生与死的意义及可能"①。而《尴尬风流》的哲思所在,正如书面所宣:"作者笔下的老王,思索了大量玄学,均系'天问'。问而无解,所以尴尬;既然无解,索性放下,于是风流。"

"形式并不是内容的外衣与载体,形式本身就是内容,或者说形式是一种更为深刻的内容。新形式产生的同时也意味着作家笔下生活呈现出另一种面貌。"②为了表达形而上的哲思,作家们创造了多种表达形式。如《心灵史》文史哲不分家的史诗体、《务虚笔记》《我的丁一之旅》《尴尬风流》的笔记体、《马桥词典》的词典体、《女人传》和《城与市》的跨文体、《天葬》和《三个三重奏》的注释体、《狼图腾》的"文备众体"等。这些文体形式中,"注释体"最契合哲思体的玄思表达。如《三个三重奏》借助一个独特的叙述者和注释的功能,打开了关于反腐叙事的另种空间。在这个空间里,有作者对充满"体悟、理想、人文、心灵、情感的80年代的深情回望与无限缅怀"③,有作者"对当下知识分子近乎自恋的莫名优越感的反讽,还有对政治、权力、财富、人性以及年龄、青春、性爱等形而上的哲学思考"④。所以,《三个三重奏》是注释体的集大成者,其完美融合故事性、思想性与艺术性,突显出小说理论化、学术化、哲思化倾向。

总之,中国长篇历经千余年的发展,曾全盘"西化"过,也曾全盘否定老祖宗

<hr/>

① 李浩:《创造之书,智慧之书——由宁肯〈天·藏〉引出的话题》,《小说评论》2011年第1期。
② 格非:《小说叙事研究》,北京:清华大学出版社,2002年,第78页。
③ 项静:《想象大地上的陨石——宁肯的〈三个三重奏〉》,《上海文化》2014年第9期。
④ 见笔者《新时期以来长篇小说的注释叙事——以〈三个三重奏〉为中心》,《宁夏社会科学》2015年第4期。

过,到了当下,一切喧嚣开始沉寂。当我们理性梳理新时期以来所出现的诸如并置、笔记体以及寓言化、哲思化等或"西化"或"返祖"的文体现象时,会发现这些文体革新现象的生成并不是单一地由某种因素促成,其中,不仅有西方文艺思潮的影响,也有中国本土古典文学资源的渗透,再加上作者本人的审美倾向、时代以及读者的审美需求等,作家巧妙地将这些观点与技巧相融合,从而使长篇小说的文体发展进入一个全新的探索时期。

第三章　文类的等级、界限与文体的自律转化

　　纵向梳理析20世纪后20年长篇创作中的文体革新现象,从80年代初期开始,就出现了如《金牧场》的散文化、《心灵史》的著述化、《尘埃落定》的诗化、《大气功师》的专题化、《苍河白日梦》的日记体等"文类互融"或"用非小说的形式写小说"的现象。对于这些文体现象的成因,我们似乎也可从中西方文学资源中寻得依据,如后现代主义的"解构""反叛"理念与多文类互融的渊源联系,如巴赫金的"杂语性""复调"理念与文类杂糅的可能性存在,如现代、后现代主义的"向内转""思想力"倾向与"日记体""著述化"的出现,如中国古笔记小说、古典玄思传统以及实用文形式对"散文化""随笔体""方志体"等的文体影响等。但是,"艺术的发展,并非全然得益于新的技法与思潮的出现,其中还有着艺术自身发展的规律,而真正推动艺术向前发展,决定艺术发展轨迹的,在某种程度上说,其决定因素往往是艺术自身的发展规律"①。文体的发展既要受到社会文化语境以及作家主体心理因素等的影响,同时也受着文学话语自身规律的制约。而在文类内部的自律发展中,文类的等级以及界限的存在又成为导致文类发生变异的主要因素。一时代有一时代之文类,同一时代各文类之间因多重因素的存在使其不可避免存有等级之分,不同时代同一文类又因多重因素而呈动态变化状态。扫描新时期以来长篇小说的文类发展现状,我们可从其"时代中心文类"地位的确立中窥出长篇小说的文类自足与文体自信,这种文类优势使得作家在创作中敢于打破各种文类界限,形成不容忽视的"文类互融"现象。故在此采用中国文化诗学的方法,侧重从内视角出发,将文体纳入文类的理论

---

　　① 韩玺吾:《古典小说的发展路向及其对当代小说的影响》,《黄冈师范学院学报》2007年第4期。

范畴,从文类的等级变迁以及界限破立中窥探"文类互融"现象的镜像及可能动力机制。

第一节　文类等级、界限与文类的发展

一、文类等级及长篇小说中心地位的确立

正因文类的包涵性,我国古代文类分类繁芜,整体上在"文变染乎世情,兴废系乎时序"的观念伴随下,由诗、文、词、曲、小说这样的发展顺序构成。而到了当下,文类空前繁荣,如诗歌、小说、散文、戏剧、杂文、小品文、报告文学、科幻小说、手机小说、小小说等。当然,当下约定俗成的文类排序是诗歌、小说、散文、戏剧等,毫无疑问,小说由古代的末位上升到当下的主流,足显文类的等级性和动态性特征。

文类作为一种客观存在,彼此之间本应没有高低贵贱之分,但我们必须接受一个事实,"从历史的角度说,文类总具有等级"①。纵览中西文学史,随着时代的变迁以及文学观点的更易,诗歌、小说、散文、戏剧等文类都曾占据过等级之巅。尤其在中国古文论史中,我们不难发现诗、文始终处于文类等级较高的位置,而词、曲、小说位于文类的底层。而在古代整个文学发展过程中,诗经、楚辞、汉赋、唐诗、宋词、元曲、明清小说的艺术形式流变轨迹也正是文类等级首席轮流坐的体现。

到底是哪些原因促成文类的等级? 首先来自创作主体的"自贵"心理。我们可从《庄子》的"以道观之,物无贵贱;以物观之,自贵而相贱;以俗观之,贵贱不在己"②中获得启发。从"存在即合理"的"道"看,文类作为一种客观存在的"物",都是人们认识和把握世界的艺术方式,都是创作主体精神世界的外现,其互相之间应是平等的,但创作主体一种本能的"自贵"而嫌弃"他者之贵"的心理导致人为的文类等级现象出现。持有类似观点的还有曹丕,其在《典论·论

---

① [美]厄尔·迈纳:《比较诗学:文学理论的跨文化研究札记》,王宇根等译,北京:中央编译出版社,1998 年,第 333 页。

② 《庄子·外篇·秋水》,《庄子今注今译》,陈鼓应注释,北京:中华书局,1983 年,第420 页。

文》中提到"夫人善于自见,而文非一体,鲜能备善,是以各以所长,相轻所短",言即每个人都有自己喜好的文体,每个人都以为自己所擅长的那一文类最好。

若将"物"放在俗世环境中,文类会在政治、经济、文化、历史、审美接受等外在"俗"因素的合力作用下,形成高低优劣的等级。但在这众多因素中,政治因素应摆在首位。正如有论者所言,"把文学类型分出高低贵贱,究其原因,恐怕主要是一种社会等级制度、等级观点在文体领域内的反映"①。在中西文学史上,文学与主流意识形态之间的纠缠关系贯穿始终。不无夸张地说,还没有哪个朝代的文学能完全独立于主流意识形态的掌控之外,尤其是那种能够成为较高级别的文类。文类在发挥自己审美功能的同时,必然要担负起一定的政治宣传或载道功能。在这里,且以中国古代文类等级的变迁为例。在中国古文类传统中,诗和文一直处于较高文类等级,而词、曲、小说等始终处于底层,甚至被置于禁毁之列。《四库全书》总目作为代表中国封建社会的主流正统文学批评总纲,评价词曲类为"词曲二体在文章、技艺之间,厥品颇卑,作者弗贵,特才华之士以绮语相高耳"②。关于词的末流之位,还有一种经典说法即"词于不朽之业,最为小乘"③。之所以将诗置于最高位置,是缘于统治阶级看中其"发乎情,至乎礼义"的"温柔、敦厚"的道德教化功能,使诗成为"经夫妇,成孝敬,厚人伦,美教化,移风俗"④的宣扬封建伦理纲常的文类。文在统治阶级眼中所扮演的角色也是如此。"文"和"道"的关系一直是中国古代文论的一个重要范畴。早在先秦时期老子就提出"道可道,非常道;名可名,非常名",这里的"道"指自然万物的规律。中国自唐柳宗元开始提倡"文以明道",强调"辅世及物",此处的"道"是针对六朝浮艳靡弱的文风而提出的"言之有物"。但随着历史的发展,到了宋明理学家那里,"道"则变成了统治阶级宣扬的"三纲五常","文以载道"中的"文"成了统治阶级的教化工具。而同时代的其他诸如词、曲、小说主要用于表达朝廷之外的民间生活,在统治阶级眼中则是异端,尤其像《西厢记》《牡丹亭》这样的戏剧,像《水浒传》《红楼梦》这样的小说,在"存天理,灭人欲"的道

---

① 钱仓水:《文体分类学》,南京:江苏教育出版社,1992年,第37页。

② 《四库全书总目》(卷198),北京:中华书局,1995年,第1807页。

③ (明)俞彦:《爰园词话·词得与诗并存之故》,见唐圭璋编,《词话丛编》(一),北京:中华书局,1986年,第3587页。

④ 《毛诗大序》,《四库全书·经部·诗序卷上》(69册),(汉)毛亨传、郑玄笺,(唐)孔颖达疏、陆德明音义,上海:上海古籍出版社,1987年,第4页。

学家眼中,都属于应该禁毁的对象之列。可见,当权统治阶级的意识形态是影响文类等级最重要的一个因素。

诸多外在"俗"的因素影响了文类的等级,对此,韦勒克、沃伦也认为:"文类的等级应该说是一个社会的、道德的、审美的、享乐的和传统的性质的混合体。"①"社会、道德、享乐"等因素与意识形态存有直接关联,相对而言,"审美"因素虽与意识形态之间存有一定关联,但并不紧密,它是每个时代占据主导方向的文学观、接受观等的集中体现。并且,任何文学审美观的形成都要依附于具体的文类,反过来,形成一定影响力的文学观又会左右文类的生存状况。可见审美观是疏离于意识形态、影响文类等级的另一重要因素。这在中西文学史上也能找到例证,如在明朝,由于"性灵说""童心说"等强调个人性情自然流露的文学观的提出,大家皆认为戏曲、小说等文类是高级文类,故时有论者王骥德说"诗不如词,词不如曲,故是渐近人情"②。而在西方,如随着现实主义文艺思潮的盛行,追求思想容量和生活厚度的长篇小说自然赢得大家的青睐。左拉认为"如果说17世纪曾是戏剧的世纪,那么19世纪将是小说的世纪"③,别林斯基也说"长篇和中篇现在居于其他一切类别的诗的首位,把文学的一切其他类别不是整个排挤掉,就是推到了末位"④。

在中西文学史上,文类等级秩序从来都不是一成不变的。随着时代的变迁、经济的发展以及人们审美趣味、创作主体文学观的转变,既定的文类等级始终处于不断调整之中。长篇小说作为有着千余年发展历史的文类,进入新时期以后,其在文类等级秩序中处于什么样的位置?下文将结合时代特点,以庄子的"以俗观之,贵贱不在己"为切入点分析其在当下文界所处的等级位置。

根据文类的概括性大小,陶东风将文体⑤分为个体文体、时代文体、民族文体和文类文体四种。所谓时代文体是指"在一个时代占主导地位,最能反映该

---

① [美]韦勒克 沃伦:《文学理论》,刘象愚等译,北京:三联书店,1984年,第262页。

② (明)王骥德:《曲律》,见《中国古曲戏曲论著集成》(第4卷),北京:中国戏剧出版社,1959年,第290页。

③ [法]左拉:《戏剧中的自然主义》,见周靖波主编:《西方剧论选》(上下),北京:北京广播学院出版社,2003年,第436页。

④ [俄]别林斯基:《别林斯基论文学》,别列金娜选辑,梁真译,上海:新文艺出版社,1958年,第200页。

⑤ 此处的文体指文类,不仅言指形式范畴,也包括主题、题材等内容范畴。

时代艺术精神结构的文体"①,而个体文体则由单个的作品文体或作家文体构成。很显然,时代文体是由无数个作家或作品的个体文体构成,反过来,无数个性不一的个体文体并不会消融在时代文体之中,他们之间依然是包涵与被包涵的关系。正如韦勒克所言,"没有色彩各异的个体文体,时代与民族文体就不复存在,或成为一个空洞的虚假概念"②。一种文体若想在所处时代占据主导地位,从文体本体意义上来讲,必须拥有众多具有一定特质的个体文体存在,从文体生成的外在机制上来讲,必须具有一定量的文本出版,需要创作主体的高度关注以及出版媒介、作品接受、国家主流意识的引导等接受因素的介入,才能在多方合力下反映该时代的艺术精神结构。以此观照新时期以来长篇小说的生存发展境遇,其在国家主流意识的引导下,在出版界、影视界以及学界和读者的合力关注下,在创作主体的自主追求和文学观的转变中,逐渐以高产量、高销量、高参与度而成为"时代第一文体"。

关于新时期以来出现"长篇小说热"的因由,朱向前曾提出"三级加温说"③。笔者认为在此基础上稍作拓展可窥出新时期以来20余年长篇小说成为"时代中心文类"的因由。

一则缘于国家主流意识形态的引导。吴俊认为"长篇小说的文体政治性最强,特别重视贯彻国家主流意识形态"④。长篇小说本身所具有的"史诗"特质以及"教化"功能使其在国家宏大叙事方面大显身手,50、60年代长篇小说的兴盛便是明证。即便"文革"时期,长篇小说呈现出异乎寻常的旺盛势头,但当时的每部作品都是国家意志的典型注脚。到了长篇小说发展极其成熟的当下,主

---

① 陶东风:《文体演变及其文化意味》,昆明:云南人民出版社,1994年,第7页。
② [美]韦勒克 沃伦:《文学理论》,刘象愚等译,北京:三联书店,1984年,第199页。
③ 该观点认为一级加温是90年代初一批思想和艺术都比较成熟的作家经过80年代创作实践的积累开始出现文坛;二级加温是1993年前后的"陕军东征"和"布老虎"出山,成功的市场运作使作家名利双收;三级加温是有关政府部门的号召。(古复兴 朱向前:《短篇小说的困境和出路》,《小说选刊》1997年第11期。)
④ 吴俊:《长篇小说的视角:六十年文学反思之一》,见中国作协创研部编:《长篇小说艺术论》,北京:作家出版社,2013年,第98页。

流意识形态的制约虽没有之前那么强势,但其还是以制定政策、设置奖项①等方式引导着长篇小说的发展。

二则缘于市场经济下各方既得利益者的合谋。从1978年国家实行改革开放以来,历经十几年的摸索,1992年正式推行市场经济体制。这种由市场和消费者说了算的经济运转模式为中国经济发展带来了翻天覆地的新变化,却对在计划经济体制内过惯了养尊处优生活的文艺机构提出严峻的挑战,新体制下作品的出版与发行、杂志的生存、机构的地位等皆由市场来评判。为了存活,出版社、文学期刊、影视界在选题、栏目设置、奖项设置等方面联袂出手,将长篇小说推向时代的前台。一是专为长篇设置的各种民间奖项评奖或排行榜活动,定期为大众推出有影响力的作家,如庄重文青年文学奖、大众文学奖、冯牧文学奖、老舍文学奖、"大家·红河"文学奖、中国小说学会年度长中短篇小说排行榜、华语传媒大奖、姚雪垠长篇历史小说奖、《当代》长篇小说年度最佳奖等,作家只要在其中任何一个奖项里获奖,都会引起评论界、影视界、媒体的关注。二是获奖作品的影视化。据不完全统计,在第一至八届茅盾文学奖获奖作品中,有近一半以上的作品被改成影视剧。作品获奖已产生一夜成名的效果,再加上这点石成金的影视改编,更让获奖作家作品家喻户晓。三是出版界和期刊杂志的重磅出击。随着国家市场经济的放开,国家出版机构激增,竞争很激烈。"据统计,2000年全国共有图书出版社五百六十五家,从业人员五万人,书刊印刷定点企业一千余家,从业人员二十九万。"②这些数据依然无法精准到位,但林立的出版机构和文学期刊的生存与长篇小说的创作息息相关。为了各自利益,他们和媒界、评论界合谋,不断制造新闻事件让长篇小说成为关注焦点。如1992年华艺出版社推出《中国当代著名作家新作大系》和长江文艺出版社推出的《跨世纪文

---

① 1982年国内首届茅盾文学奖开评。茅盾文学奖是国内唯一专为长篇设立的文学奖。中国作协作为官方的专门文学创作机构,代表着国家的意志和立场,这可从其评奖标准设置中窥见一斑,关键词"思想性""中国作风""中国气派"就体现着党中央对长篇小说在宏大主题以及国家民族意识等的重视。1992年,中宣部组织精神文明建设"五个一工程"评选活动,其评选标准和茅盾文学奖如出一辙,较之前者,更侧重于舆论引导功能,对艺术性的要求放在其次。上述两个奖项的设置将长篇小说从文坛边缘拉至中心,在各种合力影响下,1993年被文坛称为"长篇年",1995年党中央又提出抓好文艺创作"三大件"的政策即长篇小说、儿童文学、影视文学,并将长篇小说作为"重中之重"来抓,而影视文学在某种程度上和长篇小说是孪生关系,这种政策性导向再次将长篇小说推至时代文学的中心。

② 赵玉忠:《文化市场概论》,北京:中国时代经济出版社,2004年,第85页。

丛》，在读者群中产生很大影响。1993 年的"陕军东征"①和"先锋长篇小说丛书"②的策划，使得 1993 年成为"长篇小说年"。

三则缘于创作主体的表达需求与长篇"自贵"情结。众作家之所以对长篇倍加青睐，除了上述外在的"俗"因素，与作家内在的情感表达以及长篇"自贵"情结有关。一个好的作家首先应是一个思想家、哲学家，其次才是作家、艺术家。在当下，信息化、数字化、科技化把人们带到了一个全新的世界，在这个世界里，人和人之间的物理距离越来越逼仄，心理距离却越来越遥远，"共名时代"的整齐划一已一去不返，"无名状态"的个体反思已成常态。一方面人们在物质生活上要有尽有，任性自由，另一方面却天天面对"真情缺失、友爱难求、诚信危机、贞操淡薄、贪污腐败"③而忧心忡忡，无以排遣。而这些，对于有一定反思力和责任感的作家而言，在如此自由开放的写作语境中，面对不堪的现实发表自己的看法，已成他们的本能选择与应有职责。而在文类选择上，若想淋漓尽致地表现长河般的现实生活或历史往事，中短篇小说显然不合适，而极具虚构性、史诗性、兼容性和思想性的长篇小说正好为作家提供施展手脚的舞台。对于在中短篇创作上训练有素的作家来说，为了进一步证实自己的艺术功力，也是为了进一步表示对长篇小说的钟爱，写出让自己满意的长篇成了他们的必然追求。正如雷达所言，"作家们普遍觉得长篇重要，不弄出几部砖头一样厚的东西将来当枕头，大作家的形象就树不起来"④。

四则缘于读者对长篇小说的审美接受。随着高等教育普及化，当下读者的文化层次在逐步提高，而微信、微博、论坛、QQ 群等各种网络平台的出现使读者接受文化信息的渠道也在逐步增多。文化层次的提高、获取信息的便捷、写作方式的多元使得每个人都是写手，每个人都有可能成为作家，"全民写作"的时代已然来临。但正因为写作的门槛变低，导致快餐化、碎片化写作成为常态，读

---

① 1993 年 5 月 25 日在《光明日报》以《文坛盛赞——陕军东征》为题，报道陕西作家引起文坛轰动的四部长篇即《最后一个匈奴》《八里情仇》《废都》和《白鹿原》。很快，在文坛形成了"陕军东征""陕军三驾马车"的文学符号。

② 1993 年花城出版社推出"先锋长篇小说丛书"，包括格非的《敌人》、苏童的《我的帝王生涯》、余华的《在细雨中呼喊》、孙甘露的《呼吸》、吕新的《抚摸》、北村的《施洗的河》，使"先锋"与"长篇小说文体形式"再次进入大家视野。

③ 雷达：《新世纪文学的精神生态》，《解放日报》2007 年 1 月 21 日。

④ 雷达：《原创力的匮乏、焦虑和拯救》，《文学报》2008 年 10 月 16 日。

者在这种片段式、割裂式的文字浸泡中,正如江晓原所言:"我对人类的总体智慧是有信心的。可至少在一部分人那里,碎片化的阅读会'矮化'他们的文化。"①久而久之,也会让读者觉出精神上超乎寻常的不解渴,于是寻求精神之援的眼光自然转向文学作品。而一部优秀的长篇通过内化的方式与作者的心灵发生碰撞,能产生审美、娱乐、启迪、感化等多元功能。而在诸多功能中,思想启迪是长篇小说的基本功能。一言之,对人类的反思以及终极追问是长篇小说的灵魂,反思人生的意义与价值也是人类的一种本能。正因如此,人类越进步,社会越发达,人们对精神文明的思考越透彻,对世界的本原探知越强烈,长篇小说"时代中心文类"的地位就越巩固。

长篇小说因受各种"俗"的外在因素以及创作主体"自贵"的内在因素的影响而位居时代文类之首,这种中心地位会对长篇小说的文体发展产生怎样的影响? 若想厘清这个问题还得回到文类范畴,从文类的界限以及破立中窥见文类内部演变发展的可能机制。

二、文类的界限与融合

文类的客观存在则昭示着文类之间不同身份的认同,而不同文类的命名本身也是对文类之间客观存在界限的一种形式认可。从此表征看,文类之间的界限客观存在,而从文学创作的终极目标以及文学理论研究的根基来看,文类之间也必须存在严格界限。

首先从文类表情达意的功能来看。文类都是用来表达人类情感的,都有着不同的实用或审美功能,选择不同文类自然会产生不同的表达效果,如诗歌用以"言志"、小说用以"娱乐"和"教化"、文章用以"载道"、史传用以"记录历史"等,功能不同,自然会使不同文类之间存在一定界限与区别。即便是同一文类,随着时代的变迁以及情感表达的需要也会产生变异。巴赫金在谈到新旧文类关系时就指出文类之间界限的客观存在,他认为"没有一种新的艺术体裁能取消和替代原有的体裁,因为每一种体裁都有自己主要的生存领域,在这个领域

---

① 胡珉琦:《被微信撕碎的生活》,《社会科学报》2015 年 1 月 2 日。

中它是无可替代的"①。

其次从文学理论研究的需要来看。王国维认为"一代有一代之文学"②,这里的文学也可理解成文类,其实是对中西文学史演变的形象概括,如西方从古希腊罗马到文艺复兴、新古典主义,再到启蒙主义、浪漫主义、现实主义、现代主义、后现代主义等不同文学发展阶段,出现了相对应的诸如《荷马史诗》、悲剧、喜剧、悲喜剧、正剧、田园诗、爱情诗、意识流小说、荒诞派戏剧、现代主义文学、后现代主义文学等文类。而中国则从古至今出现了诸如诗、乐府、赋、杂剧、传奇、话本、章回小说、白话诗、朦胧诗、先锋小说等系列文类,这些文类的存在直接勾勒了一部文类史,如果没有文类界限的存在,新的文类身份无法得以确认,文学史的历史性将不会存在,整个理论研究也将变成无根之木。正如有学者所言:"分类是文学史学科的基础。我们必须分类,否则我们会陷入一堆没有关联的个别文本而无法去理解它们。"③

文类之间的界限客观存在,但这种界限却并不如我们想象的那般严明与恒定,这可从文类的产生起源及发展中寻得依据。任何一种新的文类的产生都与相关的旧的文类传统存在关联,如在中国文类史上,"四言敝而有《楚辞》,《楚辞》敝而有五言,五言敝而有七言,古诗敝而有律绝,律绝敝而有词"④。诗由三言、四言再到五言、七言,发展到一定程度,"诗之余"就成了长短不一的"词"。如果没有诗的存在,词也不会很突兀地出现,正可谓"诗词同工而异曲,共源而分派"⑤,"词不同乎诗而后佳,然词不离乎诗方雅"⑥。再如其他文类,如"楚骚乃《雅》《颂》之博徒,而辞赋之英杰也"⑦,如诗文乃"言之成章者为文,文之成声

---

① ［苏］巴赫金:《陀思妥耶夫斯基诗学问题》,见《巴赫金全集》(第5卷),白春仁等译,石家庄:河北教育出版社,1998年,第361—362页。
② 王国维:《宋元戏曲史·自序》,南京:江苏文艺出版社,2007年。
③ 参见陈军:《文类基本问题研究》,北京:北京大学出版社,2013年,第119页。
④ 王国维:《人间词话》(上卷),上海:上海古籍出版社,1998年,第13页。
⑤ (明)杨慎:《词品·序》,见《渚山堂词话·词品》,王幼安点校,北京:人民文学出版社,1960年,第41页。
⑥ (清)查礼:《铜鼓书堂词话·施岳词》,见唐圭璋编:《词话丛编》(二),北京:中华书局,1986年,第1482页。
⑦ (梁)刘勰:《文心雕龙译注(上)·辨骚》,陆侃如、牟世金译注,济南:齐鲁书社,1981年,第48页。

者则为诗"①。由此可见,中国古代文类的发展从主线上看极其讲究传承性与关联性,而在西方学者眼中,他们除了肯定文类之间的传承性与关联性之外,还注意到文类之间的变异性,如有论者认为"一种文类不能独立存在;它与其他文类之间产生竞争、对比、补充、争论和关联"②。托多罗夫认为:"一个新体裁总是一个或几个旧体裁的变形。"③杰米尔逊则认为:"历史地看,特定文类是从先前文类而来,杂交文类是从存在的文类创造出来的。"④苏联美学家也认为"每一种体裁都有客观的界限,并且不同体裁有'杂交'的客观可能性"⑤。

文类的功能以及对文类史的理论研究决定着文类界限的客观存在,但文类的发展又决定着文类界限的模糊存在。客观界限和模糊存在合在一起促成了文类界限有无相济、互相缠绕的特征。正是这相悖的特征在一定程度上影响了文类自身的生存与发展,也直接影响着创作主体的文学创作。

首先文类之间的界限有利于创作主体加深对各文类的认识,进而选择适合自己的文类。巴赫金说"每一种体裁都拥有只有它自己才能掌握的认识和理解现实的独特方法和手段,每一种体裁只擅长掌握现实的某些特定方面,它具有特定的扬弃原则、特定的认识和理解这一现实的形式以及一定程度的概括广度和认识深度"⑥。对此,古今学者、作家皆有自己深刻的认识,刘勰提出"昭体,故意新而不乱"⑦,强调了辨识文类的重要性。胡适提出文类选择对于创作者的重要性,他认为"有了材料,先须看这些材料该用做小诗? 还是做长歌? 该用做章回小说? 还是做短篇小说? 筹划定了,方可剪下那些可用的材料,去掉那些

---

① （明）李东阳:《怀麓堂集》卷六四《艳翁家藏集序》,见《四库全书·集部六》第1250册,上海:上海古籍出版社,1987年,第668页。

② 参见陈军:《文类基本问题研究》,北京:北京大学出版社,2013年,第121页。

③ ［法］托多罗夫:《体裁的由来》,见《巴赫金对话理论及其他》,蒋子华等译,天津:百花文艺出版社,2001年,第24页。

④ 参见陈军:《文类基本问题研究》,北京:北京大学出版社,2013年,第121页。

⑤ ［苏］莫·卡冈:《艺术形态学》,凌继尧、金亚娜译,北京:三联书店,1986年,第174页。

⑥ ［苏］巴赫金:《文艺学中的形式方法》,邓勇等译,北京:中国文联出版公司,1992年,第192－195页。

⑦ （梁）刘勰:《文心雕龙译注(下)·定势》,陆侃如、牟世金译注,济南:齐鲁社,1982年,第130页。

不中用的材料"①。不同气质禀赋、知识结构、审美追求和情感表达的创作主体，会结合自己的情况选择不同的文类。

其次，文类界限的模糊性所产生的艺术效果也会影响到创作主体的审美追求。虽然在各种文类领域中都有极其成功的实践者，但事实上，在每个作家最擅长的文类背后，都有着其融会贯通其他多种文类的综合训练。如享有"人民艺术家"盛誉、擅长中长篇兼话剧的作家老舍就是一个多面手，他坦承对多种文类的喜好对其写作产生的影响，"我学过写旧体诗。虽到如今还没有写好旧诗，可是那些平仄、韵律的练习却使我写散文的时候得到好处，使我写通俗韵文的时候得到好处"②。他还坦承，"我写过小说，这对于我创造戏剧中的人物大有帮助"③。一个作家因为精通多种文类，可以着手创作多种文类。与此同时，一个作家因为精通多种文类，还可以尝试着在同一个文类中融合多种文类，这种现象在当下作家创作中并不少见。

质言之，文类之间的界限客观存在，但由于文类的等级、文体自身的发展以及创作主体"自贵而相贱"心理等的影响，在文类发展过程中，打破界限，促成彼此间的模糊性与互融性则是文类自身发展过程中的一种必然现象。而长篇小说历经千余年的发展，目前已跃居"时代中心文类"地位，其在漫长的发展过程中出现"文类互融"现象则是符合文类自身发展规律的一种必然。

第二节　长篇小说的"文类互融"现象

扫描新时期以来长篇创作中所出现的文体革新现象，则发现醒目地存在着"文类互融"现象。依据互融程度和外在的呈现样态，我们且将小说与其他文类的互融形态分成文备众体、文体互渗、跨文体三种类型④。其中，文备众体意指在小说中插入诸如诗歌、小说、议论、日记等文体，小说最终呈现为主导性文体，

---

① 胡适：《建设的文学革命论》，见《胡适论文学》，夏晓虹编，合肥：安徽教育出版社，2006年，第24页。

② 舒济编：《老舍讲演录》，北京：三联书店，1991年，第109页。

③ 舒济编：《老舍讲演录》，北京：三联书店，1991年，第163页。

④ 关于"文类互融"现象的三种类型划分是笔者的一种提法，具体内容详见笔者《论莫言长篇小说的"跨"体书写》，《小说评论》2015年第4期。

插入文体与小说以及互相之间并未产生实质性的互融效果,新的文体并没产生。从本质上看,文备众体只是各文类之间"量"的镶嵌。自唐至今,极具中国传统文学特色的"文备众体"手法在创作中极受作家的欢迎,但本论文重点研究"文备众体"作为传统的文体现象,较之过去所做的拓新以及新产生的文体效果。文体互渗意指小说与另一种文类渗透交融,在外在形态上小说依然为主导性文类,但因互融了新的文类而创造性地形成一种样态即"小说的某某化"或"某某体小说"。跨文体意指在小说中插入两种及以上文类,这些文类互相融合,根据融合的和谐程度,最终呈现为两种可能样态,一种从根本上解构了小说的基本要素,变成了"四不像"式拼贴材料,其主导文类身份得以消解;另一种则有机融合各种文类,使小说成为"多棱镜"式新文类,其主导文类身份受到冲击,但依然存在。文体互渗属于文类变易中"质"的渐变,跨文体则属于文类变易中"质"的突变。目前学界鲜有论者系统关注这些"文类互融"现象,故从文类发展的内在视角探究"文类互融"现象的历史由来、厘清概念释义,爬梳演变镜像,挖掘现象背后的规律,并对其未来发展趋向做出评判,这对于长篇小说的创作及文体研究不失为一次有意义的跋涉。

1. "文类互融"现象之一:文备众体

"文备众体"是中国古代小说最鲜明的文体特征之一。据相关记载,最早在魏晋南北朝的志怪小说中就可见诗词的片段。而论及"文备众体"的起源,目前学界普遍认同最早提出者为宋人赵彦卫,他在《云麓漫钞》(卷八)中有着一段经典的论述:"唐之举人,先借当世显人以姓名达之主司,然后以所业投献。逾数日又投,谓之温卷。如《幽怪录》《传奇》等皆是也。盖此等文备众体,可以见史才、诗笔、议论。"①唐传奇的研究者皆视这段论述为不移之论,基本认同唐传奇在"史传""诗骚"传统影响下所具有"史才、诗笔、议论"的艺术体制和功能。如有学者认为"'史才'就是用史家写传记的笔法写小说。'诗笔'就是在叙事文学中融合诗歌,从广义上来说,还包括赋和骈文。至于'议论',则只是'史才'的一个组成部分,模拟《左传》的君子曰、《史记》的太史公曰,显示其继承的是史家的传统"②。陈平原先生也认为"史才并非只指实录或史识,而是叙事能

---

① (宋)赵彦卫:《云麓漫钞》,北京:中华书局,1996年,第135页。

② 程毅中:《文备众体的唐代传奇》,北京:中共中央党校出版社,1994年,第80页。

力"①。还有学者认为"'史才'借鉴了纪传体的写法;'诗笔'除了以骈体描写景物外,主要指唐传奇的抒情性,用诗的手法写小说,从而形成诗化小说的特点;'议论'是指作者在讲述故事中的主观评论"②。也有学者认为"并不是所有作品中都有诗,一些著名作品如《任氏传》《南柯太守传》《李娃传》《无双传》等都没有诗,赵彦卫说的'诗笔'应作广义的理解,应指诗意"③。杨义先生则指出"要见史才不妨著史,要见议论不妨写子书,中国早期小说就是从子和史中异化独立出来的。唐人的贡献在于用的是'诗笔',从而使子、史因素,使史才、议论在新的小说体式中诗化了"④。综合众论者所述,可见唐传奇的"文备众体"在一定程度上展示了作者在史学、文学、子学等方面的才华和学识,在艺术体制上相应承担起叙事、审美、立意等小说功能,意味着小说具有史传化、诗化和哲思化等倾向。

作为一种文体现象,不仅创作者热衷运用,文论者对其也比较关注。如有古文论者在《中国古代小说的文备众体》中分析了古代小说"文备众体"的优与劣,更多论者研究了传奇、宋元明清小说乃至骈体小说、才情小说等"文备众体"的文体特征。这些研究成果极大程度地还原了古典小说"文备众体"的状貌。相对于对古典小说"文备众体"的集束式关注,学界对现当代小说中此类现象关注甚少,除论文《论五四小说文备众体的文体特色》指出五四短中篇小说具有"诗笔"的文体特征并认为这是受中西文化双重影响的结果。此外,关于这方面的专题研究近乎空白。

回溯中国长篇的发展历程,从南宋至清末民初,"文备众体"作为一种常用的文体形式在写作中渐达恣芜的地步。而进入 20 世纪,对西方文化的极致推崇以及对中国传统文化摧枯拉朽般的否定,使"史传"传统在小说叙事中暂失市场。而中国是诗的国度,诗歌对小说的渗透几乎无处不在,"把小说当作'诗'来认识"⑤的倾向使现代作家重于内心情感的抒发和对诗意的追求,这使五四以来的小说中依然能觅得"文备众体"的踪迹,其最鲜明的特征就是对诗歌的插入。

---

① 陈平原:《中国小说叙事模式的转变》,北京:北京大学出版社,2010 年,第 197 页。

② 孟昭连:《论唐传奇"文备众体"的艺术体制》,《南开学报》2000 年第 4 期。

③ 石昌渝:《中国小说源流论》,北京:三联书店,1994 年,第 160 页

④ 杨义:《唐人传奇的诗韵乐趣》,《中国社会科学》1992 年第 6 期。

⑤ 孟繁华:《作为文学资源的伟大传统——新世纪小说创作的"向后看"现象》,《文艺争鸣》2006 年第 5 期。

但整体看来,五四以来现代小说的"文备众体"相对于古典小说呈落潮之势。在接下来的三四十年代、"十七年"以及"文革"时期,长篇小说逐步发展,尽管"文备众体"一直存在,但由于创作主体的文学观、文体观、文学素养等的局限,以及不稳定的或非常态的时代政治语境,"文备众体"现象较之古典时期依显低迷。进入新时期,长篇小说在政治、经济、文化以及文类自身发展等合力影响下成为"时代中心文类"。在这三十余年内,长篇小说的文体革新呈现出千余年来最活跃的局面,不管是极端的现代、后现代技法,还是传统的现实主义手法,还是中西合璧的杂糅,都有了存在的理由。在此语境下,作为一种惯常的写作思维,"文备众体"在当代作家的创作中究竟以怎样的状貌存在? 与之前的"文备众体"相比,在继承的基础上有了哪些拓新,是哪些原因促成这些拓新? 且其将来的发展趋势如何? 探究这些问题对于了解长篇小说的文类发展及其所体现的时代文化精神,引导当代长篇的写作及审美追求具有一定的现实意义。

走进文学现场,我们不难发现,新时期以来的长篇在"文体杂糅"的外部样态上呈现出不容忽视的"繁盛"状貌。扫描文坛,虽然80年代不是长篇小说的黄金期,但不多的知名长篇却存有诸多杂糅"众体"的现象,如《东方》的民谣、快板与书信,《黄河东流去》的诗词、民歌与谚语,《将军吟》的书信与便条,《芙蓉镇》的风俗歌舞与公文,《沉重的翅膀》的书信与诗词歌曲,《白门柳》的古典诗词,《钟鼓楼》的日历、寻人启事、书信与诗词歌谣,《平凡的世界》的书信、民歌与诗文,《第二个太阳》的书信与电报,《少年天子》的古典诗词歌赋,《活动变人形》中的典故、新闻与对联,《海火》的现代诗,《上帝不能吻》中的现代诗与书信,《穆斯林的葬礼》的书信、古兰经文与诗词,《十三步》的新闻报道、流传故事、歌词与传单等。

进入90年代,不管在数量还是质量上,在关涉题材还是艺术手法上,长篇小说都呈现出前所未有的"繁荣"。此时期的作家,不管是主旋律的,还是纯文学的,是传统的,还是前卫的,都对"杂糅众体"青睐有加。如《骚动之秋》的山东快书,《情感狱》的野歌对唱与书信,《敌人》的八卦艾辞,《最后一个匈奴》的陕北民歌,《旧址》的对联、日记、书信和歌谣,《战争和人》的书信、请柬、新闻、日记与诗词,《酒国》的小说、书信与讲义,《柏慧》的古歌谣片段,《花煞》的著作引文,《茶人三部曲》的报告、书信、茶文化史料、祭文与诗词歌赋,《白夜》的戏曲,《尘埃落定》的歌曲与诗词,《高老庄》的碑文,《无字》的日记、书信与歌词,《采桑子》的词曲诗赋,《羊的门》的地方志和达摩易筋经图,《蒙面之城》的笔记、歌词与诗歌等。

    上述罗列只是冰山一角地显示了 20 世纪后 20 年长篇小说在外部形态上"杂糅众体"的存在状貌，而滥觞于唐传奇的"文备众体"不仅言指外在形式上的杂糅性，还指兼有史传文学的叙事性、诗歌韵文的抒情性，以及具有一定训诫意味的艺术体制。这种体制赋予小说从外在形式到内在表达所具有的叙事、抒情、教化等价值功能。故欲研究小说的"文备众体"，外在样态的梳理只能略识其皮相之貌，只有深入爬梳插入成分以及作品整体所体现出的功能与气质，才能窥得"文备众体"的大致状貌。

    首先是插入成分对"叙事"功能的承担。新时期以来的长篇中，插入成分较多为如新闻、报告、典故、对联、书信、日记、史料、碑文、文件等实用文。不无夸张地说，但凡插入实用文的小说，多会利用插入其来完成结构故事、促进情节、绘景状物、调整叙述节奏、补充叙述内容等叙事功能。典型作品如《无字》。这是一部无中心情节的心理型小说，是一部关于三代女性命运的新史诗作品。作品采用空间并置的方式，在线性割裂与片段诠释中逐步还原三代女性所受的纠葛与戕害。为完成这看似毫无规则实则有迹可寻的片段诠释，作者在文中大量插入书信、札记、日记等，在点点滴滴的控诉、回忆或自我表演中为读者展示一切。而在三代女性命运的演绎中，作者重笔描述了吴为和胡秉宸之间的情感纠葛。在作者的描述中，吴为是受害者，胡秉宸是施害者。小说开篇交代了吴为发疯的结局，但吴为为何发疯？为解释这个谜团，作者插入大量吴为发疯前所写的札记，隐隐约约涉及一些人和事，间接概括了吴为所经历的坎坷人生。但虚伪、矫情、具有极度男权意识的胡秉宸又是如何玩弄、折磨吴为？若采用传统线性手法从头说起，笨重冗长，也难有新意。于是作者又一次发挥插入文类的叙事功能。在文中，作者毫不吝惜地插入十几封胡秉宸以"读者"身份写给吴为的书信，通过胡秉宸自己的口和笔，真实再现了他对吴为自以为是的、变态的情感和人身折磨。作者不仅通过胡秉宸的自我表演展现丑态，还插入吴为写给胡秉宸以及胡秉宸妻子白帆写给吴为的恐吓信、吴为女儿写给母亲的劝谏信等，来立体还原胡、吴之间所发生的一切。此外，作者还倾情插入吴为母亲叶莲子目睹女儿几十年所受的伤害而作的十几则记录，进一步补充了吴、胡不平等的情感交流和失败的婚姻始末。

    在"杂糅众体"的作品中，诸如诗、词、歌、赋、散文、小说、戏剧等文学类插入成分也承担起叙事功能。典型如《白门柳》等具有传统文化底蕴的正史小说。

《白门柳》开篇插入钱谦益写给宠妾柳如是的两首七律诗,表白其对柳如是的眷眷深情。但此时的柳如是正与钱府资历颇深的姨太为争宠而闹气。府中多数人支持姨太,少数人支持柳如是,至于钱谦益该站在哪一边,这两首诗似乎能表明他的立场,但意欲东山再起的他不得不考虑多方面的影响,事情本身的复杂性决定了多重矛盾的纠缠丛生,于是整个作品的叙事由此生发。再如《张居正》中张居正上台后推行新政,因财政吃紧而被迫采用实物抵俸的方式给官员发放薪水。这一举措对于家底颇厚,或官阶较高,或八面玲珑的官员来说不会有多大影响,但对于为人耿直、两袖清风、官阶不高的官员来说,则直接影响其生计。于是,一耿直清廉的六品京官因与商人拿实物换银子时遭受了侮辱,回家后面对家徒四壁,心灰意冷,遂生自杀之意。临死前写下绝命诗:"沿街叫卖廿三天,苏木胡椒且奉还。今夜去当安乐鬼,胜是人间六品官",淋漓表达出耿直京官的委屈与悲愤。当然,耿直京官的自杀纯属个别现象,但这首绝命诗却为旧派势力提供了有力的把柄,接下来围绕绝命诗而展开的各种悼念、上书活动一一展开,作品也随之插入大量别有用意的悼词、挽联,顺势将新旧势力的争斗推向白热化。

其次是插入成分"立意"功能的突显。在"杂糅众体"的作品中,插入内容多能承担起表情达意、表明立场或点明题旨等"议论"功能。如表情达意的功能。《采桑子》中多处插入诗词唱曲,暗含着作者的情感投向。篇首插入"子弟清闲特好玩,出奇制胜效梨园。鼓族铙钹多齐整,箱行彩切俱新鲜。虽非生旦净末丑,尽是兵民旗汉宫",点出旗人子弟"效仿梨园"所达到的轰轰烈烈的演出效果,从而突出金家人对梨园浓厚的兴趣。《情感狱》很少插入文类,独在第二章写到"我"与见娜温暖的一段交往时插入几处野歌。洪水将至,大灾临头,但村中人并不惊慌,反倒有响亮的野歌飘扬。一边是洪浪滚滚,一边是野歌飘荡,这在十二岁的"我"听来,却觉得天是那么温和,地是那么宽厚,大自然的一切都是那么美好。而这部长篇入木三分地揭露了乡村权欲重碾之下正常人性的扭曲与无奈,整个作品弥散着灰暗、绝望、愤怒的情绪。唯独此处,因为见娜的善良,因为"我"未谙世事的单纯,作者通过插入野歌肯定与享受了未受权欲压碾之前美好人性的温暖与纯净。

如点明题旨的功能。《羊的门》插入地方志和达摩易筋经的经文和图片,和呼天成这个人物的性格交相辉映,衬托出一个融会贯通儒、佛、道三家哲学道理,熟稔中国民族精神的教父式人物形象。除此之外,还有作品如《黄河东流去》等在标题或篇首插入诗词歌赋、民谣谚语、名言史料等,直接或间接突显作品的主旨。

再次是"审美"意蕴的营造。可以这么说,但凡优秀的长篇,皆或浓或淡洋溢着作者如浪漫、忧伤、神秘、狂热、典雅、古朴、智性、戏谑、苍凉等气息,而意欲形成这些气息的方式很多,如题材的取向、语言的表达、情节的设置、艺术手法的选择等,但在这众多方式中,采用"杂糅众体"手法来突显营造意境、渲染氛围等的"诗笔"功能也成了不少作家的首选。在新时期以来的长篇中,因插入成分的内容或形式的美学意蕴而突显独特气质的作品并不少,如《敦煌遗梦》的宗教味、《采桑子》的戏韵等。当然,并不是所有插入成分都能促成作品独特的气质,有部分作品只是在局部范围内让其承担起"诗笔"功能,如《最后一个匈奴》中陕北民歌的插入烘托了家族的情爱忧愁,神秘的八卦艾辞增添了无处不在的《敌人》的神秘与惶恐,茶谣、茶文化史料等浸染了《茶人三部曲》浓浓的茶韵,大量叙事长诗增添了《尘埃落定》中由家族兴衰和爱恨情仇交织而成的浪漫气息,《高老庄》中大量碑文古迹显示了传统文化的失落与作者的敬仰,《白夜》用源出佛经的目连戏贯穿全文,"以一种独特的表现形式来表达一种阴阳不分,历史现实不分,演员观众不分,场内场外不分独具特色的文化现象"①,《柏慧》中古歌谣片段的插入在还原狄戎之王家族秘史的同时,流露出对最后净土古登州传奇人物与古老文明的追忆与向往。两相对比,更加突显作者对现代文明物欲横流的厌恶和抗拒。很显然,若抽去这些成分,虽不会从根本上影响作品的叙事立意,但整个文本会因此而变得干枯委顿、了无生机。

毋庸置疑,新时期以来的长篇在外在形态上"杂糅众体"已是不争的事实,并且诸插入成分在一定程度上延续了唐传奇"文备众体"的艺术体制,部分地承担起"叙事""立意""审美"的小说功能。但进一步分析,滥觞于唐传奇的"文备众体"历经千余年的运用与演绎,进入新时期以来,其在原有艺术体制的秉承与发挥等方面都有了一定的变异。

首先表现在对"史才"的继承与突破上。传统史学中的"史才"包含多层含义,一是指一种才能,即指那些熟知历代掌故、深谙治乱兴亡之道,且具有一定文学修养的史官为执政者提供历史之鉴的才能。二是指一种撰写笔法,即写作

---

① 贾平凹:《白夜·后记》,北京:华夏出版社,1995 年,第 387 页。

时要秉持史家"辨而不华,质而不理,其文直,其事核,不虚美,不隐恶"①的实录精神和简洁平实的叙事风格。唐传奇中的"史才"就是继承这种传统,要求作者以文学之笔表达史官之心,同时还要承担起小说的叙事功能。但唐传奇在内容上追求"征奇话异",在情节设置上崇尚虚构,在语言表达上不再满足于只言片语,开始有意识地插入诗歌,使作品显得生动传神,其在实质上是对史学传统的一种背离。接下来的宋、元、明、清传奇皆以"征实尚史"的创作观念和平实的叙事风格又表现出对史学传统的回归。而此时的白话小说更是在史学传统的影响下,以历史为描写对象,采用纪传体或编年体的方式塑造人物,尊崇实录精神,尽力还原历史,很难从史学的传统中完全独立出来,这种状况一直延续到新时期以来。进入新时期以后,长篇小说依然以历史为演绎对象,但作家的队伍开始分化,有部分称为"正统历史小说"如《白门柳》《少年天子》《张居正》《李自成》等,作家写作时秉承史学的"史才"传统,注重写作的实录精神与平实文风,注重"以史为鉴"的终极目标。这种继承"史才"的传统还表现在部分非历史长篇中,它们虽不以历史为描写对象,但一切生活都是当代史,它们在描摹人物、演绎生活时,或追求实录精神如《血色黄昏》,或采用纪传体、编年体的叙事手法如《平凡的世界》等,或注重相关史料学识的引用与演绎如《心灵史》《敦煌遗梦》等表现出对传统"史才"的回归。但随着西方文艺思潮的影响,新出现了系列诸如"新生代小说""新体验小说""新历史小说"等,这些小说在后现代主义思潮的影响下,在写作理念上表现出对传统史学观念的颠覆,尤其体现在诸如《红高粱家族》《故乡天下黄花》《故乡相去流传》《苍河白日梦》《我的帝王生涯》等"新历史小说"中,作家们虽然也以历史为演绎对象,但其只是以历史为大致时空背景,在人物的塑造、情节的安排、寓意的表达上注重虚构与戏谑,其写作的目的不是为了"以史为鉴"或"以古讽今",更大意义上是以"历史"这块自留地为平台,尽情宣泄作者对普泛意义上人性、命运、人生的另番诠释,在学识、才能、叙事方法等方面表现出对史学传统"史才"的严重背离。

其次表现在"诗笔"的"诗意化"营造方式上。承前所述,唐传奇的"诗笔"不仅指穿插在小说中的诗词歌赋,也指不含有插入诗词歌赋作品的抒情性。穿插诗词固然重要,但更重要的是小说抒情性的表达,是要求作者像写诗那样充满感情地写小说,使小说呈"诗意化"倾向。营造小说诗意的方式很多,首当其

---

① 班固:《汉书》(卷62),北京:中华书局,1975年,第2738页。

冲是插入诗词歌赋。古典小说穿插大量诗词,皆在一定程度上体现着"诗笔"的意味。当然,并非所有插入诗词都能营造"诗"味,古典小说中大量艳词滥调、套话、定场诗、劝诫诗、韵文说教等的插入,并不能增添作品的诗意韵味,反而产生面目可憎的无味效果,这是有目共睹的。相对而言,新时期以来的长篇小说在显性插入诗词歌赋的数量上较之古典小说明显减弱,这点可从前文的概况扫描中窥见一斑。有不多作品如《少年天子》《尘埃落定》《白门柳》《采桑子》《茶人三部曲》等注重插入诗词的艺术渗透,潜心于意境创造,从而让作品充满诗意。不过当代这种作品数量有限,当下长篇插入成分最多的是实用文,但如此表象并不能断定当下的长篇小说就缺乏诗意,走进文本发觉这些插入内容也有利于作者抒发情感。典型如书信体小说《柏慧》。整部作品分为三部分,分别是"我"写给曾经的恋人柏慧以及老师的书信,"我"以单向倾诉的方式向昔日恋人及朋友畅谈自己作为一名现代知识分子在浮躁社会的各种遭遇,谈自己在寻找心灵栖息地过程中所感受到的温暖与失落,谈自己对古老文明登州的向往和追忆等,第一人称的叙事角度,作者自我的全身介入,再加上古歌谣片段的氛围烘托,使小说文本流溢着浓浓的愁绪,从而营造出忧伤的审美意境。

有论者认为诗意是指"用凝练的语言,委婉含蓄的方式抒发作者的情绪,使人体验到的不只是清晰可见的形象,还有朦胧而渺远的情感流"[①]。确实,广泛意义上的"诗笔"意味并不能仅限于插入诗词的烘托或非诗词的情感倾诉,还可以借助于小说的语言、情感、情绪、结构等综合因素的表达,从而产生诗意的魅力。但营造诗意的方式也不必仅限于语言的凝练和方式的含蓄,从篇章行文看,自由随意的笔法,形散神凝,情理统一,同样也能产生"诗笔"的艺术效果。如《金牧场》《怀念狼》《妊娠》则是长篇小说随笔化、散文化、诗意化的代表之作。

再次表现在对"议论"功能的妥帖安置上。"议论"的含义古今大致相同,只是涵盖范围有所不同,古代偏向于国家大事,是士大夫文人通过评议世事得失来建立并维护既定的道德规范,而当今更偏向于日常世俗生活。很显然,唐传奇中的"议论"就是通过故事本身或借作者、人物之口来表达是非观念,具有鲜明的教化功能。我国文学向来就有"文以载道"的传统,作为具有大众娱乐功能的小说承担教化功能本也无可厚非。但传奇、白话小说中过多直露的训诫劝

---

① 宁宗一:《中国小说学通论》,合肥:安徽教育出版社,1995年,第358页。

世之语广受非议,鲁迅先生曾评价唐宋传奇"篇末垂诫,亦如唐人,而增其严冷,则宋人积习如是也"①。相对而言,当代长篇虽然未能完全摆脱"文以载道"的传统,但在"议论"功能处置上表现出难得的理性与妥帖。首先,让诸多插入成分承担起表情达意、表明立场或点明题旨等"立意"功能。其次,即便没有插入成分,小说中也鲜有直露的"议论"说教之语。再次,即便有"议论"之语,也不是浅露的道德说教,而是饶有深度的人生哲思,因其思辨性、启发性而提升了小说的品位。质言之,当代作家不管采用何种方式讲述故事,把寓意暗含于故事之中,让作者藏匿于故事背后,一切让读者自己去感悟,这已成为普遍的写作常识。故古典小说中文备众体的"议论"发展到当代,作家已理性地去掉"教化"积习,妥帖地发扬其"立意"功能,直接提高了"文备众体"的艺术生命力。

二、"文类互融"现象之二:文体互渗

追根溯源,最早可从古文论中探得"文体互渗"的最初起源。中国文学从先秦开始就有了微弱的文体意识,但形成意识的自觉还是在魏晋南北朝时期,《文心雕龙》《文选》等文论著述的问世则是明证。相对而言,与西方泾渭分明的文体意识相比,"中国更注重文体间的和合,也就是在差异的基础上讲求文体之间的互渗"②。如中国早期关于"经史子集"的四部分类法,就表明它们之间模糊的文类界限,所谓"六经皆史"也有含混哲学、文学与历史之间区别的意味。中国小说家尤其喜好跨越文学和历史的界限,以接近历史为荣,如认为《三国志通俗演义》"编次"了史书,《儒林外史》被谦称为一部"外史",《聊斋志异》在篇末模仿"太史公曰"自称"异史氏曰"。古人这种朦胧的"用某某方式写小说"的文体意识,随着长篇小说文类地位的不断提高以及长篇小说自身的不断发展,在不同时段得到一定程度的强化。不过严格意义上说,在小说中尝试"互渗"形式的创作是进入现代以来,而真正在长篇中尝试"互渗"形式的还是80年代中后期。

小说中的"文体互渗"现象虽始自现代,但从理论上提出"文体互渗"还是

① 鲁迅:《中国小说史略》,北京:中华书局,2010年,第67页。

② 高旭东:《中国文体意识的中和特征》,《湘潭大学学报》(哲学社科版)2008年第5期。

进入当代以后。梳理学界有限的研究成果,90年代陶东风从文体的内在机制方面提出文体变易的几种途径,认为其中最常见的一种形式是"两种或两种以上不同文体之间的交叉、渗透而产生一种新的文体。这种交叉、渗透实际上是不同文体占主导性规范结构之间的交流和相互妥协、相互征服"①。此种文体变易观在笔者看来则属标准的"文体互渗"观。陈平原则提出不同文类的互相影响以及其对文学传统的承继与发展形成了"穿越文类边界"现象,他指出:"在谈论散文发展时,关注小说的刺激;描述小说变迁时,着眼于散文的启迪。"②这里提出了散文与小说互渗形成"散文小说化"以及"小说散文化"两种形态。接下来董小英从更广范围来界定文体互渗,认为"文体互渗是个统称,它有话语语体互渗、文本互渗和文体互渗三种不同的表现形式",而文体互渗"是指不同的文体在同一种文本中使用或一种文体代替另一种文体使用的现象"③,该观点拓展了文体互渗的外延,但对文体互渗的释义稍显含混,究竟这里的"不同"是多少?"一种文体"又以怎样的方式代替"另一种文体",要不要保留其本身的主导属性?之后,罗振亚、方长安和高旭东撰写了一组关于文体互渗的研究文章,方长安认为文体互渗"是不同文本体式相互渗透、相互激励,以形成新的结构力量,更好地表现创作主体丰富而别样的人生经验与情感"④。这种解释虽指出了文体互渗的功能,但对文体之间如何"形成新的结构力量"也语焉不详。夏德勇提出"小说文体吸收其他文类的文体手法,以丰富自己的文体或改造已经自动化了的文体,借以产生陌生化的震惊效果"⑤,这里"吸收"二字言指小说对其他文类的主动改造,也含有"文体互渗"的意味。

目前学界关于"文体互渗"的内涵所指虽大致相同,但在实际研究中,对"文体互渗"的理解定位有些混乱。一种混乱表现为将"文体互渗"等同于"文备众体"。如博士论文《现代中国小说"文体互渗"现象的文化阐释》中将"诗词的穿插"和"信笺的嵌入"称为"诗意体小说"和"书信体小说"。其实,穿插和嵌入是

---

① 陶东风:《文体演变及其文化意味》,昆明:云南人民出版社,1994年,第16页。

② 陈平原:《中国散文小说史》,上海:上海人民出版社,2004年,第14—15页。

③ 董小英:《叙述学》,北京:社会科学文献出版社,2001年,第323页。

④ 方长安:《现当代文学文体互渗与述史模式反思》,《湘潭大学学报》(哲学社科版)2008年第6期。

⑤ 夏德勇:《中国现代小说文体与文化论》,北京:中国广播电视出版社,2005年,第36页。

典型的"文备众体"特征。在这篇论文中,作者将现代小说分为"日记体""散文体""童话体""报告文学体"等类型,按照学界对"文体互渗"的概念界定,这些小说可理解成用日记、散文、童话、报告文学等方式或吸取这些文类的艺术手法而写成的小说,但作者在释义时有些偏离概念本义,如将"童话体小说"理解成"以儿童的心灵世界和生活空间作为素材,充分发挥诗意的幻想和想象的创作"①,这就有了题材类型小说分类的嫌疑。而将"报告文学体小说"理解成"'新闻通讯型'的报告文学创作"和"'小说型'的报告文学批评及创作"②,这种释义抹去了文体互渗所要求的"小说"的主导性地位,变"某某体小说"为"小说体某某"。再如陶东风对"文体互渗"的概念界定很清晰,认为"中国文学史上这种文体交叉的现象相当多。如中国古典小说就融合了散文、史传、说书艺术、诗等多种文体"③,这种释义又将"文体互渗"囊括进"文备众体"的范畴之内。另一种混乱表现为将"文体互渗"等同于"跨文体"。西方学者中有一种"文类陪衬观",即"指一种文类具有另一种文类的特征但又不是那种文类"④,陈军将此类现象称为"小说的散文化、诗化和诗的散文化、小说化、戏剧化等"⑤。这就是典型的"文体互渗"观,但在论证时,却又将"文体互渗"等同于"跨文体",赞同"各种文体在发展中纷纷吸取其他文体的特点,如小说的散文化、小说化、戏剧化等,跨文体写作已经成为一种普遍的文学写作现象,文体之间鲜明的界限日益模糊化"⑥。

当前学界不仅对"文体互渗"概念理解不一,对创作中此类现象的关注也不够。简单回溯中国小说发展概况,进入现代以来,文坛上出现了多样化的"互渗"作品,如鲁迅、郁达夫、废名、郭沫若等的诗意体小说,郁达夫、沈从文、王统照、师陀等的散文体小说,丁玲等的日记体小说,陶晶孙等的书信体小说,姚雪垠、李健吾等的戏剧体小说等。由于现代白话长篇处于刚起步阶段,故上述的

---

① 王爱军:《诗性的放逐:现代中国小说的"文体互渗"现象的文化阐释》,博士学位论文,南京师范大学文学院,2013年,第50页。

② 王爱军:《诗性的放逐:现代中国小说的"文体互渗"现象的文化阐释》,博士学位论文,南京师范大学文学院,2013年,第91页。

③ 陶东风:《文体演变及其文化意味》,昆明:云南人民出版社,1994年,第16页。

④ [美]厄尔·迈纳:《比较诗学:文学理论的跨文化探究札记》,王宇根等译,北京:中央编译出版社,1998年,第142页。

⑤ 陈军:《文类基本问题研究》,北京:北京大学出版社,2013年,第165页。

⑥ 邓晓成:《文学泛化及其文体意义》,《当代文坛》2005年第1期。

文体互渗主要体现在中短篇小说中。关于文体互渗现象的存在之貌,夏德勇指出"就中国现代小说来说,已经产生了两次明显的交融互渗:一次在 20 世纪 20 年代,另一次在 80 年代"①。而 80 年代"文体互渗"类型主要偏向于以汪曾祺、张承志、张炜等为代表的诗化、散文化小说。不可否认,80 年代是中短篇小说的时代,是诗歌的时代,故 80 年代的文体互渗现象集中体现在中短篇小说领域。但随着作家对文体互渗手法的熟练运用,这种文体倾向还是影响到同时期的长篇创作。扫描 80 年代中后期不多的长篇,《少年天子》有着诗化小说的倾向、《金牧场》有着散文化倾向,而《血色黄昏》则有着自述体小说的基本特征。90 年代虽处于长篇小说文体实验的高潮期,但进行"文体互渗"的作家并不多。相对于 80 年代中后期的寥落与单调,文体互渗作品中增添了一些新的质素,在保持诗意化、散文化的基础上增添了小说的哲思化、实录化倾向,如《大气功师》《心灵史》的著述化、《务虚笔记》的笔记体、《苍河白日梦》《城市白皮书》的日记体、《马桥词典》的词典体等,共同构成了 90 年代的文体互渗现象。

在 90 年代斑驳的"文体互渗"现象中,《大气功师》的问世曾引起学界对其身份界定的混乱。对于这部长篇小说,单从内容及写作手法来看,大家觉得将其归为专题性著述较为合适,且在事实上,部分读者也确实把其当作严谨、专业的气功著述来看待,我们可从《当代》的一则声明中窥出编辑对这部作品的身份界定所隐含的无奈与尴尬:"柯云路的《大气功师》在本刊发表之后,引起各界读者的广泛关注。关于作品真实性的问题,我们建议读者读一读本刊第五期《大气功师》下卷所附作者前言,便可一目了然。至于介绍气功师治病之事,本刊编辑部实难满足,读者可找当地的气功协会或有关研究机构打听,或可解决。"②与读者的热情追捧相对应的则是学界几乎一边倒的反对意见,他们认为《大气功师》"以小说的形式阐释一种新的'科学理论',但此书不仅没有构建起新的理论大厦,也没能给已有的科学大厦增添只砖片瓦"③。而马原认为"写小说作理论性探索,舍弃了表象思维而采用理性归纳的方式道不可道的道,是这本书的最大失误"④。还有评者虽也肯定了其"是一部开阔思路的小说,像这种类型的

---

① 夏德勇:《中国现代小说文体与文化论》,北京:中国广播电视出版社,2005 年,第 147 页。
② 《当代》编辑部:《就〈大气功师致读者〉》,《当代》1989 年第 12 期。
③ 丁言:《以小说形式构建理论尝试的失败》,《中国图书评论》1990 年第 6 期。
④ 马原:《方法论的失误》,《中国图书评论》1990 年第 6 期。

小说在国内还是第一部。但在文艺作品中提出大智慧、大学说,本身就是一种自我的迷信信仰"①。柯云路是位具有一定文体意识的作家,从其后期作品《黑山堡纲鉴》《牺牲》的文体创新中可窥一斑。他在《大气功师》中打破常规,将小说笔法和专题理论糅为一体,虽在当时没得到学界的认可,却向人们透露着"小说也可以这样写"的信号。所以,当新世纪出现毕淑敏的《拯救乳房》时,对于这样一部既像心理学著作,又像小说的越界作品,评论界和创作界也是一片哗然,但大家基本持接纳态度,认为其"是国内首部心理治疗小说"②,甚至完全可以当作心理治疗研究的教材和参考书来看。

有论者将《心灵史》定为"非虚构抒情历史小说"③,此种界定道出其典型的"互渗"特征。首先,这是一部小说,由叙述者"我"来讲述中国历史上鲜为人知的一支回教教派200多年来为了信仰哲合忍耶而经历的逆境与厄运的心灵历史故事。作为文学,其最本质的特征是虚构,叙述者"我"采用文献推断法讲述历史,甚至个别地方采用描述性语言进行场景还原,从而突显出小说的虚构性。其次,这又是一部历史著述。在动笔之前,张承志就坦承"在酝酿《心灵史》之际,我清醒地感觉到,我将跳入一个远离文学的海洋"④。而在准备过程中,作者再三强调为了写好这部"史",不仅阅读了大量历史文献,还历时6年,先后八次做了大量的田野调查,这使他很自信"这本书的全部细节都是真实的"⑤。质言之,历史著述与小说体式的有机融合,既保证了历史叙述的深度,也彰显出小说的文学品质,这使得《心灵史》在《金牧场》有"互渗"倾向的基础上做了较为彻底的推进。

《苍河白日梦》采用日记的形式写历史,具有鲜明的新历史小说特征。其外在形式是作者和文本的叙述者之间一场跨时65天的对话,这使作品又带有鲜明的实录性质。作品在问与答、记录与回忆中,叙述了一个家族跨度半个世纪的矛盾与兴衰,通过百岁老人即当年的家奴"我"的回忆,变全知视角为限知视

---

① 陈山:《大气功师》,《中国图书评论》1990年第6期。

② 李瑛:《〈拯救乳房〉书名并非哗众取宠》,《招商周刊》2003年第7期。

③ 黄忠顺:《非虚构抒情历史小说——〈心灵史〉文体论》,《中南民族大学学报》2006年第1期。

④ 张承志:《美则生,不美则死》,见萧夏林:《无援的思想》,北京:华艺出版社,1995年,第105页。

⑤ 张承志:《心灵史》,广州:花城出版社,1992年,第219页。

角,让叙述打上个人主观性烙印,使故事的虚构性和日记的私密性、小说的内在逻辑性以及文本的外在时序相交融,别开生面地为读者构建了另一种历史家族叙事。《城市白皮书》采用日记和小说正文交融互渗的方式进行。故事的讲述者由一个患有奇病且具有特异功能的小女孩明明担任,同样是限知视角,但因为特异功能,限知视角无形中变成全知视角,统摄了旧妈妈、新妈妈、魏征叔叔等在现代都市的情欲、物欲的泛滥场上沉浮的诸多故事。

对于《务虚笔记》的文体身份,学界有"哲思体小说"①"散文体小说"②等说法,笔者觉得也可称为"笔记体小说"。但不管怎样,大家对其"小说"身份毫无疑问。以小说基本要素来分析,作品就是围绕几组人物之间的爱情纠葛展开对残疾与爱情、孤独与死亡、欲望与理性、时间与生命等人类普识命题的终极追问与思考。但和传统意义上的小说相比其人物是符号化的、情节是碎片式的、环境是虚空的,唯有主题是多义丰富的。对于这么一部构思奇特的小说,作者自述:"这种新尝试并不适合完整的故事,也不符合现成的结构和公认的规律。写《务虚笔记》确实带有几分探险的意思。"③作者洞悉小说与散文的区别,其采取散文形式来表达小说的"意味",正如他自己所言"意味不是靠着文字的直述,而是靠语言的形式。语言形式并不单指词汇的选择和句子的构造,通篇的结构更是重要的语言形式。所以,要紧的不是故事而是讲。"④于是,作者采取第一人称"我"的叙述,通篇的对话、打乱的时序、含混的语言、无序的结构、不连贯的情节、飘忽不定的人物一起组成了其"面对灵魂的写作"。有人因此说史铁生是先锋作家,但笔者认为史铁生的"先锋"不是形式技巧的"先锋",而是小说理念上的"先锋",他与现代和后现代相距甚远,与中国古典相伴远行,正因如此,才创作了这部典型的互渗文本。

1996 年《马桥词典》将"文体互渗"的形式探索推向高潮。《马桥词典》问世后,学界对这部以词典形式写小说的方式整体上是接受的。虽然接下来发生了当时文坛最惹眼的"马桥诉讼事件",但论争的焦点不是"小说该不该这样写",而是"这样的小说是不是原创"。诉讼的结果是法院指称"《马桥词典》在内容上完全照搬《哈扎尔辞典》这一评论超出了正常的文艺批评界限,已构成对原告

① 张路黎:《史铁生哲思文体的创建及特征》,《江汉大学学报》2008 年第 1 期。
② 姜红:《困厄中的升华——史铁生散文简论》,《安徽农业大学学报》2003 年第 6 期。
③ 何东:《史铁生病中闲谈》,《南方周末》2001 年 4 月 30 日。
④ 史铁生:《写作之夜》,沈阳:春风文艺出版社,2002 年,第 35 页。

韩少功名誉权的侵害"①。之后,《马桥词典》在上海第四届长中篇小说评比中获长篇一等奖。这场不关乎小说形式的论争,却在无形中增加了其作为新型小说文体存在的合理性和创新价值的不可置疑性。素以文体革新而常青于文坛的王蒙对《马桥词典》大加赞赏,惊呼"长篇小说居然以词典的形式,以词条及其解释的形式结构,令人耳目一新,令人佩服作者把他的长于理性思考的特点运用到了极致"②。王蒙对《马桥词典》的肯定是发自肺腑的,这从其后期《尴尬风流》的问世可看出他对这种文体的欣赏与厚爱。学界肯定的声音也很高,认为其"从形式上彻底颠覆了当下人们关于长篇小说的流行观念"③,"打破了长篇小说艺术形式持续已久的沉默状态,重新激起了人们对于形式话题的热情"④。当然,也有人对《马桥词典》是中短篇小说连缀还是理论随笔札记表示怀疑,但最终《马桥词典》以长篇小说的身份立于文坛,因文体出新而成为文坛无法绕过的文体佳构。

上述梳理只是笔者有限的盘点,对应于浩瀚的当代长篇来说也只是冰山一角。但在这有限的盘点中,我们可清晰窥出新时期以来长篇小说中"文体互渗"现象在数量上呈逐年上升趋势,从"互渗"所产生的艺术效果上看,诗化、散文化的诗意倾向在当下追求多元化写作潮流中显得极其有限,而具有生活化倾向的日记体、书信体、闲聊体、实录体、自述体小说,理性哲思化倾向的随笔体小说,史志化倾向的纲鉴体、年谱体、地方志体小说却在逐年增多,整体呈"实录化""生活化""哲思化"的"去诗意化"倾向。当然,对于研究而言,指出一种现象是容易的,但挖掘现象背后的成因显得尤为重要。为什么真正意义上的长篇小说"文体互渗"现象起始于80年代中后期,而在这之前漫长的千余年时间内,并没有出现这种文体变异现象? 而进入新时期之后,文体互渗现象为何又呈"去诗意化"倾向?

虽然明清时期长篇小说居于时代中心位置,但当时长篇小说自身发展并不成熟,创作主体在如何构思小说,如何更好地讲述故事上尚未完全摸索成熟,其在讲述故事的过程中杂糅各类文体,本身就有展示才华、增强文类自信的表演,

---

① 朱周斌:《〈马桥词典〉重新定义小说的努力》,《名作欣赏》2010 年第 11 期。

② 王蒙:《道是词典还小说》,《读书》1997 年第 1 期。

③ 王舒:《〈马桥词典〉和〈暗示〉的文体变革与小说新范式》,《扬州大学学报》2006 年第 2 期。

④ 路文彬:《90 年代长篇小说写作现象分析》,《文艺争鸣》2001 年第 4 期。

但没有达到那种化插入成分为小说写作方式即"互渗"的视野与意识。而在现代三十年,长篇小说虽也出现过短暂的小繁荣期,但和同时代的其他文体相比,并没有主导性优势,并且此时期小说创作主要受西方文艺思潮影响,从西方翻译过来的形式多样的"文体互渗"作品如书信体、日记体、对话体、手稿体等小说,都是短篇小说,甚至有的都不能算作严格意义上的小说,这些译介作品注重个人感受和情绪,不注重故事情节和人物描写,这种文体形式对于当时久受禁锢的中国作家来说确实有种惊艳的触动与启发,这就是我们能看到现代中短篇小说中多"文体互渗"现象的因由。现代白话长篇小说作为新生成的文体自身处于生长发展期,其也受着西方思潮的影响,如巴金、茅盾、老舍、叶圣陶等作家运用欧美手法进行创作,巴金曾宣称:"在所有中国作家中,我可能是最受西方文学影响的一个。"①"我在法国学会了写小说。我忘记不了的老师是卢梭、雨果、左拉和罗曼·罗兰。"②茅盾自述其创作《子夜》的方法是"先把人物想好,列一个人物表,把他们的性格发展以及连带关系等都定出来,然后再拟出故事的大纲,把它分章分段,使他们联接呼应"③,但他坦承这种方法不是他的创造,而是抄袭巴尔扎克和托尔斯泰的。叶圣陶则说"如果不读英文,不接触那些用英文写的文学作品,我决不会写什么小说"④。但整体观之,批判现实主义思潮对他们的影响颇深,作家们立足于现实生活,运用批判的眼光严肃地反映现实,都比较注重小说的史诗性与正统性,在这样的文本中难觅"文体互渗"现象也在情理之中。而在"十七年"及"文革"时期,政治对文学的僭越以及创作主体有意识的政治图解倾向,长篇小说作为一种御用文体,虽然从表象上看居于时代的中心位置,但这种社会学、政治学的价值导向使其不仅没有获得文学意义上的长足发展,反而陷入模式化、简单化的不堪处境,长篇小说的发展到此甚至开始呈现倒退趋势,此种语境下遑论会有作家进行革新意义上的"文体互渗"尝试。进入 90 年代才是长篇小说的真正繁荣期,这繁荣不仅体现在数量上,还体现在

---

① 巴金:《答法国〈世界报〉记者问》,见《巴金全集》(第 19 卷),北京:人民文学出版社,1993 年,第 492 页。

② 巴金:《文学生活五十年》,见《巴金论创作》,上海:上海文艺出版社,1983 年,第 10 页。

③ 茅盾:《〈子夜〉是怎样写成的》,《新疆日报》副刊《绿洲》1939 年 6 月 1 日。

④ 叶圣陶:《〈叶圣陶选集〉自序》,见刘增人、冯光廉编:《叶圣陶研究资料》,北京:北京十月文艺出版社,1988 年,第 256 页。

小说文类发展成熟,充分体现出小说的内在规定性、小说以绝对的优势处于文类等级的首席位置、创作主体多元且理性的文体观等方面,这些因素合在一起促成新时期以来长篇创作中出现"文体互渗"现象的必然。

20世纪二三十年代中短篇小说中盛行散文化、诗歌化和自述化倾向,作家们之所以选择这种独抒性灵的互渗形式,一则缘于对当时西方译介作品的模仿,二则缘于更加自由灵动的情感表达需要。但随着社会政治形势的变化,投身革命的激情和保家卫国的责任意识迫使作家必须走出个人的情感世界,偏重倾诉个人情怀的互渗形式逐渐为报告体、速写体等实用化形式所代替。接下来,进入新时期,历经多年政治对文学的僭越,写作的自由权真正交还给作家,但作家是社会的人,其写作的动机、表达的内容、选择的形式等皆来自于社会的影响。虽然在80年代中短篇小说中盛行散文化、诗意化的互渗形式,在80年代后期,在长篇小说中也存有些许散文化、诗意化的互渗形式,但在90年代之后,这种通篇化用散文、诗歌的笔调比重明显减少,究其原因,一则是因为通篇化用散文、诗歌的笔调来构思长篇,这对作家的散文、诗歌体裁功底提出了很高的要求,正如有论者所言"如果一个作家还没有把小说写得更像是小说、诗写得更像诗"①,遑论去用诗的形式写小说? 所以,当代长篇散文化、诗意化的作品也仅限于张承志、张炜、阿来、贾平凹等几位善于写散文、诗歌的作家。二则缘于作家一种本能的文体求新意识。诗意化互渗倾向发端于20世纪初,之后一直以一种流派形式立于文坛。到了20世纪末,作家们若想在文体形式上出新,若非散文化、诗意化是化在自己骨子里的自然流露,强行模仿设计并幻想产生令人耳目一新的文体效果显然是不明智的选择。这也是新世纪颇多作家在文体形式上变化翻新,却少有散文化、诗意化形式的原因之一。三则作家们选择倾向于实用化的方志体、实录体、闲聊体、哲思体、日记体等互渗形式,不仅是考虑自己擅长某种文类运用的结果,也是适应大众读者审美接受倾向的一种选择。随着全球经济文化的一体化以及网络信息的无死角覆盖,一个多元、平民化的无名时代正在进行,各种变量的急剧提升加重了社会群体的压力负担,这些因子合在一起影响着大众的审美倾向。在大众备受物欲挤压、精神荒芜、灵魂孤独之时,在传统长篇越写越长阅之无味时,这些以方志、词典、笔记、日记、大事记等实用文形式写出的史志体小说充分发挥了古代实用文的形式功能,实现了

---

① 赵勇:《反思"跨文体"》,《文艺争鸣》2005年第1期。

历史题材的另类书写形式,用"史"的外壳包装着现代个体的感受和思想的碎片,既满足了读者对各种历史的本能偏爱,又满足了读者对作品思想深度的渴求。而且,这些偏向古代实用文形式的文体选择,也是摆脱西方文学思潮影响阴影的一种自信表现,是作家们决意退回中国古代文学传统的一种姿态。

三、"文类互融"现象之三:跨文体

总览中国长篇小说的文体发展,从宋元"讲史"到章回体小说,再到当下琳琅满目的各种小说文体,长篇小说的叙事方式在不断变易,各种形式的文体探索也由来已久,如"文备众体"现象,由古至今一直盛行,但还没有涉及文体的边界问题。"文体互渗"现象从现代发展至今也一直盛行,但也没有从根本上打破文体的边界,只是二者的融合形成了一种新的小说类型。真正出现完全打破文体边界,形成无"体"之体的跨体书写镜像还是90年代以来。这种具有破坏性、解构性的小说文体革新虽然与西方的后现代主义思潮存有一定关联,但从某种意义上来讲,依然是小说文体自身发展过程中的一种必然现象。

目前学界对跨文体的概念置喙不一,有论者把"跨体书写"等同于"文类融合",将文体互渗、跨体书写一股脑儿囊括进来。如何镇邦认为汪曾祺的散文化小说是"一种跨文体写作的演习"[1],还有论者认为《心灵史》就是跨文体[2]。其实,"跨文体"和"文体互渗"之间的区别非常明显,"跨文体"不仅要求作家熟悉多种文体,还要在小说中有机融合各种文体,是文类融合中打破界限最突出、操作起来难度最大的一种文体形式。从长篇小说的问世至今,历经千余年的发展,在多重因素的合力下,90年代以来长篇小说才真正繁荣起来。这"繁荣"也体现在作家对小说文体的兴趣与革新上。正如吴义勤所言,"90年代的长篇已把本世纪小说推到了一个新的艺术阶段,艺术的可能性和艺术表现的空间也得到了前所未有的拓展"[3],而这"拓展"在一定程度上体现为对跨文体写作的探

① 何镇邦:《对人性的开掘与跨文体的写作——读阿城的〈城市纪事〉》,《红豆》2007年第2期。

② 谭茜:《由无声中倾听灵魂的呐喊——由〈心灵史〉窥视九十年代跨文体写作限度》,《青春岁月》2012年第12期。

③ 吴义勤:《中国当代小说前沿问题研究十六讲》,济南:山东文艺出版社,2009年,第187页。

索上。

　　90年代初,莫言在《酒国》中大胆尝试跨"体"写作。《酒国》在叙事上呈现为3个完整的时空结构,最表层结构是特级侦查员丁钩儿应上级命令到酒国市调查食婴案件,这是小说最贴近现实的故事外壳;第二层结构是小说人物李一斗和"莫言"之间的通信往来,通信内容含蓄指涉现实,真中有假,虚中有实;第三层结构为李一斗所撰写的9个短篇。这三层结构呈现出不同的文体形态,第一层为作者创作的小说正文,第二层为书信,第三层为李一斗创作的风格各异、流派迭生的各类文体。这三大文体在整部小说中所占篇幅比例相当,所起的作用也不分主次,书信体中有小说,小说中有书信,同时还夹杂神魔鬼怪,在文体形态上表现为一部成功"跨"多种文体边界并自由叙事的新文体。在第一层结构中,作者采用全知全能视角讲述丁钩儿侦查案件的全过程。在侦查过程中,他分别和女司机、酒国市领导金刚钻以及富豪侏儒余一尺交手,这些人物关系是互相缠绕的,其中女司机既是金刚钻的妻子,还是余一尺的情妇;余一尺既是金刚钻的好兄弟,又是丁钩儿的情敌;金刚钻是丁钩儿的侦察对象。在这场虚虚实实的较量中,丁钩儿由一名侦查员变成嫌疑犯,最后醉酒淹死于粪坑。在第二层结构中,李一斗和"莫言"多次通信之后,从叙事空间来到故事空间,在酒国市与金刚钻等会面,神秘人物余一尺以及杜撰的驴街也出现在现实中,和第一层结构中的情节相渗透。在第三层结构中,李一斗小说中虚构的内容进一步和第一层结构中的人事互相补充。如当丁钩儿面对餐桌上的男婴大菜真假莫辨时,《肉孩》则以第三人称的全知视角描绘了酒国市百姓卖肉孩、烹饪学院收购肉孩的场面,交代了男婴大菜的食材来源,证实了食婴的真实性;当丁钩儿偶遇女司机并对她动情时,《驴街》引出余一尺,隐伏后文丁钩儿因情生妒的情节;当余一尺在戏里戏外进退自如,或人或神时,《一尺英豪》则对其做了详细介绍,通过余一尺的自述,他一会儿是骑驴少年,一会儿是酒店小伙计,最后竟是威风凛凛的一尺酒店总经理。他什么都是,又什么都不是。用"莫言"的话说,他一半是魔鬼,一半是天使,他就是酒国的灵魂,是整个时代精神的象征,了解了他就了解了整个时代。作者让余一尺以或实或虚的形象渗透在小说的三层结构中,在虚实相间中巧妙完成小说结构的行文互"跨"。

　　《酒国》是自由的,但在这看似毫无章法的自由背后则是行文的互为表里,是情节的灵活衔接,是语义的互相指涉。一部好的跨文体小说既要形式自由,也要有作家的心灵自由。莫言曾坦承写《酒国》"最早的动机还是因为强烈的社会责任感"①,故《酒国》虽不是一部严格意义上的批判现实主义作品,但在多重成分的互涉中宣泄了作者强烈的现实批判意识。丁钩儿代表国家侦查食婴案件,他本身具有足够的权力去应对各种不测。但在办案过程中,他却一步步陷入美色、美酒、权力等的诱惑与陷阱。作为酒国市优秀的侦查员,他一直在挣扎与警醒。在抗争过程中,偶遇老革命,老革命身上正直、清明的气息与酒国市那妖魔化的世界是如此格格不入。在迷路的旷野中,他又误入一个研究机构,这里秩序井然,科研人员爱岗敬业,这与物欲横流的酒国现实又是多么的不协调。这些都深深勾起丁钩儿的"归家感"。他想念他干干净净、听话乖巧的儿子,其实,他想念的何止是儿子,他更渴望人人都有信仰,处处皆有法则的社会大环境。可在小说中我们却看到,他所依靠的价值体系崩溃了,国家赋予他的权力失效了。最终不是罪犯的他只能像个罪犯一样到处逃窜,无家可归的失落和无处逃遁的现实使他只能醉死于肮脏的粪坑。个中深意欲辩已忘言,莫言曾遗憾地表示"这部小说是90年代对官场腐败现象批判力度最大的一篇小说,国内很多评论家畏畏缩缩地不敢评论,就是因为这部小说的锋芒太尖锐,有很多话他们不敢说明白"②。

莫言对这种文体尝试非常满意,在《檀香刑》还没出版前,莫言称《酒国》是他"迄今为止最为完美的长篇"③。在一次演讲中,他甚至"狂妄"地说:"中国当代作家可以写出他们各自的好书,但没有一个人能写出一本像《酒国》这样的书。"④正如《酒国》封面所言"《酒国》是莫言于1989至1992年全力打造的一部将现实批判锋芒推向极致,并在叙事实验方面进行大胆尝试和创新的长篇力作,堪称小说文体的满汉全席"⑤。对应于莫言的偏爱,读者却对《酒国》较冷淡,尤其在作品刚发表时,连专业的研究者也对其知之甚少。这种鲜明反差应归咎于其独特的文体,因大多数读者都易于接受那种既好看又耐看的传统小说,而对那种反传统的异类小说有种本能的疏远,更何况《酒国》跨越文体边界,打破常规小说的要素形式,对读者的阅读经验提出了极大的挑战。但不管读者

---

① 张磊:《百年苦旅:"吃人"意象的精神对应——鲁迅〈狂人日记〉和莫言〈酒国〉之比较》,《鲁迅研究月刊》2002年第5期。

② 莫言:《我的文学经验》,《蒲松龄研究》2013年第1期。

③ 莫言:《我变成了小说的奴隶》,《文学报》2000年3月23日。

④ 莫言:《小说的气味》,沈阳:春风文艺出版社,2003年,第57页。

⑤ 莫言:《酒国》,上海:上海文艺出版社,2012年封面宣传语。

和学界的反应如何,作家们的跨文体探索并没有停止。

抑或因为《酒国》极端的文体探索点燃了部分杂志的办刊灵感,抑或其他不关乎文学的原因,1999年国内几大文学期刊共同策划了一场文体"革命",高调提出"无文体""跨文体"等概念,将诸如《酒国》等无"体"书写理念化、极致化。其中《莽原》提倡写作"就像在自己的身上插上别人的翅膀一样,再也不是为了形式和形象,而是为了表现的实用"①。《大家》指出"凸凹文本"就是"让人写小说时也能吸取散文的随意结构、诗歌的诗性语言、评论的理性思辨;同样写散文时也不回避吸纳小说的结构方式"②。《中华文学选刊》则认为"当一篇文字颇值得一读,却又无法妥帖地安放进任何现有的'文体',那就是我们张弓以待的'大雁'"③。

从"革命"的目标设置、操作流程以及创作主体来看,其最终的偃旗息鼓是必然的。首先,他们对"无文体"等概念的理解存在误区。大家想当然地认为无"体"创作可以完全不受任何形式的束缚,可以不需任何实"体"来依托。这种只重文体表象,不懂文体本质的目标设置使作者在写作过程中陷入无"物"之阵,写出来的小说或像随笔,或像荒诞喜剧,或像搞笑文章,或像词条解释,不管在形式还是思想表达上都没逮到他们那只张弓以待的"大雁"。其次,从操作流程看,文体不仅是一种单纯的形式,它还蕴含着作者在语言学、修辞学、美学、社会学、文化学、哲学乃至心理学等方面的深层思考。若要进行文体革新,起码的动机应缘于作者内心的需求,再由内到外,由独特个体到多个相似个体的共同倡导,才有可能引发一场文体革新运动。此次"革命"显然不是作家群体的内在自发行为,而是先有理念,后有实践的表演与实验。最后,从创作主体身份来看,参与此次活动的作家大多为不知名的新人,只有《大家》推出李洱。李洱是当代文坛上具有一定文体意识的作家,代表作《花腔》堪称文体佳构。在此次实验中,他极力践行主编的意图,把《遗忘》写成既不像学术论文,又不像随笔散文,也不像小说的"四不像"文章,堪称此次"革命"的代表作。而海男的《男人传》《女人传》极尽实验之能事,最终连她自己也说不清是什么"体"。其他作品更是过犹不及,在此不再赘述。众杂志因某种不可言说的动机邀请一些对成熟

---

① 张宇:《理性的康乃馨——"〈莽原〉周末"散记之一》,《莽原》1999年第1期。

② 李巍:《凸凹:文学的怪物》,《文学自由谈》1999年第2期。

③ 匡文立:《无文体写作开栏语》,《中华文学选刊》2000年第1期。

文体运用尚未熟练的青涩作家来推翻已然成熟的文体,事情本身就带有几分闹剧成分,这场跨时两年的文体实验以失败告终不足为奇。

《酒国》"满汉全席式"的跨体实验向人们展示长篇小说写作的另一种可能性。对此趋势,有人击掌称赞,有人不屑一顾,更多的则是不解与担忧,而就在人们困惑不定时,带有闹剧性质的"跨文体革命"粉墨登场,经过为时两年的宣传与运作,最后还是以不了了之的方式宣告失败。一路走来,跨文体写作逐渐为人们所熟悉,若从整体上对此现象做出评定,很难用"成功"或"失败"对其做定论式判断。虽然90年代长篇小说进入了文体革新的高潮期,而就在这样的文体革新期,纯粹的跨文体作品并不多。而进入新世纪之后,乖张的跨文体写作难觅踪迹,尽管进入新世纪之后,大家的文体意识更加强烈,小说文体观也更加开放。回顾不多的几部作品,从文体互跨的艺术技巧来看,《酒国》虽为首部实验之作,但其扎扎实实地践行着正是后来"跨文体革命"的提倡者们所提倡的那样"随意地吸收""自由地飞翔"的理念,虽然小说不再是按照传统小说的基本要素去讲故事,写人物,而是自由地插入小说、书信、演讲词、调查报告等,这些插入成分并不像文备众体那样是点缀,是附属,恰恰相反,这些插入成分是小说的有机构成,缺少任何一个文体都会影响小说的叙事和立意。小说虽然戏里戏外自由穿梭,放荡不羁,但故事、人物、情节、主题、寓意等小说基本要素一应俱全,且通读全文,小说的趣味性、可读性、思想性、艺术性等并没有因为文类的互跨而丧失,相反,还增添了几分神秘性与艺术陌生感。所以,尽管当时的读者对这部作品反应冷淡,但随着时间的推移,大家越来越重视《酒国》的文体价值。可以说,在莫言的十一部长篇中,正如莫言自己所言,《酒国》是在文体革新上花的功夫最多的一部,也是文体探索走得最远的一部。正如前文所言,文类互融最终会形成两种结果,即要么成为"四不像"的拼贴文体,要么成为呈现"多棱镜"特征的新文体。很显然,《酒国》当属后者。

质言之,长篇小说因文类的自身发展而逐渐显现出兼容其他文类的优越性,在突破文类界限过程中形成了"文体互渗"和"跨文体"两种变异文体形态,通过对新时期以来长篇小说中"文类互融"现象的发展现状、规律及优长缺失等的爬梳,笔者对长篇小说的文类发展以及"文类互融"趋势基本持乐观态度,主要基于以下几个方面的考虑:

一则从时代审美角度看。长篇小说已有千余年的发展历史,各种形式的探索由来已久,但读者对长篇小说的可读性、思想性、审美性的基本追求从未放弃。而"文体互渗"小说或保留现实主义底子的"跨文体"小说，不管其采用何种形式书写小说，或与哪种文类互融兼并，但小说的基本要素从未抛弃，并且，因为作者对"插"或"化"入文体的偏爱与熟练，使小说平添了几分传统叙述所不能拥有的艺术魅力，其在絮絮叨叨的闲聊冥想、投入真诚的采访笔录、形式巧妙的日记插入、煞有介事的志史记载等中拉近了与读者的距离，增强了故事的真实性，提升了小说的思想力。这种文体形式不仅能吸引大众读者，也易获得专业读者的肯定。

二则从文体评判标准看。虽然文体本身并无高低优劣之分，且"我们没有理由，也没有能力证明某一种文体是'正'，某一种文体是'奇'，某一种文体是'新'，某一种文体是'旧'"①。但我们能确定的是，有意义的文体形式总是和表达内容、与作家的精神气质和写作风格、与时代的审美需求等相契合，进而达到老庄所言的"大象无形"的无结构状态。反之，诸如崔子恩的《玫瑰床榻》这样的跨文体作品，因割裂了意义与形式的互融，完全走上了极致的形式追求之路，即便堪称中国先锋小说的集大成者，但对于大众读者来说，还是一部失败的形式之作。

三则从"文类互融"文体形式本身的艺术可靠性来看。从互融的类型来看，文备众体是中国文人的一种习惯思维，只要处理好插入成分与文本表达、作者本身修养与文本气质以及插入成分之间的关系，就能避免诸如古典小说"文备众体"中出现的诸如"过分的说教""程式化""掉书袋""恶俗艳词""阻隔""重复"等弊端，从而使"文备众体"在长篇小说中继续发挥其特有的"叙事""审美""立意"的艺术功能，尽可能地保持其不竭的艺术生命力。而文体互渗是作家根据表达的需要，融自己擅长的文类，自如地表达对世界的理解，其中追求诗化和散文化能够增添小说的诗意与意境美，日记体或书信体有利于抒发细腻的情感，更易拉近与读者的距离，而诸如闲聊、实录、自述体小说更加随意、闲散、真实，是对虚构写作的一种反叛和创新，而追求历史化的史志体小说充分发挥了纲鉴、方志的形式功能，实现了历史题材的另类书写，所产生的艺术效果比传统的历史小说要强烈。所以，文体互渗作为文类变异的一种形式，是小说文体自身发展的一种创新转化，具有一定的发展空间。而跨文体因变异的程度太大，

---

① 吴义勤:《难度·长度·速度·限度——关于长篇小说文体问题的思考》,《当代作家评论》2002 年第 4 期。

在"反小说"的路上走得较远，稍不留神就变成了肢解意义的一地碎片，从意义的完整性、艺术的构建性、文本的可读性等方面来看易误入形式的歧途。但若能根据小说内容进行别有新意的互融如《酒国》，拓展了文体的丰富性与多样性，提供了小说艺术新的生长点。从此角度看，跨文体写作存在一定的发展空间。

在当下语境中，创作主体已然形成比较成熟的文体观，更为关键的是，随着市场经济以及多媒体时代的来临，人们处在一个信息爆炸、空间多极、趣味多样的语境中，人们的综合修养在逐步提高，人们对长篇的审美需求也逐步呈开放化趋势，这些都为长篇小说的文体探索提供了重要的精神驱动力。正如王国维所言："盖文体通行既久，染指遂多，自成陈套，豪杰之士亦难于中自出新意，故往往遁而作他体，以发表其思想感情。"①长篇小说作为正在发展中的文类，为逃避发展过程中随之而来的"自成陈套"与审美疲劳，文类内部的自律更新以及外部环境的文化浸染，会使"文类互融"现象继续存在，长篇小说的写作因此也会变得镜像迭生，富有生机。

---

① 王国维：《人间词话新注》，滕咸惠校注，济南：齐鲁书社，1981 年，第 104 页。

第四章　代际、个体差异与文体革新的原动力

文体革新是创作主体的一种精神心灵活动,由于个体先天的气质与禀赋,使这种探索活动打上了作家鲜明的个人烙印,而这些烙印也正是不同作家不同文体追求的主要原动力之一。但作家作为具有社会属性的人,其在拥有先天气质、禀赋的同时,从出生之时就受着各种外在文化语境的浸染,让自己不可逃遁地成为某一"类"作家,正如罗兰·巴特在《写作的零度》中所言:"一位作家各种可能的写作,是在历史和传统的压力下被确定的。"①而这也正是文体革新呈现"代际""地域"等社会共性特征的原因所在。提及"代际",当下不少文学研究者认为其与社会学、人类学、生理学、人口学、统计学等息息相关,将其与极具个性的文学创作活动相联系,有点牵强,是种冒险的行为。但文学的社会属性决定着创作主体以及表现内容等皆离不开外在社会语境而独立存在。文学的个体性与社会性属于两个既独立又互相缠绕的范畴,二者之间的辩证关系为采用中国文化诗学的方法,侧重从作家个体差异、代际差异视角研究小说文体成因提供了理论可能性。而新时期以来具有文体革新倾向的作家,他们每个人皆是诸如代际、地域、时代文化记忆等社会文化共性与个体个性的矛盾统一体,他们在保持各自文体特色的同时,又彰显着一定的共性,而共性与个性的恰当处理也是其获取文体革新不竭动力之所在。

---

① [法]罗兰·巴特:《写作的零度》,见《罗兰·巴特随笔选》,天津:百花文艺出版社,1995年,第3页。

第一节　作家代际差异与文体表征分野

一、代际与作家代际群的划分

在社会学、人类学、人口学等研究中，与"代际"相关的术语很多，如"代""代沟""代群""世代""代际差异""代际冲突""代际隔阂"等。为了行文的方便与统一，本文在参照各术语的理论意义与实际功效的基础上，采用"代际差异"这一说法。欲了解"代际差异"的基本内涵，须弄清"代际"的起源。"代"的本义指"人"与"弋"的联合即"人际的迁移""辈分的迁移"，后来特指某一辈人即"一代人"。"代际"作为一种生物学事实，从人类出现之时就已存在，因为只有"代"的存在，人类才有可能繁衍生息，代代相传，而"代际"成为一种社会事实，是经历了一定阶段社会发展的结果。"代际"作为一种生物学事实随人类的诞生而存在，但在原始社会，人和人之间是以血缘为中心进行群体划分的，恶劣的生存环境和血缘关系使他们内部之间极度和谐、平等，"代际"作为一种概念的存在意义并不大。随着生产力的提高，逐渐出现了阶级。阶级社会里，人和人之间的"阶级"关系划分使统治阶级和被统治阶级之间存在着密不透风的身份差异，此种环境下，社会学意义的"代"存在意义也不大，"三纲五常"的礼仪伦理发挥着上至皇帝下至每一个家长的威严，作为臣子与晚辈很少敢于反抗既定秩序。至此，"代际"作为一种社会学事实还没出现。

随着科技的发达，工业现代化的来临，西方社会率先出现工业文明，人们不再局限于对物质的追求，而开始进行精神上的思索，而这"思索"率先体现在对"人"的主体意识的发现与强化上。真正从行动上对"人"的存在现状表示不满的是二战后出生的一代人，标志性运动则是 1968 年发生在法国的"五月风暴"①。这不仅仅是一次学潮,而是标志着一个新时代的到来,随着当政总统的病逝,则意味着法国进入另一个时代,这个时代宣布:世界已分为两代人的世界。在工业文明社会,一切分野的核心变成精神上的东西即观念,而其表现核心则是"年龄"。正如有学者所言:"任何价值观念的对立都是'代际'的对立,这种对立构成发达社会的迷人现象。"②科技的进步,生产力的发展,最终促成了"人"的观念的突显,在一定意义上促成了"代际"的社会学意义的确立。

"代际"是个由来已久的概念,从社会学角度研究代际更替对于社会的发展显得尤为重要。德国学者曼海姆就指出"代问题是重要的,也值得对其进行严肃的研究,该问题对于理解社会和精神运动的结构来说是一个必不可少的向导"③。并且,他还指出任何一个社会都具有这五大特征,即"文化过程的新参与者的出现;原有参与者逐渐消失;任何一代成员只能参与有限的历史过程;将积累的文化遗产传递下去;代际更替是一个连续的过程"④。人类若没有"代际"的更替,也就没有社会的承继与发展。"代际"作为一种理论传入中国并引起国内学者的关注也是在 20 世纪 80 年代之后,伴随着国内社会转型和文化变迁的加剧,"代沟"作为一种社会事实在生活中也日益明显存在。国内学者对"代际差异"有着不同表述,但基本意向接近即指"由于时代和环境条件的急剧变化、基本社会化的进程发生中断或模式发生转型,而导致不同代之间在社会的拥有方面以及价值观念、行为取向的选择方面所出现的差异、隔阂及冲突的社会现象"⑤。"代际差异"无疑是个重要的社会现象,如何确定"代"与"代"之间的区别是有效开展代际研究的基本问题。"代际"具有生物学和社会学属性,

---

① "五月风暴"是 1968 年 5 至 6 月在法国爆发的一场学生罢课、工人罢工的群众运动。爆发的直接诱因是学生抗议政府逮捕为反越南战争而向美国在巴黎的产业投掷炸弹的学生,而深层次的背景则包括出生率激增,大学生增多,两代人之间的鸿沟加深;经济发展,无止境的物质消费令人担忧,而旧的文化却停滞不前等。运动的结果以总统的巧妙化解而告终,但人民并不支持总统的政治改革计划。

② 李新华:《关于代际理论的手记之一:"代"的时代》,《当代青年研究》1988 年第 5 期。

③ [德]卡尔·曼海姆:《卡尔·曼海姆精粹》,徐彬译,南京:南京大学出版社,2002 年,第 60 页。

④ [德]卡尔·曼海姆:《卡尔·曼海姆精粹》,徐彬译,南京:南京大学出版社,2002 年,第 292 页。

⑤ 周怡:《代沟理论——跨越代际对立的尝试》,《南京大学学报》(哲学人文社科)1995 年第 2 期。

通常可以在这两个向度上进行划分。从生物学角度看,代际更替是一个时间的流动历程,故有学者认为同一代际的人略指"出生于同一时期,具有共同的历史经验,因而显示出相类似的精神结构和行为式样的同时代人"①。目前这是主流的分法,但因忽略了社会性而受到诸多质疑。国内也有学者从单纯社会学角度划分,如张永杰和程远忠在《第四代人》中提出以意识形态、价值观念为划分标准。崔建中在《第三代人论纲》中综合生物学和社会学两个向度,认为人的"社会特质"是根本依据,生理年龄仅具有次要意义。黄建钢在《代际模糊:青年正在消失乎》中从生理年龄、心理年龄、文化、心态等方面划分代际,划分的标准主要分为客观特征和主观特征两类。但这些缭绕的分法在代际研究中并没有单纯的生物学划分更具有可操作性。

代际是社会变迁转型的产物,变迁越快,更替就越明显,冲突就越激烈。进入新时期以来,随着社会的转型以及政治、经济、文化等方面的快速发展,尤其进入世纪之交,网络的普及在极大程度上影响了人们的工作、学习和生活方式,并且这种影响以不可控制之势渗透到社会各个领域,对人们的精神生活产生重大影响,因此代际差异是国内学者必须重视的一个重要课题。但从目前的研究现状看,起步于80年代的代际研究,从理论拓深到实证考查还没形成一定体系,且研究视角主要集中于社会学、青年学、人口学、文化人类学等。在此背景下,从文学视角考察代际差异对创作主体的影响不失为代际研究的有效拓展,也是对当前文学研究的一种有益尝试。

扫描当前学界,从代际差异视角研究文学现象的研究成果并不少,不过大部分都限于生物学意义的代际研究如"知青作家""右派作家""50年代出生作家""60年代出生作家"等,在研究方法上试图从断代视角分析创作主体在价值观、创作观、审美观等方面的特征。另外也有不少学者在专著中做了专题性研究。如洪治纲在《中国六十年代出生作家群研究》中从"代际差异"视角对60年代出生作家做了专题性研究。樊星在《当代文学新视野讲演录》中对当代文学的代际特征和代群做了解析。赵园在《地之子》中设篇运用"代"的概念分析了知青文学。陈映芳在《在角色与非角色之间:中国的青年文化》中对"代际"概念做了理论辨析并以此分析了老三届的精神与人格。沈杏培在博士论文《小说

---

① 陈映芳:《在角色与非角色之间:中国的青年文化》,南京:江苏人民出版社,2002年,第32页。

中的"文革"》辟专章从代际差异视角谈其对 50、60、70 年代作家"文革"叙事的影响。

上述研究成果表明，从代际差异视角研究文学具有一定的合理性与可能性。正如张旭东所言："'代'问题再一次被证明对理解当代中国文学的美学蕴含和历史蕴含具有关键意义。"①戴锦华也觉得"用'代'来讨论中国文学并非批评家的发明。我感到每一代人都是为一个特殊的历史所生产，他的全部经验就是那段历史给予他的个人经验"②。许晖认为"代就是某一个共同的命运，就是每一代人都逃脱不开的共同经历。因为这共同的经历，每个人都拥有了一份大致相同的情感"③。这些共同的命运、经历和情感使得作家创作的代际差异成为可能。文学创作是作家价值观念、思维方式、审美方式、情感体验的综合体现，因此文学不可避免地烙上了代际差异的精神印记。从代际差异视角研究文学现象，就是辨析社会的转型、历史的变迁、文化的裂变等对代际群体精神结构所产生的影响。如社会发生重大变化之后，文化秩序会发生怎样的裂变？而这种裂变又是如何影响代际群在生活观、价值观、审美观等方面的裂变？而这一系列复杂的"联动式"裂变又会在不同代际作家的创作中呈现出怎样的迥异形态。反观中国近三十年来的社会变化，可谓斗转星移、日新月异，如 80 年代的社会转型以及改革开放，90 年代的市场经济体制，新世纪的信息化浪潮及消费主义的盛行，几乎每一次变革都会对人们的生活方式、思维方式、价值理念产生影响，而这正是促使代沟现象愈演愈烈的根本原因，也是我们从代际视野研究文学现象的现实基础。

在此语境下开展文学视角的代际研究，首先要对创作主体进行代际划分。关于划分的标准，前文已做论述，人文学科研究的综合性与多义性决定了代际划分的多重性与模糊性，故综合考虑代际的生物学、社会学双重属性，我们且以十年为周期，将新时期以来具有文体革新倾向的作家划分为 30 年代、40 年代、50 年代、60 年代、70 年代、80 年代等几个生物学代际，30 年代、40 年代作家如戴厚英、莫应丰、古华、李国文、刘心武、老鬼、凌力、霍达等为新时期长篇创作文体革新的主干力量，还有部分作家如张一弓、尤凤伟、金宇澄、柯云路等在新世

---

① 张旭东：《批评的踪迹：文化理论与文化批评》（1985—2002），北京：三联书店，2003年，第 252 页。

② 戴锦华：《犹在镜中：戴锦华访谈录》，北京：知识出版社，1999 年，第 76 页。

③ 许晖：《六十年代气质》，北京：中央编译出版社，2001 年，第 170 页。

纪之交乃至当下的创作中也因文体革新而惊动文坛,甚至还有个别作家如王蒙、张洁等一直坚持创新,成为长篇小说文体探索的常青树。但此代际作家和50后作家在所经历的重大历史事件以及时代文化背景等方面基本相似,为了研究的系统性,特将其归为一个代际。

70后作家群在作家队伍的构成、作品的影响力、作家的审美追求以及创作实绩等方面,与前辈作家群相比存在一定差距。从年龄看,他们大部分从90年代开始接触文学,在新世纪初开始发表作品,时至今日已有十几年的写作经验,在题材关注和叙事趋向上已形成自己的格局。梳理他们并不多的长篇如《道德颂》《认罪书》《糖》《我是真的热爱你》《拐弯的夏天》《六人晚餐》《水乳》《活下去》《无爱一身轻》《机关》《上海宝贝》《练习生活练习爱》《流年》《甲乙丙丁》《高跟鞋》《戴女士和蓝》《逍遥游》《福寿春》《午夜之门》《夜火车》《滴泪痣》《春香》等,我们发现,一是这些作家作品很少涉足历史。二是女作家居多,男作家偏少。由于女性身份与气质,绝大部分作家多在都市空间里演绎大同小异的婚恋情爱故事,所关注的多为"小我",所展示的疼痛仅是一些个体的表象之痛。三是这些作家都青睐于成长主题写作,表象地展示了新时期以来他们在成长路上所留下的记忆。盘点70后作家的文体追求,少数作家如乔叶在《认罪书》中尝试运用"叙述者并置",尽管其底子还是现实主义手法,但已表明作者有了"如何讲故事"的意图。还有李师江在运用传统现实主义手法进行创作时也形成自己的特色,《福寿春》叙事看起来比较笨拙,毫无技巧可言,但作者自始至终保持一种不温不火、从容淡定的节奏,语言也深得中国传统小说神韵,洗练,白描,传神,在平淡自然的铺叙中呈现人物的性格。其余诸多作家文体意识淡漠,停留在"讲什么"的层面。

从代际视角看,70后作家在童年时代接受了规范的基础教育,理想主义教育扮演着引路人,争做"四有新人"是其人生目标。而且,在儿时还短暂地经历了计划经济体制下有限的物质供给和人际关系的单纯,但步入少年后单一的计划经济体制被打破,改革开放的社会背景和日趋开放的文化语境使整个社会的价值观念、社会道德观念等处于多元化状态。这一切使处于青春期的70后开始迷惘与浮躁。尤其进入90年代之后,市场经济体制的推行,功利主义价值观的崇尚,后现代主义思潮的盛行,这些都深刻影响了正处于人生定型期的70后,反映到文学创作上,使他们表现出对欲望、世俗、利益等的一种本能趋近,缺少对形而上的诸如历史、人文、文化等精神层面的理性思考,有论者指出他们这种写作是"个人化写作",而"自我中心化过程同时也是一个不断扩张的过程,是一个对'他者'殖民化的过程,如果把这种个人化写作推向极致,并成为文学拒绝进入公共领域的借口,会丧失知识分子最基本的批判立场,这时候,这种文学主张就会呈现出它的保守性"①。

系统的知识储备,开放的文化语境,这些都是70后作家的优势所在,但在实际创作中他们淡化历史,漠视文体,在叙事视野和审美方式上皆显出逼仄、无力的窘态,众评者对70后的写作基本持否定态度,陈晓明认为:"继苏童、余华、格非、孙甘露、北村之后,70后作家不可能在形式方面做出更多的变革。他们在艺术上的追求既不可能有更多的颠覆意义,也不会有更大的开创性。"②有论者认为"这一代人写作的缺陷是显而易见的,精神贫血、沉溺表象而缺乏超越能力,无论是历史记忆的缺乏,还是知识结构和接受环境都决定了目前呈现出的写作特征"③。甚至有论者毫不留情地指出"在小说的技术方面他们大多还是幼稚的,他们多用内心视角是因为他们在外部视角的叙述和描写方面尚欠功力,他们当中的绝大多数尚不具备把握中长篇小说的能力"④。还有论者指出70后的作品"对于喜欢读故事的读者来说读不出故事;对于喜欢读思想的人来说,也无法获得思想。他们还处于一种游离与成长阶段"⑤。

本论题关注的是文体革新作家作品,故70后作家群在此略去。70后作家尚且如此,80后作家由于创作经验的有限,在文体革新上也鲜有可圈可点之处,故也略去。因此,纵观新时期以来最为活跃的写作群体,主要分为"50后及以前作家""60后作家"两个代际作家群。

"50后及以前作家"⑥是两个作家群中构成最复杂、阵容最庞大、实力最雄

---

① 蔡翔:《何谓文学本身》,《当代作家评论》2002年第5期。
② 陈晓明:《异类的尖叫:断裂与新的符号秩序》,《大家》1999年第5期。
③ 欧阳晓昱:《冷暖自知的无根漂流:作为写作者的70年代人》,《文艺评论》2004年第6期。
④ 葛红兵:《命名的尴尬:也谈70年代出生作家》,《南方文坛》1998年第6期。
⑤ 陈美兰等:《对"七十年代以后"的秘密解读——关于"七十年代出生作家"的座谈》,《黄河》2003年第2期。
⑥ 如戴厚英、王蒙、张洁、张一弓、周克芹、莫应丰、古华、李国文、柯云路、杨显惠、刘心武、老鬼、凌力、霍达、张承志、尤凤伟、张炜、张抗抗、徐小斌、莫言、李佩甫、刘震云、阎连科、刘恒、李锐、王安忆、刘恒、贾平凹、王旭峰、陈忠实、张宇、史铁生、金宇澄、洪峰、马原、韩少功、毕淑敏、莫言、阿来、陈亚珍、方方、潘军、林白、宁肯、何顿等。

厚的一个群体。构成复杂是因为其中不仅有亲身经历过"十七年"反右运动而得名的"归来"作家如王蒙、古华、李国文等,还有"文革"期间因上山下乡运动而得名的"知青"作家如老鬼、张承志、张抗抗、徐小斌、李锐、史铁生、金宇澄、韩少功等。在从事创作时间上,有80年代之前,或80年代,或世纪之交,甚至新世纪以后新起的。说其阵容庞大自不必说,说其实力雄厚则是因为不管是从作家的国内外影响力,还是从作品在不同奖项评比中获奖率,还是作品的思想性还是艺术性上都是一路领先。既然如此,也许会有人质疑,队伍如此庞杂,各自个性如此突出,怎能"一锅烩"地放在一个代际里进行研究? 其实,透过纷呈的艺术追求表象,大致可窥众作家相近的时代气质与价值立场。他们自幼受到革命理想主义的启蒙教育影响,在潜意识里都有着强烈的社会责任感和沉重的历史使命感。与此同时,正是因为这种"大我"意识,使他们在题材关注、审美表达、主旨立意等方面也表现出自觉的现代启蒙意识,尤其在文体革新方面,他们积极借鉴各种现代化的艺术手法,有效推动了当代小说的形式革命,成功引领当代长篇小说的文体发展走向。

"60后作家"①群中虽有着影响力较大的如苏童、格非、迟子建等作家,且这一代群在队伍构成上既包含后先锋作家,也包含新生代作家等,但从总体上较之前一个作家群,在阵容规模、作品影响力等方面稍逊一筹。原因是多方面的,既与作家创作实践有限、国家主流意识的关注有关,也与创作主体的成长背景、审美追求等存有关联。他们的童年基本上是在"文革"中度过,旁观者的身份使他们难以形成完整的"文革"记忆。但"'文革'时代、新时期和商品经济时代是他们经历的三个重要时期,'文革'末世的破碎图景、80年代理想主义高扬的现实和90年代消费文化的狂潮构成'三接头皮鞋'"②成了他们的文化资源。他们"既不像上一代那样拥有辉煌的激情岁月以及对苦难的记忆,也不像下一代那样对商业文化、对功利主义可以毫无障碍地接受。和上一代的理想主义比较是断裂的,和下一代的功利主义相比也是有代沟的"③。虽然他们没有苦难,没有激情,没有亲历"文革",没有经历"启蒙",但他们都有了相对正规的学习机会,再加上西方现代主义、后现代主义思潮的浸染,使他们自觉地扛起反叛和先

---

① 如余华、吕新、东西、崔子恩、韩东、刁斗、陈染、苏童、北村、格非、红柯、孙惠芬、李洱、艾伟、麦家、迟子建、罗伟章、邱华栋、朱文、海男等。
② 王宏图等:《"文革后一代"的精神资源和文化想像》,《作家》2001年第4期。
③ 王宏图等:《"文革后一代"的精神资源和文化想像》,《作家》2001年第4期。

锋的文学大旗,自觉地在作品中追求反英雄、反理想、反宏大叙事的美学效果。他们"一方面主动回避对宏大历史或现实场景的正面书写,清算并反思集体主义所带来的诸多问题,自觉卸下某些重大的社会历史使命感,另一方面又以明确的个人化视角,着力表现社会历史内部的人性景观,以及个体生命的存在际遇,合理汲取西方现代主义的表现手法,使之融入作家个人的审美创造"①。

从表象上看,这是生物学意义上的"一刀切"式划分,但实际上还是遵循了两代作家在代际共性上存在分野的原则,如所经历的重大历史事件、文化主潮的不同,导致了他们价值理念和审美追求的不同;而不同的价值取向和立场使他们的责任意识以及与主流意识形态之间关系的不同;不同的审美追求使他们在叙事方式、叙事内容、表现手法等方面也呈现出迥异的形态。这种内在的文化逻辑决定了代际差异视角研究文学现象的内在合理性。尽管上述这种简单甚至有点粗暴的代际划分明显遗漏或遮蔽了一些作家的个性,但采用这种模糊性、抽样性的视角,去研究不可量化、不可言说的文学创作,也不失为一种有益的尝试。

二、代际视野下的文体革新表征

文体向来和意义联系在一起,因为文体的状况"实际上正代表长篇小说的意义状况"②。雷达认为"文体是作家认识世界、把握世界和表现世界的方式"③。长篇小说的文体绝不是简单的外在形式问题,它和作家的题材取向、价值趋向、审美倾向等都有着千丝万缕的联系,而一代作家的各种倾向与选择背后则是与其所处的时代背景有着不可割舍的关系。系统梳理各代作家在叙事内容和审美方式上的区别,侧重以作家所处的时代背景以及不同的童年记忆为切入口,可探得叙事内涵与审美表达方式存在代际差异的成因。

(一)叙事视野与表现内涵的代际差异

80 年代长篇小说主要出自 30、40 年代出生的作家之手,50 后作家仅限于

---

① 洪治纲:《新时期作家的代际差别与审美选择》,《中国社会科学》2008 年第 4 期。
② 王一川:《我看九十年代长篇小说文体新趋势》,《当代作家评论》2001 年第 5 期。
③ 雷达:《近三十年长篇小说审美经验反思》,见中国作协创研部编:《长篇小说艺术论》,北京:作家出版社,2012 年,第 31 页。

贾平凹、莫言、王安忆、徐小斌、张炜、张抗抗、铁凝等。此时期小说的题材主要分为历史反思和时代改革、人性揭示三大类,前期小说紧跟"伤痕""反思""改革"主潮,因为题材重大,表达的主题自然宏大,鲜有个性化、个人化的主题表达。后期作品开始关注"人"的存在,从主题表达看,不再是二元式的政治价值评判,书写历史时有了新历史小说的意味。进入 90 年代是长篇小说的高产期,此时期 50 后及以前作家在题材取向和主题表达上,较之 80 年代书写方式发生了变化。在历史书写上,一部分作家不再像传统作家那样把历史当作"历史"来写,而是开始把历史当作"故事"来演绎,当作"背景"来生发寓意,形成了新历史小说或革命历史小说。如《心灵史》《最后一个匈奴》《旧址》《纪实和虚构》《八里情仇》《醉太平》《白鹿原》《丰乳肥臀》《心灵史》《柏慧》《花煞》《家族》《李氏家族》《故乡天下黄花》《无风之树》《苍河白日梦》《故乡面和花朵》《长恨歌》《尘埃落定》《茶人三部曲》等。在现实书写方面,同样是乡村和城市领域在时代经济文化等方面的宏大题材,较之 80 年代,具有革新意识的作家开始融进更多对人性、权欲、人生与命运的思考,如《金屋》《酒国》《日光流年》《羊的门》《马桥词典》《城市白皮书》《情感狱》《高老庄》《废都》《九月寓言》等。在历史和现实书写之外,还出现了一些无法归入某一类题材的作品如 90 年代具有一定思想深度的哲思体小说《务虚笔记》以及女性命运书写如《疼痛与抚摸》《无字》等。

新时期以来 50 后及以前作家的题材取向和主题表达主要集中在历史、现实和个性化书写三大块,他们自觉肩负起历史重负,带着强烈的使命感探讨现实、反思历史。在他们看来,要尽可能拥有一种大关怀、大视野,这才是一个好作家的必备条件。如贾平凹认为"我觉得我一定要写出来(文革),似乎有一种使命感,即便写出来不出版,也要写出来"[①]。王安忆在创作《启蒙时代》时也曾明确表示"一直想写一个大东西(文革)"[②]。他们习惯于选择相对宏阔的精神视野,力图将个体生命纳入宏大的社会现实和历史境域中去,进行一种正面、富有深度和广度的展示,以便传达创作主体对社会现实和历史的重构意愿和思考能力,体现了一种明确的"大历史情结"和"哲思倾向",也折射了作家的主体意

---

① 贾平凹 刘星:《关于一个村子的故事和人物——长篇小说〈古炉〉的问答》,《上海文学》2011 年第 1 期。

② 王安忆 张旭东:《成长·启蒙·革命——关于〈启蒙时代〉的对话》,《文艺争鸣》2007 年第 12 期。

志对历史和现实的深度介入的精神姿态。

60后作家在历史书写上主要以"文革"为叙事对象。正如许子东所言:"如何回忆和叙述'文革'的过程和细节,如何梳理和解释'文革'的来源和影响,这是一个中国大陆作家很少能够忽视和回避的题目。"①且他们多以成长小说的模式来进行,如《在细雨中呼喊》等。除此之外,对它时段的历史关注,则多以新历史叙事的方式进行,如《敌人》《边缘》《我的帝王生涯》《呼吸》《施洗的河》《光线》等。他们从一开始就自觉避开对宏大历史或现实场景的正面书写,而代之以明确的个人化审美视角,倾力表现社会历史内部的人性景观以及个体生命的存在际遇。在他们看来,"用小说来反映历史的进程是一种值得尊敬的小说意识,但事实上许多人试图把握和洞悉的历史大多是个人眼中的历史"②。苏童表示"什么是过去和历史?它对于我是一堆纸质的碎片,因此我可以按我的方式拾起它,缝补叠合,重建我的世界"③。当然,60后作家并非全部沉浸在自我封闭的世界里诉说模糊的"文革"记忆,还有部分文体革新作品关注现实生活,倾向于底层农村生活,而关注城市生活的作品较少。在人性探究以及私密性写作方面作品尚多如《私人生活》《女人传》等。在60后作家眼里,他们更看重个人写作的不可替代性,他们追求个人的审美风格,强调个人的主体意识,不会轻易地认同某种思潮或某种集体意识,而是要寻找自身的审美优势。

质言之,60后作家自90年代登上文坛,在题材选取和叙事倾向上和前者一样,关注历史和现实,注重人性的探究,但"历史"少了大而恢宏的视角,"现实"少了一定的时代高度,人性的探究也放在些微幽闭的世界中进行。他们更重于个体睿智的思考与质疑,但其姿态不是救世主的横空出世,不是启蒙者的主体介入,而是个体的智性与对现实的回避。如此倾向使他们的创作和50后及以前作家相比,少了宏大的责任意识,多了个性化的主体意识,所以60后作家的作品整体读起来"普遍存在着缺乏一种大格局、大气势、大胸怀,或者说他们还缺乏一种对大格局、大气势的控制能力,缺乏一种真正意义上的'大手笔'"④。这种差异表明,代际和年龄对于作家尤为重要,它们的存在不仅影响作家的题

---

① 徐子东:《叙述文革》,《读书》1999年第9期。
② 苏童:《纸上的美女》,北京:人民日报出版社,1998年,第189页。
③ 孔范今 施战军:《苏童研究资料》,济南:山东文艺出版社,2006年,第22页。
④ 洪治纲等:《漫谈六十年代出生作家及其长篇小说创作》,《当代作家评论》2006年第5期。

材取向与主题趋向,还会影响到作品的审美表达。

(二)历史、现实以及个性叙事方式的代际差异

50 后及以前、60 后作家在叙事视野和表现内涵上存在着代际差异,这表明一部长篇之所以在整体上呈现出大的格局与气度,之所以能成为经典,不在于其写了什么题材,关键是看作者采用哪种方式来讲述这种题材,采用哪种视角进入这个领域,而这方式和视角大抵就是我们通常意义上所讲的文体。

自古以来,中国就是一个重视历史的国度,历史题材自然备受作家的青睐。"叙述历史是人的主体行为。每个人都会有自己的历史,只要他提及他认可的自己或他人的真实往事或经验,他便加入了历史叙述者的行列"[①],而叙述历史对于作家来说更是题中应有之义。一般意义上的历史小说,用郁达夫的话来说是指"由我们一般所承认的历史中取出题材来,以历史上著名的人物和事件为骨架,而配以历史背景的一类小说"[②]。在中国当代文坛上,由于历史观和价值观的不同,作家们关注的历史人物和事件不同,所采取的表达方式也不同,这使"历史小说"的内涵显得有些复杂,正如吴秀明所言:"中国的历史小说通常是指以一定历史真实为基础加工创造的这类作品而言,它与历史真实具有'异质同构'的特殊关系。最近若干年来,在新的文学观、史学观的影响下,使原来比较复杂的问题愈显复杂。"[③]所以,为了研究的需要,厘清当代历史题材小说的具体内涵显得尤为重要。根据新时期以来历史小说表现内容、表达方式以及写作目的的不同,可大致将其分成四种不同类型。一为古历史小说,即从近代上溯至古代,这类小说以真实的历史人物和事件为原型,将历史真实和艺术真实融合在一起,以复原历史真实的"正史"样貌,达到以古讽今、以史鉴今的目的。二为革命历史小说,即以中国共产党成立后至新中国成立后抗美援朝期间,由中国共产党领导的革命历史,包括国民党领导的抗日战争正面战场所发生的革命战争为历史背景而创作的历史题材小说,以还原革命历史样貌、弘扬革命传统为目的。三为"文革"历史小说,即以"十七年"至"文革"的历史为背景而创作的历史小说,除了在一定程度上还原历史,更大程度上则是为了表现主体的历史

---

① 陈新:《西方历史叙事学》,北京:社会科学文献出版社,2005 年,第 269 页。

② 郁达夫:《历史小说论》,见严家炎主编:《20 世纪中国小说理论资料》(第二卷),北京:北京大学出版社,1997 年,第 447 页。

③ 吴秀明:《论世纪之交历史题材小说的现代性进程》,《长江学术》2001 年第 6 期。

态度与情感。四为新历史小说,即以中国任何一个时间段的历史为背景,以个体化、民间化的视角重点审视历史、反思现代人的生存境遇。这四类历史小说共时并存,占据了当代长篇小说创作的半壁江山。

50后及以前作家的历史书写内涵丰富,基本涵盖了四种类型的历史小说,但最能体现文体革新实绩的是"文革"小说和新历史小说。若从进入历史以及所采取的叙事方式、表现手法等方面来看,可看出代际差异对作家文体表达的影响。

在"文革"小说中,50后及之前作家由于人生经历、知识结构以及传统的人格气质,他们进入历史的方式多为正面进攻即作家遵守艺术真实和历史真实相结合的原则,将历史当作历史,在合理想象的基础上演绎历史故事。正面进攻历史的方式首先表现在对"文革"中人、事以及场面的正面描绘。如阎连科的《坚硬如水》这样带有后现代主义倾向的作品也不吝笔墨详细描绘高爱军多次发动群众砸毁"两程故里"的"文革"场景,更不要说那些带有自述体或采访体、回忆体色彩的作品如《血色黄昏》等作品。在这种正面的铺陈叙事中,历史的血腥与暴力,人性的扭曲与黑暗,人类的苦难与无奈等都得到了具实化的呈现,正是这种细节性、具象化的演绎,在一定程度上有力地揭示了历史的真相。正面进攻历史的方式还表现在作家情感、观点的投射方式和立场上。二月河曾说:"历史小说的创作者既不能抱取旁观者的身份和不介入的态度,也不能把历史看成是与现实社会毫不相干的东西,要把自己投入进去,找到历史与现实之间的脉息,让历史真正活起来。"①而要想让读者有所教益,作家要本着精英知识分子的启蒙文化立场,从"实用理性"观念出发,努力使小说呈现出"以史鉴今"的效果。作家们除了借史寓今,还会在作品中直接插入自己的思考与评介,对历史进行深刻的反思与体悟。如《人啊,人!》中作者直接以"人道主义宣讲者"的身份呼唤人性的回归。

当然,以何种方式展示"文革"固然重要,但更重要的是这种"展示"背后的价值诉求。在50后及之前作家群中,他们对"文革"叙事的价值诉求是不同的。伤痕和反思作家多为"文革"的亲历者或受害者,他们写作的目的就是要揭露历史的荒谬,矛头直指造成苦难和伤害的政治和历史本身,他们以强烈的情感控

---

① 二月河:《新年杂想及雍正》,见《二月河精品自选集》,武汉:长江文艺出版社,1999年,第225页。

诉政治灾难,显然少了关于历史深层次的思考与叩问。尽管有《人啊,人!》这样直接呼唤人道主义的作品,但告白式、标语式的呼唤依然流于宣言式的表白,骨子里还是在深切控诉政治灾难。而50后及之前作家在正面展示历史的混乱与荒诞之余,多了冷静的思考,但这思考不是赤裸裸的政治批判和道德诘问,而是融入更多关于"人"在荒诞环境下的生存、情感以及复杂人性的思考。正如於可训所言:"面向读者背对复杂纷乱的时代,小说家该做些什么?我觉得小说家更应该耐心而不是浮躁地、真切而不是花哨地关注人类的生存、情感、心灵。"①这方面的典型作品如《血色黄昏》《隐形伴侣》等。

与"正面进攻历史"方式相对应的则是"宏大"叙事的建构。所谓"宏大"主要体现为全景式历史时空的描写、完整的故事交代、众星式人物塑造、线性时间交错、全能的上帝之眼等,这些合在一起形成了"史诗"般的外在形式。所谓"史诗",《简明不列颠百科全书》对其做了相对完整的解释,"首先,它是指一种文学文体,即长篇叙事体诗歌,主题崇高,主人公为神、半神或英雄;它的第二层含义由其本义衍变而来,包括描写一段社会生活事件全景的长篇叙事作品,也可以是小说、戏剧等,是一种有全景式文学描写的作品"②。对照释义,50后及以前作家笔下的历史叙事具有史诗的品格。主要表现在巨型的时间视野、巨大的空间视野以及对完整故事情节的讲述以及视角的设置上。在一定意义上讲,一部历史题材小说是否具有史诗品格,在很大程度上取决于它能否在纷繁众多的历史事件中提炼出决定历史走向的历史故事来。正如成一所言:"小说,先得要好看。历史小说要好看,主要得靠历史的魅力,史实的魅力,而不能只靠今人戏说。"③在"文革"小说中,故事性依然是作家关注的重点。如《69届初中生》通过69届初中生雯雯的眼睛来看世界,写出了她对自己幼年、童年、少年、青年时期生活的观察和感受,以另一种方式全景展示了中国特殊岁月的各种历史运动。《血色黄昏》等则都以第一人称"我"或自传体或采访体的形式来写个体所经历的"文革"。《血色黄昏》作为一部带有纪实性的小说,以第一人称讲述了北京知青在内蒙古草原的一段历史,将"文革"期间革命、批斗、背叛以及人性的恶毒、扭曲、卑劣一一呈现,原生态的真实和浓烈的情感无不令读者为之动容。

---

① 於可训:《小说家档案》,郑州:郑州大学出版社,2005年,第79页。
② 《简明不列颠百科全书》编辑部译编:《简明不列颠百科全书》,北京:中国大百科全书出版社,1985年,第876页。
③ 成一:《白银谷·后记》,《白银谷》(下),北京:作家出版社,2001年,第1030页。

60后作家虽然高度关注"文革",但他们面对这段历史时,多采取虚化背景的手法,将"文革"作为一种后台背景,重于描述在这段特殊的历史境遇中个体独特的体验与感受。这体验与感受有可能是苦涩的、悲哀的、愤恨的,或许还有一丝莫名的喜悦和轻松。因为所表达的是个体感受,与之相应所采取的视角多是未成年的、非理性的。对此,苏童就曾表示:"我从来没有以成人的角度去切入那个时代,我是以一个孩子的眼光去写一个时代的灾难。记忆有时候是自私、不讲公德的,所以'文革'灾难在别人眼里是极富悲剧性的事件,在我们的童年记忆中可能连一点悲哀的影子也找不到,甚至还会呈现出某种欢快的基调。"①60后作家注重表现个人的独特体验,这种立场自然又影响了作者对历史的言说方式和价值评判的姿态。作为历史的旁观者,对于"文革"这段历史不再像50后及以前作家那样带有强烈的情感倾向,在他们笔下,没有一致的评判立场,如余华认为"80年代中期,'文革'记忆带着'文革'时代的阴鸷与暴力,到了90年代,'文革'记忆变成一种纯粹的记忆,不再调动我在政治上的判断力,道德上的判断力。进入新世纪之后,'文革'就成了恐怖和欢乐并存的年代"②。余华对"文革"的记忆在变,苏童对"文革"的记忆找不到悲哀的影子,甚至还有轻松的基调,但毕飞宇的"文革"记忆是"伤害",他的很多作品以"文革"为背景,正如他自己所言:"严格地说,我的书写对象至今没有脱离"文革"。我生于1964年,对'文革'有切肤的认识,不只是记忆。"③他对"文革"的记忆和评判就是仇恨、冷漠、伤害,"我的创作母题是什么呢? 简单地说,伤害。我的所有创作几乎都围绕在伤害的周围"④。在他眼中,"文革"是"一个没有玩具的时代,是一个人之恶易于膨胀的年代,还是一个最容易被恶所威胁的年代"⑤。这种情感倾向直接体现在他的作品《地球上的王家庄》《玉米》《平原》上。除了叙事视角、作家介入立场的不同,60后作家整体上呈现出"小"叙事方式,所使用的手法主要以现实主义手法为主,可圈可点之处不多。

在新历史小说书写上,50后及以前作家从对代表国家民族"大"历史的关注转向诸如村落史、家族史等"小"历史的演绎,国家民族的记忆带上浓厚的个

① 苏童 王宏图:《苏童王宏图对话录》,苏州:苏州大学出版社,2003年,第81—85页。
② 余华 王尧:《一个人的记忆决定了他的写作方向》,《当代作家评论》2002年第4期。
③ 毕飞宇 汪政:《语言的宿命》,《南方文坛》2002年第4期。
④ 毕飞宇 汪政:《语言的宿命》,《南方文坛》2002年第4期。
⑤ 毕飞宇:《沿途的秘密》,北京:昆仑出版社,2002年,第7页。

人印记。如《古船》描写了从晚清到新世纪改革开放近百年的浩瀚历史，其历史时空也包含土改、合作化、大跃进、改革开放等重大政治经济事件，但作家没有按照这条既成的历史线索来展示历史，而是以一个家族的变迁为轴心，将历史纳入民间家族的宗法关系中进行审视。再如《故乡天下黄花》所描写的历史进程、时代背景与《红旗谱》相似，但作者却以乡村中几个不同的家族几代人之间为了一个小小的根本不足挂齿的村长职务而产生不共戴天的恩怨仇杀，所呈现的"历史"消解了传统的阶级斗争书写模式。这些作品都以历史为背景，在暗喻、反讽、戏仿中呈现暴力与权力、欲望等对人性的戕害，在一定程度上揭露了历史的本质与残酷。

50后及以前作家注重将宏大历史日常化、生活化、戏谑化，60后作家处理历史时，虚化、淡化历史，甚至连若隐若现的历史背景也消弭于主题表达或技巧设置之中，小说成了无关乎历史的文本存在。如《敌人》中一个家族的兴衰就是故事发生的背景，这部关于家族的历史书写的重心不是描述家族的衰落史，而是要和读者一起寻找导致这个家族衰败的"敌人"。这使小说一直笼罩在神秘、紧张的气氛之中，"神秘""迷宫"也就成了小说的最大特色，这显然已颠覆了历史小说的基本要义。《我的帝王生涯》是以古代历史为言说对象的作品，但作者也没从正面描写众所皆知的宫廷阴谋，而是虚拟一个新的生存环境来表现一个新颖深刻的主题即天下独尊的皇帝渴望自由却无所皈依的悲哀。宏大的正史在这里也被消解、重构。正如作者自己所言："《我的帝王生涯》或许是我的精神世界的一次尽情漫游"[1]，"希望读者朋友们不要把它当成历史小说来读"。[2]

从表现手法看，50后及以前作家遵循的是现代现实主义手法。如《苍河白日梦》《白鹿原》《丰乳肥臀》《无风之树》等，都是按照传统的现实主义手法叙事，在小说中被生活化的历史故事呈线性状态存在，传统长篇小说该有的因素一应俱全，但作家在小说中自然融入一些现代主义技巧，如《苍河白日梦》的未成年仆人视角和日记体、《白鹿原》和《丰乳肥臀》的魔幻手法、《无风之树》的多重并置、《尘埃落定》的傻子视角和灵异现象等，增强了小说的可读性与艺术性。但在60后作家这里，对形式的追求成了他们写作的第一要义。如《抚摸》就是典型的现代主义手法展示。《抚摸》虽由"我"讲述故事，但"我"的身份模糊，常

---

① 苏童：《我的帝王生涯·序》，太原：北岳文艺出版社，2001年，第1页。

② 苏童：《我的帝王生涯·序》，太原：北岳文艺出版社，2001年，第280页。

常独立于角色之外又不断闯入角色之中,在人物角色与叙述者之间频繁转换。不仅如此,由第一人称"我"引发出不同的叙述者,他们或补充事件发生的前因后果,或以不同视角讲述同一事件,或描述互不相关的不同事件,有意识地丰富话语讲述的多种可能性。如此安排所产生的文本效果也摧毁了故事的完整性与确定性以及流畅度,使文本呈现出开放性和不确定性特征。

50后及以前作家在现实题材书写方面主要有乡村叙事、城市叙事两大方面,其中有表现时代政治经济时代改革与发展的主旋律叙事,另一类为表现城市或乡村的涉及人性、权欲、生命等的个性叙事如表现城市的有《城市白皮书》《废都》《城的灯》《城与市》等,而关注乡村的有《金屋》《情感狱》《九月寓言》《马桥词典》《日光流年》《羊的门》《高老庄》等。除了上述作品,还有一些关注人物内心,如知识分子题材或爱情婚恋题材,或无法归入某一类题材的作品,更加彰显作者对人生的深度思考和哲学领悟,如《无字》《务虚笔记》等。关注乡村、城市以及人物内心的爱情或人性哲思题材的小说表现出强烈的文体意识。他们大部分也讲究故事的可读性,如《城市白皮书》为读者描述了市场经济中道德的逐渐沦丧、机制的不合理、法制的不健全等大环境下人被异化的种种丑恶形态。但揭示城市丑恶形态不是作家的终极目的,作者用心的是用何种方式来揭示这常见的丑恶形态。小说的出版能引起读者的关注,主要还在于作品不落窠臼的写法。在小说中,作者巧妙地通过一个病女孩的眼睛和魏征叔叔的信来展示整个病态的城市,如"树不说话,树不会说话……我也不会说话。从十二岁生日那天,发高烧到44度,烧坏了一支体温表后,我就不会说话了。我只能自己对自己说。我很愿意对自己说。病了,却一下看到了许多东西,看到了别人看不到的东西。旧妈妈说我是一只警犬。新妈妈说我是一台X光透视机,彩色的。害过一场病后,我就成了警犬,成了X光透视机……"这种近乎呓语的表达方式,这种无所顾忌、全面开放的病态视角,既能全方位无死角地展示城市生活的每一个角落,还能深入展示城市人精神灵魂深处的独特感受。所以这是一部城市小说,但同时也是一部灵魂小说,是一部病态城市人情感的解剖书。从艺术手法上来看,底子是传统的现实主义手法,但大胆并成功地借鉴了现代主义手法,不失为一部既有思想性又有艺术性的佳作。

50后及以前作家这种既注重故事也注重表达方式的作品俯拾即是,如《九月寓言》的寓言性、《马桥词典》的词典体、《日光流年》的索源体、《无字》的并置等。当然,除了现实主义和现代主义并存的艺术手法,50后中有一小部分作家走上了极致追求形式而忽略故事的写作之旅。如刘恪的《城与市》，这是一部极致追求现代主义和后现代主义的典型代表作，有评者认为其是现代主义和后现代主义手法的集大成者，对于年轻作家而言，不失为一部很好的教材。但由于小说完全追求形式，过度沉迷于精神的碎片和语言的能指，完全放逐了小说的基本要素，最终只能被读者无奈地放弃乃至遗忘。相对而言，诸如史铁生的《务虚笔记》、韩少功的《暗示》、王蒙的《尴尬风流》等作品也追求形式，淡化故事，但他们最终指向的是小说的思想深度和哲思广度，从某种程度上引领了长篇小说写作的另一种可能。

60后作家在现实关注方面较之50后及以前作家，题材主要分布在两个方面即一方面对底层农村的关注如《上塘书》《石榴树上结樱桃》《歇马山庄》《不必惊讶》《村庄秘史》《愤怒》等，另一方面对复杂人性的探究如《推拿》《私人生活》《女人传》《解密》《私生活》《暗算》《陌生人》《身体课》《我哥刁北年表》等。在审美表达上，除了《身体课》《我哥刁北年表》两部作品体现出强烈的文体意识之外，相对于50后及以前作家自觉的文体探索，60后作家更多走了传统现实主义老路。当然，虽然也有个别作品采用了志或史的外壳，如《上塘书》《村庄秘史》，但在行文结构中完全还是现实主义的内核。《不必惊讶》在叙述视角上采用了并置的艺术手法，但依然以故事、情节为中心，小说依然具有一定的可读性。

对于文学，我们无法提倡"进化论"或"退化论"。对于当代文坛的两大主流代际群的创作，我们也不能轻易地评判孰优孰劣。50后及以前作家叙事视野开阔，关注宏观的历史与现实，注重"大我"的反思，在文体革新上追求西方技巧与东方传统的巧妙糅合；60后作家淡化宏观历史，注重"小我"体验，追求个性叙事，在文体革新上要么质疑传统，极致追逐形式主义，要么反叛西方技巧，走传统现实主义之路。上述这些差异促成了当代文坛60后作家的后先锋小说、新生代小说等部分具有"后"倾向的作品生成，但占据文坛文体革新主导地位的还是50后及以前作家的现代现实主义作品。这种差异除了缘于作家的个性因素使然之外，一个不可忽略的因素则是两代作家内在精神文化格局的迥异。

（三）叙事内涵及审美方式代际分野成因

德国人类学家兰德曼曾指出："人生而有之的身心构造不是一切。这种构造只是他的全部实在的一部分，还应研究他的客观精神中的根。除了研究他生而有之的自然品质之外,还应研究文化制约作用。"①上述两个代际作家之所以在叙事视野、叙事内涵、叙事表达等方面存在一定的差异,从某种程度上来说,与他们的"客观精神中的根"存在一定关联。对一个生命主体的精神之根能产生影响的因素是多方面的,如家庭环境、社会环境、童年记忆、外界突如其来的打击等,但对于依靠经验和想象进行创作的作家而言,童年经历所产生的影响无疑是最深刻的,因为"童年是人一生中重要的发展阶段,这不仅仅是因为人的知识积累中有很大一部分来自童年,更因为童年经验是一个人心理发展中不可逾越的开端,对一个人的个性、气质、思维方式等的形成和发展起着决定性作用"②。而对应于50后及以前、60后两个代际的作家,他们所经历的童年时代正是中国在政治、经济、文化等方面发生重大事件的年代,这些重大事件都会对他们的精神之根产生不同的影响。

50后及以前作家因家庭出身不同分为两类,出生城市的作家积极响应国家"上山下乡"政策而成为知青作家;出生农村的作家和知青作家一样,都是如火如荼的"文革"亲历者,都有着大致相似的"文革"经验和童年记忆。对于他们来说,"文革"发生时,正值青少年时期,这一时期,"他们在长身体,却并不长思想。他们就在'文革'的翻云覆雨中受着愚弄,当着革命群众,用国家给他们的有着鲜明时代特色的谋生手段(屯垦戍边、插队、当兵等),维持着青春的生命"③。但是,即便这样,"他们骨子里的世界观还是相当完整的,对世界的认识方式也还是相当清晰的,充满了激情"④。风云变幻的政治年代虽然没有给予他们应有的知识给养,但充满激情的革命理想主义与英雄主义精神深深影响了他们,这使得关注社会主流意识变化,积极参与革命行动,成了他们一贯的价值趋向和文化立场。所以,尽管童年经历"文革",但50后及以前作家很少从个体"小我"视角直面"文革",他们更多的是以"大我"正面进入,从始至终都有着自己的反思,并且这反思也不是个人体验的玄想,依然是站在时代和历史高度的反思。正如有论者所言,"在对待'早年'生活经历这一点上,'知青'辈作家大多和王蒙那一代人殊途同归。在我的印象中,似乎很少有知青作家选择早年经

---

① [德]兰德曼:《哲学人类学》,张乐天译,上海:上海译文出版社,1988年,第218页。
② 童庆炳 程正民:《文艺心理学教程》,北京:高等教育出版社,2001年,第92页。
③ 黄新原:《五十年代生人成长史》,北京:中国青年出版社,2009年,第175页。
④ 兴安 胡野秋:《90年代以来的文学事变——兼说"60后""70后""80后"作家的写作》,《文艺争鸣》2009年第12期。

历作为创作的起跑点。这一代作家好像一直把自己的身份地位看得很重要,他们习惯将同代人的命运和江山社稷联系在一起。'知青'一代人的各种心态都和他们强烈的社会中心意识有关"①。

中国现代知识分子深受传统"士"精神的影响,认为"士不可以不弘毅,任重而道远",骨子里固有的精英意识和责任意识使他们普遍具有一种深重的历史责任感和现实焦虑感,而西方理性启蒙思想又使他们自觉地扮演起大众启蒙者的身份,他们"习惯于选择某种相对宏阔的精神视野,力图将个体生命纳入宏大的社会现实和历史境域中去,进行一种正面的、富有深度和广度的展示,以便传达创作主体对社会历史的重构意愿和思考能力"②。如张承志认为写作就是"最大限度摆脱干扰、束缚和限制,并满足自己的事业心、责任感,又能最大限度地以个人之力摧枯拉朽,赞美颂新"③。因为这种精英意识与责任意识,他们向来不随波逐流,向来不躲避现实,"从精神气质上讲,50 年代人既是历史上暴力传统的直接继承者,又是当代生命主流中最具暴力倾向的群体,这主要是由他们所占据的特殊历史区间与早期经验决定的"④。就连文体意识淡漠的主旋律作家这种意识也很强烈,张平坦言:"写作首先应该是一种责任,其次才能是别的什么。面对着国家的改革开放,人民的艰苦卓绝;面对着泥沙俱下,人欲横流的社会现实,一个有良知的作家,首先想到的也只能是责任,其次才可能是别的什么。"⑤

也正因这种精神气质,50 后及以前作家不仅在小说叙事视野上表现出大格局、大气度、大胸襟,在小说的形式探索上也表现出持久锐利的革新意识。正如他们自己所总结,"我们这一代社会责任感、理想主义深入骨髓,文学的形式、手法走过一遍肯定又会走回来,文学到最后是一种人格魅力、精神品格的较量"⑥。这点可从王蒙、莫言、韩少功、阎连科、李锐、宁肯等作家的文体革新中窥见一

---

① 郜元宝:《匮乏时代最后的凭吊者——谈六十年代出生作家群》,《青年文学》1995 年第 1 期。

② 洪治纲:《新时期作家的代际差别与审美选择》,《中国社会科学》2008 年第 4 期。

③ 张承志:《我的桥·老桥》,北京:北京十月出版社,1984 年。

④ 刘士林:《非暴力与不合作——试论 70 年代人的精神实践方式》,《文艺争鸣》1999 年第 6 期。

⑤ 张平:《十面埋伏·后记》,北京:作家出版社,2009 年,第 631 页。

⑥ 杨少波:《面对新世纪的思考——关于中年作家的访谈》,《人民日报》1998 年 4 月 17 日。

斑。从文学启蒙角度来看,50后及以前作家的文化资源相对比较单一,他们所受的教育是断裂的,城里的知青大多初、高中毕业就下放农村,乡下的青少年能读到初、高中的也是少数,他们能完成起码的文化知识储备很不易。而且,他们所需的文学理论知识和所能接触到的文学作品也很有限。主要的理论是苏联的革命现实主义文艺观,所能接触到的也是一些模式化比较突出的文学作品。但这些都不是问题,固有的责任意识和精英意识促使他们自觉地接受西方的各种文艺理论,并且率先在文体革新上进行大胆实践,在创作之路上一路领先,一直不断成为文学话语的中心,如王蒙的拟骚体、莫言的跨文体、韩少功的词典体、阎连科的索源体、宁肯的注释体、柯云路的纲鉴体、史铁生的哲思体、林白的闲聊体、金宇澄的方言体以及马原、刘恪的"现代主义"大实验等,在文坛上不折不扣地成为精英与主力军,甚至还有如王蒙、张洁因持续的文体追求和不断有令人耳目一新的作品问世,而创造了文坛常青树的神话。

如果说固有的精英意识和责任意识使50后及以前作家淡化了童年记忆而重视"大"的视野,那么,对于60后作家来说,他们也是精英知识分子,骨子里也积淀着"士"的品性,但他们更多受到西方反理性的后现代主义思想影响,对精英启蒙有着一种本能的抵触。所以,同样的精神与人格资源却造就了60后作家的"小我"情怀与向"内"视野。60后作家韩东就认为写作是为了缓解"个体特殊的精神冲突和难题"①,于是,个体的童年记忆则成了其写作的主要资源。正如汪政所言:"对于60年代出生的人来说,他们尚有一点'文革'的梦幻般的片断记忆,在童年的回想中,还有动乱的余悸与忧伤。虽然他们的文化立场与知识人格已走向多元与开放,但占主导地位的可能还是充满着温情的、具有强烈的群体意识和人道情怀的东西。"②"60年代出生作家在其他方面也许各异其趣,然而,对于'早年'生活记忆,他们几乎一致地格外珍惜。他们的写作从某段'早年'生活经历开始,若干年之后,人们发现他们的精神兴奋点仍旧停留在各自的'早年'。"③而这记忆"只不过有的在乡村,有的在城市,它们构成了作家们对世界的最初认识,也形成了他们处理生活的最基本的方式。所以,他们即使

---

① 韩东:《小说的理解》,《作家》1992年第8期。

② 张钧:《小说的立场:新生代作家访谈》,桂林:广西师范大学出版社,2002年,第5页。

③ 郜元宝:《匮乏时代最后的凭吊者——谈六十年代出生作家群》,《青年文学》1995年第1期。

不写'文革'记忆,但他们作品中的许多背景和人文环境,也脱离不了童年的记忆"①。如余华的《在细雨中呼喊》《活着》《许三观卖血记》都和"文革"有关,他说,"对于我们这一代人的记忆来说,'文革'也永远不会过去。我们可以忘了它,但是它不会过去"②。

同样的童年"文革"记忆资源,50 后及之前作家淡化之,60 后作家却将其视为写作的主要资源,这与他们的成长历程有关。60 后作家出生时,风云激变的世界正在疯狂上演各种政治闹剧,但对于他们而言,因为尚未成年而成为旁观者,这反倒是种遗憾,"等我们长大了,听说着、回味着那个大时代种种激动人心的事迹和风景,我们轻易地被 60 年代甩了出来,成了它最无足轻重的尾声和一根羽毛"③。并且,在接受基础教育上,他们并不比 50 后及以前作家优胜多少,王沛人提出在 70 年代,"60 年代生人上小学或初中,那时候倡导'学制要缩短,教育要革命''以学为主,兼学别样''所有课业不紧,批判智育第一',老师也不敢太管我们,父母整天忙着参加政治运动,搞不完的真积极或假积极,无暇顾及我们,我们根本就没有升学和竞争压力"④。虽然 70 年代的教育环境比较糟糕,但接下来高考政策的实施为 60 后作家带来了希望,这宝贵的高校学习机会使他们与 50 后及以前作家在知识储备上拉开了一定的距离。据不完全统计,60 后作家如阎真、韩东、刁斗、陈染、苏童、北村、格非、毕飞宇、红柯、孙惠芬、李洱、艾伟、麦家、迟子建、罗伟章、邱华栋、朱文等都接受过正规大学教育,并且在专业上多为中文科班出身,其中还不乏高学历者如格非、徐坤、阎真等则为文学博士或硕士。当然,文学创作与基础知识储备之间没有必然因果联系,尤其对于小说的审美形式的理解和把握上。但对于 60 后作家而言,"在 80 年代中期的大学校园里,伴随他们的不仅有大量西方现代艺术资源,还有各种西方现代哲学、心理学等人文资源。从幼年的革命理想主义熏陶,到后来的多元文化开放形态的影响,从成长记忆上看,他们显然比上一代作家经受了不断变更的价值

---

① 洪治纲等:《漫谈六十年代出生作家及其长篇小说创作》,《当代作家评论》2006 年第 5 期。

② 余华 洪治纲:《火焰的秘密心脏》,见洪治纲编:《余华研究资料》,天津:天津人民出版社,2007 年,第 18 页。

③ 许晖:《"六十年代"气质》,北京:中央编译出版社,2001 年,第 79 页。

④ 王沛人:《60 年代生人成长史》,北京:中国青年出版社,2007 年,第 175 页。

观和人生观"①。正是这不断更替的价值观和人生观,导致他们对一切既定历史和现实的质疑。这里的"质疑"一方面指对主流意识形态的质疑和远离,对此,阎连科曾感慨:"我非常羡慕 60 年代末期,尤其是 70 年代以后出生的人,他们写作,头脑里无拘无束,根本没有意识形态的概念。"②另一方面还表现出对事物的质疑,如对小说的形式追求。他们在 80 年代末步入文坛,旋即对西方技巧表现出浓厚的兴趣,于是在中短篇写作中率先践行西方技巧,推出"先锋"小说,最典型的作家如余华、苏童和格非等。但他们很快表示出对这种纯形式实验的怀疑,接下来的"后先锋"长篇小说,现代主义探索减弱了,现实主义成分明显加浓。再如李洱,曾经在 90 年代末的"跨文体革命"中大显身手,中篇小说《遗忘》也成为"跨文体革命"代表作,接下来他又在《花腔》中极尽叙述之能事,将"花腔"式的叙述发挥到极致,但很快对这种叙事产生怀疑,《石榴树上结樱桃》则表明了作者对传统叙事的回归。

随着社会的发展,代际差异作为一种文学现象越来越鲜明地存在。对于 50 后及以前、60 后作家来说,已经形成的世界观、人生观、价值观、审美观等深刻地影响着他们的创作,他们在文体革新上皆有着自己的思考,皆已走出自己的路子,创出自己的风格,为文坛留下了系列经典的文体佳构。但长篇小说创作是一项巨大的工程,它不仅需要激情、灵感与才华,也需要积累、见识与情感,更需要时间,这对于即将或已经步入中年的 70 后、80 后而言,就是空间与希望之所在。因为时间既能打破暂时恒定的"代际"格局,也能转化"代际"间既有的利弊优劣,若在处理好代际共性与个体个性的前提下,加强代际间的交流,目前这种由 50 后及以前、60 后两大作家群主统文坛的格局一定会得到改变,70 后、80 后的文体追求状况也会随之改变。

三、代际交流与可持续的文体拓展

50 后及以前作家的"大历史"情结、宏观的"大"叙事、固有的启蒙倾向和责任意识促使他们在文体革新上一路领先;60 后作家的"童年记忆"情结、灵动多元的叙事、重反思的理性思想与智性追求使他们在文体革新上形成了自己的特

---

① 洪治纲:《新时期作家的代际差别与审美选择》,《中国社会科学》2008 年第 4 期。
② 阎连科:《我为什么写作》,《当代作家评论》2004 年第 2 期。

色;而 70 后、80 后作家因在文体革新上处于刚刚起步阶段,暂不在考察范围之
内。上述结论的得出使我们有理由确信代际差异对作家创作的影响,但目前更
多的学者、作家坚定地反对代际视野下文学研究的可行性。有持完全否定态度
者。如雷达认为"代际划分是近些年来文学理论界最大的误区。其谬误首先在
于真善美的美学法则不得不让位于'代际划分'""有可能阻断作者对生活本身
的整体性、广阔性的拥抱和全方位的体验""有可能助长每一代作家的'溺爱需
求'和'自恋情结',强化了'抱团取暖'的依赖心理"①。黄发有认为这种方法完
全是一种"标签化"的表述策略,是一种"人造的代沟","长此以往,文学史将被
塑造成一种整齐划一、周期循环的年龄魔方,这种简便易行的操作方式免除了
治学者皓首穷经的劳役"②。张闳提出"如果这样搞也叫文学研究的话,那么公
安局户政科的同志就是最权威的文学研究者"③。王春林认为"那些其实都是
文学的'伪命题'"④。有否定之余持宽容态度者。如吴义勤认为代际划分"是
批评界的一种'偷懒'行为,以年代划分作家是批评家主体性萎缩的标志",但他
同样注意到"同一代际的作家创作确实存在着某些共性倾向,这种倾向在每一
代人身上都存在,也是一个需要认真研究的复杂问题,它与时代氛围、政治语境
和审美风尚等等都密切相关"⑤。於可训也旗帜鲜明地指出"以出生年代来划
分作家群体,我基本上不同意这种分法",但他又承认"因为代际的差别,对文学
的理解和评价也存在着极大的差异"⑥。李敬泽认为"一个人的出生年代与他
的叙事资源的关系非常复杂,从理论上讲,作家出生的年代当然决定了个人直
接的经验,但这并不妨碍他们从其他途径获取资源"⑦。郭小东也认为"中青年
作家在年龄与经历上既然是两个相交的环,寻找他们之间的严格区别恐怕是不

① 雷达:《把作家装进"几零后"的格子里,为啥?》,《青春》2015 年第 14 期。

② 吴义勤 施战军 黄发有:《也谈 60 年代出生作家及其长篇小说创作》,《上海文学》
2006 年第 6 期。

③ 张闳 叶开:《关于"70 年代后"作家的无主题变奏》,《山花》2002 年第 8 期。

④ 王春林:《新世纪长篇小说地图》,太原:北岳文艺出版社,2014 年,第 130 页

⑤ 吴义勤 施战军 黄发有:《也谈 60 年代出生作家及其长篇小说创作》,《上海文学》
2006 年第 6 期。

⑥ 於可训 赵艳 汪云霞:《70 年代人看 70 年代作家——七十年代人的一次批评行动》,
《文艺争鸣》2001 年第 2 期。

⑦ 洪治纲等:《漫谈六十年代出生作家及其长篇小说创作》,《当代作家评论》2006 年
第 5 期。

现实和徒劳的"①。吴俊承认代际共性的存在，但觉得不应以"出生"来划分代际，而应以"出身"来区分，"同一年代作家的共性，是由他们的教育背景、生存境遇、文学观念氛围所决定的。'出生'只不过为这一切提供了共时的可能性而已。较之于'出生'，或许'出身'问题还是更重要，因为后者涉及一个人或一个作家的早期经验和最初的自我意识、生活观念甚至社会身份，他(她)以后的文化选择极有可能就是由此决定的"②。作家们也持反对态度。如陈染在接受记者采访时坦言："写作是个人的事情，每个作家都有自己独立的创作风格以及个性姿态，按照性别、年龄段将某一群落的作家捆绑在一起，我觉得未免简单化，甚至荒唐。"③李师江也表示反对，他认为"70 后作为一个代际概念，本来我已不想提及。每个人走个人的路子，作为一个创作的群体不存在，只存在个体作家。70后这个概念，实在是没有什么意义"④。

客观地说，造成上述各种质疑则是缘于创作主体的个体性与代际差异的普遍共同性之间既对立又统一的矛盾的存在。梳理新时期以来几代作家的文体革新状况，从大致共性上看是立得住脚的，但细致打量当代文坛，会发现极其个性化的创作非常醒目地存在，如 50 后作家莫言，很难用"代际"对其进行评定。正如张闳所言："凭着像《红高粱》《酒国》《丰乳肥臀》和《檀香刑》这样的小说，莫言强有力地穿透了所谓 50、60、70、80 年代这种划分。"⑤确实，从 80 年代末发表第一部长篇《红高粱家族》以来，莫言共出版十一部长篇，这些小说如《丰乳肥臀》《生死疲劳》《蛙》具有 50 后及以前作家的大视角、大叙事的特征，正面进入历史，主观介入情感；《酒国》的跨文体写作在极力表达城市欲望化书写的同时，又具有 60 后作家的那种纯粹玩弄现代主义和后现代主义的形式探索；而《红高粱家族》却又是中国当代文坛上最早新历史小说的雏形，具有 60 后作家的个体性体验和民间化叙事倾向。若想从历史观照、直面现实、人性探究等方面将莫言的长篇小说进行题材分类是件困难的事，莫言的"历史"有可能是小说的主要言说对象如《红高粱家族》，有可能成为写作背景如《丰乳肥臀》《生死疲劳》

① 郭小东：《相交的环，两代作家论略》，《小说评论》1987 年第 4 期。

② 吴俊：《文学的变局》，桂林：广西师范大学出版社，2005 年，第 110 页。

③ 陈染：《永不作主流作家》，《青年报》2004 年 12 月 24 日。

④ 李师江：《驳张柠"70 后作家衰老论"》，《左岸文化》2007 年 10 月 13 日。

⑤ 张闳 叶开：《关于"70 年代后"作家的无主题变奏》，《山花》2002 年第 8 期。

《蛙》《檀香刑》。莫言的"现实"是虚幻的,但却和日常生活息息相关,如《十三步》《四十一炮》《酒国》《天堂蒜薹之歌》。总之,他在历史和现实之间,始终裹挟着对人性的反思与批判,也不乏个人强烈的情感体验。面对这样的作家个体,我们实在不能"一刀切"地将其划为"50后作家"了事。

在此只是略举莫言一例,其实文坛上具有这种"跨代"或"滞代"特征的作家不乏其人,如王蒙、林白、张洁、叶兆言等。文学是一种个体性精神活动,个性差异不仅存在于不同时代作家之间,就是同一时代作家也存在个性差异。如何看待这种创作主体的个体性、丰富性与整个代际共同性、单一性之间存在的矛盾,是值得思考的一个命题。我们若因文学创作活动的个体性而完全否定代际差异的存在,这又有着因噎废食的嫌疑。作家是社会的人,是浸泡在文化环境中的个体,这种社会属性决定了作家的创作不会因为个体的特性而脱离时代对其的影响。所以,在此用周怡的观点来解释比较合适,即"个体的差异性和代际差异性不是非此即彼、二元对立的概念范畴。研究代际群体并不是为了消弭或否认个体的差异性;同样,关注个体的差异也不能忽视群体的共性特征"①。确实,研究文学现象时,我们既要承认文学的个体性,同时更不能忽略文学的社会性,如果正确处理二者关系,充分挖掘代际差异对当代作家创作的深层共性文化影响因子,就打开了文学研究的另一扇窗户。

代际的存在使得当代长篇小说在叙事视野、叙事方式、审美表达等方面呈现出一定的差异性,但我们不能因此而断定50后及以前作家在创作上优胜于60后或70后、80后作家,毕竟,小说创作是一种精神活动,它需要经验、阅历,更需要转换经验、提炼阅历的能力。而这能力的获得则与时间有关。如果给70后作家足够的时间,也许,他们感悟世界、表达经验的方式会发生变化,很多个体化的浮躁与莫须有的屏蔽也会变为庄重的关注与深刻的反思。并且,随着时间的推移,50后作家在创作中也会因经验的过度挖掘而表征出模式化的窘况。从第九届茅盾文学奖的获奖作品可窥一斑。在第九届茅奖获奖的五部作品中,其中50后及之前出生的作家有三名,60后作家有两名,与前八届相比,60后已渐占主导地位。而从题材上来看,大家皆表现出对历史,尤其对"文革"的情有独钟。其中《这边风景》是典型的"文革"叙事,《黄雀记》讲述的是以"文革"作

---

① 周怡:《代沟理论:跨越代际对立的尝试》,《南京大学学报》(哲学人文社科)1995年第2期.

为背景的成长故事。格非的"江南三部曲"讲述了从辛亥到新世纪近百年的历史,自然包括"文革"。《繁花》的作者作为知青,更少不了那段上山下乡、大串联的"文革"。五部作品,有四部在谈"文革"。不可想象,第十届茅奖评比时,是不是大家还在写"文革",最终选出最优秀的作品还是"文革"叙事。当然,笔者在此并无"题材决定论"的偏见,但这种趋势在一定程度上体现出50后、60后作家叙事资源与记忆的局限与瓶颈状态。随着时代的发展,代际在作家之间客观存在,每代作家在创作上都有着其特有的叙事优势,但也难免存在各自的局限。

如何避免代际间的局限与隔膜,充分发挥出各代际作家的固有优势,也是代际研究必须面对的课题。从文化的角度看,代际具有创新文化的社会功能。玛格丽特·米德认为"人类文化在代际交流上存在着三种类型,即前喻文化、并喻文化和后喻文化,前喻文化是指晚辈主要向长辈学习;并喻文化是指晚辈和长辈的学习都发生在同辈人之间;而后喻文化是指长辈反过来向晚辈学习"①。由此观之,作为文化活动的一种,代际交流有利于文化的绵延与精神的传承,也有利于提高作家的艺术水平。如有论者所言:"年轻是一个优势,但在文学方面,它并不起什么决定性作用,甚全只是一种表象,很多作家在创作的时候,内心深处都有一位大师。"②而同代作家之间的互相学习更是需要提倡的。总览当代文坛50后及以前、60后、70后、80后作家在代际交流方面的状况,从整体上来看,竟与他们在创作风格上的个性表征表现出惊人的一致。

60后作家最鲜明的特点是敢于反思、质疑,这种特性导致他们缺少包容和理解的胸怀。他们也学习大师们的文学观点与技巧,但只限于外域作家,他们对西方文艺思潮与技巧表现出极高的热情,从余华、苏童等在中短篇小说创作中掀起的"先锋"热潮可窥一斑,长篇创作中的"后先锋"创作依然可看出他们对西方大师的崇拜。但而后很快淡了这份热情,公开宣称他们已不在"先锋"的江湖中,集中精力探索个性化叙事。60后作家始终处于反叛、质疑的立场,对待外域作家的学习态度尚且如此,对待本土作家的学习态度也是如此。其中影响最大的是世纪末文坛的"断裂"事件,公开表明他们对现代经典文学以及当代

---

① [美]玛格丽特·米德:《文化与承诺》,周晓虹、周怡译,石家庄:河北人民出版社,1987年,第22页。

② 《朔方》杂志:《交流与促动——七十年代出生作家座谈会纪要》,《朔方》1999年第3期。

50后老一代作家的"断裂"态度,这次行动和接受问卷调查的大多数是60后青年作家,包括韩东、鲁羊、葛红兵、吴晨骏、楚尘、顾前、荆歌等,当被问及"你认为中国当代作家中有谁对你产生过或者正在产生不可忽略的影响",韩东决然回答:"当代汉语作家中没有一个人曾对我的写作产生过不可忽略的影响。50、60、70、80年代登上文坛的作家没有一个人与我的写作有继承关系。他们的书我完全不看。"①这里所说的作家主要指50后及之前的作家,从前喻学习角度看,他们完全否定了这种可能。而他们对70后及以后的作家也采取不屑一顾的态度,在纪念王小波的一篇文章中,韩东曾针对70后"美女作家"的写作说过"如果我们的写作是写作,那么一些人的写作就不是写作;如果他们的那叫写作,我们就不是写作"②。在他们眼中,父兄辈的50后作家们在文学上从来就不是他们的父亲或兄长,他们的写作与前辈毫无继承关系,若说有继承的话,那只是与文学毫无关系的位置与权力。他们认为自己"是近半个世纪以来最成熟、健全的一代作家,具有真正独立的精神立场。其次,他们是才华横溢的一代人,在他们手里现代汉语表现出了从未有过的魅力"③。且不说这次"断裂"问卷行为本身含有多少"表演作秀"的成分,但他们在创作中确实也表现出这种高傲与自信。文学创作固然需要才华与锋芒,但也需要多元与革新,需要打开窗户让新鲜的阳光、空气涌进来。60后作家拒绝学习50后作家的宏大与纵深,导致他们的写作总是在极度个人化的空间里把玩,其实这种靠封闭式思维支撑起来的"大"叙事,于他们自己而言也勉为其难。

70后作家群体本来就不大,多以女性居多,而这些女作家中的大部分是靠个体生存体验而写作。对于棉棉而言,她是因为实在没事干才开始写作,在她眼中写作并不是桩严肃或圣洁的精神活动,不需要那么多条条框框,所谓的理论、理念与她无关。棉棉在一次访谈中直接表白"千万不要说我是作家,我烦"④,在《每个好孩子都有糖吃》中宣称"谁在诠释我的写作谁就在毒害我的灵感"。卫慧在《像卫慧那样疯狂》中也声称写作是私人化的。虽然她们没有明显表现出对前辈作家的某种对抗,但这种文学观以及他们的创作状态还是间接投射出对前辈作家创作经验的屏蔽与抗拒。

---

① 朱文:《断裂:一份问卷和五十六份答卷》,《北京文学》1998年第10期。
② 韩东:《备忘:有关"断裂"行为的问题回答》,《北京文学》1998年第10期。
③ 韩东:《备忘:有关"断裂"行为的问题回答》,《北京文学》1998年第10期。
④ 谢海涛:《棉棉访谈录》,《青年报》2000年4月6日。

　　恰恰相反,对应于60后、70后作家在代际交流上的冷漠与隔阂,50后及以前作家却表现出难得的真诚与随和,他们不仅向西方大师学,向中国传统学,还向中国现代的经典作家学,这一点,翻开每个作家的写作心得,都能发现在他们的成长背后一长串的大师级作家名单。且不说前喻性学习在他们身上体现得如何明显,在当代文坛上,他们在文学上已经是父亲和兄长的身份,但依然关注60后、70后甚至80后作家的写作,体现出一定的后喻性学习倾向。典型作家如王蒙,作为当代文坛的常青树,所谓“常青”不仅仅因为他几十年笔耕不辍,而是因为每部作品都体现出他的文学观、审美观的变化。当韩少功的《马桥词典》问世后,他不禁感慨“如果我们有韩少功的视野和气魄,也许我们的文学风景会敞亮得多”①。王蒙的这种后喻性学习态度是真诚的,这从其后期作品《尴尬风流》的问世可窥一斑。他不仅真诚学习,结合自己能力和特点去尝试,同时还会反思,以拓宽自己写作的路数。他自己曾说“我记得我在当《人民文学》主编的时候发表过莫言的一篇小说,叫《爆炸》,以前自己从来不认为自己老,但是看了《爆炸》就觉得自己老了,莫言小说中的那种感觉我已经写不了”②。

　　这种后喻性学习不仅体现在对晚一辈作家创作理念的借鉴或欣赏上,还体现在对新鲜的文学现象的接纳和进入。如对于网络写作,50后及以前作家并没有表现出作为老一辈人的本能排斥,反而是极有兴趣地加入,如莫言被聘请担任网络小说写作评委,他并没有拒绝并欣然担任,在参加活动过程中不断反省自己。还有部分作家利用网络写作平台,使自己一举成名,典型作家如宁肯。1999年宁肯写出人生第一部长篇《蒙面之城》,投向各大文学刊物均遭拒绝,失望之余在新浪网上连载发表,意想不到的是连载后读者好评如潮,于是迅速引起文学界的注意。随后,“《当代》将‘网事随笔’栏目改为‘网络文学’,并分两期刊出《蒙面之城》。该书于2001年12月获‘《当代》文学拉力赛’总冠军,2002年10月获‘第二届老舍文学奖’优秀长篇小说奖,成为首部获得纯文学奖项的网络文学作品”③。而在当时,宁肯还参与了“榕树下”网络文学大赛,混迹于一群网络写手之中,并有散文《我的二十世纪》和小说《岩画》获奖。客观地说,是网络给了宁肯写作的平台。当然宁肯出生于50年代末,从某种意义上可

---

① 王蒙:《道是词典还小说》,《读书》1997年第1期。
② 王蒙 刘琅:《让生活说话,让文学的规律说话——王蒙〈这边风景〉访谈录》,《朔方》2013年第10期。
③ 周志雄:《灵魂的歌手——论宁肯的小说创作》,《文艺争鸣》2010年第6期。

算为 60 后作家,对于他的新潮姿态还是可以理解的。但出生于 50 年代初的第九届茅奖得主金宇澄,对网络写作也持积极态度,茅盾文学奖获奖作品《繁花》就是通过网络平台扩大影响进而被主流文坛关注。无独有偶,《繁花》也是金宇澄的首部长篇,在写作过程中,他每天在网络上即兴写作,读者提意见,他快速修改,最后形成《繁花》定稿。他觉得"网上写作非常有意思。每天有人等着看,等于原来独自在家唱歌,没人鼓掌,忽然变成你唱一首歌,就有人鼓掌,这是很重要的激励"①。除此之外,50 后作家在并喻性交流中也表现出一定的亲和与真诚,这点我们可从作家创作的地域性特色以及在文坛上以团队的身份出场可窥一斑。

当然,上述所提到的各代际作家对代际交流的态度只是相对的,不排除 60 后、70 后作家群中存在积极进行代际交流的现象,也不排除 50 后及以前作家群中存在代际隔膜现象。如张承志曾公开宣称应当对属于不同代际的人闭紧心扉,当面对"红卫兵"的批评时,他的态度极其激烈,"我尚未发现有谁比我对红卫兵的造反含义更加肯定,也没有谁比我对特权阶级更敌对"②,足显其对代群的敌意与偏激。

诚然,能否积极进行代际交流并不是决定小说写作水平高低的决定因素,但文学创作确实需要创作主体开放的眼界和多元的思维,尤其是长篇小说创作。美籍华裔作家哈金曾提出"伟大的中国小说",认为"伟大的中国小说应该是一部关于中国人经验的长篇小说,其中对人物和生活的描述如此深刻、丰富、真确并富有同情心,使得每一个有感情、有文化的中国人都能在故事中找到认同感"③。这种界定是否准确到位,且先不论,但在三代作家中,只有 50 后及以前作家真正做到了"深刻"与"丰富"。而在第九届茅奖评比中,获奖的 50 后作品均鲜明体现这种特征,在一定程度上体现出积极的代际交流能拓宽作家的视野,使写作始终处于不断革新之中。对于目前长篇的创作现状,大家皆清楚地看到,80 后作家超乎寻常地急剧"早衰",70 后作家则是让人焦虑地过分"晚熟",60 后作家依然我行我素,个性十足。而 50 后作家要么大器晚成,打破了

---

①　金宇澄:《金宇澄忆〈繁花〉:网上写作有意思会超常发挥》,《腾讯文化》2014 年 12 月 9 日。

②　张承志:《三份没有印在书上的序言》,见肖夏林编《无援的思想》,北京:华艺出版社,1995 年,第 90 页。

③　哈金:《呼唤"伟大的中国小说"》,《青年文学》2005 年第 7 期。

"出名要趁早"的偏见,要么如常青藤一样,耄耋之年依然风生水起,打破了"长篇创作出名在壮年"的魔咒。我们常说"世界的就是民族的,民族的就是世界的",一再强调交流的重要性。同理,对于一个国家的文学发展来说,更需要不同作家之间的交流。更何况面对目前这种代际隔膜,更需要年轻一代作家突破代际局限,尽可能多地进行前喻式或并喻式代际交流,拓宽自己并不开阔的叙事视野,降低自己的姿态,开拓性地写出具有中国经验和民族灵魂的优秀作品来。只有这样,中国长篇小说的发展才会拥有长足的动力源泉,才能担负起"时代第一文类"的盛名。

第二节　作家的个性差异与文体选择

文学作为个体精神的心灵产物,对世界的观照带有强烈的个体情感色彩,其作为艺术品的形成既要历经最初的个人发现阶段,还要历经个体的艺术表现阶段,这个过程使作品深深打上作家个体的烙印。考察作家的个性也是文学研究不可忽略的路径之一。作家的个性一般由作家先天的禀赋、气质和后天修养、学习以及外在环境浸染共同形成,是作家关于文学创作独特的精神心理和艺术特性。其既包括作家的心理个性即先天气质和才华,也包括作家的精神个性即受后天影响的如性格、世界观、价值观、人生观等,还包括作家的艺术个性即受多种因素影响形成的审美观、文体观等。若说作家与生俱来的先天"才""气"是孕育作家个性的种子,后天的"学""习"则是对种子的精心呵护,而诸如时代、民族、文化、地域等外在因素则是种子生长不可或缺的阳光、土壤和雨露。

作家的个性对于文学的重要性不言而喻,有之则生,无之则亡。而个性对于具体作家而言则是因人而异,千人千面。当代文坛极具个性的莫言认为"一个写作者,必须坚持人格的独立性,与潮流和风尚保持足够的距离。一个写作者应该关注的并且将其作为写作素材的,应该是那种与众不同的、表现出丰富的个性特征的生活。一个写作者所使用的语言,应该是属于他自己的、能够使他和别人区别开来的语言。一个写作者观察事物的视角,应该是不同于他人的独特视角"①。一般而言,优秀的作家都具有鲜明的个性,而这"个性"又体现在诸如题材的选取、语言的选择、视角的设定、对接受市场的态度、对文体的偏好等方面。下文将从先天"才""气"与文体自觉、后天"学""习"与文体倾向两个方面,从个体心理、社会文化等方面探究作家个性的形成及其对文体选择所产生的影响。

一、先天"才""气"与文体自觉

(一)先天"才""气"的渊源及意义所指

在中国,从心理学视角探讨作家个性与文体风格者古已有之,第一个赋予"气"以美学意义的是曹丕,他最早在《典论·论文》提出先天之"气"与作家风格的关系,即"文以气为主,气之清浊有体,不可强有力致"。此处的"气"包含"才"与"气",通指作家的先天才华与气质。每个作家先天之"气"是不同的,与之相应的则是形成不同类型的"文"即文类。气质的迥异在一定程度上影响了作家的文类选择和文章风貌, 即"应场和而不壮,刘桢壮而不密,孔融体气高妙",这些人的气质与文章风格高度一致。葛洪在《抱朴子·辞义》中提出先天"才"与文章风格的关系。此处的"才"主要指先天的禀赋、为文的才华,认为"夫才有清浊,思有修短,虽并属文,参差万品,或洁谦而不渊潭,或得事情而辞钝,违物理而言功,盖偏长之一致,非兼通之才也。暗于自料,强欲兼之,违才易务,故不免嗤也"。葛洪与曹丕的观点相同,都认为作家选择文类,创造佳作都要顺乎自己的先天之"才",不可勉强。即便勉强,也不能达到目的。他们过分强调了先天"才""气"的重要性,抹杀了作家后天努力对形成文体风格的可能性,这种思想主张是片面的,但他们提出文章风格的形成与作家个性之间的重要联系,对后人研究文章风格具有一定的启示意义。

魏晋南北朝时期,刘勰在曹丕、葛洪的基础上提出文体与作家个性的关系,《文心雕龙·体性》是专论作品的体裁风格与作家才能、个性关系的文论。在这里,"体"即文章的体裁风格,一是指体裁形式;二是指风格特点。"性"即作家

---

① 莫言:《个性化的写作和作品的个性化———在第二届华语文学传媒大奖颁奖仪式上的发言》,《当代作家评论》2004 年第 4 期。

的个性。刘勰认为文学作品的"体"与"性"之间有着必然的内在联系,"夫情动而方形,理发而文见,盖沿隐以至显,因内而符外者也",指出"情""理"乃作家的内在精神结构,创作乃作者有了情感的冲动才发而为文的举动。与"情""理"相对应的则是文体的风格与体式。不过,在刘勰看来,作家的"性"并非只由先天"才""气"构成,还包括后天的"学"与"习",两者相辅相成,共同影响着作家文体风格的形成。

明代王世贞在《艺苑卮言》中把"才"作为创作的基础,提出"才生思,思生调,调生格;思即才之用,格即调之界"之说。李贽在《读律肤说》中提出:"性格清彻者音调自然宣畅,性格舒徐者音调自然舒缓,旷达者自然浩荡,雄迈者自然壮烈,沉郁者自然悲酸,古怪者自然奇绝。有格,便有调(文体),皆情性自然之谓也。"此处"格"依然是心理学层面的人之自然情性,从作家的气质来概括作家的文章风格。清代的徐灏《说文解字注笺·才部》引李阳冰说:"凡木阴阳、刚柔、长短、大小、曲直,其才不同而用各有宜,谓之才。其不中用者谓之不才。引之则凡人物之才质皆谓之才。"这里的"才"依然言指先天禀赋,认为"才"是后期艺术创作的基础。袁枚在《小仓山房文集》(卷28)中说:"诗不成于人,而成于其人之天。其人之天有诗,脱口能吟,其人之天无诗,虽吟不如无吟。"这里也指出先天天分对于诗人的重要性。

何谓先天之"气"?刘勰认为"气"是作品的内在因素,是指在具有一定文学修养的条件下,体现在创作过程中的一种精神气质。作家的"气"越足,作品的思想内容就越充分。现代心理学认为气质是指"在人的认识、情感、言语、行动中,心理活动发生时力量的强弱、变化的快慢和均衡程度等稳定的动力特征"①。它带有强烈的个人色彩,并且一般具有比较稳定的动力特征。如刚刚出生的新生儿就表现出不同的气质特征,这种气质即便在后天的环境和教育的影响下有所改变,但也不显著,足显气质的长期性、缓慢性和稳定性特征。现代心理学一般将气质分成胆汁质、多血质、粘液质和抑郁质四种类型。其中胆汁质类型情感发生快且强烈持久,动作迅速,对自己难以控制,故这种气质类型又称兴奋型。具备这种气质的作家在情绪反应方面易受感动,情感发生强烈且久久不能平静。在行动上表现积极,倡导新鲜的事物,有锐利而富有生机的眼光,有强劲有力的姿态和举动。多血质类型情感发生迅速但易变,思维、言语、动作敏捷,

---

① 安徽教育心理学研究会编:《心理学》,合肥:安徽教育出版社,1989年,第189页。

活泼好动。这种气质的作家在情绪反应方面快且多变,也不强烈,情绪体验不深,可是很敏感。故这种气质类型又称为活泼型。这种气质类型的作家适合写诗,但易变不深刻的特点又影响其创作的深度。而粘液质的作家在情绪方面沉着、平静、迟缓、心境平稳不易激动,少发脾气,情感也很少外露。在行为方面沉默寡言,胸怀宽广,不计小事,能委曲求全,自制力强,总体来讲坚忍、庄重、深思多想、平静有条理,故这种气质类型又称安静型。抑郁质作家在情绪方面体验强烈,情感一旦发生则经久不息,情感脆弱,容易患得患失,变得孤僻。故这种类型又称抑制型。气质乃先天具有,本身无所谓好坏,但每一种气质类型都存有消极或积极的成分。如胆汁质的人易形成勇敢、开拓进取的品质,但也易失控、冲动;粘液质的人易形成稳定、冷静、坚毅的品质,但易变得冷漠、固执;抑郁质的人易形成细腻、自爱、温和、谦让、有想象力的品质,但也会出现多疑、怯弱、孤僻、缺乏自信等不足。每个作家都先天具有某一方面气质,这种气质的具备不是上述四种类型的简单对号入座,而是近似于某一气质却同时又具有其他特征,因此,我们判断一个作家的气质时一般是以某种气质类型为主,同时兼杂其他。

何谓先天之"才"? 古文论者虽强调先天之"才"之重要,对于其确切含义却是各有所指。刘勰认为"才"是作品的外在表现,主要体现为对生活的理解程度、语言文辞的功力和驰骋宇宙的想象力等,强调了感悟力和文学想象力的重要。汉文论家王逸在《楚辞章句序》中称:"故智弥盛者,其言博,才益多者,其识远。"在他眼中,"才"主要指"言博""识远"即超强的语言表达能力和敏锐的观察能力。清人陈祚明称"夫才者,能也。其心敏,其笔快,能道人不易道之情,状人不易状之景,左驰右骋,一纵一横,畅达淋漓,俯仰自得,是之谓才"①。这里提及"敏感"一词,即对自然万物表现出独特的敏感,并善于将瞬间的个人感受用恰当的方式表达出来,进而引起读者的共鸣。虽然众论者言说不一,但将这些观点合在一起,基本上也能勾勒出作家先天之"才"的大致要素。而在现代人眼中,对先天之"才"的理解则偏重后天因素,如华罗庚认为"天才就是坚持不懈地努力",爱迪生认为"天才是百分之一的灵感加上百分之九十九的汗水"。到底何谓先天之"才",我们也可试着从现代心理学角度寻求解释。作为一个作家,

---

① (清)陈祚明:《采菽堂古诗选》(卷六),李金松点校,上海:上海古籍出版社,2008年。

首先最重要的一种能力则是敏锐的感受力与观察力,即作家借助眼睛对客观事物的感知力。正如罗素所言:"看见东西的并不是眼睛,看见东西的是大脑和心灵"①,而先天敏锐的观察力来源于作家漫不经心的"无意注意"。无意注意是在作家的潜意识中产生,与其独特的心理感受能力有关,故有"有意栽花花不开,无心插柳柳成荫"的情况存在,漫不经心的一瞥,却能留下十分深刻的印象。其次为想象力。法国思想家狄德罗曾言:"精神的浩瀚、想象的活跃、心灵的勤奋,就是天才。"确实,对于作家而言,没有丰富的想象力,文学就如枯萎的花草。在写作中,创作欲望需要想象来点燃,情节需要想象来拓展,人物需要想象来塑造,情感需要想象来涤荡,语言的色调也需要想象来点染。更为关键的是,思维力、记忆力等可通过后天的专项训练得以提升,但唯独想象力很难通过后天的训练得以改善。所以,想象力是区别优秀作家和普通作家最重要的因素之一。

我们从古文论者那里探寻到作家先天心理个性与作品风格之间的关系,但古人眼中所指称的风格与我们所要研究的文体是否为同一个概念范畴? 在此必须厘清风格与文体之间的关系。对此,吴承学指出"在中国古代,'文体'一词内容相当丰富,既指文学体裁,也指不同体制、样式的作品所具有的某种相对稳定的独特风貌,是文学体裁自身的一种规定性"②。可见,在古文论者眼中,文体的范围宽泛,既指体裁,又指风格。毋庸置疑,不管是古代还是当代的文体观,作家先天的个性特征在一定程度上会影响到作家文体包括风格的形成。正如刘勰所言"辞理庸俊,莫能翻其才;风趣刚柔,宁或改其气",即文辞和思理是平庸或杰出,不会背离作家的才华;文风是生趣还是刚柔,也脱不了作家的气质。作品文体风貌的差异如同作家不同的面目一样存在,作家的文体自觉在一定程度上与作家的先天"才""气"存在关联。

(二) 作家的先天"才""气"与文体影响

作家的创作是一种独立的精神活动,每一个作家鲜明文体意识的形成皆与其先天心理能力、气质等分不开,若要完全从心理学视角将当代作家分成不同的气质或才情类型,从正面入手全面分析不同类型作家的文体自觉,这种难以实施的方法会使研究陷入虚无缥缈的混沌之中。鉴此,笔者采取典型分析法,

---

① 《罗素文集》(第9卷),张金言译,北京:商务印书馆,1983年,第46页。
② 吴承学:《中国古代文体形态研究》,广州:中山大学出版社,2000年,第322页。

从当代文坛上比较典型的文体现象入手,将宏观分析与个案研究相结合,重点剖析几位具有先天"才""气"作家的文体选择,以点带面地论证出作家先天"才""气"对于具有一定文体意识作家的重要意义。

创作伊始,作家往往会凭着对文学的某种感觉而选择不同的文类如小说、诗歌、散文、纪实文学或随笔等。既然选择某种文类,必然有其理由,若问之,答曰:先天爱好、好奇、性格、才情等使然,抑或其他。其实,这些不可言说的理由就是潜伏在每个作家骨子里的先天才华与气质。当然,并非每个作家都能准确判定自己适合哪种文类,有的作家一直坚持第一选择,并且取得一定成就,如莫言、阎连科、李洱等,有的作家起始选择诗歌,后期改写小说并在小说领域取得一定成就,如宁肯、阿来等,有的作家起始选择散文并同时兼写小说,如贾平凹、韩少功、史铁生等,两方面成绩都不错。有的作家如格非、残雪等写小说与理论研究同步或交叉进行,两方面皆有收获。我们无法采用量化的手段将当代作家的先天才华与气质进行具体分类,但可根据作家在情节设置、结构安排、叙述逻辑、情感表达等方面所体现出鲜明的诗化小说、散文化小说或杂体小说等特征,将当代作家大致分成"诗人小说家""散文小说家"以及"全才型小说家"等类型,再从每种类型作家所体现出的先天素养来窥探其对小说文体所产生的影响。

1. "诗人小说家"的先天素养及文体影响

所谓诗人小说家特指那些"因为写诗而步入文坛,后来又涉足小说创作,并在小说领域取得重要成就的作家"①。这是一个特殊的作家群,他们在出道伊始因先天的"才""气"而偏向于诗歌创作,而在创作过程中又成为有影响力的小说家,拥有诗人和作家的双重身份。这个群体代表性作家有阿来、韩东、方方、秦巴子、杨争光、苏童、林白、红柯、海男、吕新、邱华栋等。若想探究上述作家为何在文学创作伊始选择诗歌而不是其他,必须厘清诗歌对创作主体的素养要求。诗歌作为一种文学体裁,尽管根据题材、主题、表达方式等还可分为叙事诗、抒情诗、现代诗、格律诗等,但诗歌本身的寓意化、意象性、片段化、抒情性以及语言的凝练性等特点对创作主体的先天素养提出很高的要求,如丰盈充沛的情感体验、丰富细腻的心理感受力、狂放不羁的文学想象力、准确的音韵节奏感以及冷静深沉的思考力等。上述作家在创作伊始选择诗歌,动机不一,取得的

---

①　晓苏:《论当代诗人小说家的小说创作》,《小说评论》2013 年第 6 期。

成绩也不一。有的作家如韩东成为当代文学史上有影响力的诗人,他的作品《有关大雁塔》是当代诗歌史上绕不过去的作品。诗人出身的秦巴子曾被评为"十佳诗歌作家""十佳青年诗人",作品曾获"新世纪诗典年度大奖金诗奖",而其首部长篇《身体课》因大胆的题材处理和现代主义技法尝试引起文坛注目。更多的作家只是喜爱而已,并且一直在写,在诗歌史上也没有产生任何影响。这两种情况说明先天的文学敏感促使作家选择诗歌,但这种本能并不一定就是作家的最佳选择,或许先天的才力和气度并不能使他们真正进入诗歌的圣地,但这种前期文学操练为他们后期的小说创作酝酿了不可替代的诗性品质,使他们在进行小说创作时不可控制地把诗性思维、诗歌美学带入作品,进而使其小说不可避免地打上诗的烙印,在文体形态上呈现出"诗化"样态。大致分析"诗人小说家"的长篇创作概况,其作品区别于传统长篇最大的文体特征是诗意的释放,而其路径则主要是通过意象的创造、语言的诗化、结构的安排、寓言化技巧的使用等来实现,从而形成独具一格的文体特征,如阿来《尘埃落定》的空灵意境、红柯《西去的射手》的浪漫格调、高建群《最后一个匈奴》的诗意抒情、苏童《黄雀记》的多重意象设置、韩东《扎根》中的"智性"写作等。

因为卓尔不群的文学才情、突出的先天气质以及所取得的不俗成就,在此且以阿来为例窥探先天"才""气"对作家文体自觉的影响。阿来出生于阿坝藏族羌族自治州嘉绒藏区的马尔康县,"这个区域深藏在四川西北部绵延逶迤的邛崃山脉与岷山山脉中间。座座群山之间,是大渡河上游与岷江上游及其众多的支流"①。这种山水阻隔、绵延起伏的自然环境和几乎与世隔绝的纯净人文环境赋予阿来先天之"气"即朴实的自然之气和不羁的想象力。而藏语和汉语的语言转换又赋予阿来最初的文学敏感和语言感悟力。同时从阿来不屈的人生追求看,他身上集中体现了理性、内敛、自信、坚韧、乐观、向上的先天之"气"。对应心理学的气质特征,阿来属于典型的安静型气质类型。当他历经坎坷如愿走出大山成为一名编辑时,对文学的本能偏爱使他选择了诗歌。自 1982 年起,阿来发表第一部文学作品即抒情诗《振响你心灵的翅膀》,抒发了他对自由精神的向往。同年发表诗歌《丰收之夜》。对于自己的诗歌创作,阿来认为"诗写得

---

① 梁海:《阿来文学年谱》,《东吴学术》2013 年第 6 期。

不好,诗思却是由一群锄草的健美的妇女所触发,也就是被美所触发"①。接下来发表《高原,我对你遥遥地歌唱》《草原回旋曲》《高原美学》等系列诗歌,以一个浪漫歌者的身份记录在西藏大地上的行走。31 岁时出版诗集《梭摩河》,这是阿来第一部描写故乡母亲河的诗集,表现了对故乡风光和人民的浓浓爱意。并在同年写诗《三十周岁时漫游若尔盖大草原》:三十周岁的时候/春天和夏天/我总是听到一个声音/隐约而又坚定/引我前行……/三十周岁的时候/春天到夏天/主宰歌咏与幸福的神灵啊/我的双腿结实有力/我的身体逐渐强壮/知道那声音仍然在前方召唤……从这首两百多行的长诗中,我们可读出诗人的自信、笃定以及对未来的美好向往。三十岁既是过往的总结,又是一个崭新的开始。诗人在冥冥中相信自己终将会在文学天地中大有作为。自此,阿来开始主攻小说,但一直没有停下写诗的笔。

深厚真诚的情感表达、草原和高原等具有典型地域特色的意象设置、简约有力的语言风格等一直成为阿来诗歌的主要特征。这些特征也体现在其后期的长篇创作上,阿来在《阿来文集诗文卷·后记》中也写道:"这些不仅是我文学生涯的开始,也显露出我的文学开始时是怎样的姿态。亲爱的尊敬的读者,不论你对诗歌的趣味如何,这些诗永远都是我深感骄傲的开始,而且,我向自己保证,这个开始将永远继续,直到我生命的尾声。"②他还清醒地认识到诗歌创作对小说创作的影响,他指出"据我所知,80 年代中后期以及现今成长起来的青年作家,在写小说前或同时,都或多或少地在进行或者进行过诗歌写作,诗歌仿佛成了作家们写作的一个起步。或许,那种从来没有进行过诗歌写作的人所写的小说,虽然也有不少好的,但总体说来,他们的语言似乎相对粗糙(这不包括'故意粗糙'),体现不出自己在小说语言上的'野心',或者根本就没有这种尝试与努力。我有一点这种'野心',但远没达到我自己理想的状态"③。阿来认为诗歌创作的经历,会直接影响到小说的语言表达,邱华栋也支持这种观点,他认为"很多杰出的小说家都有写诗的经历,我自己也是这样。诗是语言中的黄金,对

---

① 冉云飞:《通往可能之路——与藏族作家阿来谈话录》,《西南民族学院学报》(哲学社会科学版)1999 年第 10 期。

② 阿来:《阿来文集后记(诗文卷)》,北京:人民文学出版社,2001 年,第 156 页。

③ 冉云飞:《通往可能之路——与藏族作家阿来谈话录》,《西南民族学院学报》(哲学社会科学版)1999 年第 10 期。

诗的锤炼将使一个人在小说写作中带有语言的灵性"①。阿来的诗歌创作对小说语言的影响是明显的,李敬泽认为"阿来作品的语言从一开始就有一种透明的气质,在写作中以新鲜、单纯、透明的状态,真切地接近事物的质地,并变得诗意、华美甚至壮丽"②。

其实,诗歌创作对小说创作的影响不止在语言上,还体现在情节设置、人物塑造、意境营造、情感表达以及叙述方式等方面。盘点阿来不多的长篇作品如《尘埃落定》《空山》《格萨尔王》,这几部作品的影响力都不小,其中尤以《尘埃落定》影响最大,这三部长篇让我们清楚看见先天"才""气"与诗歌偏好对小说文体的深刻影响。第五届茅盾文学奖对《尘埃落定》评语为"小说视角独特,有丰厚的藏族文化意蕴。轻淡的一层魔幻色彩增强了艺术表现开合的力度,语言轻巧而富有魅力、充满灵动的诗意,显示了作者出色的艺术才华。"这部长篇之所以赢得公众高度的认可主要缘于"藏族文化意蕴""语言""灵动的诗意"等,而这些关键词正是阿来多年诗歌表达的文体特质总括。从事实来看,小说之所以获奖也主要缘于其在文体方面所做的革新。关于《尘埃落定》的文体设置,阿来在一次访谈中说:"我知道我将逃脱那时中国文坛上关于历史题材小说,家族小说,或者说是所谓'史诗'小说的规范。我将在这僵死的规范之外拓展一片全新的世界。就事实而言,《尘埃落定》确实取得了成功。"③傻子视角的安排使得叙述真实、深情,厚重的历史也因此而变得具象生动,场面描写的意境化和浓郁的藏文化意蕴化解了本应充斥刀光剑影的格斗与厮杀氛围,而诸如"尘埃""罂粟"意象的设置既突显了小说的主题,又显示出诗化美学特征。可以说,《尘埃落定》虽为"史诗"小说,但同时也是一首叙事兼抒情长诗。阿来的这种文体倾向在《空山六部曲》《格萨尔王》中都有鲜明体现,在此不再赘述。

2."散文小说家"的先天素养及文体影响

所谓散文小说家特指那些以写小说步入文坛,但与此同时又涉足散文创作,并在散文领域取得成就,产生一定影响的作家。和诗人小说家不同的是,这个群体作家在先天爱好上选择了小说,但几乎是同时,他们又选择了散文,并且在创作中一直将小说和散文同步进行,有此种创作经历的作家很多,在此只列

---

① 邱华栋:《阿来印象》,《扬子江评论》2009年第2期。

② 杨霞:《"阿来作品研讨会"综述》,《民族文学研究》2002年第3期。

③ 阿来:《世界:不止一副面孔》,见散文集《看见》,长沙:湖南文艺出版社,2011年,第207页。

出一些在散文或小说创作领域产生一定影响,且在文体革新上取得一定成绩的作家,如张洁、贾平凹、韩少功、张承志、张炜、迟子建、毕淑敏、史铁生、张抗抗、宁肯、王蒙、阎连科、雪漠等。

中国传统的分类法将文学分为诗歌、小说、散文、戏剧四类,相对而言,除却戏剧,大家皆认为散文是最易操作,最不需敬畏,老少皆宜的大众文类,这点从当下充斥市场的诸如小女人散文集、名人回忆录等的出版可窥一斑。其实,这是一种严重的误会,这种误会缘于文界一直以来对散文概念的界定不清。中国古文论对散文的概念界定比较宽泛,认为"非韵非骈即散文",仅仅从韵律、形式上把它和诗歌、骈文做了粗简的区分。而当下文界对散文的定义也是莫衷不一,散文学会会长林非把散文分为"广义散文"和"狭义散文"两种,认为前者侧重"说理",后者侧重"感情因素和文学色彩"①,从个人情感倾向上,他欣赏后者。这种分类与贾平凹提倡注重内涵和时代感的"大散文"相呼应,在他眼中,"大散文"包括文化散文和哲思随笔、学术随笔等有思想内涵的散文,而相应的诸如各种记事或抒情的生活随笔式"小散文"易陷入造作、无病呻吟的浅薄,是不值得提倡的。尽管大家对散文范畴争论不一,但不可否认的事实是:目前占据主流位置的还是具有思想深度的"大散文"。从此语境看,散文的文体特征虽然最适宜展露作者的心性和精神,但它既不能像小说那样依托人物、情节、叙述和结构等来吸引读者,也不能像诗歌那样以语言、韵律、意象来表明心性,它只能"以'自然'的形态呈现生活的片断,以'零散'的方式对抗现实生活的完整性和集中性,以'边缘'的姿态表达对现实和历史的臧否",它"不仅呼唤思想,更渴求有个性、原创和深刻独特的思想的支撑"②。散文很难单纯地依托文体修辞的花样翻新来引人侧目,散文的高低优劣与作者的精神境界、知识修养、个性禀赋以及对艺术的先天领悟力有关。所以,对应于诗歌对诗人先天"才""气"的需求,散文对作家的先天气质和才情的要求并不低。所谓格调"指作家的真实自我无保留地渗进散文之中形成的一种情调和文化氛围,它是散文家的个性、气质、修养、趣味和才情的自然流露"③。着手写散文并不难,若想写出具有一定格调的上乘之作则很难。从某种意义上讲,那种肤浅、造作、无深度、无真情的

① 崔立秋 郭琼虎:《散文大家谈散文》,《河北日报》2002 年 6 月 21 日。
② 陈剑晖:《散文的难度是思想的难度》,《南方文坛》2007 年第 5 期。
③ 陈剑晖:《论散文作家的人格主体性》,《文艺理论研究》2003 年第 5 期。

各类随笔算不得真正意义的散文。格调高的散文则强调语言的个性、结构的自由、思想的独到、情感的真实,故散文作为一种高级的智性写作,要求写作主体在先天"才""气"上具有对生活、人生敏锐的观察力、敏感的感悟力、睿智的反思力、细腻的表达力等。

扫描当代散文小说家的散文创作概况,大致分为两类,其中女性多为细腻的"狭义"散文,如张洁、迟子建、毕淑敏、铁凝等都青睐于日常生活随笔。而贾平凹、韩少功、张承志、张炜、史铁生、阎连科、雪漠等则属于"文化大散文"范畴。这种分类似乎与性别有关,如女性作家的细腻与感性,男性作家的理性与思辨,但实际上,个体之间不仅存在性别差异,气质差异也是普遍存在,如张洁先天的抑郁、敏感、软弱、多疑;韩少功先天追求特立独行的个性等,这些都直接影响着他们的写作。散文小说家在整个小说写作中从未停歇过散文写作,并且在散文写作上取得一定成绩。如韩少功"天涯体"散文的提倡、贾平凹"大散文"概念的提出、宁肯"新散文"概念的开辟、史铁生生命哲思散文的典范等,这些都是当代"大散文"写作绕不过去的作家与作品。除却这些有影响力的散文作家,还有部分作家如张洁、迟子建、韩少功、贾平凹、铁凝等作品在全国性散文评比中获奖,为读者推出了系列经典之作。先天的偏好和长期的坚持,不仅使散文小说家在散文创作上取得成绩,在一定程度上也影响了作家的小说创作,甚至有的作家在创作后期放弃写小说而完全转向散文。关于小说和散文的关系,韩少功的观点比较精辟,他认为"大体上说,散文是我的思考,是理性的认识活动,而小说是我的感受,是感性的审美活动。无论是思考还是感受,都有局限性,因此常常需要另一种精神活动来给予怀疑和消解。想得清楚写散文,想不清楚写小说"①。以此观之,散文小说家的散文创作是对小说创作的一种补充或解构,往返于散文与小说之间的创作活动无疑会对作家长篇的文体设置产生影响。

吊诡的是,散文创作成就颇丰的作家,往往代表性长篇并不多(贾平凹是个例外)。如张洁仅有《沉重的翅膀》《无字》、韩少功仅有《马桥词典》《暗示》、史铁生仅有《务虚笔记》《我的丁一之旅》、张承志仅有《金牧场》《心灵史》,不过这有限的几部长篇也是当代文坛极具代表性的文体佳作,它们在文体设置上呈现出鲜明的"散文化"倾向,即不注重完整的故事、不追求曲折的情节、不注意描绘人物的行动和外表特征,与之相应的则是注重真实的情感表达、心理化的人物

---

① 韩少功:《完美的假定》,北京:昆仑出版社,2003年,第20—21页。

描写、复调的结构或毫无结构可言的生活流式结构、片段化的情节、碎片化的思想灵感、自述性的语言表达、多重的叙事视角等。不可否认的是,史铁生、韩少功、张承志、张炜、贾平凹等皆为当代文坛小说散文化倾向最鲜明的作家,他们的每部长篇都是当代文坛上铮铮作响的文体佳构。张洁的散文在全国影响较大,但因侧重于日常生活琐事,也不在当前主流研究视野范围之内,尽管其长篇《沉重的翅膀》《无字》均获茅盾文学奖,但并没有因此而获得学界一致的交口称赞,但若论及先天"才""气",张洁绝对是位富有才情与个性的作家,若论及先天"才""气"对作家的文体影响,张洁当为不二的选择。

作为文坛传奇人物,张洁的创作经历表明文学与作家的先天"才""气"有着相当重要的关联。张洁自小爱好音乐,"没能成为一个音乐家,只能把遗憾留在小说里,所以对音乐的感觉偶尔会以各种颜色出现在小说中。在遣词造句时,也会考虑它的韵律、节奏、是否上口动听"①。她自小爱好文学,尤其迷恋诗词,在大学里却阴差阳错地学习计划统计专业。直到新时期的到来,已近不惑之年的张洁才开始追逐她的文学梦。张洁虽出道晚,也非中文专业出身,但她却是当代文坛上唯一一位两次获得茅盾文学奖的女作家。谈及张洁的长篇,只有《沉重的翅膀》《四只等着喂食的狗》《只有一个太阳》《无字》《知在》。尽管张洁认为"凡是我获奖的那些作品,都不是我最好的作品"②。对此,笔者持保留态度。客观地说,《沉重的翅膀》虽为图解政策的应景之作,但当时的长篇处于刚起步阶段,具有思想性和一定艺术性的作品并不多,再加上张洁当时毫无"污垢"的准作家身份,这些因素合在一起决定了作品获奖的毋庸置疑性,但茅盾文学奖代表着国家主流意识方向,作品该以什么样的面目示众直接关系到国家主流文艺政策的导向。若不做任何修改,该作品完全可以凭借鲜明的时代特征、宏大的时代主题、现代的艺术手法而在第一届茅奖评比中获奖,不过根据当时的文学生态,出现这种状况的可能性为零。张洁按照官方的要求做了多轮修改,使作品在第二届茅奖中获奖。修改后的作品变成了带有一定政治意识形态的"半文学作品",所以张洁对这部作品心存不满是可以理解的。而对于《无字》的获奖,横向比照第六届茅奖参评作品,它们皆为四平八稳的传统叙事,只有《无字》最能体现艺术性和思想性的和谐统一,所以对于它的获奖也应是毫无

① 张英:《真诚的言说:张洁访谈录》,《北京文学》1999 年第 7 期。
② 张英:《真诚的言说:张洁访谈录》,《北京文学》1999 年第 7 期。

争议的。部分论者对张洁传奇式茅奖得主身份表示质疑,笔者认为论者应设身处地回到具体语境中去研读作家作品,否则任何评价都是想当然的主观臆测。

当然,笔者在此无意于评判茅奖的功过是非,真正用意在于突显张洁长篇的艺术质量。与此同时,有个问题摆在我们面前:为什么出道晚、非中文专业出身的张洁其作品一出手总是与众不同?对此,我们不妨回到作品本身去寻找答案。其实,出道伊始,先天对文学和音乐的热爱就使她的作品别具一格。对此,黄秋耘早在80年代初就敏锐地概括出其"作品没有曲折离奇甚至完整的故事情节,也不着重描绘人物的行动和笑语音容,只是倾注全力去刻画人物心灵深处的微妙活动。她所写的,虽然绝大多数都是小说和散文,却具有近似音乐和抒情诗那样的艺术魅力,像音乐和抒情诗那样打动人心"①。而在创作个性上,从《沉重的翅膀》到《无字》再到《知在》,张洁都在文体形式上做出了尝试。在新时期初文学艺术探索刚刚起步的年代,《沉重的翅膀》在叙事方式上就出手不凡。小说围绕"改革与反改革"的核心矛盾,线索千头万绪,但作者将其设置成树形结构,使得主线清晰,繁而不乱。在叙述逻辑上,小说不按传统思路行文,在故事的发展进程中随时穿插叙述者对人物或事件的评价,在人物描写上也倾向于内在世界的展露,表现出一种"评介性现实"②,呈现出淡化人物与情节的反小说倾向。这种写法在传统叙事手法大行其道的新时期之初,自然会招致恪守常规者的反对与围攻,但张洁这种注重内心情感和自由闲散的散文化倾向已初见端倪。对此,张洁自己也坦承"我的小说实际上不讲究情节,我更重视的是着力描写人物的感情世界,渲染出一种特定的气氛,描述人物所处的处境,以期引起读者感情上的共鸣"③。张洁的这种小说观在《无字》中得以淋漓尽致地展现。

相对于《沉重的翅膀》被迫修改的命运,《无字》却成了备受争议的"榴莲书"。反对者认为"主人公咎由自取的感情悲剧,使作品充斥无聊的语言游戏,而没有多少有意义的内容""男主人公年过六十还反反复复地玩小儿科的感情游戏。这样分裂的人物形象让人无法接受",对小说的结构安排也有意见,认为"小说虽叙写了三代人的感情生活和命运变迁,但是它不像《张居正》那样历史

---

① 黄秋耘:《关于张洁作品的断想》,见《中国现当代文学研究资料·张洁研究专集》,贵阳:贵州人民出版社,1991年,第127页。

② 周志雄:《张洁小说的叙事艺术》,《东疆学刊》2010年第1期。

③ 何火任编:《张洁研究专集》,贵阳:贵州人民出版社,1991年,第101页。

与人物水乳相融、历史事件与情节构造相交织而矛盾迭起却不显臃肿。所以，对于《无字》只能用厚长来形容"①。而欣赏者的观点恰恰相反，认为《无字》中"交织着多重声音，结构上回环复沓，是一种交响乐式的小说，在人物的刻画上也极力表现人物性格内部的多重矛盾对立"②。这两种迥然不同的感受缘于论者对作者散文化手法的欣赏角度不同。客观评价《无字》的文体设置，笔者认为这是非先天拥有独特"才""气"的作家所能达到的水平。首先，从内容上看，《无字》具有鲜明的"自传体"写作意味，张洁自小遭受丧父之痛，一直与母亲相依为命，这种亲情缺失的惨剧在人间天天上演，但先天的阴郁、软弱、敏感的性格使她对母亲产生了过分地依赖与寄托，所以在她54岁时，已为人母的她却因无法接受丧母之痛而濒临崩溃，这种对母亲的"固恋情结"③深刻地影响着她的创作，为其母亲而作的长篇纪实作品《世界上最疼我的那个人去了》因真挚深情而感动万千读者，之后，这种浓浓的情愫无处排遣，《无字》则成为其对母亲的爱到深处、痛到极处的一种宣泄与总结，小说的虚构写作中夹杂有自传的成分。而正是因为作品的自叙色彩影响着作品的叙述方式。为了深入表现作品主旨，真实表达情感，作者在文中要么诉诸直接的议论，要么让叙述者直接发言，要么借助人物的思考，以各种方式展示人物的灵魂，挖掘生活现象背后的终极意义。可见，感情成了小说的灵魂，表达对生活的深刻体悟是作品的主要目标。这种写作目标又影响到小说的行文结构，传统的线性叙事在作品中难觅踪迹，与之相应的则是片段的情节，拼接的故事，再通过共同的主题形成人物与故事的并置结构，与中国传统小说"散点透视"写法有着异曲同工之妙，杨义认为这种写法触及中国叙事一个基本原理即"对立者可以共构，互殊者可以相通，在此类对立或互殊的核心，必然存在某种互相维系、互相融合的东西，或者借用一个外来语，存在着某种'张力场'。这就是中国所谓'致中和'的审美追求和哲学境界"④。而这种叙事方式也是西方现代主义技巧中"并置"手法的集中体现。由此可见，《无字》在文体革新上迈的步子很大，这对于一直恪守传统叙事的读者来说无疑是个极大的挑战，所以，在长篇小说发展比较成熟的当下，依然还有评

---

① 毛克强：《茅盾文学奖：新世纪的文学坐标——第六届茅盾文学奖获奖作品述评》，《西南民族大学学报》(人文社科版)2006年第2期。

② 周志雄：《张洁与契诃夫》，《文学评论》2011年第1期。

③ 王绯：《作家与情结》，《当代作家评论》2003年第3期。

④ 杨义：《中国叙事学》，北京：人民出版社，1997年，第21页。

者欣赏不了她的现代与另类。当然,褒贬不一的评价对于艺术佳作来说影响不大,张洁也不会因此而停下追逐艺术革新的脚步,这从《知在》的问世窥见一斑,该作品依然选择"情感"作为叙事主角,依然"不是一部循规蹈矩的寻常意义上的小说,它挑战着作者的写作经验,也挑战着读者的阅读期待"①。

毋庸置疑,从一贯的长篇文体设置来看,张洁是另类的。究其原因,与张洁的先天气质存在一定关联。张洁属于典型的抑郁型气质,生性软弱、敏感、倔强、叛逆,正如她自己所言,"由真诚到怀疑,里面有沉甸甸的教训。我从小就是一个另类,喜欢猜测事物的真相和内幕。我不是一个让人喜欢的人,因为老是喜欢提出疑问。很多时候一弯腰、一抬手就过去了的事,我却过不去。可能和性格有关"②。不仅多疑,偏执,她骨子里还存有求新的因子,"我喜欢做各种尝试,尽量不要和他人雷同。当我进入写作状态时,享受着在文字间来回穿行、反复修改琢磨的乐趣,像吸毒那样让人上瘾"③。正是这种求新求变的个性,使她的每部长篇都从形式到内容,全方位呈现出散文化倾向。

当然,当代文坛上像张洁这样富有才情,气质独特,敢于以文学的方式展露情感的作家并不少,但谁也不会像张洁这样彻底,虽然她在小说中的各种感悟达不到哲学家的深度与高度,但这种震撼力正是文学所需要抵达的最终目标。所以,通过张洁,我们再一次相信"文学是需要天分的"。

3."杂家型"小说家的先天素养及文体影响

谈及当代作家的先天"才""气",莫言是位无论如何也绕不过去的作家。对应于上文提及的诗人小说家、散文小说家,莫言可称之为杂家型小说家,即在长篇创作时,对诗歌、中短篇小说、散文、戏剧、讲演稿、书信、话剧、报告文学、学术论文等文类皆有涉猎,并且这些文类还会出现在作家的长篇创作中,直接影响着小说的文体设置。当然,这种类型的作家是上天赐予文学的尤物,可遇不可求。莫言和很多出身农村的作家一样,自小经历饥饿和贫穷,也和众作家一样,自小就表现出对文学的热爱,在语文课堂上因作文出色而出尽风头。但莫言又有着与众不同的遭遇:因言得罪而失去接受义务教育的机会。由此可见,莫言先天骨子里有着叛逆的个性。接下来几年牧童的生活让莫言饱尝脱离同

---

① 林雨:《让情感成为叙事的主角——张洁长篇小说〈知在〉》,《文艺报》2006年第67期。

② 张英:《真诚的言说:张洁访谈录》,《北京文学》1999年第7期。

③ 张英:《真诚的言说:张洁访谈录》,《北京文学》1999年第7期。

龄群体的孤独,但也让他在广阔的大自然中感受了博大荒野的色彩、声音与气息,保护并培养了作为童年该有的繁芜恣肆的想象力。接下来几年工厂临时工的生活,因为书法好,口才好,文笔好,莫言被公认为厂里最有才华的临时工,并因此成为厂里夜校的语文教师。而当时莫言最切实的人生梦想是离开农村,进入城镇。多次报名参军因遭受阻挠而失败,最终成功入伍,开始新的人生。在地方部队几年后勤兵生活中,又想通过自学报考计算机专业,因名额有限未果,但却因此当上了部队业余学校的语文和数学教师,成为一名战士级教官。作为一名教官,在"不再从战士里提干"和"年龄超过二十四岁不能提干"的政策面前,已过规定年龄的莫言面临退伍回乡的命运。为了能留在部队,他又精心准备教义,凭借出众的演讲口才,成为一名颇受欢迎的政治老师。第一部短篇小说《春夜雨霏霏》的公开发表让莫言平生第一次依靠文学获得了人生转机,部队领导注意到训练大队有个业务好,材料写得好,课上得好,还发表了小说的老战士,于是莫言的提干申请被破格批准。此后,莫言在部队一待就是二十一年,实现了做一名城镇人的梦想。通过这段励志的人生历程我们可推断莫言属于典型的胆汁质型作家,血液中流淌着不服输、求上进、凡事讲策略的因子,再加上他天生在语言文字表达上的天赋,可想而知,在适合他的文学舞台上,他会创造出怎样惊人的成就。

莫言的这种先天气质与才华,直接体现在他的小说创作上。莫言是个高产且高质的作家。三十余年内,其耳熟能详的长篇小说就有十一部,还有众多的中短篇小说,除此之外,散文、随笔、报告文学、戏剧、影视剧、话剧、创作谈、各类对话、讲演稿等皆成为其小说创作之外的书写对象。其创作范围几乎涉足整个文类,除了诗歌。其实,他的现代诗、打油诗写得并不赖,这从坊间流传的那首《如果你懂我,那该多好》可窥一斑。这种精通实用文和纯文学创作的才情在当代作家中确实罕见。当然,这些都是技巧上的才情,莫言难能可贵的先天才华表现在文学独特的感悟力和想象力上,这种特质在成名作《透明的红萝卜》中得以彰显。有评者通过这部中篇断定莫言是"感觉的天才,其在创作心理、欣赏心理、思维方式、审美观念等方面做出了与众不同的贡献"①。这种先天感悟力无人能及,但他对文学艺术表达形式的超前意识更是令人望尘莫及。自《透明的

---

① 李劼:《论〈透明的红萝卜〉的透明度和〈冈底斯的诱惑〉的诱惑性》,《文学评论家》1986 年第 4 期。

红萝卜》之后,他在小说的文体观、主题观、审美观等方面始终走在文坛的前列,成为特立独行的那一个。当被问及属于哪一流派时,莫言坦承"事实上,我自己也不知道属于哪一派,我对这个不感兴趣,也没什么意义。我想一个没人能够说出属于哪一派的作家,才是一位有存在价值的作家"①。正因如此,当前学界若要研究当代长篇小说的文体或思潮,寻找各类文学现象的源头,似乎都能从莫言那找到最初的雏形和研究的依据。

莫言是智慧的,这点从其成长历程可看出,这种智慧也体现在其创作中。他惯于打破小说与其他文体的边界,自如地将自己精通的各种文类插入作品,形成不同于常规的开放式文体结构,从叙事、审美、立意等角度提高作品的艺术感染力,如《天堂蒜薹之歌》中的通讯报道、民间说唱等的插入,让作品流溢出一种令人难以克制的悲愤之情;《酒国》更是文类大杂烩,充斥其间的有小说、故事、散文、演讲稿、论文、书信、广告策划等,形成了典型的"跨"文体文本;《蛙》则在整个架构上由几封书信和一部话剧构成,以"互渗"的形式完成了主题的揭示;《生死疲劳》中大量打油诗、散文以及民间故事的插入,显示着作者的才情,让作品读起来趣味横生,文采飞扬。在此只是略举几例,他的十一部长篇在文体革新上几乎"部部惊心",一次又一次引起海内外文坛高度的关注。对此,张清华评价道,"迄今为止,莫言仍然是新时期以来最具文体意识和文体价值的作家之一。他以多重的文化素养和自觉以及特有的创造素质建构了自己独特的叙述方法和表达模式,这将是他对当代文学做出的最突出的贡献"②,之所以取得如此成就,究其原因,张清华以为"是莫言凭着他天才的感悟能力和深厚的民间与传统文化的修养与自觉"③。在这里,张清华提到了莫言的先天感悟能力和后天的文化自觉,其实形成文学天才的因素何止这些,在此不再展开,但通过莫言的创作,我们再一次确信先天"才""气"对于一个作家文体取向的重要意义。

质言之,上述三种类型小说家皆属于文体意识较强的作家,先天"才""气"对作家后天的文体选择存在着直接影响。若说先天"才""气"是成就优秀作家

---

① 莫言:《中国当代文学边缘——与杜特莱对谈》,见《莫言对话新录》,北京:文化艺术出版社,2010年,第249—257页。

② 张清华:《莫言文体多重结构中传统美学因素的再审视》,《当代作家评论》1993年第6期。

③ 张清华:《莫言文体多重结构中传统美学因素的再审视》,《当代作家评论》1993年第6期。

的必要条件,后天"学""习"则是成就优秀甚至伟大作家的充分条件。

二、后天"学""习"与文体倾向

(一)后天"学""习"的源流及当下含义

在中国古代,最早提及"学""习"二字的是孔子,他在《论语·学而》中提到"学而时习之,不亦说乎?"言即学习之后时常进行温习和实习,岂不是件快乐的事? 此处的"学"按照中国古代教育家的观点,可以理解为"学习"即通过听、说、读、写、看、仿等获取知识,掌握技能的行为方式。"习"可以理解为温习、复习、练习,是巩固知识和训练技能的行为方式。其中"学"偏重于理论知识方面的学习,"习"偏重于技能方面的实践。这种教育学意义上的"学习"最早出现在《礼记·月令》中的"鹰乃学习",而接下来如《史记·秦始皇本纪》有"士则学习法令辟禁",如宋人叶适的《毛积夫墓志铭》中有"稍长,亲师友,学习今古"。到了明朝,"学习"成了官员或随从的称呼,如明代刘若愚《酌中志·内臣职掌纪略》中有"灵台,掌印太监一员,近侍金书数员,看时刻近侍三十余员,学习数十员"。

在中国古文论史上,刘勰从美学意义上提出后天"学""习"说。在刘勰看来,"才有庸俊,气有刚柔,学有浅深,习有雅郑,并情性所铄,陶染所凝",即人的才干有庸俊之分,气质有刚柔不同,学识有深浅之别,习染有典雅和庸俗之异,这些差异皆为性情所熔铸,因陶冶习染而酿成。此处他所理解的"学"和"习"与教育学意义上的显然不同。他眼中的"学"即学识、学问。刘勰认为"事义高深,未闻乖其学;体式雅郑,鲜有反其习",即事理和义理的深浅,离不开作家的学识;文体体制的雅正和浮靡,也很少违反作家各自的习染。作为创作者,尤其在那些以说理、议论见长的文章中,为了使内容的表达更有力,文章写得有深度且富有文采,"学识"显得很重要。而这"学识"的得来,主要体现为对神话传说、古籍典故的引用,如《楚辞·天问》中作者引用了诸多神话传说和史籍典故,把作者博大的胸怀和不懈的探索精神展示出来,使得整个诗篇瑰丽奇美,参差回环。由于时代不同,古人接受信息的方式比较封闭、单一,鲜有从生活中获取知识的主张。故刘勰提倡"学识"从书本中学,并且在向书本引用材料之前,还要选准自己的师法对象,在学习的过程中再继承创新,进而构成自己的学识,形成自己的风格。而"习"与《论语·阳货》中的"性相近,习相远"的"习"相近,可理解为"习染""后天习染积久养成的习性",指外在社会文化环境对作家非自觉性的熏陶。

古人虽推崇先天"才""气",但更注重先天和后天的两相结合。刘勰认为"学业在勤,功庸弗息""八体屡迁、功以学成",把影响作家个性的因素范围由先天扩展至后天。北朝颜之推在《颜氏家训》中也说"学问有利钝,文章有巧拙。纯学累功,不妨精熟,拙文研思,终日蚩鄙。但成学上,自足为人,必乏天才,勿强操也",言即文章创作与学问不同,学问可以通过日积月累而达到精熟,但文章却是需要先天禀受的能力,强调了先天禀赋与后天学识两相结合的重要性。宋人张笃庆在《师友诗传录》中说"严羽《沧浪》有云:诗有别材,非关学也;诗有别趣,非关理也。此得于先天者,才性也。'读书破万卷,下笔如有神。'此得于后天者,学力也。非才无以广学,非学无以运才,两者均不可废"①。再一次阐明"才""气"既得于先天才性,又源自后天学力。清代叶燮提出"才、胆、识、力"论,也明确把"识"看成影响其他三者的重要因素,重视后天学习对主体修养的作用。质言之,古今中外许多论者论及提高文章思想厚度以及作家主体修养的途径时,都认识到学习、实践对扩大视野、提升气度的作用。

综合古教育家和文论者的观点,本文中的"学""习"含义多重,其中"学"既是动词"学习",又是名词"学识";而"习"既有"练习、实习"之意,又可理解为"习俗的浸染"。随着时代的发展,今人获取知识和提高技能的方式很多,既可在实践中获取知识,也可向书本学习知识。而对于直接的知识学习,因学习的场所、时间安排以及结果的呈现方式不同,又可分为学校学习和校外自学。因此,在谈及当代作家的后天学、习以及外在环境的影响时,我们可根据获取学识和技能的方式、载体不同分成学历、阅历和经历三种类型。下文将梳理当代作家的后天"学""习"状况,并结合作家的文体革新实绩,窥探后天学、习与修养对作家文体革新所产生的影响。

(二)作家后天"学""习"与文体影响

自1977年中国恢复高考制度以来,作家队伍中系统接受高等教育的比例

---

① 郎廷槐:《师友诗传录集唐要法》(影印本),台北:台湾商务印书馆印行,出版时间不详。

大幅提高。与此同时,作家们的生存状况也得以改善,很多作家都能从事与文学、文字有关的职业。后天的学习和职业身份的变化对作家的文学创作产生什么样的影响? 为探得其中壸奥,调查当代具有文体革新倾向的作家后天进修学习以及职业身份状况显得尤为重要。

1. 新时期以来作家后天之"学"与职业状况调查

为了研究的系统性,笔者将调查作家范围限定为当代在海内外各类官方或民间小说评比中获奖,或没有获奖却在海内外影响颇大,或既没获奖,在海内外影响也不大,但在特定时期文体探索意义比较突出的作家。根据研究的需要,将重点考察作家进修学习的方式、时间以及作家的职业与身份,形成《20 世纪后 20 年具有文体革新倾向的作家大学学历与职业状况调查表》(见文后附录)。在选定范围的作家中,我们可依据有无高等教育学习经历、自修经历以及所学专业的不同而分成四种类型:

一是受过适龄高等教育且中文专业出身的作家有戴厚英、刘心武、柯云路、姜戎、老鬼、张抗抗、贾平凹、毕淑敏、刘恪、马原、韩少功、方方、杨志军、张炜、潘军、杨争光、刘震云、洪峰、阿来、宁肯、刁斗、王刚、孙惠芬、东西、陈染、苏童、北村、崔子恩、格非、毕飞宇、迟子建、徐坤、红柯、李洱、张者、罗伟章、邱华栋等。

二是受过适龄高等教育但非中文专业出身的作家有张洁(计划统计)、李国文(戏剧)、莫应丰(音乐)、古华(农业)、凌力(电信工程)、霍达(建筑)、杨显惠(数学)、张承志(历史考古)、徐小斌(金融)、董立勃(政治)、阎连科(政教)、林白(图书馆)、何顿(美术)、韩东(哲学)、柳建伟(信息工程)、麦家(无线电)、王旭烽(历史)、艾伟(建筑工程)等。

三是无适龄高等教育经历且后期进高校研修的作家有莫言、李锐、李佩甫、张懿翎、余华、海男、雪漠、吴玄、陈亚珍等。

四是无适龄高等教育经历且后期没有进高校研修的作家有王蒙、史铁生、张一弓、陈忠实、尤凤伟、残雪、铁凝、张宇、孙甘露、金宇澄、王安忆、刘恒、秦巴子、吕新等。

2. 作家后天之"学"与文体倾向

上述各种类型的划分是相对的,但就在这相对性中,我们还是可以大致窥出后天之"学"对作家文体选择所产生的影响。

一是作家文体意识的生成在一定程度上与作家的系统理论学习存有关联。参照文后附录,粗略统计,具有高等教育学习经历的作家占总作家数的85%,即只有15%的作家没有接受过任何形式的高等教育。再结合绪论中所提及的作家文体意识分类,我们发现,文体意识偏激且不稳定型的代表性作家中,除却吕新、孙甘露,其余人皆接受适龄高等教育;文体意识适中或强烈型代表性作家中,除却王蒙、史铁生、张一弓、铁凝、尤凤伟、刘恒、金宇澄、王安忆、陈忠实,秦巴子等,其余皆具有高等教育学习经历。以上抽样统计表明,受过高等教育的作家的文体意识整体偏强。究其原因,大学虽然不是直接培养作家的地方,但大学的历史沉淀、文化氛围、大学里各具人格魅力和丰富学养的教授以及同学之间纯真热情的交流讨论等,这些都在无形中浸染和改变着青年学子的思维方式、审美意识和文化品位。而文体意识作为一种对文学在标题、语言、结构、表达、叙述等方面的整体认识,需要作家长期的体悟和积淀,良好的大学学习氛围正好为作家的文体意识启蒙打下良好的基础。

二是作家所接受的适龄教育程度越高,越易对各种文艺思潮产生强烈的反应。这类作家主要指文体意识偏激的后新潮作家,他们接受高等教育时期正值80年代中后期,那个时段西方文艺思潮在中国的传播如火如荼,并且他们就读的学校都是在国内不错的高等学府,如刘恪就读北京师范大学、马原就读辽宁大学、北村就读厦门大学、格非就读华东师范大学、苏童就读北京师范大学、洪峰就读东北师范大学、潘军就读安徽大学等,这使他们得风气之先地吸取和接受诸如萨特、罗兰·巴特、德里达、福柯等现代主义和后现代主义大师的思想理论思潮。而此时的他们正值青春年华,对一切新鲜事物充满着好奇与探险精神,他们在中短篇小说上直接借鉴加缪、卡夫卡、马尔克斯、博尔赫斯、福克纳等作家写作技巧之余,还广泛涉猎西方哲学、社会学、历史学、心理学、文化学、语言学等领域,为后期的写作打下了良好的理论基础。这波先锋作家在90年代的长篇写作中继续实验西方技巧,可对形式的极致追求使他们陷入形式的困顿与焦虑之中,这也是导致他们转型的重要原因。但此后接受适龄高等教育的作家还是在现代主义技巧的尝试上乐此不疲,如毕业于北京广播学院的刁斗、哈尔滨师范大学的崔子恩、华东师范大学的李洱、重庆师范大学的罗伟章等。

三是具有先天"才""气"的作家,经历了后天"学"的提升,其文体意识更易调整。众人皆认为作家是无法靠教育机构培养出来的,现实中这样的例子举不胜举。我们总能发现好的记者不一定是新闻专业出身,好的文秘不一定是文秘专业毕业,甚至,好的哲学家、科学家、发明家的专业出身都与其专业关系不大。但换角度思考,对于一个有天分的人,若有了系统的专业学习,岂不如虎添翼,更易修得正果？这也就是本文探讨作家文体意识与后天学、习经历之间存在关联的逻辑基点。文坛上这方面最典型的例子莫过于莫言和残雪。众人皆云莫言有着令人叹服的先天文学才华，都将其文学上的成功归因于没有接受正规的教育，其实事实的真相远不止这些。莫言只是没有接受适龄的中学和大学教育，但他在文学方面的专业理论学习很系统。在未进解放军艺术学院学习之前，他一直在自学，并一直担任各类文化课的授课教师，从根本上说，他的知识底子并不薄。解放军艺术学院的几年正规专业学习以及鲁迅文学院的实践培训，让他多年积累的文学写作经验瞬间找到了理论的源泉与突破口。所以，同样面对西方的各种思潮理论，有的作家生吞活剥，最终学了皮相，难免让文体革新走上绝路，但莫言能够结合自己对文学的理解，发现对方的优点与破绽，最后为己所需地化西方技巧于本土创作之中，这使得他的文体革新始终走在时代的前头，创造了三十余年保持旺盛创造力和先锋性的神话。

　　相对于莫言的不断进修，残雪则是自主学习的典范。从心理学角度看，残雪则属于先天抑郁型气质，敏感、叛逆、多疑，"从小我就是个矛盾体，既孤独又不孤独，同这世俗的世界有着很深的计较。大部分日子都是在人际关系的焦虑中度过"[①]。对自己的先天气质有着清醒认识的她在文坛上是另类的，她自始至终在学习与借鉴西方现代主义，偏执地认为"中国文化里缺乏精神的东西，人的精神停留在表面的层次，不会自我批判。人性里面的矛盾、斗争、自我批判这些都是西方经典文化所具有的"[②]。她在向西方学习之路上走得决绝，也许缘于纯粹的西方现代主义技巧并不适应于长篇，在80年代她作为先锋作家被大众关注，但其代表作是中短篇，而其从80年代至今一直有长篇问世，其中《突围表演》和《最后的情人》影响最大，这些长篇在国内一直鲜有论者关注，在此且不论残雪对中国传统文化完全摒弃的姿态合理与否，也不论中国学界、文界对其作品缄默不语的态度合理与否，而是讨论没有接受任何教育的残雪何以执着地走在现代主义形式之路上？她做过铣工、装配工、车工，当过赤脚医生，开过裁缝店，为了每个月能多拿几十元的津贴还一次次要求当地作协转正其作家身份，就是这样一个一直为生计而奔波的人，一个远离学习氛围的人，竟然从1985年开始发表作品，至今已超过六十万字。而所写文类囊括中短篇、长篇、散文、学

---

① 　罗小艳：《残雪：我可以超越卡夫卡》，《南都周刊》2007年7月13日。
② 　罗小艳：《残雪：我可以超越卡夫卡》，《南都周刊》2007年7月13日。

术评论等,这开阔的视野与丰富的知识来自哪里? 自学是唯一的途径。正如她自己所言,"在四十一二岁时,有过半年以上的时间,她觉得自己再也写不出东西来了。后来就改易其辙,转攻文学评论。读完卡夫卡就读博尔赫斯,读完博尔赫斯就读但丁,读完但丁再读浮士德"①,一个小学毕业的人,通过自学掌握了英语,接通了通往西方现代主义思潮的桥梁,写出了多部关于西方文学经典的评论著述,再反哺于自己的小说创作,形成了以评论、散文笔调写小说的文体,创造了中国当代作家自学成才的佳话。

四是作家在文体革新之路上能走多远与其专业出身存有一定关联。在上述选定范围的作家中(除无高校经历者之外),只有较少的作家是非中文专业出身。非中文专业出身作家在创作时比较容易形成自己的特色,如莫应丰《将军吟》的音乐感、古华《芙蓉镇》乡村风俗画的描绘、杨显惠《夹边沟记事》的纪实之风、张承志作品中浸漫的历史与考古的厚重、王旭烽的历史意识、麦家的工科类印记等。而李国文是学戏剧出身,《花园街五号》的戏剧化手法、《冬天里的春天》中电影蒙太奇手法的运用。作家老鬼新闻专业出身,《血色黄昏》则是典型的新闻纪实笔法,作品被学界称为"新新闻主义"②小说。但这些特色都是作品流溢出来的表象气息,而在对文体的系统认识和长远见识上,明显存有"后力不足"的局限。在本文代表性非中文出身的作家中,除了阎连科③,他们中进行富有体系和深度的文体革新者不多,即便有如张承志、张洁、林白等作家因文体革新而扬名文坛,但他们都是本色书写,如张承志向来偏重于用散文的笔法来写他心中的历史,但他从未刻意地追求文体的变革,一直保持自己的风格,写到最后竟然直接转向写散文。再如张洁,虽然她的作品在文体形式上从80年代开始就彰显西方现代主义特色,但这种技巧的运用并不是张洁的刻意学习,而是其表现自己内心情感的一种本能选择。她凭着先天的才华和气韵在写小说,她几十年如一日地将小说当作散文来写,她的这种文体自觉,明显缺少莫言、韩少

---

① 罗小艳:《残雪:我可以超越卡夫卡》,《南都周刊》2007年7月13日。

② 新新闻主义是起源于20世纪50年代美国的一种新闻报道形式,将文学写作的手法应用于新闻报道,重视对话、场景和心理描写,不遗余力地刻画细节。该文体形式在70年代退出新闻界历史舞台,90年代再次兴起。但作为一种写作方式,直接影响着小说创作。老鬼的《血色黄昏》于1987年出版,出版时被称为"一部探索性的新新闻主义长篇小说"。

③ 阎连科第一起始专业为政治教育,后来通过军考入解放军艺术学院重修中文,严格意义上说,阎连科属于中文专业出身。

功、阎连科等作家那种有意识的拓进与革新的魄力。

3. 作家后天之"习"与文体倾向

作家后天形式多样的自主学习会影响其文体选择,而无法自主的各种诸如时代文化氛围、生长地域环境、家庭出身、所从事的职业等因素也会影响到作家的文体选择。在诸多影响因素中,时代文化则包含诸如政治文化、经济文化、传统历史文化以及代际差异等具有时代共性特征的因子,对作家文体观的生成以及变异确实产生着深刻的影响,这一点,笔者在前文中已分章论述,在此不再赘述。

关于文学与地域的关系,前人对此早已有了深入的认识与研究。古文论者称《诗经》为质朴的"训深稽古"之作,称《楚辞》为"瑰诡而惠巧"的浪漫之作,这就是南北地域文风存在差异的体现。"中国是一个地域文化特别发达的国家,不同的地域有着不同的自然地貌、风土人情和方言土语,以及无形中受到这种种因素所制约的独特的民众心态。文化上的多元性为文学创作的多元色彩提供了可能性,使文学创作能够依托不同的地域文化背景表现出不同的个性色彩。"①而"作家的写作联系着特定的地域。地域是识别不同写作风格、趣味的一个重要指标。"②并且,"一个独特地域的文化灵魂在很大程度上具有自足性和封闭性,它只是在特定时间内向特定人群敞开"③。正是基于这样的事实,我国现当代文学史上出现了诸多的地域性流派如海派、京派、"山药蛋"派、"荷花淀"派等。而在当下,全球化语境更加引发了人们对自我身份的重新确认以及对本土文化的坚守,地域性写作与研究之风渐起。其中新时期初掀起的"寻根文化热"中,作家普遍表现出对自然、地域文化的热情,虽然大家重心在于寻找文化传统与民族心理,正如韩少功所说的"他们都在寻'根',这不是对方言、歇后语之类浅薄的爱好,而是对民族的重新认识,一种审美意识中潜在历史因素的苏醒、一种追求和把握人世无限感和永恒感的对象化表现"④。这种"寻根热"促进了独特的地域性与艺术手法的相互"认知",形成了系列地域流派,如以韩少功为代表的"湘楚文化"派,以贾平凹为代表的"商州文化"派,以李杭育为

---

①　严雄:《湖湘文化与现代小说创作》,《理论与创作》1998 年第 4 期。

②　何平:《复调的江苏——当代江苏文学的第一维度》,《小说评论》2007 年第 3 期。

③　黄发有:《准个体时代的写作——20 世纪 90 年代中国小说研究》,上海:三联书店,2002 年,第 217 页。

④　韩少功:《文学的"根"》,《作家》1985 年第 4 期。

代表的"吴越文化"派,以扎西达娃为代表的"西域文化"派等,先秦时期诸如湘楚、吴越、齐鲁、巴蜀、秦晋等称谓在千年之后的当下瞬间被"复活"。而在"寻根热"之后,中国文坛又出现了依据地域文化划分的诸如"湘军""晋军""陕军""川军""豫军""皖军"以及湖北作家群、广西作家群、西部作家群、江苏作家群、北京作家群、上海作家群等派别。

以地域的不同来区别作家的个体写作如同前文以"代际"划分作家的写作一样似乎有点牵强,但实质上也有存在的理由,因为诸多的作家个性特征在地域文化的影响下会形成作家群体的整体倾向与文化表征。正如有论者所言:"地域文化是文学创作的根脉和灵魂,它决定着作家的审美情趣、主题意蕴、艺术特征以及作品内容、语言风格、叙述方式。鲜明的地域文化特征是构建文学作品独特思想文化内涵和艺术魅力的重要元素。"①不同地域在长期的历史发展过程中形成各自的地域文化性格,这种固存的深层隐形文化无意识地濡染着作家的创作,如同爱因斯坦所言:"除了遗传的天赋和品质以外,是传统使我们成为这个样子。"②如对中国作家产生深远影响的《百年孤独》则得益于充满魔幻的加勒比文化的影响,他认为"非洲黑人丰富的想象力,西班牙征服前的土著民族的想象力和安达露西亚人的梦幻以及吉利西亚人对神奇的梦幻合在一起","教我以另一种方式来看待现实,教我接受神奇的因素"③。基于这样的地域影响,不同地域文学彰显出不同的文学风格。有论者把陕西文学的特征概括为"农村生活,现实主义,史诗意识,厚重大气"④,汪政、晓华则用"历史、感伤、怀旧、女性、女人、凄艳、温婉、智慧、理性、沉潜与生活的哲学、精致、丽辞、唯美与书卷气、厚重、批判、异质、复调"⑤等作为江苏文学的关键词。还有论者认为"读山东文学,你会感受到传统文化气象,那种对传统文化的坚守与对其即将失去的悲凉,只有山东文学写得最酣畅淋漓"⑥。当然,上述各种地域风格的描述

---

① 徐春浩:《地域文化是"文学豫军"创作的根脉和灵魂——"中原作家群"作品审美对象观照》,《文艺理论与批评》2014年第3期。

② 《爱因斯坦文集》(第3卷),许良英等编译,北京:商务印书馆,1979年,第210页。

③ 王宁等主编:《诺贝尔文学奖获奖作家谈创作》,北京:北京大学出版社,1987年,第498页。

④ 邢小利:《文学陕西:也曾灿烂也有迷茫》,《人民日报》2013年5月3日。

⑤ 汪政 晓华:《文学江苏:六朝风骨百般红紫》,《人民日报》2013年4月9日。

⑥ 傅书华:《文学山西:瞩望提振"山药蛋派"》,《人民日报》2013年5月17日。

都是一种直观的印象,我们无法也没有必要采用地域文化诗学的方法系统爬梳中国当代作家群的创作镜像,在此,依然采用典型分析法,重点扫描个别地域文化比较鲜明的作家群,在微观分析与宏观扫描中窥探地域文化对地域作家文体自觉的影响。

在诸多作家群中,若谈及文体革新,河南作家群①当为首选的言说对象。当代河南作家群有着在国内影响颇大的作家队伍如刘震云、李佩甫、阎连科、李洱、张宇、周大新、张一弓、刘庆邦、墨白、乔叶等,他们在文体创新上的成绩得到大家一致认可。在1999年的"文学豫军"长篇小说研讨会上,何镇邦肯定了"文学豫军"深厚扎实的生活功底,强烈的文化意识以及对文体的自觉探索。孙荪认为他们在结构和叙事方式上"以行为逻辑与心理逻辑的交错所带来的现代特征的加强。在人或人群'混迹'世界的行为经历基础上,着重于个人对外部冲突的心理折射图像和自我冲突的心路历程的表现,使得一种平面的线性的因果链正在被立体的多头的交错所代替"②。何弘认为"对于一向以内容扎实厚重取胜的中原作家而言,对文学的形式探索也从未停滞"③。

河南作家在文体设置上形成了"第三种写作"④,表现出对传统现实主义手法的"坚守"与"突破"。所谓"坚守"即在对乡村生活经验的写实与正面表现上,但这"乡村"又有别于传统意义上的乡村,从刘震云故乡系列中的村庄,到李

---

① 河南作家群又称文学豫军、中原突破、中原作家群。早在1995年底,《光明日报》刊文《文坛冲过来一支豫军》,自此,被称作"文学豫军"的河南作家群开始引起文坛关注。1999年春在河南新乡召开由河南文学院主办的"文学豫军"长篇小说研讨会。会后,有人把这次会议总结为"中原突破"。2010年11月,以"坚守与突破"为主题的中原作家群论坛在河南郑州举行,"中原作家群"第一次作为学术概念被正式提出,其地位得到了文学界的普遍认可。(徐春浩:《地域文化是构筑"中原作家群"的文学底色——"文学豫军"创作特点透视》,《青年文学家》2013年第14期。)

② 孙荪:《关于文学豫军的话题》,《郑州大学学报》(哲学科学版)1997年第3期。

③ 何弘:《新世纪中国文学地理版图中的中原作家群》,《中原文化研究》2013年第6期。

④ 孙荪认为90年代中国小说创作存在两极趋向。一种是坚持所谓的传统现实主义,适应政治需要优先于读者需要,其思想和艺术都没有根本变化;另一种则是唯新是举的先锋写作,即以终极关怀为旗帜的思想反版,以技术创新为特征的艺术颠覆,不考虑大众读者,自觉以少数读者为对象的个人化才子写作。而河南作家走的则是一条"中间路线",即保证内容的厚重和容量,有选择性地、有限度地进行艺术创新以适应并适度提升当代读者的方式走向市场。(江胡 木耳:《中原突破:"文学豫军"长篇小说研讨会纪要》,《小说评论》2000年第2期。)

223

佩甫的"呼家堡",再到阎连科的"受活庄",这里的村庄是"整个中国的缩影","作家从乡村生活入手,对中国历史文化的运行规则、观念体系、心理机制以及中国文化传统进行全方位的诠释","每个作家笔下的村庄都具有抽象意义和原型特点"①。所谓"突破"则是指河南作家笔下的现实主义不是纯粹的现实主义,作家们融入了各种现代、后现代主义技巧,如《受活》的"絮言体"、《日光流年》的"索源体"、《坚硬如水》的狂欢与荒诞等。对此,雷达曾评价阎连科"毫不费力地将土味与洋味,本土的与现代的,传统的与先锋的,写实的与表现的,形似的与神似的,扭合在一起",体现出"充分的本土化与新异的现代精神之融合"②特征。除此之外,还有《生命册》的册状结构、《羊的门》的象征现实主义、《石榴树上结樱桃》的荒诞现实主义、刘震云新历史小说中后现代主义因子以及《城市白皮书》《花腔》中所做的现代主义探索。

河南作家群体性表现出对文体探索的热情,从某种程度上说,与中原地域特点存在一定关联。中原曾是中华意识形态中心地,有着曾经显赫的政治地位。而以河南为中心的黄河流域又是华夏文明重要的发祥地,中华文化的核心正是在此形成。且河南长期以农业为主,建诸农业的中原文化则是由政治中心带动发展起来的政治文化,文学艺术、礼乐文明无不以此为基石,中原地区政治、文化、经济的中心地位,使得中原人具有中华民族最核心的文化气质即内敛、中庸以及由此形成的厚重与大气。而政治、权力等意识形态深深沁入他们的血液,使得他们不同程度流露出对传统政治权力文化的膜拜与反抗。然而宋以后,随着汉民族与北方游牧民族旷日持久的争夺使得政治中心由中原向北方偏移,与此同时,南方地区则因少自然灾害和战乱之扰而出现经济与文化的繁荣,而中原在政治、文化被边缘化的同时,又遭受自然灾害和连年战火,苦难成了中原人长期普遍的生存体验,这些历史因素使得中原作家在创作中形成关注现实、书写苦难、反思历史,追求意义的传统。中原地区厚重的历史文化传统为作家的历史书写奠定了基础,偏重农业的乡村经济结构使得作家愿意更多地书写故乡与乡土。内敛、厚重的性格使得作家在文体设置上更多地恪守传统现实主义手法,但自觉的探索意识使他们形成了"第三种写作"。

① 梁鸿:《所谓的"中原突破"——当代的河南作家批判分析》,《文艺争鸣》2004年第2期。

② 雷达:《我眼中的〈受活〉》,《文艺报》2004年7月20日。

当然,像河南作家群这样集体热衷于文体革新的现象在文坛上确属罕见,甚至有论者认为"尽管现在各地都在纷纷宣传自己的作家群,但很多地域作家群并不具有文学上的意义",其中"所谓当代湖北作家群这个概念其行政区域意义大于文学风格含义"①。但是,鲜明的地域文化濡染对作家的文体表达确实产生一定的影响。如湖南地域在历史上开发较晚,境内多丘陵和山地,少数民族由于长期困居大山深处,因而存有不少奇风异俗。神秘浪漫的湘楚文化奠定了湖南作家的浪漫主义基调,"崇神信巫""唯情尚情"②成了他们主要的题材表达,这使得湖南作家群"是一个地域空间意识和历史文化意识强烈的作家群体。他们手中既握有一支得心应手的风景画笔,竞相比试描绘绚丽灿烂的湖南山川景物,写得有色彩,有情调;又有一双从古朴的风俗民情中观察人生,观察历史进程的眼睛,将楚水湘云之间充满神奇传说的古老习俗尽收眼底"③。而清中叶以后在"经世致用"精神气质的引领下,经邦治国之才辈出,风流文采之士代出不穷,这些地域文化特点合在一起孕育着当地人集灵气、锐气和匪气于一身的特质,这种特质使作家如韩少功、残雪、刘恪等在文体探索上出奇出新,绝不退缩。再如中国西部地区可以分为西南和西北两大块,西南和西北一直以来是文学的富矿,"独特的地理环境和风俗习惯,使得当代西部诗歌、西部文学在意象塑造、题材选择、语言运用上有着得天独厚的优势"④,其中西南多山的地理特征形成当地人犭黠、豪气、智性的气质,如阿来、麦家、海男在文体革新上也体现出空灵、另类、智慧的特色,而西北地区尤以陕西为中国传统文明的源头,那里文化底蕴厚重,传统是他们的财富,但无形中也成了他们的负担,形成了陕西人矛盾的性格:保守又开放,自恋又自卑,粗犷又心灵手巧,老实又圆滑,安于现状又躁动不安。这种性格使得陈忠实、贾平凹、路遥等在文体选择上注重向传统回归,在文体革新力度上显然缺乏诸如河南和湖南作家那样的锐气。而江苏地处江南繁华之地,自古以来历史文化底蕴深厚,精致、唯美、感伤的江南文化不可避免地给江南文人平添了书卷气。这种独特的地域心理气质使得诸如苏童、毕飞宇、叶兆言、韩东等作家具有细腻、敏感的艺术感受力,对小说形式具有精到

---

① 刘川鄂:《屈原的"楚殇"盛李白的"楚狂"衰——新世纪湖北作家群创作概观》,《人民日报》,2012 年 4 月 19 日。

② 刘洪涛:《湖南乡土文学与湘楚文化》,长沙:湖南教育出版社,1997 年。

③ 罗守让:《地域文化风情和小说艺术创造》,《长江文艺》1990 年 12 期。

④ 罗西鸽:《西部文学不能坐吃土特产》,《文学报》2004 年 6 月 3 日。

细致的构思与设计,但过于精细使作家们面对厚重长篇时有种才力不逮、气度不够的绵软。而北京和上海,作为两个大都市,前者兼容性强,现代、传统、官方、民间等文化皆可求得共生,各种气质类型作家如张洁、王蒙、宗璞、史铁生等皆可共处。后者排外性强,这里方言盛行,现代文明形成了人们理智、理性的性格,据理力争成了都市人生存的基本思维方式和精明、世俗的气质,所以上海地域很难盛产感性、浪漫、豪气万丈的诗人和侠客,只能推出如王安忆、金宇澄等以描写上海地域日常生活、语言、风情而闻名文坛的具有"怀旧风,阴柔气"的作家。质言之,具有共性特征的地域文化对作家个性的影响虽然有限,但在一定程度对作家的文体选择产生影响。

相对而言,在后天"习"的因素中,创作主体的家庭出身、成长环境、从事的职业等因素对作家艺术个性的形成以及文体选择影响要相对直接些。如莫言、阎连科等出身穷困家庭与环境的作家,在成长路上经历了饥饿、孤独、生老病死等切身感悟,这使得他们笔下都有了自己的原型与寓意寄托。莫言在《透明的红萝卜》《十三步》《四十一炮》《酒国》等都表现出对"吃"的痴迷,而阎连科一直以来因对"病痛与死亡"的恐慌而创作了《日光流年》《受活》,而这种饥饿以及苦痛等切身的人生体会,会迫使他们在文学创作上一直向前,超越自我成了解脱自我的唯一生存方式。在这方面影响最彻底的要数史铁生,特殊的遭遇导致其一生"职业是生病,业余是写作"的窘境,其写作的内容与表达方式的选择自然也受到"轮椅"的影响。虽然出生于50年代,完全有机会接受高等教育,但命运之神为他铺设另一条路。21岁住进医院,从此再也没站立起来。如何度过这灰暗的一生?一直健硕好动的史铁生曾一度陷入人生低谷,是文学给了他活下去的理由。自1983年发表《我的遥远的清平湾》,史铁生引起文坛关注,此后,读书、冥想、玄思成了史铁生的生活全部。虽然没有条件像其他作家那样进高校全面而系统地接受知识,但史铁生始终在用生命思考文学,甚至行动的不便在限制他对外部世界的摸索与接触的同时,却促成了他向内部世界的开拓,这在无形中促成了其文学写作从内容到形式的独特。他的小说总是以笔记的形式呈现,在充满哲思与思辨中向人们展示小说创作的另一种可能。如《务虚笔记》《我的丁一之旅》反映了他对社会、人生、爱情、生老病死等永恒命题的哲理性思考,呈现出以小说合并哲学的生活哲学化倾向。并且这些冥思玄想的直接动力来源于其切身入骨的生命体验,其理论来源于后天的学习。与此同时,他也没放弃对文学创作的思考,如文学理论集《写作的事》就是一部关于文学的思考集。一个好的作家同时也应是好的读者、好的文学理论家和文学史家,史铁生在这本集子里向大家展示了他对文学独到的思考、文学敏感以及丰富的文学知识。质言之,独特的人生体验、不屈的自我学习与成长形成了史铁生不同于他人的创作风格和文体追求。

从当下作家所从事的职业来看,很多作家在写作的同时,主要从事编辑、编剧、记者、教师等与文学、文字相关联的职业,这使大家有机会关注文学的发展动态。如王蒙上中学时就参加中共领导的城市地下工作,后来一直忙于工作,22 岁时因小说《组织部新来的年轻人》被划为右派,正当读书的年龄因为时代的原因,分别在北京、新疆等地接受劳动改造或参加工作。"文革"结束后,又从事与文学文化有关的工作如担任《人民文学》主编、中国作协副主席、中共中央委员、文化部长、国际笔会中心中国分会副会长等职。但王蒙不管在什么岗位,从未放弃自主学习与文学反思,尤其在创作大量小说、散文的同时,还发表了相当数量的文学评论文①,如此不竭的文学反思,也许缘于王蒙所持的作家观即"作家应该是知识分子,应该是高级知识分子,应该有学问,应该同时努力争取做一个学者"②。在他诸多的文学反思中,尤其体现在对小说文体的反思与探索上。正如有学者评价王蒙"留给文学史的重要贡献也许是多种多样的,但他留给文学史的最重要的贡献之一一定是在文体上的创新"③。王蒙一生创作高产,在文体创新上基本上走了"先锋"的路线,如在 80 年代初,就在《夜的眼》《春之声》等作品中一改传统小说叙事模式,以集束手榴弹的方式首开意识流小说先河,在文坛引起震动。接下来,分别从语言、叙述以及结构等方面,极尽叙事之能事,形成"讽喻性寓言体""拟辞赋体""随笔体"等小说文体,体现出一定的革新意识,成为中国文坛文体探索最有活力的作家之一。

再如第九届茅奖得主金宇澄的一夜成名也得益于他从事多年的编辑工作经历,他说:"做了 25 年小说编辑,一直生活在小说的世界里,每天看稿子,提意

---

①　文艺评论文如《漫话文学创作特性探讨中的一些思想方法问题》获 1983 年首届《上海文学》文艺评论奖,《对于现实生活的反映——反映与呼唤》获 1984 年《光明日报》优秀理论文章一等奖。同时,还出版《创作是一种燃烧》《当你拿起笔》《文学的诱惑》《风格散记》《王蒙谈创作》《王蒙、王干对话录》《王蒙学术文化随笔》《王蒙讲稿》《漫话小说创作》等文艺论集。

②　王蒙:《一个值得探讨的问题——谈我国作家的非学者化》,《读书》1982 年第 6 期。

③　郭宝亮:《王蒙小说文体研究》,北京:北京大学出版社,2006 年,第 8 页。

见。80年代的作者,比较看重实验文本,90年代后,追求故事完整性的来稿逐渐占据了上风。但编辑第一眼看到的,仍然是小说的语言与样式。"①正因深谙读者的心理,了解小说最新发展状态,他才会剑走偏锋地从小说的言语方式入手,用纯粹上海方言的思维和传统话本小说形式写出了《繁花》,得到了来自不同层次读者的认可与青睐。

当下很多作家在写作的同时,还有另一个身份即学者,有部分作家本身就是教授如格非、毕飞宇、刘恪、马原、张承志、崔子恩、凌力、张炜、戴厚英、洪峰、阎真等,有部分知名作家被高校聘请为荣誉、客座或专职教授如王蒙、刘心武、陈忠实、姜戎、贾平凹、韩少功、王安忆、莫言、刘震云、阎连科、雪漠等,还有部分作家如格非、韩少功、莫言等甚至担任博导、硕导,肩负起小说理论专业研究的重任。这种理论与创作双栖的身份使作家的理论视野越来越开阔,文体意识也不断得以更新,文学创作不断获取新的血液,进而在文体革新之路上越行越远。

先天的"才""气"和后天的"学""习"共同构成了作家的个性,而这些又直接或间接地影响着作家的文体选择。而在先天和后天因素"孰重孰轻"的问题上,虽然古人有过争议,但整体上推崇先天因素,即便是刘勰,依然还是把后天因素放在次要位置。但随着时代的发展,对于此问题,答案几乎是一致的:两者不可偏废。有才气的作家若不能在后天学习上下功夫,这种才气只会昙花一现。反过来说,若没有先天才气,后天再怎样努力也终难成一流作家。正如古人所言,"有才而无学,是绝代佳人唱莲花落也。有学而无才,是长安乞儿著宫锦袍也"②。丛维熙也曾言"后天之笔力疲软,可以用不断笔耕调理;先天之生态失衡,则是任何文学也难以医治的顽症"③。而对于后天"学""习"两因素"孰重孰轻"的问题,笔者认为"学"的重要性是不言而喻的。先天"才""气"使作家的文体选择成为一种自觉行为,而后天的"学""习"能让作家的文体选择变为一种主动转向,尤其是在后天学习的影响下,使得作家呈现出"学者化"倾向,且由于作家写作内容的扩展,使得作家呈现出"多面手"倾向,这些倾向都直接影响着小说文体的变化,一些新的文体现象开始出现,如阎连科、刘恪、宁肯、柯云

---

① 颜亮:《金宇澄:〈繁花〉是用上海话思维写成的小说》,《南方都市报》2013年4月28日。

② 郎廷槐:《师友诗传录集唐要法》(影印本),台北:台湾商务印书馆印行,出版时间不详。

③ 丛维熙:《才情论:作家主体特征探源之一》,《海燕》1994年第1期。

路、尤凤伟、宁肯等在作品中运用"注释体",残雪采用"评论加散文"的笔法,韩少功、王蒙、史铁生等的"笔记体"等,这些文体探索使得小说在关注故事、人物、语言的同时,更加注重内容的思想性、广博性和深刻性。

第五章　文体革新现象的限度
及可能性维度

新时期以来,长篇小说在文体追求上历经三十余年的发展,也相应经历了几个相互联系而又有区别的阶段。80年代初,作家在价值立场、精神追求、写作思维等方面都能保持一定的同步性,作家皆以精英知识分子的身份从事写作,在西方思潮理论的启迪下,自觉地在文体设置上运用现代现实主义手法,尤其在80年代中后期激荡起文体探索小高潮。进入90年代,市场经济以势不可挡的浪头扑面而来,中国社会的精神生态瞬间物质化、世俗化,文学快速地由中心地位滑至边缘,大众文化也随之而起,从事长篇写作的作家队伍开始分流,作家的价值取向、精神追求也随之趋向多元,有以服务于主流意识形态的主旋律作家,有以追逐市场利益和大众读者的通俗作家,还有继续追求审美情趣的纯文学作家。至此,文坛"三分天下"的局面基本形成,但这种格局并没有影响到精英作家文体探索的热情,相对于80年代和新世纪,此时期文体探索呈现出前所未有的繁荣。进入21世纪,在延续90年代市场化、物质化的同时,网络技术的发达,信息大爆炸的时代已然来临,这使作家队伍中又新增网络文学的写手,文坛"三分天下"的格局更加鲜明,在通俗文学领域,新增的网络小说以不可比拟的优势吸引着更多大众读者,属于精英作家的市场份额越来越小。在这种语境下,精英作家的文体探索少了80年代的新鲜与好奇,也少了90年代的喧嚣与偏激,开始进入沉静、成熟的反思阶段。这一路走来,我们清晰地看见,长篇小说在多重合力影响下已然成为"时代中心文类",但将其放到世界文学以及整个时代背景中去看,一方面是快速猛进的时代发展,但时代发展在促进长篇小说繁荣的同时,却在不可抗拒地冲击着作家的艺术追求;一方面是作家文体探索活动的逐步活跃,但相应却是文体批评的"不在场";一方面是中西文学资源中的文体因素、作家代际和个体差异以及文体内部的自律因素等在丰富作家审美追求的同时，却又让作家无可逃遁地陷入文体焦虑之中。但若运用马克思主义的对立统一观来看待诸多文体革新的困境，则发现"时代中心文类"的地位又使得长篇小说有机会进入世界文学的视野，而西方文界对中国当代艺术与思想兼备作品的推崇，这无疑为当代作家的文体追求打了一针强心剂。同时，这种推崇也引发国内学界、文界以及媒体对小说文体的关注，进而为作家的文体革新创设良好的文学生态环境。在这种语境下，若学界与读者、作家之间的隔膜状态得以改变，形成良性互动的对话局面；若作家在恪守文体常规范畴内进行艺术探索，在"不自由"中求得"大自由"，这些努力会在一定程度上缓解作家的"文体焦虑"，从而使各种合乎文学本质的文体探索成为可能。

第一节 文体革新面临的限度

一、时代的冲击与文体的放逐

时代的发展以其不可抗拒的诸多优越条件促进了长篇小说的繁荣，但这"繁荣"主要体现在长篇小说作为文类近乎泡沫的虚妄数量上，从某种意义上说，与长篇小说的文体关联不大，甚至，在一定程度上，却因写作市场化、作品影视化、信息媒介化等因素的冲击，阻碍了长篇小说在艺术审美上的长足发展。

当前文坛关注的作品主要是出自专业作家之手的纯文学作品，而在网站流通的、在市场上热卖的则是那些青春、职场、官场、穿越、游戏、情爱等大众通俗小说。纯文学作品偏重审美，注重艺术形式的突破；大众通俗小说追求新奇、刺激、前卫，注重读者、市场和经济利益的实现。当然，不同的写作追求，相应的读者群体也不一样。阎连科根据读者的阅读目的，将读者分为三个群体①。此分类虽没有常规性地依据读者的文化层次和文学修养来划分，但具有一定的合理

---

① 第一群体指普通大众读者，其读书主要是为了消遣。第二群体读者读书不仅是为了消遣，还注重"学习"，他们不仅用情感阅读，还用灵魂阅读。第三群体读者是读者中的"精英"，他们读书不仅为了消遣、学习，而且为了思考，他们不用情感和灵魂去读，而是用大脑去思考，主指评论家、作家、大专院校的文科老师等。（阎连科：《我为什么写作——在山东大学威海分校的讲演》，《当代作家评论》2004年第2期。）

性。从当前不同层次读者的接受情况来看,专业作家惊讶地发现,他们的读者已悲哀地减缩为第三读者群体,像类型小说那样的读者大众化、市民化现象已不复存在,而第一、第二读者群皆鲜明地青睐故事、情节和人物,这种现状在一定程度上对精英作家的写作构成一定的压力,因为文学一旦进入市场,便无法忽视读者的存在,"从商品角度看,唯一真正的读者是书籍的购买者"①,作家不仅要考虑自己的作品是否有人欣赏,还要考虑是否有人购买,这才是文学创作得以生存和发展的物质条件。曾有作家坦言:"写作时原先不考虑读者,从1988年以后不得不考虑了。原先更多地考虑作品的结构,现在力求情节曲折生动一些。"②如此一来,读者便以文化消费者的身份对作家的写作构成了一定的制约,面对市场和读者,作家只有两种选择,一是继续自己的艺术追求,视文学创作为生命存在与思考的一种形式,但能否坚持住没有读者追捧的寂寞,这也是对纯文学作家最大的挑战与考验。二是自觉转换写作思路,放弃文学立场,在创作题材、手法、风格、文体设置等方面做出调整,汇入大众文化的滚滚俗尘,向出版者和大众读者的意图靠拢,化雅为俗,在雅俗交融中求得生存。相对于目前年产千部缺乏艺术感的粗糙之作来看,能坚持艺术追求的作家则是极少数的一部分。

虽然写作市场化让精英作家失去了大众读者,但专为他们设置的各种文学评奖还是使其有机会成为社会关注的焦点,这使他们不仅要经受市场化写作所带来的文体冲击,还要接受媒介时代作品影视化所带来的诱惑与考验。我们一般根据主办方的不同将当下众多的文学评奖分为政府奖和民间奖两大类,当然,也有些评奖是政府和民间的合作,边界较为模糊。但不管是政府奖还是民间奖,对获奖者的影响都是巨大的。如以茅盾文学奖为代表的政府奖,其主流导向的权威性以及掌控社会资源的丰厚性,可使获奖者在体制机构里的绩效认可、著作的畅销出版、作品的优先影视改编等方面名利双收,从而成为家喻户晓的明星作家。而那些民间奖,其评奖的标准虽和官方的主旋律、正统意识等有所不同,由于奖项的设置所受的各种掣肘较少,评奖标准崇尚多元的审美追求,奖项往往因此而显得个性鲜明、立场纯粹,故其在部分作家眼中的地位不亚于

① [法]罗贝尔·埃斯卡皮:《文学社会学》,符锦勇译,杭州:浙江人民出版社,1987年,第57页。
② 陈丽:《困境与突围——对经济体制转轨时期上海作家情况的调查》,《社会科学》1995年第1期。

各类政府奖。且这种民间奖在市场经济、文化、消费语境的浸染下，早已形成奖金丰厚、宣传面广、资源优足的文化生态，在大众读者群中产生的影响也很大。诸多作家重视文学评奖不是仅仅因为奖金丰厚，而是看中作品获奖后的宣传，尤其是作品影视化对作家作品的宣传所带来的巨大收益。这些都深深影响着作家的写作。

作品影视化对作家的影响主要体现在作家的创作心态与艺术选择上。阎连科曾公开说："所谓文坛，其实就是一个庞大的名利场，是我们所了解的所有名利场中隐蔽较深，总是搭着清高、清淡、淡泊的巨大帐篷而进行各种复杂斗争的一块角斗场。"①目前国内影响最大的茅盾文学奖背后就隐藏着太多的名和利。任何一个作家，只要获了茅奖，立即名扬天下，如同封建时代进京赶考，多年默默无闻，一旦高中状元便名满天下。第九届茅奖得主金宇澄则是典型例子，30 余年的编辑工作默默无闻，小打小闹地写些随笔也无人知晓。一旦摘得茅奖，一夜间家喻户晓。盘点茅奖获奖作品，有近一半被搬上荧屏，可以说，即便同样获奖，被搬上荧屏的作家影响力明显又要超过没"触电"的作家。除了名满天下，可观的片酬收入能使作家跃至作家收入排行榜前列。根据布迪厄的"场域"理论，无论何种性质的文学评奖，作家一旦进入特定场域参与游戏，就必须接受并遵循游戏规则，甚至自觉内化为自身的思维习惯与写作准则。正是从这层意义上来说，文学评奖、作品影视化对当代作家的创作产生极大影响。影视写作和纯文学写作是完全不同的两种写作，前者听命于市场，后者听从于内心。作家能清醒地认识到这种迥异和伤害，但面对名利的诱惑，精英作家的艺术追求又一次经受挑战。当然也有部分作家持警醒态度，如莫言认为"我的态度是绝不向电影、电视靠拢，写小说不特意追求通俗性、故事性"②。周大新认为"作家不能为了被改编而写作，否则，作品到最后就会变成导演的工作用本，没有流传下去的恒久艺术价值"③。但这只是部分作家的心态，而在实际创作中，"由于改编带来的对原著和原著作者的宣传效应和经济效益，影响了部分小说

---

①　阎连科：《我为什么写作——在山东大学威海分校的讲演》，《当代作家评论》2004年第 2 期。

②　莫言：《小说创作与影视表现》，《文史哲》2004 年第 2 期。

③　杨淑玲：《作家不能为了影视改编而写作——专访第七届茅盾文学奖得主周大新》，《江西日报》2015 年 9 月 11 日。

作者的创作心态"①,已获奖的茅奖得主不仅不敢和影视界叫板,相反,他们甚至还会变成同盟者,通过策划、广告、主题先行、影视文学剧本等方式,让文学和影视来一个彻底的亲密结缘。如《白鹿原》被改编成秦腔、陶塑、连环画后,陈忠实还是表示不满,认为影视改编最重要,并说:"许多世界名著的改编也不无遗憾,我作为作者,不能不关心,但管不了。比起任何形式的改编,影视无疑是最好的形式。"②而对于那些非茅奖得主的精英作家,他们在名利的诱惑下,也对作品的影视化采取来者不拒的态度。如池莉说:"小说的好坏与电影的好坏没有太大关系。电影再好也是导演的。电影拍砸了,那也绝不等于小说不好。我的小说与电影的关系到目前为止仅仅是金钱关系。他们买拍摄权,我收钱而已。"③这是一种普遍心理,于是导致部分作家迎合导演的需求,出现创作影视化倾向,如"肤浅的性格刻画,截头去尾的场面结构,跳动式的场面转换,旨在补充银幕画面的对白,无须花上千百个字便能在一个画面里阐明主题"④,文本的结构、语言、心理、细节等基本要素一并被忽略,自然也少了关于精神向度的深层反思。其实这种半小说半影视的作品,既没有文学的艺术性,又缺乏影视的戏剧性,两边不讨好。精英作家若放弃文学的优势,把主要精力用于影视化小说创作,这对文学是一种严重损耗。长此以往,难免会导致小说的文体变异,甚至会出现如米兰·昆德拉所说的"小说的死亡"⑤。

写作市场化、作品影视化等皆为社会经济高速发展而产生的必然文化现象。而进入 21 世纪,社会又进入信息化、数字化时代,互联网的出现犹如一场彻底的革命,无孔不入地影响着人们的工作、学习、生活乃至艺术创作方式。这种影响首先表现在读者的阅读方式上。目前大部分读者通过网络下载或在线阅读的方式阅读作品,电子化、网络化直接影响了读者的阅读效果。这种阅读方式便捷,但电子化阅读易造成视觉疲劳,且面对爆炸式信息,读者习惯于滑动鼠标快速浏览,这直接促成读者的浮躁心理,这种心理使其在阅读过程中不可控制地追逐故事情节的发展,根本无暇顾及小说在语言风格、结构设置、细节安

---

① 胡平:《文学与影视关系如何重构》,《人民日报》2011 年 3 月 9 日。

② 耿翔:《陈忠实坦言改编〈白鹿原〉》,《中华读书报》2001 年 8 月 8 日。

③ 池莉:《信笔游走》,《当代电影》1997 年第 4 期。

④ [美]爱德华·茂来:《电影化的想象——作家和电影》,邵牧君译,中国电影出版社,1993 年,第 306 页。

⑤ [捷克]米兰·昆德拉:《小说的艺术》,董强译,北京:三联书店,2011 年,第 14 页。

排等方面的特色,也很难感受出纸质文本才能有的意境与独特气息。这种影响其次表现在作家的创作方式上。作为一种顺世而生的新生事物,网络文学在媒介形式、文本形式、文学类型、叙述方式等方面迥异于传统文学,其以特有的方式冲击着传统文学的既定惯例和观念。目前文坛"三分天下"的局面比较稳定,彼此之间的艺术追求各不相同,彼此之间的影响也是有限的,但信息媒介化还是影响着作家的创作。如在小说的文本结构上,很多作家作品呈现出片段化、碎片化、零散化倾向。电子传媒的信息是链接模式,经常由一个关键词引出相关词条,信息就此铺天盖地涌来,令人目不暇接。受此影响的作家在文体设置上也体现出这种倾向,如《致一九七五》就是这种枝蔓四伸、花开多枝的文本结构。小说分为上部和下部,上部的"时光"是叙述者李飘扬以第一人称"我"对往昔岁月的追忆与重构,在这美好的时光里,众多人和事在时间长河中沉浮,少主线脑的故事情节,多片段式插入与情绪的流淌。下部是对知青生活的个人化叙述,给读者留下的依然是作者零散细腻的感受。所幸作者已意识到开放的结构给读者阅读所带来的障碍,在作品后特自附上"总人物表",方便读者如同查字典一样,根据关键词的解释来读作品。但一部长篇读下来,既没有典型的人物形象,也没有深度的理性思考,只剩下毫无章法的几个关键词人物和肆意游荡的个人情绪。这种结构安排,虽然有利于表达作者真实的情感,但在一定程度上损伤了小说内在的叙述逻辑和作品的表达力。另外,当下绝大部分作家都在用电脑写作,写作媒介的改变也影响着作家的写作方式,部分作家在复制、粘贴的功能驱使下,粗制滥造地从网络海量信息中复制着各种信息,无须精心营造与文学想象,流水线般生产使小说篇幅越写越长。他们误以为长篇小说追求的就是超大信息量,殊不知,这信息应该是具有文学价值的信息,是经过作家内化、具有特定含义的信息,而不是普遍意义上如同"新闻快报""奇闻杂谈""野史闲话"的故事拼贴。如此复制、粘贴,降低了长篇写作的难度,损伤了小说的文学品质,这也是当代长篇年均出版量过千,但能在文坛上产生影响的不多的原因之一。

二、文体批评的缺席与隔膜

新时期以来长篇小说文体探索活动在整体上相对于小说总量稍显单薄,但确凿地显示出作家文体意识的逐步增强,文体探索作品也在逐步增多。但梳理作为文学发展双翼之一的文体批评现状,则显示出长篇小说文体发展面临的另一困境,即文体批评的"不在场"。在了解文体批评现状之前,须先厘清文学研究与批评的内涵及区别。文学研究是对文学理论渊源的探究以及文学规律的总结;而文学批评则是对具体作品的阐释和赏析。前者宏观、理性、自成体系,后者微观、感性、充满个性。但在实际研究中,文学批评与研究之间的界限并不分明。关于文学批评的内涵,批评家蒂博代认为"是一群程度不同以专门谈书为职业的作家,他们在谈论别人著作的同时也发表作品,他们的作品虽尚未达到天才的顶峰,但同其他作品比较起来,却没有任何理由自惭形秽"①,指出了批评主体理论与创作兼顾的双栖性。爱德华将文学批评分为四类即"一是实用批评,可见于图书评论和文学报章杂志。二是学院式文学史,这是继19世纪像经典研究、语文文献学和文化史这些专门研究之后产生的。三是文学鉴赏与阐释,主要是学院式的。四是文学理论,这是一门比较新颖的学科"②。综合上述观点,并结合文学批评现状,从批评主体来看,当下的文学批评可分为三类,一是专业化的学者批评,主要由中国作协创研员、中国社科院以及各级文学研究所的当代文学研究员以及高校当代文学专业的教授与教师们构成。二是职业化的媒体批评,主要由各大媒体的记者以及一些自由撰稿人构成。三是作家批评,主体为作家自己。在上述分类中,我们可看出媒体批评、作家批评是非学术化批评,而学院批评与文学研究之间有着天然的同构关系,有学者断定"大学文学教授本来是批评家的延伸,是批评家学院化的产物"③。虽然媒体批评因其文风平实,通俗易懂,对读者的影响是直接而迅速的,虽然学院批评也会偶尔改换文风客串一下媒体批评,但在中国这个崇尚"大儒"与精英的国度里,高等学府的学术地位使学院批评无形中扮演着知识权威的角色,这使得学院批评对出版市场、读者、作家乃至中国文化所产生的影响显然要大于媒体批评。

了解文学批评与研究的基本内涵与区别是分析当下文学批评存在困境的基础,而文体批评作为文学批评的一个分支,从批评的内容倾向、批评主体的精神构建以及主体与作家、读者之间的关系看,存在以下几种不良倾向:

首先表征为"重思想,轻形式"的倾向。在西方,长篇小说文体被论者关注

① [法]蒂博代:《六说文学批评》,赵坚译,北京:三联书店,2002年,第33页。

② [美]爱德华·赛义德:《世界·文本·批评家》,李自修译,北京:三联书店,2009年第1页。

③ 陈晓明:《当代文学批评问题与挑战》,《当代作家评论》2011年第2期。

是第二次世界大战以后的事,并且,从一开始,关于小说研究就存在"内容与形式孰重孰轻"的争议。关于长篇小说的形式问题,早在 1947 年马克·肖勒在《作为发现的技巧》中提出"谈论内容本身根本就不是谈论艺术,而是谈论经验;仅仅当我们谈论形式,即作为艺术作品的时候我们才作为批评家说话。当我们谈论技巧时,几乎就谈到了一切"①,针对肖勒的"形式至上论",1948 年莱昂内尔·特里林就指出这是一种危险,在他眼中,"小说是最不'艺术'的文类,形式意味着完整的首尾相贯,有意识地全神贯注于形式,几乎肯定会使小说家受到局限。而小说执着于道德效果时,小说才获得自己最佳艺术效果"②。这是西方两种极端的观点,而在中国,长篇小说地位的改变也是近几十年的事。尤其在80 年代,随着西方文艺思潮的涌入,作家和论者们开始对小说的形式有了关注,接下来几十年的发展,小说文体的探索与研究呈现出繁荣局面,但相对而言,由于受中国传统文化的浸染,更多的作家与论者在骨子里还是认为文学是一种修养而非技能的操练,所以关于小说的讨论依然强调主题与思想,小说的形式问题还是被搁置在次要位置。正如曹文轩所言,"许多年来,我们对文学的研究总是研究它的思想性而很少研究它的艺术性"③,但实质上,"如果文学评论只关心作品'写什么',这还不能称为真正的文学批评。从严格意义上说,这只是道德学、历史学、社会学的议论,根本没有进入文学批评的层次,真正的文学批评必须深入文本的文体中去"④。

扫描当前学界对文体的关注状况,较之 80 年代的热情高涨明显有所减弱。80 年代西方文艺思潮的涌入对作家和批评家们的触动都很大,积极进行艺术探索的作家作品在研究者的关注下能够迅速被推介出来,从而形成文体研究与创作良好的互动局面。但在当下,历经几十年的文体发展,评论界对各种形式的文体革新都有种见怪不怪的淡定,或者说大家关注的焦点依然在思潮、主题、思想等方面,真正自始至终关注作品文体的研究者不多,盘点当下的文体关注者,屈指可数的只有何镇邦、吴义勤、王一川、洪治纲、王春林等,且更多论者的探究

① [美]华莱士·马丁:《当代叙事学》,伍晓明译,北京:北京大学出版社,1990 年,第 2页。

② 参见何弘:《网络化背景下的小说观念》,《小说评论》2009 年第 5 期。

③ 曹文轩:《中国八十年代文学现象研究》,北京:人民文学出版社,2010 年,第 386页。

④ 童庆炳:《文体的自觉与抉择》,北京:人民文学出版社,1995 年,第 2 页。

依然处于对文体现象的评论分析层面。

其次表征为批评主体的精神陷落。且不说当前文体批评存在"重思想、轻形式"的内容欠缺,而有限的文体批评在时代政治、传统文化心理习俗以及当前主流体制管理等因素的裹挟下呈现出诸多不良倾向。当下学界对文学批评现状多持否定和隐忧态度,如冯希哲认为当下文体批评呈现"概念化、庸俗化、板结化"①倾向,颜敏认为"批评主体深受文学体制束缚、批评文体遭受世俗社会庸俗病菌的侵蚀"②,周成平认为文体批评存在"疏离社会生活、离开作品谈理论、盲目溢美而缺少真情实感、玩弄西方名词术语"③等误区。甚至有评者怒斥批评家"根本不把自己当人。写的东西,或虚情假意,或玩弄辞藻,或指鹿为马……棒杀或捧杀"④。这些不良现象在实际文体批评中确实存在,如一些学院派论者为了卖弄自己的叙事理论,将作家的作品当作解剖对象,强行分析作品在叙事节奏、叙述基调、语言程序编配等方面的特征,活生生将一部表达人类情感的作品肢解成一堆晦涩难懂的理论碎片,这样的评论不要说普通读者看不懂,就连作家本人也不知所云。并且,这套理论一旦熟练掌握,论者会将其作为工具,去丈量每部作品,形成概念化、模式化的文体批评。还有论者为了能让自己发出的声音与众不同,并不从小说文本出发进行文体评论,而是追求所谓的"酷评",如《城与市》是典型的文体实验标本,从艺术性和思想性两方面来评价,该作品存有一定缺憾,但有论者反其道而行之,将《城与市》的艺术价值推到当代经典的宝座。与"酷评"相对应的则是"媚评""红包评""圈子化评",这些评论都不从作品出发,而是从作家与评论者之间的关系出发,所发出的声音自然不真实。

再次表征为批评与创作及读者之间的隔膜。从批评的载体看,学术期刊是学院批评的主阵地,各大报纸、网络平台是媒体批评的主阵地,而作家批评则游离于两大阵地之间。从批评的成果形式看,学院批评主要以召开研讨会、做对话访谈的形式形成论文体、对话体、学术随笔体的论文;媒体批评主要以豆腐块的文章见诸报端或网络平台,篇幅短,通俗易懂;作家批评的文章则是有深有

---

① 冯希哲:《文学批评之症候、困境及突围》,《海南师范大学学报》(社会科学版),2008年第7期。

② 颜敏:《当代文学批评的症候分析》,《文艺报》2013年11月29日。

③ 周成平:《当代中国文学批评的困境与出路》,《江苏社会科学》2001年第3期。

④ 郝永波:《评论家意味着什么》,《当代小说》2000年第11期。

浅,有长有短,他们既参加学术性研讨活动,也参加媒体性质的访谈。从批评的结果看,学院批评"不对现实的意识形态生产负责,也不对创作负责,是学院建构学科的产物"①;媒体批评简明扼要地向读者推介图书或新书的阅读经验,最终目的是扩大作家作品的知名度;作家批评的本意是最大限度阐释自己的创作理念,从某种意义上说和媒介批评的目的一致。批评主体在批评姿态上的系列不良倾向,直接消解了其在读者、作家眼中的权威性,而且不同类型文学批评的载体、成果形式以及功能主旨也会导致论者、读者、作家以及论者之间的隔膜。

一是论者之间的隔膜。目前国内研究现当代文学者不了解国外文学发展状况,研究外国文学者不了解国内文学发展状况。这种交流的隔膜直接阻碍了国内文体研究者与世界文体研究之间的接轨,研究成果的实用价值因此大打折扣。不仅不同专业的论者之间少交流,就是同为现当代文学专业,在文体研究上也是缺少交流,研究出来的成果都发表在各学术期刊上,阅读对象仅限于专业领域内需要进行相关研究的专业人士。而各学术期刊之间互不通气,在知网以输入关键词的方式搜集相关主题,会发现重复研究现象极其严重,且大部分都是低水平重复。这些自说自话的重复研究从写作初始就无意于发挥给大众读者或作家以实质性的文学引领与指导功能,论者自己也无力把自己从当下高校量化的评价机制中解脱出来,学术期刊也无力把文风与形式从期刊规范、期刊评审中解脱出来,这种完全无益于读者、作家的文学批评也是掣肘当代长篇文体发展的因素之一。

二是论者与作家之间的隔膜。学院派批评者为了专业的发展、个人的生存而发表批评文章,从批评动机上体现出与批评功能的相背离。而创作与批评犹如车之两轮,鸟之双翼,只有和谐地比翼齐飞才能推动文学往前走。并且,任何一个时代,好的作家作品总能成就优秀的批评家,好的批评家也能推介出优秀的作家。如俄国 19 世纪批判现实主义文学繁荣之时正是现实主义文艺理论迅猛发展之时,所以当时一些著名的批评家如杜勃罗留波夫、别林斯基、车尔尼雪夫斯基等人的名字与同时期许多著名作家的名字一道载入俄国的文学史。批评家别林斯基曾言"没有一个诗人能够由于自身和依赖自身而伟大"。为了促进文学创作的真正繁荣,创作和批评之间的关系应该是和谐的,批评既要贴近创作,还要适度超前。但在现实中,批评界因为批评姿态、动机、素养与能力等

---

① 　陈晓明:《当代文学批评问题与挑战》,《当代作家评论》2011 年第 2 期。

原因,让作家失望不已。曾有学者公开宣称:"大约从 80 年代中期开始,我就形成一个顽固的意识:我绝不去专门研究中国当代文学中的某一位作家,更不要去专门研究一部当代作品,因为我认定当下没有一位值得专门去研究的作家和一部值得专门研究的作品。"①这是典型的批评缺席表现,批评主体失去了作为批评家该有的发现文学经典、拒绝文学庸俗的历史担当。另外,还存在批评主体素养不够,评论说不到点子上;或态度不敬业,不读作品做空洞式评论;或与作家有了交情,碍于情面只唱赞歌不谈缺点等现象。凡此种种不足明显跟不上作家写作的实际节奏。很多作家本来对批评家充满期待,但批评家的行为实在让他们失望,如阎连科所言:"现在作家都在抱怨评论家,可说心里话,一些评论家也确实有让人抱怨的地方。现在评论家不看书是比较普遍的,连职业读者都不看书了,你能不追问写作的意义吗?"②王安忆认为当下的文学批评对作家创作常常是强势介入和蛮横曲解,直接表态"今天的文学批评使我感到恐惧,对所有的批评我都是不看的"③。有的作家如残雪本身对文学批评比较感兴趣,面对隔靴搔痒式批评从骨子里持抵触和否定态度。而韩东的态度比较极端,宣称"当代文学评论并不存在,有的只是一伙面目猥琐的食腐肉者,他们的艺术直觉为负数"④。

三是论者与读者之间的隔膜。在上述多种类型的批评中,能对读者产生直接影响的是作家批评和媒介批评,这两种批评都是针对具体作品进行通俗易懂地推介与鉴赏,读者能轻松地获取自己想要的信息。况且,这些评论文章读者都能便利地在各大新闻媒体上获取,故不管从传播载体还是文章的可读性方面,都对读者产生很大影响。但这种影响也具有一定的蒙蔽性,因为不管是作家,还是媒体,他们写推介文章的目的就是要把推介对象最大可能地推出去,所以评论时有种本能的广告心理,有拔高、美化、夸张之嫌。这种广告式批评对追求娱乐不做思考的大众读者来说,具有极大的鼓动性,但对于部分用灵魂阅读的读者来说,则是另一种隔膜。至于专业读者群,他们连自己及同行们写的批评文章都不感兴趣,对这些印象式批评更是嗤之以鼻。而专业批评所写的文

---

① 曹文轩:《20 世纪末中国文学现象研究》,北京:北京大学出版社,2002 年,第 8 页。

② 阎连科:《我为什么写作——在山东大学威海分校的讲演》,《当代作家评论》2004年第 2 期。

③ 钱好:《王安忆:如今文学批评使我恐惧》,《文汇报》2013 年 6 月 20 日。

④ 南野:《评论家要不要说真话》,《当代小说》2000 年第 11 期。

章,由于其主要发表在学术期刊上,普通读者很难接触到,就算读者能接触到,也会因文章的晦涩难懂与不及物而放弃阅读,所以专业批评对读者的影响也是极其微弱的。

三、作家的梯队构成与文体书写困境

当代文坛上,不同类型作家的艺术追求不一样,而在文体革新上,市场化写作、作品影视化以及信息媒介化等为文体革新作家的文体追求设置了诸多障碍,文体批评的"不在场"让他们的文体追求陷入"茫无目的"的困境之中,而中西文学资源的影响、作家的代际差异和个体差异以及文类自身的发展规律等因素,使作家在梯队构成、文体形式的极致追求等方面又陷入了另一种困境。

当今文坛上活跃的文体探索作家多为50后及以前、60后作家,70后、80后作家鲜有这种冲劲。即便有部分70后作家在写作中表现出一定的个性化,但他们的写作让人看到后现代大众文化和市场经济下消费文化对其产生的影响。首先表现在写作内容的选择上。在部分女作家笔下,似乎随便任何一种个人体验都可以当作写作对象来写,而且在写作过程中,不做任何形式的艺术提炼。她们甚至误以为越隐私的越具有市场效应。这种文学观直接消解了精英作家最起码的文学主张和艺术追求。而其他70后作家多在现代城市的男女情感纠葛中打转,虽也是零距离面对现实,却又少了90年代新写实小说的冷静还原与意义诉求,他们的写作更多是对现实生活的本色呈现,消弭了生活与艺术应有的距离,作品的艺术张力也随之消失殆尽。其次表现在表达方式上。正因表达内容的世俗化、生活化,在写作的时候他们更倾向于主观性、臆断性,笔下的人物更多地附上了作者的主观情绪和性格逻辑,形成了个人经验叙事。这种主观欲望化叙事,在追逐市场化、消费性和功利化的同时也消解了意义。并且,这种追逐娱乐的浅层次写作,也表现出他们的随意性态度。正所谓"无知者无畏",毫无敬意的写作姿态又折射出他们的文学素养和基本功的欠缺。在如此文学观的左右下,要求他们进行文体探索也是件不靠谱的事。

当前70后、80后作家无论在写作的态度、立场、学养、先天才气、后天学习等方面都没让人看出新的希望,这导致当前文坛文体革新的骨干作家多为50

后、60后甚至40后、30后。文学是不讲究辈分与资格的,更不存在"长江后浪推前浪"之说,长篇小说的创作依然在如火如荼地进行着,后面的文学格局会成什么样,是等待80后、70后作家的重拳出击,还是依靠60后、50后及以前作家的继续努力,或者是大家各显神通,形成众声喧哗的繁荣局面。谁也说不准,只能交由时间来解决。

目前文坛的纯文学作家队伍里既有专业作家,也有兼职作家,但从当前长篇写作大众化、平民化的趋势来看,创作主体的文学素养以及文学常识也随之降低甚至缺失。如当前文坛存在诸多随意将长篇压缩成中短篇,或将中短篇连缀成长篇的现象。其实长篇之"长"除了须具备中短篇该有的质素之外,还得具有自己的丰富性、复杂性和史诗性,小说连缀也讲究其统一性和建构性。卡尔维诺曾言长篇小说应是"一种百科全书,一种求知方法,尤其是世界上各种事件、人物和事务之间的一种关系网,是种繁复的文本"①。我们皆主张小说的开放性,但不管怎样开放,对小说文体的基本概念不能模糊,否则真的会将长篇小说写作带向虚无的绝境之中。

正因当前长篇写作门槛低,创作主体文学素养普遍降低,所以当下长篇小说数量惊人,但真正上乘佳作很少,整体上呈世俗化、粗鄙化倾向,很多作品思想贫乏、理性缺失、情感平淡、缺少精神的启迪、缺少经典作品与典型人物。出现这种局面的根源还在于作者缺乏起码的文学敏感与经验,正如胡平所言:"我们一直在说,写什么不重要,重要的是怎么写。现在怎么写的问题已经解决得较好了,但写什么的问题又突出出来。现在一年出版800部长篇小说,有60%是不值得写的。"②确实,如果作家所构思的东西毫无意义与价值,就算作家具有很强的文体意识,也依然难以摆脱上述局限,不可能担负起用文学照亮人心,在思想上给人以启迪的使命。况且,这是一个信息爆炸的时代,读者获取信息的渠道极其便利,他们的知识视野以及文化修养都得到了极大的提高,作家的思想见识、审美取向等都在作品中得以体现,都要和读者进行过招,如果读者发现作者的见识在自己之下,读者会弃而不读甚至鄙夷作家的。

---

① [意]卡尔维诺:《未来千年文学备忘录》,杨德友译,沈阳:辽宁教育出版社,1997年,第73页。

② 胡平:《关于长篇小说的"写什么"》,《南方文坛》2009年第5期。

　　比创作主体文学素养普遍低下更为棘手的则是部分作家在文体探索上所遭遇的困境。长篇小说发展到今下,已成为一种较成熟的文类,而在文体探索上,尤其在那些专注于文体革新的作家那里,各种形式的探索已基本尝试。早在三十年前,何镇邦就认为文学形式演变中存在三个方面的问题,即"首先,无论是对民族形式的继承和改造,抑或是对外来文学形式的吸取和融化,有相当一部分停留在承袭和模仿的阶段,改造和融化则很不够。其次,还有相当一部分作家对文学形式的态度是为了形式而形式,表现出一种脱离作品内容而单纯在形式上追新求奇的形式主义倾向。再次,对民族文学形式的继承同外来文学形式的吸收还没有很好地融合起来"①。历经三十年余年的发展,文体革新在这三个方面的不足得到一定程度的修正,但在实际创作中,这三种倾向依然存在。第一个关于对民族形式或外来形式的内化、融合问题,这是个在理论上容易论证但在实际创作中却难以实施的问题,如文坛上出现了"年谱体""方志体"作品,这是典型的古典传统文体形式,但在实际写作中,有的作品只是在外在结构上以年谱、方志的形式出现,内在内容偏差很远,如方方的《污泥湖年谱》,小说开篇的"楔子"用于说明乌泥湖的由来,接下来采用线性叙述方式将1957—1966的故事做生活流式陈述,并没有体现出"年谱"的特征。第二个问题由作家的文体观引起,在部分作家眼中,形式就是一切,对现代主义技巧的揣摩运用是其最大的乐趣,典型作家如残雪、刘恪等。目前,文坛上这种追求新奇的形式主义倾向依然存在。第三个问题不仅涉及作家的写作态度与文体观,还涉及作家的综合素养与艺术才华,目前,文坛上能自如地将西方形式和东方传统巧妙融合起来的作家并不多。

　　上述三种倾向使当代作家在文体革新上不可避免地呈现出不足。如吴义勤认为长篇小说在文体上有四个问题即"一是倾斜的深度模式,思想大于形象,理性压倒感性;二是技术和经验的失衡,对艺术的追求不能落实到具体的创作中去;三是现实的割裂,与现实的真实性存在背离;四是文体的困境"②。而吴俊提出的不足更尖锐即"一是结构松散;二是好奇绝厌平实,重情节轻细节,写人物缺性格,三是没有编一个完整故事的能力,四是语言粗糙不

---

① 何镇邦:《文体的自觉与抉择》,北京:人民文学出版社,1995 年,第 21 页。

② 吴义勤:《关于新时期以来"长篇小说热"的思考》,《南方文坛》2009 年第 5 期。

讲究,五是拼凑敷衍,以中短篇的连缀冒充长篇;六是跟风、仿制之风流行"①。雷达认为小说的原创性"表现在作品的内容和形式的丰富多彩、别出心裁中,表现在对生活和世界的审美感受的深刻和超凡脱俗中,表现在对复杂现象的评价和诠释的真知灼见中"②,而当代长篇创作的突出问题就是原创性的匮乏。

总之,当前的文体革新活动确实存在种种不足,如果作家从写作理念以及文体观上进行改革,这些不足或许可以修正,但作家们还须面对一个更难的问题,即有限的形式与无限的革新所形成的无尽焦虑。文体创新就像一只狗,撵在作家后面,让作家喘不过来气。三十余年来,作家们要么走现代主义路线如残雪、刘恪、李洱等;要么走民族传统路线如贾平凹、史铁生等;要么灵活地将外来因素和传统因子巧妙融合如莫言、韩少功、阎连科等,该尝试的都尝试过了,谁要想有所创新,让自己的作品产生惊艳的陌生化效果,确实是件不容易的事。对此困境,就有论者宣称:"小说发展到今天,已成为一种非常成熟的文体,在专业作家那里,特别是在注重形式的作家那里,它的表达已经十分精致。在这种情况下想在形式上有大的突破已不可能。"③当然,此论调过于悲观,长篇小说作为一种文类远还没发展成熟到走向灭亡的阶段,作家进行艺术革新的空间依然存在,但此观点却在一定程度上折射出作家们所经受的形式焦虑,也正是这种焦虑促使他们勇往直前。

当代作家在时代的冲击下,经受着来自市场、媒介、网络等外在世俗名利、思想观念、思维方式的诱惑与考验,能否坚持纯文学审美观和艺术探索已成为作家们的一种职业操守和精神追求。不仅时代对作家的学识素养、知识结构、思维方式提出挑战,小说文体自身的发展也对作家既有的写作提出新的要求。面对种种局限,作家要反思,批评家也要反思。种种不利于文体发展的现实已经客观存在,我们唯一能做的就是面对现实,尝试着从不堪中寻找出路,在有限的掣肘中找寻可能性空间。

---

① 吴俊:《文学精神价值的沦丧——基于60年长篇小说创作的视角》,《探索与争鸣》2009年第9期。

② 雷达:《当前文学创作症候分析》,《光明日报》2006年7月5日。

③ 何弘:《网络化背景下的小说观念》,《小说评论》2009年第5期。

第二节 文体革新的可能性维度

一、文体发展的良性生态

虽然作家在追求文体革新过程中遭受了来自时代、社会以及作家、批评主体、文体自身发展等多重因素的困扰与挑战，但总览当下长篇小说发展的文学生态，则可喜地发现当下文学生态环境在朝着有利于作家进行艺术探索的方向发展，主要表现在国内外各种类型的小说评奖、国内各种排行榜以及学术期刊所举办的有关活动中都体现出对文体的青睐与推崇，一些文体意识较强的作家在活动中脱颖而出，这既是对文体革新作家的一种肯定与鼓励，也是小说写作未来发展趋势的暗示与导向。

首先是国际文界对文体佳作的推崇。目前在国际上产生一定影响的作家有莫言、残雪、阎连科、韩少功、余华、苏童、贾平凹、李洱、李锐等，很显然，这些都是国内文体革新走在前头的作家，他们在国外获得关注的作品多为思想性和艺术性皆佳的作品。这些作家中影响最大的是莫言①。在莫言十一部长篇中，《红高粱》《酒国》《檀香刑》占据重要位置，其中《红高粱》在中国不仅开启新历史主义小说先河，还在国内首次运用并置结构。《酒国》则是莫言集中实行现代主义跨文体实验的范本，在国内也是首例。《檀香刑》则是莫言在西方现代主义和传统文学资源之间寻求巧妙融合的文体范本。再如多年来坚持走西方现代主义路线的残雪，在国内从未获过任何类型的文学大奖，历经不懈的坚持与努

---

① 莫言早期的《红高粱》曾一度引起西方文坛关注，1993年由葛浩文翻译的《红高粱》英译本在欧美出版，引起热烈反响，被《World Literature Today》评选为"1993年全球最佳小说"。《纽约时报》时评"通过《红高粱》，莫言把高密东北乡安放在世界文学的版图上"。2000年，《红高粱》入选《亚洲周刊》评选的"20世纪中文小说100强"。2001年，《红高粱》又成为唯一入选 World Literature Today 评的75年（1927—2001）40部世界顶尖文学名著的中文小说。同年，在国内一直遭受冷落而莫言本人倍加珍爱的、堪称小说文体"满汉全席"的《酒国》获法国儒尔·巴泰庸外国文学奖。2005年《檀香刑》以"语言激情澎湃，具有无限丰富的想象空间"获意大利诺尼诺国际文学奖。2008年《生死疲劳》获第一届美国纽曼华语文学奖。最终，莫言凭借《蛙》《生死疲劳》《丰乳肥臀》《檀香刑》等"用魔幻现实主义的写作手法，将民间故事、历史事件与当代背景融为一体"获2012年度诺贝尔文学奖。

力,2015年其作品终于得到三个知名度很高的国际文学奖提名①。同时获得这些奖项的提名足以表明残雪所走的艺术探索之路已在一定程度上得到了海外文坛的认可。

要说文体革新,韩少功和阎连科在国内的影响也很大,这两位作家目前在国内均未获茅盾文学奖,但在海外的影响却在逐日扩大,其中最能体现韩少功文体成就的《马桥词典》于2000年入选由海内外专家共同推选的"二十世纪中文小说一百强",2010年又获第二届美国纽曼华语文学奖。阎连科的《受活》日文版因"对人性深刻的揭示、隐喻的深度,以及独特的想象力和虚构结构能力"获日本Twitter文学奖。余华和苏童皆为中国的先锋作家,两人在文体革新上所作出的探索也是国内公认的,尤其是余华,大家皆认为其在语言、结构、叙述方面为中国当代文学做出了杰出的贡献。正因文体探索所取得的成就,余华在西方影响很大,1998年获意大利格林扎纳·卡佛文学奖,2002年获澳大利亚"悬念"句子文学奖,2004年获法国文学与艺术骑士勋章,2008年凭借在国内饱受诟病的《兄弟》获第一届法国《国际信使》外国小说奖。而在文体革新上动作内敛的苏童,其作品《河岸》也于2009获第三届英仕曼亚洲文学奖,2015年获该年度诺贝尔文学奖提名。

上述这些作家皆因在文体革新上取得成绩而引起世界文坛关注,而那些在文体革新上没有建树的作家,很难冲出国门,进入国际视野。事实告诉我们,在长篇写作上要想成为国内乃至世界一流的作家,内容与形式的巧妙融合则是关键。当然,获奖本身并不能说明什么,但各种形式的评选结果确实在一定程度上折射出不同类型层次读者对作者的一种认可。当代国际这种青睐文体佳构的趋向表明,时代在呼唤艺术性和思想性并存的长篇,这为那些正在寂寞从事艺术追求的文体革新作家创设了良好的心理和社会文化环境。

其次是国内学界、文界对文体佳作的推崇。目前国内官方和民间的各类文学评奖名目繁多,由各种期刊或民间团体组织的年度作品排行榜活动也在常态化开展,这些活动作为文学接受的一种方式,对长篇小说的发展也起着重要的推动作用。当下最权威的官方奖是坚持"思想性与艺术性完美统一"的茅盾文

---

① 其中一个为被美国人称为"美国的诺贝尔文学奖"的纽斯达克文学奖,此奖是文学终身成就奖。另一个是美国最佳翻译图书奖,是美国唯一的翻译文学奖。长篇小说《最后的情人》获此奖项,残雪成了唯一获奖的中国作家。还有一个是设在英国伦敦的独立外国小说奖,和美国最佳翻译图书奖为姊妹奖。

学奖,影响力比较大的民间奖是"争做关注高雅文化的风向标"的华语文学传媒大奖。在排行榜活动中,最具代表性的则是坚守"历史深度、人性内涵、艺术创新"的中国小说学会年度排行榜。这几个有影响力的评奖组织所推出的作品基本上代表着中国长篇小说的审美趣味和文体趋向。在这里不妨列出华语文学传媒大奖从 2003 年至 2014 年所推选的部分作品名单,如《暗示》《四十一炮》《人面桃花》《妇女闲聊录》《秦腔》《后悔录》《风声》《空山》《繁花》等,这些作品皆为当代文坛具有一定影响力的文体佳作,评奖组织对其文体特色做了恰当的点评①,这种文体推崇对大众读者来说是一种直接的引导,对作家来说也是一种鞭策。而中国小说学会坚持"艺术性、专业性和民间性"标准,和华语文学传媒大奖互为补充,也推出了诸多文体佳作,如《西去的骑手》《中国一九五七》《檀香刑》《花腔》《坚硬如水》《解密》《把绵羊和山羊分开》《远去的驿站》《受活》《万物花开》《城的灯》《人面桃花》《认罪书》《生死疲劳》《陌生人》《身体课》等。

对于长篇来说,上述两个民间奖项在国内的影响力稍逊于茅盾文学奖。茅奖是目前国内代表官方意识形态的主旋律奖项,其不仅代表了特定阶段长篇小说创作的最高成就,还折射出当代作家的艺术追求以及读者的审美接受,对长篇小说的发展起着风向标作用。一直以来,茅奖以现实主义手法为准尺。但在历届获奖作品中,由于西方思潮的影响,作家还是体现出对西方技巧或东方文学资源的有效运用,使现代现实主义手法作品②约占整个作品的 40%,这些作品散落在每一届茅奖中。在第一届获奖作品中大家文体革新热情较高,如《李自成》的"单元共同体"结构,《将军吟》的意识流,《冬天里的春天》的蒙太奇,《芙蓉镇》中的"经纬编织"叙事结构。接下来几届,这种热情明显减弱。第二

---

① 评价韩少功"他一次次地勇敢探索,一次次地突破语言和文体的边界,似乎就是为了追问。他的写作已经成了文体变革和精神探索的象征,这个象征,因为有了《暗示》开始初具经典的意义";评价莫言"他通透的感觉、奇异的想象力、旺盛的创造精神、汪洋恣意的语言天才,以及他对叙事探索的持久热情,使他的小说成了当代文学变革旅程中的醒目界碑";评价格非"他的叙事繁复精致,语言华美、典雅,散发着浓厚的书卷气息";评价《妇女闲聊录》"有意以闲聊和回述的方式,让人物直接说话,把面对辽阔大地上的种种生命情状作为新的叙事伦理";评价麦家"小说是叙事的迷宫,也是人类意志的悲歌";评价《繁花》"新旧交错,雅俗同体,以后撤和迂回的方式前进,以沪语的软与韧,抵抗话语潮流中的陈词滥调……把传统资源、方言叙事、现代精神汇聚于一炉,为小说如何讲述中国生活创造了新的典范"。

② 如《将军吟》《冬天里的春天》《芙蓉镇》《沉重的翅膀》《白鹿原》《尘埃落定》《无字》《暗算》《秦腔》《额尔古纳河右岸》《蛙》《推拿》《你在高原》《一句顶一万句》等。

届中有《钟鼓楼》的"橘瓣式"结构和《沉重的翅膀》的心理型结构。第三届有《少年天子》的诗化倾向以及《穆斯林的葬礼》的双线结构。第四届有《白鹿原》的魔幻现实主义和新历史主义手法。第五届有《尘埃落定》的新历史主义手法、诗化倾向以及傻子视角的运用,《长恨歌》的日常叙事和鸽子视点。第六届有《无字》的组构体和心理型结构。之后,作品的文体意识开始增强。第七届获奖作品中出现《秦腔》的傻子视角和生活流式结构,《暗算》的"抽屉式"结构和并置叙述,《额尔古纳河右岸》中叙事时间和故事时间的巧妙安排。第八届有《你在高原》的散文化、抒情化结构,《蛙》的意象化叙事以及文体互渗,《推拿》的封闭式心理结构和第二人称叙述视角,《一句顶一万句》的"连环套"叙事方式和寓意式话语表达。

第一届茅奖获奖作品中出现了现代主义因子,但接下来第二至六届作品文体意识开始变淡,故从此时段来看茅奖文体取向,文体处于被悬置的状态。而在第七、八届评比中,文体逐步成为评委们的关注焦点,如张清华评价第八届茅奖,认为"至少它终结了过去按照'重大题材''主旋律'等配置性和规定性标准来评选的模式,让那些投文学生产体制和意识形态之机的作品被挡在结果之外,让那些具有人文主义情怀和质地的作家更靠近最终的结果,这就是一个胜利"①。这种表征在第九届评比中表现得更为突出。有评者发现第九届茅奖评比发生着"从偏重宏大叙事到青睐日常叙事"②的转变。其实,这种倾向在第八届茅奖中也已初见端倪,如《推拿》就是关于特殊群体聋哑人内心世界的小叙事,《一句顶一万句》是关于普通个体寻找"一句话"的日常叙事。只是较之以前,本届作品在文体革新上迈出的步伐更大,对文体的追逐意识更加自觉,且在这种转向背后还表现出对极致现代主义的"摒弃",对传统现实主义的"冷待",这可从部分落选入围作品窥见一斑。如向来追求文体革新的韩少功在《日夜书》中进行了现代主义文体实验,有评者认为"《日夜书》又一次出局实在让人遗憾。《日夜书》长篇结构部分的短篇化,随笔充斥……韩少功太迷恋自己的多文体模式让他名落孙山"③。再如陈亚珍的《羊哭了,猪笑了,蚂蚁病了》因文体实验获得雷达高度赞誉,"我预感到,作者有可能,或者已经创造了文学的奇迹。

---

① 张清华:《我们需要肯定什么样的作品》,《南方文坛》2011年第6期。
② 王春林:《茅盾文学奖悄然"革命"》,《北京日报》2015年8月21日。
③ 萧夏林:《第九届茅奖评选,中国作协搞闪电战目的何在》,《博客中国》2015年8月14日。

我惊异于她在艺术表现上的大胆与叛逆"①。不单此类完全追求技巧与形式的小说在茅奖评比中不占优势,而像历届那样四平八稳地书写历史或现实的传统现实主义作品也开始淡出茅奖视野,如《活着之上》《耶路撒冷》等虽在评比中入围前十名,但最终还是难脱落选结局。与"摒弃""冷待"相对应的则是对糅杂民族传统特色和现代主义特征的文体形式的青睐,这点集中体现在本届茅奖获奖作品的文体表征上,它们在形式上是传统的,但内核是现代的;底子是现实的,但精神是先锋的,其在传统与现代、古典与先锋的交织中,在对传统长篇叙事方式的基本恪守、传统文学资源的自觉转向以及对现代、后现代主义技巧的自然渗透中,鲜明彰显出茅奖评比的文体新取向。虽然从历史背景、故事情节、人物形象、结构样态和话语方式等来看,本届茅奖作品都不失为现实主义作品,但在现实主义外壳下,在进入历史的方式、叙事结构的安排、叙述方式的选择以及现代主义技巧的运用等方面高扬的则是现代的先锋叙事。

第九届茅奖是文体转向最鲜明的一届,这与茅奖评奖标准与时俱进的调整有关。在前六届评比中,文体处于被搁置的状态,但屈指数来,此阶段注重思想性和艺术性结合的入围作品并不少,如《古船》和《活动变人形》的高度寓意性、《金牧场》的复调结构、《城市白皮书》的日记体与不可靠视角、《务虚笔记》的笔记体、《马桥词典》的词典体、《日光流年》的索源体、《檀香刑》的戏剧体、《暗示》的随笔体、《西去的射手》的诗意体、《受活》的絮言体、《生死疲劳》的六道轮回与动物视角等,名单还可继续开下去,限于篇幅,只列上述。这些入围作品与获奖作品相比,足显茅奖的文体取向是谨慎保守的。对此,读者的反对声音较高,孙郁曾说过"茅盾文学奖的艺术评价体系,更深地纠缠着社会学等非文学因素;入选的作品缺少创新性与高智性。整个评奖是一个妥协的过程,具有新风格和争议性的《檀香刑》的落选似乎证明了这两点"②。针对如此现象,有论者直接表达其对茅奖的失望,其在分析《子夜》创作模式与当今文学的距离后,认为"今天《子夜》还成为长篇小说家追求的最高目标,不能不说是中国文学的悲哀"③。确实,如果茅奖在作品的艺术革新上继续保守求稳,一方面任由优秀作品遗珠于茅奖之外却成为读者心中的主流,一方面任由部分平庸之作占据茅奖之尊却

① 雷达:《亡灵叙事与深度文化反思》,《文学报》2012 年 9 月 27 日。
② 孙郁:《茅盾文学奖:在期待与遗憾之间》,《当代作家评论》2005 年第 4 期。
③ 孔庆东:《脚镣与舞姿》,《文艺理论与批评》2005 年第 1 期。

难入读者视野,茅奖则真的变成了"悲哀"的茅奖。但从近几届茅奖获奖作品的文体表征来看,评奖标准在规定范围内有了调整,所以当第九届作品在传统姿态下集体进行先锋叙事时,这种局面的出现绝不是偶然,而是茅奖评比文体取向转变的必然。

再次是国内期刊对文体的关注。进入新世纪,长篇小说当之无愧地成为时代中心文类,一些在国内具有一定影响力的学术期刊如《当代作家评论》《小说评论》《南方文坛》以及文学期刊分别策划了各种专栏,以期推动当代长篇小说文体的研究与发展。其中,《小说评论》于1999年开辟了"长篇小说笔记专栏",此专栏特邀雷达在长达6年的时间里撰写了24篇文章,分为21期对新时期以来近百篇长篇小说进行追踪式评论。其中不乏有一些关于小说文体的精彩论述。而专门针对长篇小说文体进行讨论的则是《当代作家评论》两次举办的大型长篇小说对谈会。

2001年该刊和《收获》在大连联合主办"2001年长篇小说文体对谈会"。作家张炜、尤凤伟等和评论家陈思和、王一川等参加了会议。对谈会上,与会的作家、评论家分别从不同的立场,对长篇小说的文体、叙事、语言、结构等问题作了深入探讨。会后,该杂志在2001年第5期集中刊发9篇评论文①。这些文章篇幅简短,随性率真,虽少了学术研究的厚重,但不乏真知灼见。如格非从宏观上论述了文体与意识形态的关系,认为文体与形式通常是作家与其所面对的现实之间关系的一个隐喻或象征;而在红柯的意识里,文章是没有文体之分的。作家们的评论多具象感性,批评家们则是言辞犀利,一语中的。王一川将长篇小说文体分成拟骚体、双体、跨体、索源体、反思对话体、拟说唱体等新类型,并归纳出90年代长篇小说文体"正衰奇兴"的趋势;孙郁认为当下长篇在文体上出了问题即在西方的宏大叙事理念里陷得太深,未能与民族语言艺术沟通起来;谢有顺认为更多的时候,文学的贫乏不是因为缺少文体的探索,而是因为文体的滥用。2005年《当代作家评论》与渤海大学、《作家》、春风文艺出版社联合主办"2005年小说现状与可能性对话会",作家莫言、贾平凹等与批评家王晓明、南帆等相聚一堂,就长篇小说的写作展开讨论,并于2006年第1、2期集中刊发

---

① 格非:《文体与意识形态》;红柯:《有关长篇小说的一些想法》;张炜:《作家的出场方式》;王一川:《我看九十年代长篇小说文体新趋势》;孙郁:《文体的隐秘》;谢有顺:《文体的边界》;张新颖:《说"长"》;严锋:《诗意的回归》;王宏图:《对真实幻觉模式的突破》皆发表于《当代作家评论》2001年第5期。

12篇评论文①。较之第一次,作家的声音要多于评论家,所交流内容则重了创作实感,淡了文体探究。莫言认为长度、密度和难度是长篇小说的标志,也是小说文体的尊严;贾平凹认为生活给创作提供丰富的细节;阎连科则坦承自己在写作中遇到的尴尬;李锐认为中国小说最伟大的地方就在于用方块字深刻地表达中国的传统文化;林白认为长篇小说无界限,它是一个人对这个世界态度的总和。评论家们则一致诟病长篇小说在语言、叙事、结构、精神书写上的粗制滥造,谢有顺呼吁强化写作的难度,扩展经验的边界,增强叙事的说服力以获取长篇写作的尊严;洪治纲则认为作家须用超凡的文学想象和关键性的细节设置方能写出具有说服力的好作品等。

有这种想法与举措的还不止《当代作家评论》,《南方文坛》也曾在同期集中刊发过长篇小说文体专题论文。这些评论性文字对小说文体的分析尚处于局部的、感性的层次,但它们的存在显示了文学批评期刊促进长篇小说文体研究经典化的意图,也表明了期刊关注长篇小说文体发展的决心与姿态。与此同时,1999至2000年《山花》《莽原》《大家》《中华文学选刊》等文学期刊同时推出"跨文体实验",再一次将"长篇小说文体实验"提上日程,对长篇小说文体的发展起着一定的促进作用。

最后则是媒体宣传中的文体成果推崇。在长篇小说备受追捧的世纪之交,除了学术期刊、文学期刊以专栏的方式探讨长篇小说文体,在如《光明日报》《文艺报》《中国教育报》《中国社会科学报》《文汇报》《文学报》《中华读书报》等相关媒体上也能见到一些散落的文体评论,这些评论以文坛消息、年度总结、书评等方式传达着当代长篇小说在文体研究方面的相关成果与信息。如新的文体

---

① 莫言:《捍卫长篇小说的尊严》;贾平凹:《生活会给我们提供丰富的细节》;阎连科:《长篇小说创作的几种尴尬》;东西:《寻找小说的兴奋点》;李锐:《用方块字深刻地表达自己》;林白:《时光从我这里夺走的》;艾伟:《对当前长篇小说创作的反思》;谢有顺:《重申长篇小说的写作常识》;洪治纲:《想象、细节与说服力》;王晓明:《面对新的愚民之阵》;王尧:《长篇小说写作是灵魂的死而复生》;李静:《长篇小说的关切与自由》皆发于《当代作家评论》2006年第1、2期。

研究成果的及时报道①,如经典作品的文体推荐及对时代文体的多维思考②等。

质言之,当下逐步重视文体佳作的文学生态环境为文体革新作家不懈地从事文体探索提供了精神动力,而那些认为"'写什么'对他们来说不成问题的作家,那些继续创作简单的现实主义作品的作家,在今天的批评气候里要变成'典范'的可能性是微乎其微的"③。且若从批评主体的精神构建,批评主体的素养自觉,批评者与作家、读者的良性互动等方面充分发挥出批评主体对作家文体探索的理论引导与评判功能,让更大范围内读者关注作品的文体,会为作家的文体探索提供不竭的理论支持与艺术自信。

---

① 2000年《文艺报》对文体研究新成果《中国近百年文学体式流变史》做了及时性报道。2001年《辽宁日报》《北京日报》报道了2001由《当代作家评论》等主办的长篇小说文体对谈会的研讨成果。2003年《中国教育报》《文艺报》报道了文体研究专著《新时期小说文体论》。2006年、2007年《文艺报》评价了专著《新颖的"NOVEL"——20世纪90年代长篇小说文体论》。

② 2000年《文学报》的《论王蒙的"狂欢体"写作》概括了王蒙"季节"系列小说的"狂欢体"文体特征。同年《文汇报》的《〈暗示〉:一次失败的文体实验》,指出《暗示》有文体的实验意识,但因为作品的构成元素不是叙事而是议论而导致基本上的失败"。2002年《光明日报》的《长篇小说的文体变化》认为90年代以来"陌生化"的文体追求带来审美表现方式和阅读的革命性变化,作家创作中哲学意识的强化使小说文体产生出寓言性、象征性表现结构。同年《文汇报》的《关注文艺的"新工具革命"》指出文艺工具的革命性主要体现在"超文体"现象上。《中国图书商报》的《呼唤文体独立的时代》指出各文体之间是平等的,各文体要保持自己的独立性。2003年《光明日报》的《纷繁的长篇小说文体》认为新时期长篇小说的文体革命已从多方面展开,强大的冲击波正在改变着长篇固有的模式。同年,《中国邮政报》的《一部等待了很久的小说》对新作《你在高原》的叙述、结构、语言作了充分的肯定。2007年《光明日报》的《长篇小说写作的文体压力》认为文体意识的强化不仅弱化作品的思想性,也使精神性和艺术性相割裂,使文学写作的价值取向发生变异。2009年《文汇报》的《手机小说,创造另一种文体》指出手机小说对当代长篇小说文体的影响。2012年《人民政协报》的《文体家的小说与小说家的文体》盘点当下小说家的文体意识状况。2013年《中国社会科学报》的《新世纪现实主义长篇小说的文体类型》,指出新世纪文学写作呈现出以奇幻的形式重组历史记忆、以现实主义的策略重构现实整体性两种趋势;同年《太原日报》的《长篇小说热与作家的文体意识》对当下长篇小说热以及长篇小说的文体意识提出了自己的思考;同年《北京日报》的《小说的长度与生存理由》指出复调的种类与浓度是长篇小说存活的理由。

③ [荷兰]佛克马·伯斯顿编:《走向后现代主义》,王宁等译,北京:北京大学出版社,1991年,第126页。

二、文体批评的重建及多方对话

众所周知,作家、读者、批评是文学活动缺一不可的重要因素。没有批评家的引导,就没有富有生机的写作,也没有高质量的大众阅读。反过来,作家的创作、读者的反馈也会激活论者的思维,开阔论者的视野,促进理论成果的提升。总之,三者之间的良性互动对于小说发展起着重要的推动作用。但扫描当下中国长篇创作现状,纯文学主要由专业作家承担,在网络化、信息化、娱乐化的时代,纯文学已然被挤兑为小众文学,正如冯骥才所言"就目前的形势而言,纯文学创作处于弱势"①。这种弱势状态所带来的负面效应是多方面的,若说小说写作耗费的是国家公共资源,那么作品阅读小众化则是国家资源的浪费表征。这种浪费不仅体现在可见的财物上,还体现在全民对提升精神素养和文学审美的自动放弃上。所以,要想改变目前这种作家苦恼作品无人读,读者苦恼作品读不懂,评者苦恼评论无人睐的尴尬局面,须从批评主体的精神构建与调整出发,尽力促成作家、读者、评者之间的对话,构建良性的文学生态,促进小说文体的发展。

在当下长篇极度繁荣的语境下,批评家的主要任务之一是从海量的作品中遴选佳作并予以品评,帮助大众读者在有限的时间里了解当下纯文学创作的精品状况。这个任务看似简单,实则不简单。因为其不仅涉及批评主体自身的学术视野、专业素养、审美取向、道德立场以及文学才华等内在因素,还涉及批评主体所处的社会评价体制、评论动机等外在因素。前文中所提及的批评主体因精神的陷落而在批评过程中出现如酷评、媚评、圈子评等庸俗化现象以及由此而引起的论者与读者、作家之间的隔膜现象则是明证。故从批评原则、道德立场、评价态度等方面构建批评主体的精神操守,从知识结构、学识视野、批评才情等方面形成批评主体的素养自觉,才有可能在作家、读者心中重建评者的权威地位,改变目前的尴尬局面。

首先,是批评主体的精神构建。批评精神在不同时代、不同批评主体那里有着不同的理解与呈现方式,但基本内涵可概括为"严肃的科学态度,赤诚的事

---

① 冯骥才:《小说学会奖振兴中国文学》,《半岛都市报》2006 年 5 月 25 日。

业心,执着的生命意志,敢说真话的勇气,潜心以求,奋力探索"①。文学批评庸俗化的根源在于批评主体精神的失落,而导致主体精神失落的因素是多方面的,有的来自不可克服的外部"强制"因素,有的来自个体内部的因素。何谓"强制"? 著名政治哲学家哈耶克说"强制意味着选择,只是心智已被迫沦为他人的工具,因为所面临的种种替代性选择完全由他人操纵,但强制乃是这些选择中痛苦最少的选择"②。言下之意外部环境虽不自由,但个体依然能保证内心之自由。陈寅恪所提出的"独立之精神,自由之思想"指的就是这种状态。不管外部环境对批评主体的限制有多严格,只要高扬主体精神,其批评依然会保持独立性与权威性。如何高扬主体精神,首先,在情感立场上,作为一名专业批评者,一定要坚持该有的职业操守,要带着对文学的激情进入文学现场,认真阅读小说文本,写出切合作品实际且能让读者、作家有所收获的文章。其次,要抱着负责任、慎重的态度来写评论,不要因为高校管理的量化评价机制而先入为主地将自己的写作定为自说自话的个人话语行为,要敢于碰触社会的敏感神经,在注重专业的规范性和技巧操作性的同时,更要注意可读性,将受众范围自觉地从专业学者扩大为作家和普通读者。再次,在道德立场上,要有专业评者该有的良心、原则与底线。德国美学家玛克斯·德索指出"诚实与勇气是艺术批评之基本先决条件"③,评者要抱着诚恳的态度说真话,要有勇气打破世俗,拒绝所谓的"酷评""媚评""圈子评"等庸俗化现象的侵蚀,要敢于摆脱商业利润的诱惑,不屑于扮演商业炒作的工具。在角色定位上,要正确地认识到自己的身份,既不能颐指气使、宽泛空洞地指手画脚,也不能毫无原则、低眉顺目地过高赞誉,更不能颠倒黑白、指鹿为马地乱点乱评,要在保持与作品合适距离的情况下,心平气和地做出该有的评判、阐释与思考。

其次,是批评主体的素养自觉。批评主体的精神构建关乎态度问题,而批评主体素养的自觉则关乎能力问题。仅有态度的转变而无基本能力的养成,依然无法树立起评者的权威。若想提高评者的综合素质,可从以下几个方面着手:

---

① 杨守森:《二十世纪中国文学问题》,广州:花城出版社,2000年,第211页。

② [英]弗里德里希·哈耶克:《自由秩序原理》(上册),邓正来译,北京:三联书店,1997年,第164页。

③ [德]玛克斯·德索:《美学与艺术理论》,兰金仁译,北京:中国社会科学出版社,1987年,第440页。

　　第一，要对"文学批评"的概念及功能有个准确的定位。美国学者威廉·巴雷特曾指出:"任何人如果想对整个现代艺术获得全面的了解,势必遭受类似落入荆棘丛中的痛苦。"①可见艺术品鉴并不是件轻松的事。而文学批评既是研究,也是创作,它不排斥印象式感悟,又不能完全停留于印象式感悟;它不排斥学理性理论,又不能过分地学术化。克罗齐曾言诗人死在批评家那里,这是对那种高头讲章式、善用抽象概念术语图解作品、少主体感受的学究式批评的一种讽刺。而优秀的"文学批评处于一种中间地带,处在文学理论与文学创作之间,文学批评是连接理论和创作的桥梁"②。可见文学批评既要有学者的学识与缜密的逻辑,又要有创作者的激情与才情。对于具体的小说文本,批评者既要"知其然",还要高出作家一筹"知其所以然"。故想扮演好批评者的角色绝非易事,威廉·维姆萨特就曾说过"批评家不是关于一首诗的统计数字报告的撰写人,而是诗的意义的启发人或诠释者"③。批评的功能并不限于教导,有论者认为"尽管文学批评有多方面的功能,如描述功能、阐释功能等,但文学批评最基本,也是最重要的功能应当是文学评价或评判功能,即对文学现象做出应有的价值判断与意义分析"④。杨守森则将文学批评分成四种基本形态和境界即"复述归纳式、体悟阐释式、分析评判式和提升创造式,与之相对应的是传播文学信息、丰富作品内容、探讨创作规律和开拓思想空间四重境界"⑤。可见,阐释、分析、判断、想象乃至审美意义的生发皆为批评家必备的能力。苏联文艺理论家列·斯托洛维奇强调文学批评的审美性,否定了那种偏向学术研究式的文学批评,认为"艺术作品作为审美关系的客体,激起人一定的感情和理想、愿望和意向,活跃他的记忆,并唤起想象。如果代替这一切的是对怎样创造艺术作品的问题做纯理性思辨的理解,按层次分放它的所有成分,那么生动的艺术感知还有什么可剩下?几乎一无所有"⑥。故笔者认为最符合大众读者和作家需

---

　　①　[美]威廉·巴雷特:《非理性的人》,杨照明、艾平译,北京:商务印书馆,1995 年,第42 页。

　　②　王蒙 王干:《十年来的文学批评》,《当代作家评论》1989 年第 2 期。

　　③　[美]威廉·维姆萨特 蒙罗·比尔兹利:《感受谬见》,黄宏熙译,见《"新批评"文集》,北京:中国社会科学出版社,1988 年,第 243 页。

　　④　赖大仁:《当代文学批评价值观的嬗变与建构》,《中州学刊》2013 年第 3 期。

　　⑤　杨守森:《文学批评的四重境界》,《文史哲》2006 年第 1 期。

　　⑥　[苏]列·斯托洛维奇:《审美价值的本质》,凌继尧译,北京:中国社会科学出版社,1984 年,第 282 页。

求的文学批评应是"以审美为中心的,是以文学创作者和社会上大多数文学接受者为对象的,是为着有助于文学创造者艺术思维品格和效率的提高,是为着有助于文学作品接受者审美观照中快感的强化和深化的;是融合感悟与理性,融合社会历史的考察与审美估量的"①。

第二,要有开阔的学识视野以及不断更新学识的意识。批评家作为专业读者,在对作品进行鉴赏时,固然需要一定的文学天赋和思辨才情,但更重要的是视角与方法的介入,是学识修养的综合体现,而这些皆需要后天的学习与积累。从事文体批评者不能仅限于具备文体学、叙事学、文学理论等方面知识,必须博览群书,对艺术鉴赏、美学、语言学、哲学、心理学、社会学、历史学、经济学、宗教学等都有所涉猎,只有具备了广博的知识才有可能对作家作品做出超出普通读者甚至作者本人都不能发现的闪光点的捕捉,才能宽容地对作家作品采取多元的批评姿态,避免出现少见多怪的浅陋与无知。当然,要想保持开阔的知识视野和不竭的创新力,不断的知识更新是批评主体必修的一门功课。批评主体若想凭借几十年前的理论话语一劳永逸地从事文体批评,写出来的东西很难得到作家的认同,对读者来说也是一种不合时宜的引导。如当下那种道德教条式、政治阶级式、对号入座式的评价立场和观点则是批评话语陈旧的表现。

第三,是评者与作家、读者的良性互动。时代在前进,观念在改变,读者对小说的需求也在变,但文学性与审美性是读者的永恒追求。如何表征这审美性,则是更多作家需要面对的问题。提倡评者、作家、读者的多维交流与良性互动,对三方都大有裨益。对作家而言,好的评论与多方的关注能笃定作家的艺术追求,尤其表现在对文体追求上,让他们感觉文体探索不再是一种寂寞的精神追求,如此激情下更多文体佳构就会因势而生。对评者而言,不竭的文学资源与读者的各种需求会触发他们对人生的深度感悟与批评的多维视角,如此思想激荡下也会促成优秀批评家的长成。对于读者而言,其在对话交流中虽始终处于被动地位,一旦三方交流生效,则会从弱者地位跃为文学活动的核心地位,因为不管何种写作,其目的都是为了给读者看,没有读者的作品和文章是不成功的。

批评者与作家的良性互动是产生优秀作品的基本条件,如何进行良性互

① 文广会:《20世纪文学批评的发展与新世纪文学批评的未来》,《中国青年政治学院学报》2009年第5期。

动？首先，批评者要选择合适的作家作品进行跟踪式评论。批评者和作家的关系是互为独立的同构关系。之所以说是彼此独立，是因为从某种意义上讲，评者的评论并不会对作家的写作产生影响，作家的创作主要源于生活实践，他们的创作并不会因为某个评者的批评而得以改变。批评也不完全依赖创作，如果没有文学创作，也会用其他方式来展开批评。之所以说是同构关系，是因为批评和创作都要面对当下的现实生活，作家依靠艺术形象和叙事形态来完成思考与表达，评者依靠的是批评作家创造出的艺术形象来阐述生活，二者要想写出好的文章与作品，都必须从生活实践出发。所以，大家皆痛恨那种冷漠地拿既成理论来解剖作品的批评，喜欢那种不矫情、不夸张，能引起大家共鸣的批评。且这种批评本身就是作家与评者之间的深度交流，对作家的写作具有一定的启发意义。其次，批评者要勇于突破目前批评所存在的系列尴尬与困境，且不说从主体精神构建上摆脱庸俗化倾向，关键要从关注面上扩大交流范围。目前，评者主要把目光集中在 50 后、60 后作家身上，70 后、80 后鲜有评者关注，形成了当前的代际断层局面。而在 50 后、60 后作家群中，大家皆把目光集中在莫言、贾平凹、王安忆、韩少功、阎连科等知名作家身上，这样的集束式批评造成大面积重复研究，尤其是新上手的博硕研究生以及高校年轻教师，都一窝蜂地研究名家，但这所谓的"研究"实际上都局限于名家已有的观点，很难有新的发现。这样的批评对于名家而言就是"一腔废话"，对于评者来说也只是完成量化考核上的一个数字指标而已。其实，作为一名有个性、有见识的评者，完全可以去关注名家之外具有一定特色的作家，如 60 后、70 后、80 后作家中有一定特色和空间的作家，他们虽然在艺术风格、审美倾向上比不上名家，但文学需要转型，一种风格与倾向也不能统领文坛几十年，作为评者有责任和更多作家交流，勇于打破目前这种逼仄的"一窝蜂"局面。总之，批评者与作者之间确实不是那种谁也离不开谁的关系，但二者之间的平等交流与多维对话能有利于彼此的写作，尤其在文体革新上，批评者对作家在文体上所做的研究与推介，能给作家以艺术信心与成就感，不再让文体追求变成他们小范围的自娱自乐。

当下中国文坛各种类型的长篇创作极度繁荣，这种现状显示出当下小说从写作方法、审美趣味到价值追求的分化和多元趋势，故无论是宏观的把握认识，还是微观的作品分析，大众读者都迫切需要批评家的引导。尤其在小说文体的认识上，目前，大多数普通读者只关注小说的故事情节，鲜有读者关注小说的文体形式，对文体知识的了解相当缺乏，这种淡漠的文体意识对那些无意于文体构思的作家是种误导,对那种善于求新求变的作家来说是种尴尬,对整个小说的艺术性提高是种无形的戕害。故要想改变这种局面,作为引导者、鉴赏者、反思者的批评者来说,在分析作品时,一定要把握好学理分析与感悟式批评的关系,在兼顾审美性、通俗性、学理性的基础上,让读者看懂并有所收获。再说现代读者处于知识信息大爆炸的时代,大家的知识视野都很开阔,他们也并不是一味地追求低俗故事,他们也喜欢有新鲜感、能触动他们灵魂、艺术感强一些的作品,评者除了在表达方式上考虑到普通读者的存在,还可创设合适的载体如博客、微信平台、媒体平台、学术期刊、文学期刊等与读者进行交流,只有从批评内容到载体全方位的改变与关注,才能真正建立起与读者的灵活对话机制,才能在最大范围内提高读者的文体意识,进而间接促进当代长篇小说的文体繁荣。

三、文体探索的多维自由通道

曾有论者宣称当下中国作家若想在文体形式上做出突破已不可能,而在事实上,当代确实有部分作家一直处于文体的焦虑之中。其实,持这种观点的论者和作家都是极致的形式主义者,在他们眼中,形式就是奇绝乖张,是标新立异,是游离于小说本体要素的绝对自由。而长篇小说作为一种正在生成中的开放文类,所有的文体可能性都不足为奇,我们也无法以孰优孰劣来断定某种文体的存在合法性,但有一点可以肯定,即形式主义者所追求的绝对文体自由是难以存在的,但在遵守相关规则的前提下探讨相对的文体自由则是完全可能的。何谓自由?黑格尔从美学意义上提出纯粹自由理念,认为"人必须在周围世界里自由自在,就像在自己家里一样,他的个性必须能与自然和一切外在关系相安,才显得是自由的"[①]。马克思则在实践论与存在论的框架中思考自由问题,认为"真正的自由王国是在由必然和外在目的规定要做的劳动中止的地方才开始的"[②]。言下之意,"只有在限制中方能显出能手,只有规律能给我们自

---

①　[德]黑格尔:《美学》(第1卷),朱光潜译,北京:商务印书馆,1997年,第332页。

②　[德]马克思:《资本论》(第3卷),中央编译局译,北京:人民出版社,1976年,第926页。

由"①。同理,对于文体革新活动,要想摆脱死胡同困境,前提也应是熟悉长篇小说文类的基本规则,在相对不自由的恪守中进行自由的突破,以达到文体探索的真正自在状态。正如陈晓明所言:"长篇小说要达到艺术上的创造相当困难,它需要与传统、与既定的规范妥协才能做得恰如其分。"②结合前文文体革新所呈的大致镜像以及当代长篇现存的文体探索困境,笔者认为从小说的虚构与非虚构写作、思想力的厚度与表达、文体常规的恪守与突破等关系的妥帖处理中,可最大限度地寻求文体探索的多维自由通道。

首先,是关于虚构与非虚构的关系处理。虚构是文学的本质特性,因为"文学虚构是人类呈现并超越自身的一种方式,是文学何以存在、人类何以需要阅读文学的深刻根源"③,但"非虚构"也常常是我们评判一部现实主义小说的基本标准,此处的"非虚构"也就是"真实",但其含义是复杂的,既指生活逻辑的"真实",又指艺术逻辑的"真实",两个"真实"之间的确切内涵又互相抵牾,这使文学所表达的永远是现实发展的不可预测性与艺术逻辑的必然性之间存在的矛盾,而矛盾的根由又缘于生活与文学之间"距离"的存在。而在"距离"的两极又存在着远离日常生活经验的"完全虚构写作"与高度尊重生活真相的零距离"非虚构写作"④。此处的"完全虚构写作"是相对于"非虚构写作"而提出的一种说法,本来小说就是典型的虚构写作,是忠于生活又超越生活的写作,但在文坛上还存有一种想象性写作,作者处理的是完全虚构的世界,讲述的是现实中不可能发生的超验生活,不讲究生活逻辑与质地,维系作品的则是合理的艺术逻辑,代表作如刘恪的《城与市》、残雪的《最后的情人》等。很显然,这是

---

① [德]歌德:《自然和艺术》,见《歌德的诗》,冯至译,长春:时代文艺出版社,2003 年,第 192 页。

② 陈晓明:《整体性的破解——当代长篇小说的历史变形记》,《文艺研究》2004 年第 4 期。

③ 汪正龙:《沃尔夫冈·伊瑟尔的文学虚构理论及其意义》,《文学评论》2005 年第 5 期。

④ 当下学界皆认为"非虚构写作"溯源于 20 世纪 60 年代美国卡皮特和梅勒的"非虚构小说",《冷血》则为大家效仿的典范之作。中国早在 80 年代盛行的"纪实文学"便是类似文体的滥觞,2010 年《人民文学》首开"非虚构"专栏,其作为一种文类才引起学界广泛关注。其与纪实文学虽都主张"非虚构",但又有着本质区别,"非虚构写作"强调不依附于政治因素的独立思考与个体视角。代表性作品有阿来的《瞻对》、梁鸿的《中国在梁庄》、乔叶的《拆楼记》、慕容雪村的《中国,少了一味药》等。

当代文坛小说写作的一种姿态,其重艺术轻生活的审美倾向无形中屏蔽了大众读者的亲近。

被学界称为当代文学新的叙述可能的"非虚构写作",其完全撇开"虚构"而进行文学创作的野心不免让人产生拽着头发离开地球的荒谬。试想,即便是纪实文学,因为"文学"二字也需在人物形象、事件场景等环节上存有适度"虚构"的可能,更何况是完全撇开政治话语体系,以个体视角来打量现实的"非虚构写作"。在这里,且以颇具代表性的非虚构作品《瞻对》为例。《瞻对》起始发表在《人民文学》,后来以"长篇历史小说"的身份出版,这种身份亮相本身也承认了作品"非虚构"的悖论,但学界大多肯定其"非虚构"性。如有论者认为《瞻对》"是一部地方史,是阿来在大量翔实史料和实地调查基础上,用纪实笔法,把两百年瞻对的历史做了准确、形象、简约的梳理"①。而贺绍俊的观点更加偏激,他认为《瞻对》是"真正的非虚构叙述"②,认为阿来完全控制住自己的小说思维,完全依靠着史料以及民间采访到的历史传说,梳理出一条清晰的历史线索。在此,笔者不禁发问,这里的"历史传说"难道不含有"虚构"的成分? 阿来自己也承认其写作除了依据清史和清朝的档案,还依据民间知识分子的记录和当地老百姓以讲故事的方式流传下来的"口头传说"。对于这些含有"虚构"成分的"口头传说",阿来解释为"把这些传说故事写进历史没有什么特别的意义,但这些虚构的、似是而非的传说当中其实也包含了当时老百姓对于政治以及重大历史事件的一些看法和情感倾向"③。阿来不仅意识到虚构的民间故事对于叙述真实的瞻对历史所具有的叙事功能,还无法割舍民间文学独特的美学特质,"它没有历史现实那么可靠,但它在形式上更生动、更美",于是在写作中"多多少少重建或者恢复一些那种民间叙述的美学风格"④。可见把《瞻对》当作地方正史或真正的非虚构叙述的观点很难站住脚。还有论者认为《瞻对》"不是小说,不只是历史,它是一本通过考证与反思,直面藏族民族历史、清政府与藏民关系历史的书,同时也是反思中国历史的书,足以警示当下中国的书"⑤,此论突出了作品的历史反思价值与学术意义,肯定了《瞻对》历史著述的文体。阿来也觉得自

---

① 朱维群:《我读〈瞻对〉》,《四川日报》2014 年 6 月 20 日。

② 贺绍俊:《〈瞻对〉:真正非虚构的叙述》,《文艺报》2014 年 3 月 28 日。

③ 阿来:《融合,而不是对立——〈瞻对〉创作谈》,《长篇小说选刊》2014 年第 3 期。

④ 阿来:《融合,而不是对立——〈瞻对〉创作谈》,《长篇小说选刊》2014 年第 3 期。

⑤ 静岩:《读〈瞻对〉笔记》,《杂文月刊》2014 年第 6 期。

己像学者,而不是作家,因为"既要学会在什么地方找材料,还要知道怎么用这些材料,既要兼顾学术性,还要保证一些文学性"①。但细看文本,不管从文本形式,还是作品观点,都不能称之为学术著述。首先,从学术论文的形式规范来讲。作品中大量引用第一手史料,这是整个作品的基础,但没有一处交代出处,这是历史著作最基本的工作,但阿来在大段的引用中,有的标出双引号,告之读者是原始资料,有的连双引号都省去,让人分不清是原创还是引用。若按学术的规范要求,从外在形式上就没有过关。其次,从历史观点来看。大家一直交口称赞的就是作者对历史的反思,但在作品中,所谓的反思也只是阿来针对具体材料或事件有感而发的片段式即兴感慨,缺乏系统的理论观点。并且,作者对充斥全文的原始史料,有的做出解释或翻译,有的直接摆出,未做解释,给人一种夹生饭的感觉。正如学者高玉所言:"用历史眼光来看《瞻对》,可以说问题很多。"②《瞻对》离正史的距离较远,充其量只能是作者把搜集来的史料,按他的思路和理解帮大家还原了他理解中的"历史"而已。当然,也有论者肯定《瞻对》的"虚构"成分,如高玉虽认为作品像一本学术论著,阿来像是一个学者,但"从根本上又是小说,是一个历史学体式的小说文本"③。综合上述关于"虚构"与"非虚构"的各种观点,用"虚构的非虚构历史小说"来界定《瞻对》是最合适不过的。

之所以重笔论证《瞻对》中存有"虚构"成分,用意在于表明文学创作中虚构与非虚构的缠绕、胶着关系,远离现实生活逻辑的"完全虚构写作"是令人充满敬意的,因为这是作家文学才华与想象力的高调展示,但文学的终极意义不是才华与技术的展示,而是源于生活又超越生活的精神反思。对此,堪称现代主义大师的卡夫卡也把他的写作视为对现实主义大师狄更斯的致敬与效仿,他并不推崇虚构和想象,认为"虚构比发现容易,把极其丰富多彩的现实表现出来恐怕是世界上最困难的事情"④。很显然,卡夫卡推崇的是"表现"生活并与生活存有一定"距离"的现实主义,而不是那种"零距离"帖服于地面的写实主义。如余华的《第七天》因过于贴近现实而饱受读者诟病,有论者批评小说"像一摞

---

① 阿来 童方:《阿来访谈:〈瞻对〉,国际写作计划及其他》,《阿来研究》2014 年第 5 期。
② 高玉:《〈瞻对〉:一个历史学体式的小说文本》,《文学评论》2014 年第 4 期。
③ 高玉:《〈瞻对〉:一个历史学体式的小说文本》,《文学评论》2014 年第 4 期。
④ 叶廷芳主编:《卡夫卡全集》(第 5 卷),赵登荣译,石家庄:河北教育出版社,1996 年,第 411 页。

旧报纸里整理出来的新闻联播"①,"没有给予文学足够的尊重"②。注重虚构的现实主义作品尚且如此,遑论《瞻对》《中国在梁庄》这样的"非虚构写作"的生存空间有多大。那我们到底需要什么样的写作?这又得回到"距离"上来。曾有论者认为非虚构写作"是对中国文学和现实的'隔膜'的矫枉"③,但从大家的写作来看,完全排斥"虚构"的非虚构写作又显示出文学和现实的另一种"隔膜"。文学是艺术,既然是艺术就得讲究艺术感,德国戏剧家布莱希特著名的"间离效果说",俄国形式主义者的"陌生化"理论等则指出了文学与现实之间合适"距离"的效果。故在妥善处理虚构与非虚构关系的前提下,我们可提倡一种写作,即虚构的非虚构写作。这种写作强调"虚构"中有着合乎现实生活逻辑的细节,"真实"的背后是合乎艺术逻辑的虚构,如莫言《生死疲劳》中看似荒诞实则可信的"六道轮回",如贾平凹《秦腔》中看似不靠谱实则具有民间传统特色的神秘"占卜"等。质言之,从当下的写作趋势看,这种建立在现实主义基础上的现代主义探索不失为一种具有无限开拓空间的写作通道。

其次,是关于思想力的厚度与表达方式的处理。"现代长篇小说就其本质而言,是精神长篇小说。"④已有的文体探索成果也表明,思想力的追求无疑已成为长篇小说仅次于"故事"的核心因素。甚至不无夸张地说,任何一个小说家,在某种程度上也是一个思想家、哲学家甚至心理学家,这也是读者对如《大气功师》《拯救乳房》《风声》《暗算》等专题性长篇颇感兴趣的原因所在。作为"厚重"的文类,长篇小说的核心要素之一则是思想含量与精神承载,但如何把握这"厚重"的"度"以及如何表达这"厚度"也是作家必须面对的问题。盘点目前思想力较强的作品如《城与市》《马桥词典》《务虚笔记》《三个三重奏》《天葬》《暗示》等,吴义勤批评其思想的厚度有"过分倾斜"之弊,且这种过分追求思想力的倾向导致很多读者对其小说身份产生怀疑,不过这种怀疑更大程度上缘于作者所采用的表达方式。其实,我们所推崇的思想力是与小说的故事、情节、人物、环境等相融合的思想力,是巧妙融于感性故事之余的理性升华,但有些作家

---

① 茶胡子:《他无法用小说对抗荒诞现实——评余华〈第七天〉》,《东莞日报》2013年7月5日。

② 瘦猪:《书评〈第七天〉:请余华先生耐下性子》,《京华时报》2013年7月5日。

③ 何平:《事先张扬的文学态度》,《山东文学》2014年第2期。

④ 王春元 钱中文主编:《法国作家论文学》,王忠琪译,北京:三联书店,1984年,第112页。

因对思想力的过分偏爱而不由自主地"深度倾斜",如《城与市》注重语言及存在的哲学观,充斥文本的是各种理论探讨,完全放逐了小说的基本要素。《天葬》大段的议论与注释,也有强加强塞之嫌。《暗示》中关于语言的学术探讨无处不在,从根本上隔绝了普通读者。所以,关于思想,不能离小说太远,也不能变成小说本身。小说的主要任务是以讲故事的方式表达对世界的看法,这"看法"必须融合在讲述的故事当中。否则,小说家就不是小说家,而变成了哲学家、心理学家乃至社会学家,小说创作也就变成了以解决学术问题为己任的著书立说行为。总之,小说中过深的思考或思考缺失,都会让读者一无所获,故为了让读者很好地领悟小说的思想,与作者的情感体验能产生共鸣,思想的表达方式显得尤为重要。盘点当前文坛长篇表达思想的方式,可谓琳琅满目,如《马桥词典》的词典体、《务虚笔记》《暗示》的随笔体、《三个三重奏》《天葬》的注释体、《狼图腾》的理性探掘、《受活》的絮言体、《城与市》《敦煌遗梦》《施洗的河》的文备众体等。很显然,这些作品的思想力都以显性、裸露的方式呈示给读者,不需要读者的另番归纳与个体领悟,难免有"掉书袋"之嫌,如《三个三重奏》中尽显作者对福柯思想的迷恋、《北村的河》中大段宗教教义的宣扬和呼告式、引文式的大段哲学思想观点的摘录等。这种过于裸露的思想告白无形中变成了作者本人的自娱自乐,对于大众读者来说未必能产生共鸣,相反还会产生反感。如《敦煌遗梦》《城与市》中的插入理论引语太多,不易消化,且整个小说若去掉这些深奥的引语照样成立。而真正高明的作家应该是"引领读者一同思索、一同探究、一同警醒,而不是告知某种思想成果、思想答案"①,优秀的小说家"得有本领描绘思想的表情而不是思想本身"②。总之,受读者欢迎的永远是那种化入作品中每一处细节安排的思想力,只有这种"含蓄""出神入化"的表达方式,才能真正化"无形"的思想于"有形"的形式之中,进而达到触动灵魂的审美境界。

再其次,是文体常规的恪守与突破。任何一种文类都有其内在的艺术规定性。对于长篇小说而言,一般意义上的"长"不仅体现在篇幅上,也体现在作品内容的时空跨度上,还体现在作品的思想容量上。显然,"长"的篇幅、"大"的时空跨度并不意味着精神含量的"高",但过"小"的篇幅或时空跨度描写一定难

---

① 吴义勤:《长篇小说与艺术问题》,北京:人民文学出版社,2005 年,第 13 页。
② 於可训:《小说家档案》,郑州:郑州大学出版社,2005 年,第 79 页。

以表达"高"的精神含量。这是长篇区别于中短篇的文体常识,但在当下的长篇写作中,却出现了对文体常识的漠视与混淆。如在"长"度安排上,目前,有两种倾向令人担忧。一是部分作品无节制地"长"。如刘震云的《故乡面与花朵》创作历时八年之久,长达二百二十万言。而张炜的《你在高原》创作历时二十余年,长达四百五十万字。全书共三十九卷,十个单元,一部小说无形中相当于十本小说。为了体现长篇的"长",作家们还热衷于采用"系列""三部曲"等形式来结构小说,如范稳的"大地系列"、格非的"江南三部曲"、王旭峰的"茶人三部曲"等。当然,上述公认的"长"篇因为精神的高度和思想的厚度而深受学界肯定,如《故乡面和花朵》被誉为"中国第一部真正意义上的精神长篇小说"[1]。而《你在高原》"展现了作家极为广袤的精神视野","是一部挑战读者思想深度的作品"[2]。此书获得第八届茅盾文学奖,张炜本人也凭借此书成为文坛风云人物。在此且撇开这些不说,单单对于如此冗长的篇幅,除了专业评委和编辑,对于大部分读者来说都是件令人生畏的事,即便有读者感兴趣,也会对其耐力与精力提出极大的挑战;对于作家而言,对其艺术的把控能力也提出挑战。刘震云就坦承写《故乡面和花朵》时遇到最大的困难是"由于时间太长,写作的心态发生变化,六年前的一个情节在当时满意,现在看却有破绽,企图修改又非常困难"[3]。更值得深思的问题则是所谓的思想深度与精神高度必须要用这么长的篇幅才能完成吗?再说,诸如"系列之作"或"三部曲",并不能轻易获得读者好评。如王蒙的"季节四部曲"在90年代文坛上并没有获得读者的热评,对此王蒙也有清醒的认识,认为"连续的长篇小说会引起读者的厌倦"[4]。并且,即便能获得读者好评,往往也是其中某一部,如此结果,不如集中笔力写一部,对作者、读者都是一种解脱。对此现象,作家施蛰存曾言:"现在有些作家的小说太啰唆,一部30万字的长篇,如果我写只要10万字就够了。多余的内容是为稿酬而写。"[5]当然,我们不能一概而论地认为所有作家写"长"篇的目的就是为了稿酬,但这也是值得怀疑的因素之一。二是部分作品无底线地"不长",出现了

---

① 何镇邦:《中国第一部真正的现代长篇小说》,《中华读书报》1998 年 11 月 18 日。

② 洪治纲:《在虚构的世界里漫游》,《新京报》2011 年 1 月 27 日。

③ 张英:《写作向彼岸靠近——刘震云访谈录》,见《文学的力量——当代著名作家访谈录》,北京:民族出版社,2001 年,第 230 页。

④ 郜元宝:《"说话的精神"及其它》,《当代作家评论》2003 年第 5 期。

⑤ 张英:《长篇小说出路何在》,《羊城晚报》1997 年 5 月 17 日。

"小长篇"倾向。关于"小长篇"的理解,王春林从篇幅上指认其"是一种介乎于传统厚重长篇小说与中篇小说之间的一种小说文体"①,如陈应松的《还魂记》、何顿的《黄埔四期》等。汪政从叙事时空角度认为"小长篇并不指篇幅短,也不仅指适合于刊物发表,它的'小'在本质上是指告别了传统长篇的宏大叙事"②,如毕飞宇的《推拿》、盛可以的《道德颂》、鲁敏的《百恼汇》。其实,将两位论者的观点合为一体,就归纳出"小长篇"的小篇幅、小叙事的文体特征,这两种"小"都是对文体常规的背离,但因篇幅"小"而导致的"小"叙事则是失败的背离,而与篇幅无关的"小"叙事则是对文体常规的成功突破,如《推拿》远离政治、历史等大视野,幽闭于数月之间与推拿店之内观照繁芜的世道人心,照样产生震撼人心的艺术效果。由此观之,读者反感的是长篇小说无底线的"短"。那长篇小说篇幅的底线到底是多少,对此文界尚无定论,有些文学期刊如《中国作家》将其定为十万,茅奖将其定为十三万③,于是,当代文坛出现了些许介于十万和十三万之间的"小长篇"。篇幅的长短只是长篇小说的一个表征,关键是这些"小长篇"如何突破以近乎中篇的格局来表达长篇的精神容量。从已有的创作来看,很难达到二者的巧妙融合。所以,在突破长篇小说文体常识的同时,我们必须恪守一些文体常识,不宜无节制地"长",也不宜无底线地"短",在长短之间把握好尺度才是长篇小说写作的根本出路。扫描当代文坛的优秀作品如《白鹿原》《丰乳肥臀》《尘埃落定》等,它们在篇幅上都介于二十万至五十万之间,这是一种节制的和谐诗学美,也是作家应守的道德操守。当前文体常识的混乱还表现在对常规篇章体例的过分背离。随着文学的发展,我们不反对各种文体形式的花样翻新,但前提必须在小说的基本范畴之内。当下诸如并置体、组构体、跨文体、注释体等叙述方式皆是对传统单调线性叙述方式的革新,这方面的作品如《空山》《黑夜想你没办法》《三个三重奏》等,在前文已有详细论述。这些作品皆有统一的主题、人物、思想、气息,其将小说的故事、情节等基本要素始终以无形的方式收拢于体例内,从而形成无"体"之体的革新体式。但诸如《突围表演》《城与市》《最后的情人》这些完全放逐长篇的基本常规,尽管其具备当

---

① 王春林:《小说艺术的沉重与轻逸》,《长城》2016 年第 1 期。

② 汪政:《多样化与长篇小说生态》,《南方文坛》2009 年第 5 期。

③ 茅盾文学奖评奖标准明确规定,十三万字以上的作品才有资格申报奖项。作为当代长篇小说唯一的奖项设置,这种说明在某种程度上暗示了"十三万"是当代长篇小说的篇幅底线。

代长篇文体革新的诸多元素如文体杂糅、文备众体、梦幻、荒诞、并置、片段的思想火花、悬浮的哲思等,但过分任性的自由带来的必是"大不自由",最后只能沦为长篇写作的"反面"教材。当然,关于长篇文体的常识很多,如认为是"意义、技法与语言"①,或认为是"人物塑造、结构搭建和语言表达"②等。不管持哪种观点,对于创作者的文体革新而言,有一点不可动摇,即在恪守基本常规的基础上再进行自由的革新,只有这样才不会将艺术探索陷入技术主义或思想过重或语言本体的尴尬之中。

吴义勤曾言"有容乃大的'综合'才是中国当前长篇小说创作的真正出路"③,笔者认为在这里还可补充为:无论是虚构还是非虚构,是现实主义还是现代主义,是形式还是意义,是综合还是专题,单独依赖某一方面皆不能缓解中国长篇的文体焦虑,只有在恪守常规中进行各种形式的艺术突破,方是获取长篇小说文体革新不竭动力、打通长篇创作自由通道的根本保证。

① 牛玉秋:《什么是长篇小说不可动摇的元素》,见中国作协创研部编:《长篇小说艺术论》,北京:作家出版社,2012年,第201页。
② 何向阳:《长篇小说创作要回归常识》,《光明日报》2011年3月28日。
③ 吴义勤:《长篇的轻与重》,《雨花》1998年第4期。

结　　语

早在 1941 年巴赫金就曾说过:"研究作为一种体裁的长篇小说特别困难,这是由对象本身的独特性决定的。"①时至今日,巴氏的这段话依然具有真理性,长篇小说文体确乎处于开放的状态之中,一方面,它的规范正在形成和总结之中,另一方面业已形成的规范又处在不断被打破之中。研究文体现象时,我们不能"主题先行"地拿既有的文体规范去"套评"研究对象,我们只能"论从史出"地从一部部具体文本出发,尽力还原文体存在的多种可能性状貌。

回到文学现场,通过剔抉爬梳,我们发现新时期以来长篇小说的文体革新现象鲜明存在,并在发展演变中表征出逐步升温的趋势,即新时期初处于萌芽状态,出现了寥若晨星的文体革新之作;80 年代中后期作家文体意识加强,小面积出现具有拓新意义的文体佳作;90 年代进入高潮期,大面积出现各种文体革新作品,整体呈"正衰奇兴"局面。若从叙事结构、叙述方式、话语表达等角度来打量这些文体革新现象的本体内涵,则发现其也有着鲜明的转变倾向。在意义结构上,由传统的以故事、情节、人物为中心的封闭式意义结构逐步转向心理型、意识流型的开放式、"向内转"结构,在外部结构样态上由严谨的、以小说为主导地位的文备众体型和新章回体结构等转向逐步松散的互渗型和跨文体结构。在叙述方式上,为了适应内在化心理型结构,由单一的全知全能视角转向多元化的并置视角,叙述人称也呈现出多绪甚至无序的众声喧哗状态。在话语表达上,语言功能由传统的叙事、表意功能转向修辞、审美、叙事、表意甚至表征文化等多重功能,话语特色上既有全盘西化的"本体论"倾向,也有全盘民间化

---

① ［苏］巴赫金:《长篇小说和史诗》,见吕同六主编:《20 世纪世界小说理论经典》,北京:华夏出版社,1996 年,第 296 页。

的地域化倾向,还有复归传统文学资源的古典化倾向。

以中国文化诗学的方法来探析新时期以来长篇小说文体革新发展趋势以及现象成因,则发现每种革新现象背后皆有突出的文化影响因子的存在。如立在后现代主义小说背后的则是西方现代和后现代文艺思潮的强势渗透;立在文体"返祖"现象背后的则是中国古典文学传统根深蒂固的浸染;立在"文体互渗"和"跨文体"的文类互融现象背后的则是小说文体自身发展的内在规律。而事实上,多元的文学局面以及在这些"西化""中国化""自律化"趋向所表征的哲思化、随笔化、寓意化等系列革新小说背后,则是诸多如西方思潮、中国本土文学传统、文体自身的发展、作家主体精神的嬗变、时代的政治、经济以及科技的发展等多重因素博弈、渗透与妥协的结果。只是随着不同文学时期的时代变换而发生位移倾斜,从而形成了文体革新迥异的样态。

另外,偏重于表达国人情感经验的文体革新过程,在一定程度上还昭示了革新作家主体精神的嬗变历程。一般而言,作家的主体精神主要表现在三个方面:一是与时代意识形态的情感与立场上;二是对"自我"的认定上;三是对文学价值的追求上。采用历时视角来看革新作家与意识形态之间的关系,新时期初,精英作家与主流意识之间处于短暂的"蜜月"关系,但随着"文革"历史的远去以及胜利政治对文学一种本能的审核与僭越,代替这种关系的是作家对主流意识形态的本能疏离,这主要表现在对作品题材的处理与艺术手法的选择上,如以新历史主义手法关注历史,以寓意的方式关注现实等。但长篇小说本身就是政治,是意识形态最浓的载体,从代际角度看,50后及以前的作家在价值追求上与民族国家基本保持一致,其身上浓郁的精英意识和责任意识使他们不断追求创新,以文学的方式表达着深厚的民族"自珍"情结,尤其体现在对西方文艺思潮和中国本土文学资源的选择上,这使得他们成为当前文坛上强劲的文体革新力量。而在"自我"身份认定上,革新作家们都注重"人"的存在,但50后及之前作家着重的是"大我",60后及之后的作家更加注重"小我",这使他们较之50后作家更多的是质疑与批判,而不是启蒙与反思。这种思维模式又直接影响着他们的文学观,尤其体现在对文体的追求上。60后及之后的作家倾向于"后"现代主义思想的渗透,对50后及之前作家那种精心的文体改良不感兴趣,所以,他们的作品要么极端形式化,要么毫无形式感可言。

通过对文体革新现象演进趋势的归纳和多重成因的挖掘,以及由此昭示出的革新作家主体精神的嬗变历程,这些研究成果又为重写"当代文学史"提供了另一种著述可能。周扬曾言"一部文学史、艺术史,可以说就是艺术形式的发展史。不研究艺术形式的变化与发展,就不能探讨各个时代和社会生活的关系的变化,也探讨不出艺术发展的历史规律"①。赵宪章曾言"文体学当是整个文学研究之显学,文学的历史就是文体演变的历史"②。但目前的当代文学史多为题材史、主题史、思想史、思潮史、典型人物史,鲜有专篇研究小说文体者。即便有,文体也只是作为"艺术特色"存在,而"艺术特色"也只限定在艺术手法、语言特色等内容上,鲜有系统、独立的专题文体论。很显然,从理论上说,当前的文学史或小说史只具有社会学、文化学的意义,它只是集中反映了作家、读者乃至论者社会心理与政治兴趣的转移,美学的意义、文学的趣味以及艺术形式的审美被放逐了,因此,这样的文学史和小说史并不是完整意义上的文学史和小说史。而"文体演变历史的对象则是文学界话语体式和文本结构方式的历史,并由文本结构方式的转换生成深入审美心理结构和世界精神结构的演化变易,揭示出艺术的感受体验模式和艺术反映世界的方式的历史"③,本论题对新时期以来长篇小说文体革新现象变迁的梳理,以及不同文学阶段由文体革新所折射出创作主体审美追求和精神心灵等"现代化"的诗学嬗变,为建构一种以文体为维度的新的述史方式提供了理论支撑。

论题研究的结论与价值固然重要,但对于浩瀚的长篇小说来说,最重要的则是在纵横沟壑的现象爬梳与波谲云诡的成因探析中所触发的,关于文体革新这种活动本身的反思以及由此获取的文学启迪,而这也正是开放式文体研究的本义所在。

首先,是关于文体革新价值评判的反思。作为一种文化现象,我们且不论文体革新的社会文化价值何在,但新时期以来逐步升温的文体探索行为所产生的文学价值则是显性可见,首先,是一批诸如莫言、阎连科、韩少功等可称之为"文体家"的作家扬名文坛,其次,是一系列诸如《日光流年》《马桥词典》等艺术形式与思想意义皆备的佳构问世。这些作品极大地丰富了当代文坛景观,这些作家的探索活动也不断更新了人们对长篇小说的认识,赋予了长篇小说以新的

---

① 周扬:《关于社会主义新时期的文学艺术问题——一九七八年十二月在广东省文学创作座谈会上的讲话》,广州:广东人民出版社出版,1979 年,第 9 页。

② 赵宪章:《文体形式及其当代变体刍议》,《上海师范大学学报》(哲学社科版)2008年第 6 期。

③ 陶东风:《文体演变及其文化意味》,昆明:云南人民出版社,1994 年,第 257 页。

概念与意义,促进了长篇小说的良性发展。但我们在肯定长篇小说文体探索的显性文学价值的同时,不得不反思一个问题,即当代长篇小说开放、多元的文体转向在某种程度上是否就意味着革新行为的成功?我们皆知小说的题材、文体等皆无优劣贵贱之分,但我们并不能因此陷入对文体"失语"的境地,最起码我们可从作品内容与表达形式、作家风格等的天然融合度出发来评判作品文体设置的成功与否。新时期以来长篇小说文体已然体现出故事性与艺术性的融合、读者与作者的互动、知识与思想含量的倾斜等大致倾向,但我们可否就此认定这些革新行为皆为成功的有益探索?况且"开放、多元"乃新时代的本质特征,在这种语境下的文体探索呈现如此特征也无可厚非。我们不妨以"作品内容与形式以及作家精神气质的融合度"的标准来审视文体革新现象,很显然,其中过分偏向形式、放逐内容的炫技行为背离了文体设置的初衷,故新时期以来部分作家对纯粹的现代、后现代主义技巧的追逐则是不值得提倡的革新行为。这种为形式而形式的革新行为既不能满足创作者表达情感、读者获取精神营养的需要,也不能提高作品的艺术质量,更谈不上对当代长篇小说文体发展所做出的实质性推动。这种囫囵吞枣式运用西方技巧来表达中国人的情感经验,既是一种民族文学不自信的表现,也是一种无视文学创作规律盲目自信的表现。而那些从中国本土民风、民情以及民族底蕴出发,根植于现实主义基础上开展的各种文体革新则是有益的探索行为,其将作家、读者从传统的写作与阅读经验中解放出来,拓宽了文学审美的空间,而这正是长篇小说文体革新的意义所在。

其次,是关于文体"现代化"历程的反思。现代化作为一种动态的过程,选择、淘汰、创新是它的三个构成音符。选择先进、淘汰落后、不断创新是它的本义内涵。鉴此,我们可否认为具有改良意义的文体革新过程就是文体"现代化"历程,而这"现代化"是否等同于"技术化""西方化"?要想厘清这个问题,必须了解文学"现代化"的含义。早在新文化运动时期就出现了"精神启蒙救国的现代性特征,即遵循为社会、为人生、为人民、为国家、为民族、为政治的文学路线和张扬现代的艺术审美意识形态"①,这是五四时期的文学观,它意味着文学"现代化"的开始,此时的"现代化"包含有"技术化"的因子。但现代化是一种阶段性的求新求变过程,历经了一段时期的挫折与停滞后,新时期初国家主流

---

① 黄书泉:《试论中国文学现代化进程中的通俗长篇小说》,《安徽大学学报》2010年第3期。

意识针对国内不堪的文学现状提出了向西方学习的"文艺现代化"①政策纲领。于是,长篇小说在很长时期内充分汲取着西方文艺思潮的养分不断实现着文体"现代化",一些具有现代主义特质的现实主义作品脱颖而出,此时的"现代化"等同于"西方化""技术化"。但随着社会和文学的发展,这种完全"西化"的"现代化"含义又得以更新,全面的现代化既包括"'化西方'即对西方文学的中国性改造",又包括"'化中国'即对中国传统文学的现代性改造"两个侧面,具体说来,"化西方文学的观念、理论、方法、技巧为中国文学的有机营养,借西方文学的形式、技巧、手段表现中国社会现状;化中国传统文学的形式、手法、意韵、审美特征以适应现代社会现实和现代人的思想情感,寻找与西方现代潮流的结合点,从而在中西融合的过程中创建中国的现代文学体系"②。从当下各种类型的文学评奖以及文体导向来看,"化西方"和"化中国"的文体佳作深受不同层次类型的读者青睐,完全"西化"的作品难有存活空间。这些表明中国当代长篇小说文体革新经历了选择先进、不断创新的"西方化""技术化"乃至"本土化"的"现代化"历程。

再次,是关于"现实主义"的反思。现实主义是相对于现代主义、后现代主义以及浪漫主义等流派而存在的一种流派,也可称之为风格、艺术手法等。在善于变通的中国国度里,国人将最早"按照生活的本来面目描写生活"③的批判现实主义手法,根据表达的需要而加上不同的前缀,从而形成了魔幻现实主义、革命现实主义、心理现实主义等迥异的样态。但不管怎样变通,现实主义永远占据中国文坛的主要位置。正如李健吾所言,"与其说现实主义是一种主义,不如说是一种气质,每一个作品,多少含有现实主义的成分"④。在本文中,从文体革新角度出发,我们排斥的不是"现实主义"小说观,而是中规中矩不注重形式设计与内容表达相融合的小说观。所以,作为文体关注者,我们不能盲目地崇拜现代、后现代,不能浅薄地认为文体革新者就必须以西方各种技巧、理论为圭臬,坚持现实主义者就是文体意识淡漠者。当然,我们信奉的"现实主义"也不

① 1979 年 1 月《文艺报》第 2 期发表特约评论员文章《文艺为实现四个现代化服务》,文章从标题、立意上明确了文艺"现代化"的政治方向和纲领。

② 马一夫:《20 世纪中国文学现代化初论》,《延安大学学报》2002 年第 1 期。

③ [俄]契诃夫:《契诃夫论文学》,汝龙译,北京:人民文学出版社,1958 年,第 217 页。

④ 李健吾:《法国十九世纪的现实主义的文学运动》,《申报月刊》第 3 卷第 12 期,1934 年 12 月。

是那种被限制的、带有官方主流意识形态印记的伪现实主义如革命现实主义、社会主义现实主义等,而是真正意义上的批判现实主义。正如罗兰·巴特所言:"不管文学被冠以什么流派,文学绝对并毫无疑问的是现实主义的,它就是现实,即真实的光芒。"①回到文学本身,我们推崇的文体佳构永远是以"现实主义"为底色,并根据作品内容表达需求进行妥帖形式设置的作品。

上述总结与反思为本论题研究的主要内容,也是本论题研究的创新之处。但文体现象有着"不可言说"或"多重言说"的特质,这使本论题研究存有一定的可开拓空间。一是传统史学有"隔代修史"的说法,大概缘于在当下时代多有"当局者迷"的掣肘,只有隔开一段距离才能获得相对客观的历史评价。这也是很多严谨学者不愿研究文学三十年内现象的原因,更何况面对暗流迭生、不可量化的文体现象。所以,尽管笔者在文中爬梳出新时期以来长篇小说文体革新的大致镜像,但绝对不敢肯定地说文体革新现象就只这些,换一种视角,有可能是另一番镜像。故严格意义上说,本论题对于长篇小说文体现象的研究刚刚拉开序幕。二是关于文体革新现象成因的探究也是择其要点而谈之。如对"中国化"的文学资源影响中,笔者重点谈及古典文学传统对文体革新的影响,其实还有另一支文化流脉即民间文化传统对革新作家所产生的影响,莫言、阎连科、阿来、贾平凹、陈忠实、苏童、李锐等都作家的作品在很大程度上受到了民间文化的影响,其中阿来的呼声最高,他认为《尘埃落定》"从人物形象与文体两个方面所受到的民间文化影响被长久地忽略了"②。而莫言则以"作为老百姓的写作"来保持自己的民间立场和民间心态,最有代表性的作品《檀香刑》"借助故乡猫腔小戏,试图锻炼出一种比较民间、比较陌生的语言"③。学界关于这方面的研

---

① [法]罗兰·巴特:《文学符号学》,见《哲学译丛》1987 年第 5 期。
② 阿来:《文学表达的民间资源》,《民族文学研究》2000 年第 3 期。
③ 莫言:《文学创作的民间资源》,《当代作家评论》2002 年第 1 期。

究成果也不少①,但多从整体上谈民间文化或文学资源对作家创作的影响,鲜有专题研究其对文体的影响。对于生于民间,长于民间的作家来说,民间是个更加广阔的资源,这也是解释一些作家作品中神秘气氛的营造、陌生化手法的运用以及地域性方言突显的原因之一。但限于精力与才力,文中只是在《作家个性差异与文体倾向》章节谈了地域文化对作家文体的影响,没有辟专章做进一步的探讨。三是关于研究对象范围的拓宽。若要全面彰显文体革新全貌,最好囊括中短篇小说。新时期以来中国作家的文体革新是从中短篇小说开始的,而且诸多成熟作家都是先写中短篇,再写长篇,其在长篇小说中的文体革新实际上皆能从中短篇小说中寻得痕迹,没有中短篇小说中的文体实验与训练,也就没有长篇小说中的文体革新与探索。如80年代初中期在中短篇小说中尝试的现代主义技巧以及先锋小说、寻根小说等与后来长篇小说中出现的后新潮小说、现代现实主义小说之间就存有一定的延续性。故从研究的客观性、深刻性和整体性来看,中短篇小说也是一个极待关注的对象。

---

① 关于这方面的研究成果不少,有学位论文《民俗文化资源与莫言及其文学世界》(于红珍:山东大学,2015年博士学位),《论当代文学的民间资源——以贾平凹的小说创作为个案》(宋洁:兰州大学,2007年博士学位)《民间文化资源在当代作家创作中的表述——阿来长篇小说论》(杨春:中央民族大学,2009年硕士学位)《民间资源与阎连科文学叙事研究》(赖亦雯:信阳师范学院,2015年硕士)等。也有少许单篇论文如《民间话语资源的采撷与运用论文学方言、方言文学以及当下"方言写作"》(董正宇 孙叶林:《湖南社会科学》2005年第4期)《论民间文学资源在当代小说中的利用转化途径——以河南作家为例》(张敏:《当代文坛》2015年第3期)等。

附录一:20世纪后20年具有文体革新倾向的代表性作品^①

1.魏巍:《东方》,北京:人民文学出版社,1978年。

2.周克芹:《许茂和他的女儿们》,《红岩》1978年第2期。

3.戴厚英:《人啊,人!》,广州:广东人民出版社,1980年。

4.莫应丰:《将军吟》,北京:人民文学出版社,1980年。

5.古华:《芙蓉镇》,《当代》1981年第1期,北京:人民文学出版社,1981年。

6.李国文:《冬天里的春天》,北京:人民文学出版社,1981年。

7.姚雪垠:《李自成》(第二卷),北京:中国青年出版社,1981年。

8.张洁:《沉重的翅膀》,《十月》1981年第4—5期,北京:人民文学出版社,1981年。

9.刘斯奋:《白门柳》(第一、二部),北京:中国文联出版公司,1984年。

10.李准:《黄河东流去》(上、下集),北京:北京出版社,1984年。

11.柯云路:《夜与昼》,北京:人民文学出版社,1985年。

12.刘心武:《钟鼓楼》,《当代》1984年第5、6期,北京:人民文学出版社,1985年。

---

① 本文的研究对象范围为1978—1999年的长篇小说,根据此时段内作家的文体探索实况,本文主要选取那些在海内外由官方或民间团体组织的各类文学评比中获奖;或没有获奖但在国内外影响较大;或既没有获奖,在国内外影响也不大,但在同时代为具有一定文体意义的代表性长篇小说。这些小说的共同特征是具备文体革新倾向,故各类如主旋律小说、大众通俗小说等不注重文体设置的作品均不在考察之列。所选作品以单行本首次出版时间为准,若未结集出版者以刊物第一次发表时间为准。作品排序时,以出版的先后为序,同一时段的作品按作家姓氏拼音排序。

13. 王安忆：《69届初中生》，北京：中国青年出版社，1986年。

14. 张抗抗：《隐形伴侣》，北京：作家出版社，1986年。

15. 贾平凹：《浮躁》，《收获》1987年第1期，北京：作家出版社，1987年。

16. 老鬼：《血色黄昏》，北京：工人出版社，1987年。

17. 凌力：《少年天子》，北京：北京十月文艺出版社，1987年。

18. 莫言：《红高粱家族》，北京：解放军文艺出版社，1987年。

19. 王蒙：《活动变人形》，北京：人民文学出版社，1987年。

20. 张炜：《古船》，《当代》1987年第5期，北京：人民文学出版社，1987年。

21. 张承志：《金牧场》，《收获》1987年第2期，北京：作家出版社，1987年。

22. 霍达：《穆斯林的葬礼》，北京：北京十月文艺出版社，1988年。

23. 徐小斌：《海火》，北京：中国青年出版社，1988年。

24. 杨绛：《洗澡》，北京：三联书店，1988年。

25. 马原：《上下都很平坦》，上海：上海文艺出版社，1989年。

26. 莫言：《十三步》，北京：作家出版社，1989年。

27. 孙健忠：《死街》，北京：作家出版社，1989年。

28. 铁凝：《玫瑰门》，《文学四季》1989年创刊号，北京：作家出版社，1989年。

29. 王朔：《玩的就是心跳》，北京：青年1989年。

30. 残雪：《突围表演》，《小说界》1988年，上海：上海文艺出版社，1990年。

31. 柯云路：《大气功师》，《当代》1989年连载三期，北京：人民文学出版社，1990年。

32. 李佩甫：《金屋》，武汉：长江文艺出版社，1990年。

33. 刘震云：《故乡天下黄花》，北京：中国青年出版社，1991年。

34. 阎连科：《情感狱》，北京：解放军文艺出版社，1991年。

35. 苏童：《米》，《钟山》1991年第3期，南京：江苏文艺出版社，1996年。

36. 王朔：《我是你爸爸》，《收获》1991年第3期，北京：人民文学出版社，1992年。

37. 张承志：《心灵史》，广州：花城出版社，1991年。

38. 格非：《边缘》，《收获》1992年第6期，杭州：浙江文艺出版社，1993年。

39. 洪峰：《东八时区》，《收获》1992年第1—5期，浙江文艺出版社，1994年。

40. 刘恪:《寡妇船》,南昌:百花洲文艺出版社,1992 年。

41. 余华:《呼喊与细雨》,《收获》1992 年第 5 期,广州:花城出版社,1993 年。

42. 陈忠实:《白鹿原》,北京:人民文学出版社,1993 年。

43. 北村:《施洗的河》,广州:花城出版社,1993 年。

44. 格非:《敌人》,广州:花城出版社,1993 年。

45. 洪峰:《和平年代》,《花城》1993 年第 5 期,北京:中国社会出版社,1995 年。

46. 贾平凹:《废都》,北京:北京出版社,1993 年。

47. 贾平凹:《妊娠》,北京:作家出版社,1993 年。

48. 李锐:《旧址》,上海:上海文艺出版社,1993 年。

49. 刘恒:《苍河白日梦》,北京:作家出版社,1993 年。

50. 吕新:《抚摸》,广州:花城文艺出版社,1993 年。

51. 莫言:《酒国》,长沙:湖南文艺出版社,1993 年。

52. 苏童:《我的帝王生涯》,广州:花城出版社,1993 年。

53. 孙甘露:《呼吸》,广州:花城出版社,1993 年。

54. 王安忆:《纪实与虚构》,《收获》1993 年第 2 期,北京:人民文学出版社,1993 年。

55. 王蒙:《恋爱的季节》,北京:人民文学出版社,1993 年。

56. 张炜:《九月寓言》,上海:上海文艺出版社,1993 年。

57. 林白:《一个人的战争》,《花城》1994 第 2 期,南京:江苏文艺出版社,1997 年。

58. 王蒙:《失态的季节》,《小说》1994 年第 3 期。北京:人民文学出版社,1994 年。

59. 徐小斌:《敦煌遗梦》,北京:北京出版社,1994 年。

60. 叶兆言:《花煞》,北京:今日中国出版社,1994 年。

61. 张炜:《柏慧》,北京:北京十月文艺出版社,1994 年。

62. 贾平凹:《白夜》,北京:华夏出版社,1995 年。

63. 李佩甫:《城市白皮书》,北京:人民文学出版社,1995 年。

64. 吕新:《光线》,北京:中国青年出版社,1995 年。

65. 王旭烽:《茶人三部曲》(第一部),杭州:浙江文艺出版社,1995 年。

66. 王安忆:《长恨歌》,北京:作家出版社,1995年。

67. 张炜:《家族》,上海:上海文艺出版社,1995年。

68. 张宇:《疼痛与抚摸》,北京:人民文学出版社,1995年。

69. 陈染:《私人生活》,《花城》1996年第2期,北京:作家出版社,1996年。

70. 格非:《欲望的旗帜》,《收获》1995年第5期,南京:江苏文艺出版社,1996年。

71. 韩少功:《马桥词典》,《小说界》1996年第2期,北京:作家出版社,1996年。

72. 贾平凹:《土门》,沈阳:春风文艺出版社,1996年。

73. 刘恪:《蓝色雨季》,广州:花城出版社,1996年。

74. 李锐:《无风之树》,南京:江苏文艺出版社,1996年。

75. 莫言:《丰乳肥臀》,《大家》1995年第5—6期,北京:作家出版社,1996年。

76. 史铁生:《务虚笔记》,《收获》1996年第1—2期,上海:上海文艺出版社,1996年。

77. 余华:《许三观卖血记》,《收获》1995年第6期,南京:江苏文艺出版社,1996年。

78. 叶兆言:《一九三七年的爱情》,《收获》1996年第5期。

79. 东西:《耳光响亮》,《花城》1997年第2期。

80. 柯云路:《东方的故事》,北京:人民文学出版社,1997年。

81. 林白:《说吧,房间》,沈阳:春风文艺出版社,1997年。

82. 王蒙:《踌躇的季节》,北京:人民文学出版社,1997年。

83. 阿来:《尘埃落定》,北京:人民文学出版社,1998年。

84. 崔子恩:《玫瑰床榻》,广州:花城出版社,1998年。

85. 刁斗:《私人档案》,北京:作家出版社,1998年。

86. 贾平凹:《高老庄》,《收获》1998年第4—5期,西安:太白文艺出版社,1998年。

87. 刘震云:《故乡面和花朵》,北京:华艺出版社,1998年。

88. 王彪:《身体里的声音》,《收获》1998年第1期。

89. 徐小斌:《羽蛇》,广州:花城出版社,1998年。

90. 阎连科:《日光流年》,北京:人民文学出版社,1998年。

91.张洁:《无字》,上海:上海文艺出版社,1998年。

92.刁斗:《证词》,上海:上海文艺出版社,1999年。

93.海男:《女人传》,合肥:安徽文艺出版社,1999年。

94.李佩甫:《李氏家族》,天津:百花文艺出版社,1999年。

95.李佩甫:《羊的门》,北京:华夏出版社,1999年。

96.王朔:《看上去很美》,北京:华夏出版社,1999年。

97 潘军:《独白与手势》,《作家》1999年第7—12期,北京:人民文学出版社,2000年。

98.叶广芩:《采桑子》,北京:北京十月文艺出版,1999年。

附录二:20 世纪后 20 年具有文体革新倾向的代表性作家学历及职业状况调查表①

序号	姓名	出生年	籍贯	从事职业	毕业学校及专业
1	李国文	1930	江苏盐城	编辑	南京戏剧专科学校
2	王 蒙	1934	河北南皮	名誉教授、文化官员	无高校经历
3	张一弓	1935	河南开封	编辑	无高校经历
4	张 洁	1937	北京	职员	中国人民大学计划统计系
5	戴厚英	1938	安徽颍上	教授	上海华东师大中文系
6	莫应丰	1938	湖南益阳	编剧	湖北艺术学院音乐系
7	孙健忠	1938	湖南吉首	教师、记者	湘西第二民族师范
8	古 华	1942	湖南嘉禾	编剧	湖南郴州农业专科学校
9	陈忠实	1942	陕西西安	教师	无高校经历
10	刘心武	1942	四川成都	教师、编辑	北京师范专科学校中文系
11	凌 力	1942	江西吉安	教授	西安军事电信工程学院

① 本表设定"作家出生年龄"选项是基于作家代际差异对作家文体倾向产生影响的考察需要。70 后、80 后作家文体意识相对 60 后及之前作家而言整体淡漠,故不在论文考察范围之列,而从已有的文体革新实况来看,当前文体革新的骨干力量主要为 50 后及之前作家。设定作家"籍贯""从事职业""毕业学校及专业"等选项是基于作家后天"学""习"对作家文体意识形成的考察需要。从作家的地域分布情况来看,北京地域文化包容性强,上海地域文化排外性明显,河南、湖南地域作家整体性求新趋奇。且作家所从事的工作以及生活境遇能为其文体革新提供一定条件,而有无适龄高校学习经历以及所修专业也会影响到作家文体意识的形成与长足发展。

序号	姓名	出生年	籍贯	从事职业	毕业学校及专业
12	尤凤伟	1944	山东牟平	战士	无高校经历
13	霍 达	1945	北京	翻译、编剧	北京建筑工程学院建筑系
14	姜 戎	1946	北京	编辑、教授	中国社科院研究生院
15	柯云路	1946	上海	教师	西北大学中文系
16	杨显惠	1946	甘肃东乡	教师	甘肃师范大学数学系
17	老 鬼	1947	河北阜平	编辑	北京大学新闻系
18	叶广芩	1948	北京	编辑	护校毕业、中国人大进修
19	张承志	1948	北京	学者	北京大学历史系考古专业
20	曹乃谦	1949	山西应县	公务员	无高校经历
21	李 锐	1950	山西太原	编辑	辽宁大学中文系函授部
22	史铁生	1950	北京	自由撰稿人	无高校经历
23	张抗抗	1950	浙江杭州	编剧	黑龙江省艺术学校编剧专业
24	贾平凹	1951	陕西西安	编辑、教授	西北大学中文系
25	毕淑敏	1952	新疆伊犁	医师	北京师范大学研究生院中文
26	金宇澄	1952	上海	编辑	无高校经历
27	王小波	1952	北京	学者	中国人民大学商业管理
28	张 宇	1952	河南洛宁	经商	无高校经历
29	残 雪	1953	湖南长沙	自由撰稿人	无高校经历
30	韩少功	1953	湖南长沙	编辑	湖南师范学院中文系
31	李佩甫	1953	河南许昌	主编	河南电视大学汉语言文学
32	刘 恪	1953	湖南岳阳	教授	北京师范大学文学院
33	马 原	1953	辽宁锦州	记者、教授	辽宁大学中文系
34	徐小斌	1953	北京	编剧、画家	中央财政金融学院
35	刘 恒	1954	北京	入伍、编辑	无高校经历
36	王安忆	1954	上海	教授	无高校经历
37	方 方	1955	湖北武汉	作协主席	武汉大学中文系
38	莫 言	1955	山东高密	入伍、编剧、客座教授	解放军艺术学院
39	王旭烽	1955	江苏铜山	学者	杭州大学历史系

序号	姓名	出生年	籍贯	从事职业	毕业学校及专业
40	杨志军	1955	青海西宁	记者	青海师范大学
41	董立勃	1956	山东荣成	教师、编辑、记者	新疆师范大学政治系
42	刘醒龙	1956	湖北黄州	工人、总编	无高校经历
43	张炜	1956	山东龙口	教授	山东烟台师专中文系
44	潘军	1957	安徽怀宁	编导	安徽大学中文系
45	铁凝	1957	河北赵县	文工团、编辑	无高校经历
46	叶兆言	1957	南京	教授、编辑	南京大学中文系硕士
47	杨争光	1957	陕西乾县	编辑、编剧	山东大学中文系
48	张懿翎	1957	广东深圳	教师、编审	北京大学中文系进修
49	张翎	1957	浙江温州	专职作家	复旦大学外文系
50	崔子恩	1958	黑龙江	编剧、教授	哈尔滨师范大学、中国社科院研究生院文学硕士
51	何顿	1958	湖南郴州	高校教师	湖南师范大学美术系
52	刘震云	1958	河南延津	教授	北京大学中文系研究生
53	林白	1958	广西北流	自由撰稿人	武汉大学图书馆系
54	王朔	1958	辽宁岫岩	编剧	无高校经历
55	阎连科	1958	河南嵩县	教授	河南大学政教系
56	阿来	1959	四川马尔康	教师、主编	马尔康师范学校中文
57	陈亚珍	1959	山西昔阳	编辑、编剧	电视大学汉语言文学
58	洪峰	1959	吉林通榆	教授	东北师范大学中文系
59	宁肯	1959	北京	主编	北京师范学院二分院
60	孙甘露	1959	上海	职业作家	无高校经历
61	刁斗	1960	辽宁沈阳	编辑	北京广播学院新闻系
62	秦巴子	1960	陕西西安	办刊	无高校经历
63	余华	1960	湖北孝感	牙医	中学毕业鲁院进修
64	韩东	1961	南京	高校教师	山东大学哲学系
65	孙惠芬	1961	辽宁庄河	编辑	辽宁大学中文系
66	王彪	1961	浙江台州	编辑	浙江师范学院中文系

序号	姓名	出生年	籍贯	从事职业	毕业学校及专业
67	陈 染	1962	北京	高校教师、编辑	北京师范大学中文系
68	海 男	1962	云南永胜	编辑	高中毕业、鲁院进修
69	虹 影	1962	重庆	专职作家	鲁院进修、复旦大学
70	范 稳	1962	云南昆明	主编	西南师范学院中文
71	苏 童	1962	江苏苏州	高校教师、编辑	北京师范大学中文系
72	吕 新	1963	山西雁北	职业作家	无高校经历
73	王青伟	1963	湖南祁阳	编剧	西北大学中文系
74	雪 漠	1963	甘肃威武	名誉教授	鲁院进修
75	毕飞宇	1964	江苏兴化	教授	扬州师范学院中文系
76	格 非	1964	江苏丹徒	教授	华东师大中文系博士
77	麦 家	1964	浙江富阳	编剧	解放军工程技术学院无线电系
78	迟子建	1964	山东海阳	作协主席	大兴安岭师范学校
79	北 村	1965	福建长汀	文联、自由撰稿人	厦门大学中文系
80	红 柯	1965	陕西岐山	高校教师	宝鸡师范学院
81	艾 伟	1966	浙江上虞	职业作家	重庆建筑工程学院
82	李 洱	1966	河南济源	高校教师、编辑	华东师范大学
83	吴 玄	1966	浙江温州	编辑	鲁院进修
84	罗伟章	1967	四川宣汉	教师、编辑、记者	重庆师范大学中文
85	张 者	1967	重庆	记者	西南师范大学中文系
86	刘 庆	1968	吉林辉南	编辑	吉林财贸学院统计系

参考文献①

一、史料

1. 樊会芹编著:《李佩甫研究》,郑州:河南大学出版社,2015 年。

2. 方志红编著:《阎连科研究》,郑州:河南大学出版社,2015 年。

3. 王雨海编著:《李洱研究》,郑州:河南大学出版社,2015 年。

4. 林建法主编:《阎连科文学研究》,昆明:云南人民出版社,2013 年。

5. 刘勰:《文心雕龙》,杭州:浙江古籍出版社,2011 年。

6. 宋炳辉　张毅编:《王蒙研究资料》,天津:天津人民出版社,2009 年。

7. 张新颖　金理编:《王安忆研究资料》,天津:天津人民出版社,2009 年。

8. 吴义勤编:《韩少功研究资料》,天津:天津人民出版社,2008 年。

9. 洪治纲编:《余华研究资料》,天津:天津人民出版社,2007 年。

10. 汪政 何平编:《苏童研究资料》,天津:天津人民出版社,2007 年。

11. 孔范今 施战军编:《苏童研究资料》,济南:山东文艺出版社,2006 年。

12. 葛红兵 朱立冬编:《王朔研究资料》,天津:天津人民出版社,2005 年。

13. 郜元宝 张冉冉编:《贾平凹研究资料》,天津:天津人民出版社,2005 年。

14. 杨扬编:《莫言研究资料》,天津:天津人民出版社,2005 年。

15. 巴赫金:《巴赫金全集》,钱中文译,石家庄:河北教育出版社,1998 年。

16. 王国维:《人间词话》,上海:上海古籍出版社,1998 年。

---

① 各项文献资料均按出版时间由近到远的顺序排列,同一时段则按作者姓氏拼音排序。

17. 王庆生编:《中国当代文学辞典》,武汉:武汉出版社,1996年。

18. 博尔赫斯:《博尔赫斯文集·小说卷》,王永年 陈众议等译,海口:海南国际新闻出版中心,1996年。

19. 巴金:《巴金全集》,北京:人民文学出版社,1993年。

20. 贺立华 杨守森编:《莫言研究资料》,济南:山东大学出版社,1992年。

21. 丁柏铨:《中国新时期文学词典》,南京:南京大学出版社,1991年。

22. 刘增人 冯光廉编:《叶圣陶研究资料》,北京:北京十月文艺出版社,1988年。

23. 王宁主编:《诺贝尔文学奖获奖作家谈创作》,北京:北京大学出版社,1987年。

24. [英]罗吉 福勒主编:《现代西方文学批评术语词典》,袁德成译,成都:四川人民出版社,1987年。

二、著作

(一)汉语著作

1. 毕文君:《史传传统与中国当代长篇小说》,北京:中国社会科学出版社,2014年。

2. 何平:《新世纪文学观察丛书:重建散文的尊严》,太原:北岳文艺出版社,2014年。

3. 王春林:《新世纪长篇小说地图》,太原:北岳文艺出版社,2014年。

4. 杨洪承:《"人与事"中的文学社群:现代中国文学社团和作家群体文化生态研究》,北京:人民出版社,2014年。

5. 赵宪章:《文体与图像》,北京:人民文学出版社,2014年。

6. 陈军:《文类基本问题研究》,北京:北京大学出版社,2013年。

7. 黄发有:《文学传媒与文学传播》,南京:南京大学出版社,2013年。

8. 刘恪:《中国现代小说语言史:1902—2012》,天津:百花文艺出版社,2013年。

9. 刘进军:《历史与文学的想像:中国新时期历史题材小说论》,济南:山东人民出版社,2013年。

10. 王文霞:《文化消费主义背景下当代作家研究:以河南作家为例》,北京:中央编译出版社,2013 年。

11. 王桂兰主编:《当代中国知识分子论》,北京:中共党史出版社,2013 年。

12. 晏杰雄:《新世纪长篇小说文体研究》,北京:作家出版社,2013 年。

13. 钟希明:《公共场域的知识分子写作:龙应台文化现象研究》,上海:上海三联书店,2013 年。

14. 张文东 王东:《浪漫精神与现实梦想:中国当代小说中的传奇叙事》,北京:人民出版社,2013 年。

15. 张路黎:《史铁生哲思文体论》,北京:中国社会科学出版社,2013 年。

16. 陈文新:《中国小说的谱系与文体形态》,北京:中国社会科学出版社,2012 年。

17. 葛红兵:《小说类型学的基本理论问题》,上海:上海大学出版社,2012 年。

18. 中国作家协会创作研究部:《长篇小说艺术——暨文学发展趋势研讨会论文集》,北京:作家出版社,2012 年。

19. 张立群:《中国后现代文学现象研究》,北京:北京师范大学出版社,2012 年。

20. 李运抟:《现代中国文学思潮新论》,桂林:广西师范大学出版社,2011 年。

21. 巫晓燕:《作家文化心态与审美精神的嬗变》,北京:中国社会科学出版社,2011 年。

22. 吴秀明:《当前文化现象与文学热点》,北京:北京大学出版社,2011 年。

23. 吴承学:《中国古代文体学研究》,北京:人民出版社,2011 年。

24. 吴承学 何诗海:《中国文体学与文体史研究》,南京:凤凰出版社,2011 年。

25. 王妍 张大勇编著:《心理学与接受美学》,北京:中国电影出版社,2011 年。

26. 王又平:《转型中的文化迷思和文学书写:20 世纪末小说创作潮流》,武汉:华中师范大学出版社,2011 年。

27. 肖莉:《小说叙述语言变异研究》,北京:中国社会科学出版社,2011 年。

28. 朱向前:《"黄金时代"的文学记忆》,北京:作家出版社,2011 年。

29. 鲁迅:《中国小说史略》,北京:中华书局,2010 年。

30. 李洁非:《典型文案》,北京:人民文学出版社,2010 年。

31. 雷达:《重建文学的审美精神(上下册)》,北京:北京师范大学出版社,2010 年。

32. 吕永林:《个人化及其反动:穿刺"个人化写作"与 1990 年代》,上海:东方出版中心,2010 年。

33. 王晖:《时代文体与文体时代:近 30 年中国写实文学观察》,北京:人民出版社,2010 年。

34. 吴秀明等著:《新世纪文学现象与文化生态环境研究》,杭州:浙江工商大学出版社,2010 年。

35. 徐岱:《小说叙事学》北京:商务印书馆,2010 年。

36. 张瑜:《文学本体论新论》,上海:上海三联书店,2010 年。

37. 张灵:《叙述的源泉:莫言小说与民间文化中的生命主体精神》,北京:中央编译出版社,2010 年。

38. 程文超:《中国当代小说叙事演变史》,北京:中国社会科学出版社,2009 年。

39. 曹文轩:《中国八十年代文学现象研究》,北京:人民文学出版社,2009 年。

40. 崔志远:《中国当代小说流变史》,北京:中国社会科学出版社,2009 年。

41. 程文超:《醒来以后的梦——二十世纪中国文学中的现代性问题》,北京:中国社会科学出版社,2009 年。

42. 丁帆:《文化批判的审美价值坐标:中国现当代文学思潮、流派与文本分析》,北京:北京师范大学出版社,2009 年。

43. 洪治纲:《中国六十年代出生作家群研究》,南京:江苏文艺出版社,2009 年。

44. 黄新原:《五十年代生人成长史》,北京:中国青年出版社,2009 年。

45. 何镇邦:《观念的嬗变与文体的演进》,北京:作家出版社,2009 年。

46. 孟繁华:《众神狂欢——世纪之交的中国文化现象》,北京:中国人民大学出版社,2009 年。

47. 苏晓芳:《新世纪小说的大众文化取向》,北京:中国社会科学出版社,2009 年。

48. 童庆炳:《维纳斯的腰带:创作美学》,北京:中国人民大学出版社, 2009 年。

49. 吴义勤:《中国新时期文学的文化反思》,南京:江苏文艺出版社, 2009 年。

50. 吴义勤:《中国当代小说前沿问题研究十六讲》,济南:山东文艺出版社, 2009 年。

51. 叶立文:《误读的方法:新时期初西方现代主义文学的传播与接受》,北京:中国社会科学出版社,2009 年。

52. 张清华:《存在之镜与智慧之灯:中国当代小说叙事及美学研究》,福州:福建教育出版社,2009 年。

53. 李洁非:《典型文坛》,武汉:湖北人民出版社,2008 年。

54. 罗书华:《中国叙事之学:结构、历史与比较的维度》,北京:中国社会科学出版社,2008 年。

55. 齐裕焜编:《中国古代小说演变史》,兰州:敦煌文艺出版社,2008 年。

56. 童庆炳:《童庆炳谈文体创造》,郑州:河南大学出版社,2008 年。

57. 周宪:《中国文学与文化的认同》,北京:北京大学出版社,2008 年。

58. 中国小说学会主编:《中国小说 30 年(1978—2008)》,天津:天津人民出版社,2008 年。

59. 郭宝亮:《文化诗学视野中的新时期小说》,石家庄:河北人民出版社, 2007 年。

60. 刘恪:《先锋小说技巧讲堂》,天津:百花文艺出版社,2007 年。

61. 刘小枫:《诗化哲学》,上海:华东师范大学出版社,2007 年。

62. 李军钧:《传奇小说文体研究》,武汉:华中科技大学出版社,2007 年。

63. 吴秀明:《中国当代长篇历史小说的文化阐释》,北京:文化艺术出版社, 2007 年。

64. 朱水涌:《叙事与对话:比较视野下的中国现当代文学》,南京:南京大学出版社,2007 年。

65. 张学军:《中国当代小说流派史》,济南:山东大学出版社,2007 年。

66. 郭宝亮:《王蒙小说文体研究》,北京:北京大学出版社,2006 年。

67. 刘世生 朱瑞青:《文体学概论》,北京:北京大学出版社,2006 年。

68. 王先霈主编:《新世纪以来文学创作若干情况的调查报告》,沈阳:春风文艺出版社,2006年。

69.王庆华主编:《话本小说文体研究》,上海:华东师范大学出版社,2006年。

70.王素霞:《新颖的"NOVEL"——20世纪90年代长篇小说文体论》,北京:光明日报出版社,2006年。

71.余昌谷:《当代小说家群体描述》,合肥:安徽大学出版社,2006年。

72.杨洪承:《废墟上的精灵》,北京:人民出版社,2006年。

73.杨匡汉:《20世纪中国文学经验》,上海:东风出版中心,2006年。

74.朱玲:《文学文体建构论》,福州:海峡文艺出版社,2006年。

75.朱晓进:《政治文化与中国二十世纪三十年代文学》,北京:人民出版社,2006年。

76.程文超:《新时期文学的叙事转型与文学思潮》,广州:中山大学出版社,2005年。

77.高卫红:《百年文体从头阅》,成都:四川大学出版社,2005年。

78.李标晶:《中国现代作家文体论》,哈尔滨:黑龙江人民出版社,2005年。

79.邵燕君:《"美女文学"现象研究:从"70后"到"80后"》,桂林:广西师范大学出版社,2005年。

80.吴义勤:《长篇小说与艺术问题》,北京:人民文学出版社,2005年。

81.夏德勇:《中国现代小说文体与文化论》,北京:中国广播电视出版社,2005年。

82.於可训:《小说家档案》,郑州:郑州大学出版社,2005年。

83.张学军:《中国当代小说中的现代主义》,济南:山东大学出版社,2005年。

84.黄书泉:《文学转型与小说嬗变》,合肥:安徽教育出版社,2004年。

85.蒋原伦:《媒体文化与消费时代》,北京:中央编译出版社,2004年。

86.姚文放:《当代性与文学传统的重建》,北京:人民文学出版社,2004年。

87.杨义:《中国叙事学》,北京:人民出版社,2004年。

88.朱晓进等编:《非文学的世纪:20世纪中国文学与政治文化关系史论》,南京:南京师范大学出版社,2004。

89.赵宪章:《文体与形式》,北京:人民文学出版社,2004年。

90.吴秀明:《转型时期的中国当代文学思潮》,杭州:浙江大学出版社,

2004 年。

91.曹文轩:《二十世纪末中国文学现象研究》,北京:作家出版社,2003 年。

92.陈晓明主编:《现代性与中国当代文学转型》,昆明:云南人民出版社,2003 年。

93.季桂起:《中国小说体式的现代转型与流变》,济南:山东大学出版社,2003 年。

94.李建军:《小说修辞学研究》,北京:中国人民大学出版社,2003 年。

95.孟昭连 宁宗一:《中国小说艺术史》,杭州:浙江古籍出版社,2003 年。

96.孟繁华:《众神狂欢:世纪之交的中国文化现象》,北京:中央编译出版社,2003 年。

97.南帆:《二十世纪中国文学批评 99 个词》,杭州:浙江文艺出版社,2003 年。

98.邵燕君:《倾斜的文学场:当代文学生产机制的市场化转型》,南京:江苏人民出版社,2003 年。

99.谭桂林:《转型与整合:现代中国小说精神现象史》,西安:陕西人民教育出版社,2003 年。

100.吴培显:《当代小说叙事话语范式初探》,长沙:湖南师范大学出版社,2003 年。

101.王义军:《审美现代性的追求》,上海:上海文艺出版社,2003 年。

102.祖国颂:《叙事的诗学》,合肥:安徽大学出版社,2003 年。

103.杨洪承:《现象与视阈:20 世纪中国文学研究纵横》,长春:吉林教育出版社,2003 年。

104.曹文轩:《20 世纪末中国文学现象研究》,北京:北京大学出版社,2002 年。

105.丁帆 许志英:《中国新时期小说主潮》,北京:人民文学出版社,2002 年。

106.高永年:《中国叙事诗研究》,南京:江苏教育出版社,2002 年。

107.耿占春:《叙事美学——探索一种百科全书式的小说》,郑州:郑州大学出版社,2002 年。

108.格非:《小说叙事研究》,上海:清华大学出版社,2002 年。

109.黄忠顺:《长篇小说的诗学观察》,武汉:华中师范大学出版社,

2002 年。

110. 胡良桂:《史诗类型与当代形态》,长沙:湖南教育出版社,2002 年。

111. 贺仲明:《中国心像:20 世纪末作家文化心态考察》,北京:中央编译出版社,2002 年。

112. 洪子诚:《问题与方法:中国当代文学史研究讲稿》,北京:北京三联书店,2002 年。

113. 黄发有:《准个体时代的写作——20 世纪 90 年代中国小说研究》,上海:三联书店,2002 年。

114. 金岱:《世纪之交长篇小说与文化解读》,广州:广东人民出版社,2002 年。

115. 雷达:《文体与思潮:20 世纪末小说观察》,北京:人民文学出版社,2002 年。

116. 李洁非:《中国当代小说文体史论》,西安:陕西人民教育出版社,2002 年。

117. 庞守英:《新时期小说文体论》,济南:山东大学出版社,2002 年。

118. 陶东风:《社会转型期审美文化研究》,北京:北京出版社,2002 年。

119. 谭桂林:《长篇小说与文化母题》,长沙:湖南师范大学出版社,2002 年。

120. 董小英:《叙述学》,北京:社会科学文献出版社,2001 年。

121. 申丹:《叙述学与小说文体学研究》,北京:北京大学出版社,2001 年。

122. 谭桂林:《转型期中国审美文化批判》,南京:江苏文艺出版社,2001 年。

123. 王岳川:《中国镜像——90 年代文化研究》,北京:中央编译出版社,2001 年。

124. 吴秀明:《转型时期的当代文学思潮》,杭州:浙江大学出版社,2001 年。

125. 王平:《中国古代小说叙事研究》,石家庄:河北人民出版社,2001 年。

126. 许晖:《六十年代气质》,北京:中央编辑出版社,2001 年。

127. 张钧:《小说的立场:新生代作家访谈录》,桂林:广西师范大学出版社,2001 年。

128. 陈蒲清:《中国现代寓言史纲》,长沙:湖南教育出版社,2000 年。

129. 金汉:《中国当代小说艺术演变史》,杭州:浙江大学出版社,2000 年。

130. 王彬彬:《为批评正名》,长春:时代文艺出版社,2000 年。

131. 吴承学:《中国古代文体形态研究》,广州:中山大学出版社,2000 年。

132. 杨守森:《二十世纪中国文学问题》,广州:花城出版社,2000 年。

133. 张志忠:《当代长篇小说略论》,北京:解放军文艺出版社,2000 年。

134. 冯光廉主编:《中国近百年文学体式流变史》,北京:人民文学出版社,1999 年。

135. 南帆:《文学的维度》,上海:三联出版社,1998 年。

136. 申丹:《叙事学与小说文体学研究》,北京:北京大学出版社,1998 年。

137. 杨洪承:《文学边缘的整合:文学与文化研究初探》,深圳:海天出版社,1998 年。

138. 杨守森:《二十世纪中国作家心态史》,北京:中央编译出版社,1998 年。

139. 余英时:《中国知识分子论》,郑州:河南人民出版社,1997 年。

140. 陈顺馨:《中国当代文学的叙事与性别》,北京:北京大学出版社,1995 年。

141. 何镇邦:《文体的自觉与抉择》,北京:人民文学出版社,1995 年。

142. 唐跃 谭学纯:《小说语言美学》,合肥:安徽教育出版社,1995 年。

143. 张颐武 谢冕:《大转型——后新时期文化研究》,哈尔滨:黑龙江教育出版社,1995 年。

144. 陈美兰:《文学思潮与当代小说》,武汉:武汉大学出版社,1994 年。

145. 刘建军:《西方长篇小说结构模式论》,长春:东北师范大学出版社,1994 年。

146. 罗钢:《叙事学导论》,昆明:云南人民出版社,1994 年。

147. 石昌渝:《中国小说源流论》,北京:生活·读书·新知三联书店,1994 年。

148. 陶东风:《文体演变及其文化意味》,昆明:云南人民出版社,1994 年。

149. 童庆炳:《文体与文体的创造》,昆明:云南人民出版社,1994 年。

150. 朱晓进:《中国现代文学现象研究》,天津:百花文艺出版社,1994 年。

151. 赵毅衡:《苦恼的叙述者》,北京:北京十月文艺出版社,1994 年。

152. 张韧:《文学的潮汐:九十年代文学的六大模式》,北京:中国文联出版公司,1994。

153. 何镇邦:《文学的潮汐》,昆明:云南人民出版社,1993年。

154. 陈晓明:《无边的挑战——中国先锋文学的后现代性》,长春:时代文艺出版社,1993年。

155. 王岳川:《后现代主义文化研究》,北京:北京大学出版社,1992年。

156. 徐岱:《小说形态学》,杭州:杭州大学出版社,1992年。

157. 徐岱:《小说叙事学》,北京:中国新华出版社,1992年。

158. 陈美兰:《中国当代长篇小说创作论》,上海:上海文艺出版社,1991年。

159. 董健:《新时期小说的美学特征》,南京:南京大学出版社,1991年。

160. 鲁原:《当代小说美学》,南宁:广西教育出版社,1990年。

161. 胡良桂:《史诗艺术与建构模式——长篇小说艺术》,长沙:湖南文艺出版社,1989年。

162. 刘孝存 曹国瑞:《小说结构学》,北京:光明日报出版社,1989年。

163. 孟繁华:《叙事的艺术》,北京:中国文联出版公司,1989年。

164. 朱立元:《接受美学》,上海:上海人民出版社,1989年。

165. 白烨编:《小说文体研究》,北京:中国社会科学出版社,1988年。

166. 陈平原:《中国小说叙事模式的转变》,上海:上海人民出版社,1988年。

167. 何镇邦:《长篇小说的奥秘》,广州:花城出版社,1988年。

168. 吴亮等编:《象征主义小说》,长春:时代文艺出版社,1988年。

169. 南帆:《小说艺术模式的革命》,上海:三联书店,1987年。

170. 王泰来编译:《叙事美学》,重庆:重庆出版社,1987年。

171. 洪子诚:《当代中国文学的艺术问题》,北京:北京大学出版社,1986年。

172. 杨义:《中国现代小说史》,北京:人民文学出版社,1986年。

173. 赵乐甡等主编:《西方现代派文学与艺术》,长春:时代文艺出版社,1986年。

174. 吴功正:《小说美学》,南京:江苏人民出版社,1985年。

175. 周英雄:《结构主义与中国文学》,台北:东大图书有限公司,1983年。

176. 高行健:《现代小说技巧初探》,广州:花城出版社,1981年。

177.朱光潜:《西方美学史》,上海:上海译文出版社,1978年。

(二)汉译外文著作

1.[捷克]米兰·昆德拉:《小说的艺术》,董强译,上海:上海译文出版社,2011年。

2.[捷克]米兰·昆德拉:《被背叛的遗嘱》,余中先译,上海:上海译文出版社,2011年。

3.[瑞士]荣格:《心理类型:个体心理学》,储昭华等译,北京:国际文化出版公司,2011年。

4.[英]戴维·洛奇:《小说的艺术》,卢丽安译,上海:上海译文出版社,2010年。

5.[英]爱德华·泰勒:《原始文化:神话、哲学、宗教、语言、艺术和习俗发展之研究》,连树声译,桂林:广西师范大学出版社,2005年。

6.[美]华莱士·马丁:《当代叙事学》,伍晓明译,北京:北京大学出版社,1990年。

7.[德]伽达默尔:《真理与方法:哲学诠释学的基本特征》(上卷),洪汉鼎译,上海:上海译文出版社,2004年。

8.[英]马克·柯里:《后现代叙事理论》,宁一中译,北京:北京大学出版社,2003年。

9.[美]戴维·哈维:《后现代主义的状况:对文化变迁之缘起的探究》,阎嘉译,北京:商务印书馆,2003。

10.[法]蒂博代《六说文学批评》,赵坚译,北京:三联书店,2002年。

11.[日]北冈诚司:《巴赫金:对话与狂欢》,魏炫译,石家庄:河北教育出版社,2002年。

12.[德]卡尔·曼海姆:《卡尔·曼海姆精粹》,徐彬译,南京:南京大学出版社,2002年。

13.[英]弗吉尼亚·伍尔夫:《论小说与小说家》,瞿世镜译,上海:上海译文出版社,2000年。

14.[意]艾略特等:《小说的艺术》,张玲等译,北京:社会科学文献出版社,1999年。

15.[美]海登·怀特:《后现代历史叙事学》,陈永国等译,北京:中国社会科学出版社,1997年。

16. [丹]勃兰兑斯:《十九世纪文学主流·法国的浪漫派》,李宗杰译,北京:人民文学出版社,1997年。

17. [丹]勃兰兑斯:《十九世纪文学主流·德国的浪漫派》,刘半九译,北京:人民文学出版社,1997年。

18. [奥]维特根斯坦:《逻辑哲学论》,贺绍甲译,北京:商务印书馆,1996年。

19. [美]浦安迪:《中国叙事学》,北京:北京大学出版社,1996年。

20. [美]格林布拉特:《文艺学与新历史主义》,《世界文论》编辑委员会编,北京:中国社会科学文献出版社,1993年。

21. [苏]巴赫金:《文艺学中的形式方法》,邓勇等译,北京:中国文联出版公司,1992年。

22. [捷克]米兰·昆德拉:《小说的艺术》,唐晓渡译,北京:作家出版社,1992年。

23. [美]伊恩·瓦特:《小说的兴起》,高原　董红钧译,北京:北京三联书店,1992年。

24. [美]乔纳森·卡勒:《结构主义诗学》,盛宁译,北京:中国社会科学出版社,1991年。

25. [美]弗兰克等:《现代小说中的空间形式》,秦林芳编译,北京:北京大学出版社,1990年。

26. [英]帕西·卢伯克:《小说美学经典三种》,方土人 罗婉华译,上海:上海文艺出版社,1990年。

27. [俄]什克洛夫斯基:《俄国形式主义文论选》,方姗等译,北京:三联书店,1989年。

28. [美]罗伯特·休斯:《文学结构主义》,刘豫译,北京:三联书店,1988年。

29. [法]戈尔德曼:《论小说的社会学》,吴岳添译,北京:中国社会科学出版社,1988年。

30. [美]罗伯特·休斯:《文学结构主义》,刘豫译,北京:三联书店,1988年。

31. [法]戈尔德曼:《论小说的社会学》,吴岳添译,北京:中国社会科学出版社,1988 年。

32.［俄］巴赫金:《陀思妥耶夫斯基诗学问题》,白春仁 顾亚铃译,北京:三联书店,1988 年。

33.［美］柯恩编:《美国划时代作品评论集》,朱立民等译,北京:三联书店,1988 年。

34.［美］罗伯特·汉弗莱:《现代小说中的意识流式》,程爱民 王正文译,长沙:湖南人民出版社,1987 年。

35.［英］马林斯诺夫斯基:《文化论》,费孝通等译,北京:中国民间文艺出版社,1987 年。

36.［美］韦恩·布斯:《小说修辞学》,付礼军译,南宁:广西人民出版社,1987 年。

37.［德］姚斯:《走向接受美学》,周宁等译,沈阳:辽宁人民出版社,1987 年。

38.［美］玛格丽特·米德:《文化与承诺——一项有关代沟问题的研究》,周晓虹 周怡译,石家庄:河北人民出版社,1987 年。

39.［美］祁雅理:《二十世纪法国思潮:从柏格森到莱维·施特劳斯》,吴永宗等译,北京:商务印书馆,1987 年。

40.［苏］莫·卡冈:《艺术形态学》,凌继尧 金亚娜译,北京:三联书店,1986 年。

41.［美］苏珊·朗格:《情感与形式》,刘大基等译,北京:中国社会科学出版社,1986 年。

42.［丹］勃兰兑斯:《十九世纪文学主流·英国的自然主义》,徐式谷等译,北京:人民文学出版社,1984 年。

43.［美］韦勒克、沃伦:《文学理论》,刘象愚等译,北京:三联书店,1984 年。

44.［瑞士］皮亚杰:《结构主义》,倪连生 王琳译,北京:商务艺术馆,1984 年。

45.［法］列维·布留尔:《原始思维》,丁由译,北京:商务印书馆,1981 年。

46.［德］索绪尔:《普通语言学教程》,高名凯译,北京:商务印书馆,1980 年。

三、论文

（一）期刊论文

1. 高玉：《〈瞻对〉：一个历史学体式的小说文本》，《文学评论》2014年第4期。

2. 李桂玲：《莫言文学年谱》，《东吴学术》2014年第1期。

3. 徐春浩：《地域文化是"文学豫军"创作的根脉和灵魂——"中原作家群"作品审美对象观照》，《文艺理论与批评》2014年第3期。

4. 吴俊：《长篇小说的视角：六十年文学反思之一》，见中国作家协会创作研究部编：《长篇小说艺术论》，北京：作家出版社，2013年。

5. 赖大仁：《当代文学批评价值观的嬗变与建构》，《中州学刊》2013年第3期。

6. 梁海：《阿来文学年谱》，《东吴学术》2013年第6期。

7. 晓苏：《论当代诗人小说家的小说创作》，《小说评论》2013年第6期。

8. 王彬彬：《〈遍地月光〉与长篇小说的语言问题》，《文学评论》2012年第3期。

9. 杨旭：《文体的涵义和宋代文体学的研究对象》，《西南交通大学学报》（社会科学版）2012年第3期。

10. 毕文君：《"史传精神"与当代长篇小说的文学资源》，《甘肃社会科学》2011年第1期。

11. 陈晓明：《当代文学批评问题与挑战》，《当代作家评论》2011年第2期。

12. 顾祖钊：《文化诗学三题》，《文艺理论研究》2011年第3期。

13. 古大勇 李丽：《21世纪初长篇小说创作的艺术新变》，《山东理工大学学报》（社科版）2011年第4期。

14. 李春青：《中国文化诗学的源流与走向》，《河北学刊》2011年第1期。

15. 田爽：《秦巴子长篇小说〈身体课〉访谈录》，《文艺报》2011年5月6日

16. 王春林：《新世纪长篇小说文体论》，《小说评论》2011年第2期。

17. 晏杰雄：《新世纪长篇小说视角的复归与创化》，《江西社会科学》2011年第6期。

18. 周志雄:《张洁与契诃夫》,《文学评论》2011 年第 1 期。

19. 张清华:《我们需要肯定什么样的作品》,《南方文坛》2011 年第 6 期。

20. 黄书泉:《试论中国文学现代化进程中的通俗长篇小说》,《安徽大学学报》2010 年第 3 期。

21. 杨洪承:《中国现代作家群体生态与"中国形象"结构研究》,《齐鲁学刊》2010 年第 5 期。

22. 朱周斌:《〈马桥词典〉重新定义小说的努力》,《名作欣赏》2010 年第 11 期。

23. 周志雄:《灵魂的歌手——论宁肯的小说创作》,《文艺争鸣》2010 年第 6 期。

24. 胡平:《关于长篇小说的"写什么"》,《南方文坛》2009 年第 5 期。

25. 何平:《山已空,尘埃何曾落定——阿来及其相关的问题》,《当代作家评论》2009 年第 1 期。

26. 何弘:《网络化背景下的小说观念》《小说评论》2009 年第 5 期。

27. 邱华栋:《阿来印象》,《扬子江评论》2009 年第 2 期。

28. 王春林:《1978 年到 1989 年长篇小说文体流变》,《理论与创作》2009 年第 2 期。

29. 吴义勤:《关于新时期以来"长篇小说热"的思考》,《南方文坛》2009 年第 5 期。

30. 兴安 胡野秋:《90 年代以来的文学事变——兼说"60 后""70 后""80 后"作家的写作》,《文艺争鸣》2009 年第 12 期。

31. 冯希哲:《文学批评之症候、困境及突围》,《海南师范大学学报》(社会科学版),2008 年第 7 期。

32. 高旭东:《中国文体意识的中和特征》,《湘潭大学学报(哲学社会科学版)》2008 年第 5 期。

33. 方长安:《现当代文学文体互渗与述史模式反思》,《湘潭大学学报(哲学社会科学版)》2008 年第 6 期。

34. 洪治纲:《新时期作家的代际差别与审美选择》,《中国社会科学》2008 年第 4 期。

35. 赵宪章:《文体形式及其当代变体刍议》,《上海师范大学学报》(哲学社科版)2008 年第 6 期。

36.张清华:《作为一种"新笔记体小说"来读》,《当代作家评论》2008年第5期。

37.张路黎:《史铁生哲思文体的创建及特征》,《江汉大学学报》2008年第1期。

38.陈剑晖:《散文的难度是思想的难度》,《南方文坛》2007年第5期。

39.何平:《复调的江苏——当代江苏文学的第一维度》,《小说评论》2007年第3期。

40.韩玺吾:《古典小说的发展路向及其对当代小说的影响》,《黄冈师范学院学报》2007年第4期。

41.王安忆 张旭东:《成长·启蒙·革命——关于〈启蒙时代〉的对话》,《文艺争鸣》2007年第12期。

42.魏天真 魏微:《照生活的原貌写不同的文字:魏微访谈录》,《小说评论》2007年第6期。

43.朱晓进:《政治文化语境与20世纪30年代特殊文体的盛行》,《江海学刊》2007年第1期。

44.黄忠顺:《非虚构抒情历史小说——〈心灵史〉文体论》,《中南民族大学学报》2006年第1期。

45.洪治纲等:《漫谈六十年代出生作家及其长篇小说创作》,《当代作家评论》2006年第5期

46.贺仲明:《形式的演进与缺失——论90年代以来小说创作的技术化潮流》,《上海文学》2006年第6期。

47.李运抟:《新时期小说的寓言化表现》,《理论与创作》2006年第6期。

48.毛克强:《茅盾文学奖:新世纪的文学坐标——第六届茅盾文学奖获奖作品述评》,《西南民族大学学报》(人文社科版)2006年第2期。

49.孟繁华:《作为文学资源的伟大传统——新世纪小说创作的"向后看"现象》,《文艺争鸣》2006年第5期。

50.王岳川:《后现代问题与中国思想拓展》,《中国图书评论》2006年第3期。

51.吴义勤 施战军 黄发有:《代际想象的误区——也谈60年代出生作家及其长篇小说创作》,《上海文学》2006年第6期。

52.王舒:《〈马桥词典〉和〈暗示〉的文体变革与小说新范式》,《扬州大学学

报》2006 年第 2 期。

53. 杨守森:《文学批评的四重境界》,《文史哲》2006 年第 1 期。

54. 邓晓成:《文学泛化及其文体意义》,《当代文坛》2005 年第 1 期。

55. 李建伟:《简论庄子文体形态及影响》,《管子学刊》2005 年第 3 期。

56. 李豪曙:《论 20 世纪 90 年代中国小说文体的发展与新变》,《当代文坛》2005 年第 1 期。

57. 孔庆东:《脚镣与舞姿》,《文艺理论与批评》2005 年第 1 期。

58. 孙郁:《茅盾文学奖:在期待与遗憾之间》,《当代作家评论》2005 年第 4 期。

59. 吴承学 沙红兵:《中国古代文体学学科论纲》,《文学遗产》2005 年第 1 期。

60. 赵勇:《反思"跨文体"》,《文艺争鸣》2005 年第 1 期。

61. 张清华:《莫言与新历史主义文学思潮——以《〈红高粱家族〉〈丰乳肥臀〉〈檀香刑〉为例》,《海南师范学院学报》2005 年第 2 期。

62. 贺绍俊:《是延宕先锋文学还是堂吉诃德的一击——读刘恪的长篇小说〈城与市〉》,《小说评论》2004 年第 4 期。

63. 梁鸿:《所谓的"中原突破"——当代的河南作家批判分析》,《文艺争鸣》2004 年第 2 期。.

64. 刘庆璋:《文化诗学:富于创意的理论工程》,《漳州师范学院学报》2004 年第 2 期。

65. 欧阳晓昱:《冷暖自知的无根漂流:作为写作者的 70 年代人》,《文艺评论》2004 年第 6 期。

66. 阎连科:《我为什么写作》,《当代作家评论》2004 年第 2 期。

67. 张学昕:《当代小说文体的变化与发展》,《吉林大学社会科学学报》2004 年第 6 期。

68. 陈美兰等:《对"七十年代以后"的秘密解读——关于"七十年代出生作家"的座谈》,《黄河》2003 年第 2 期。

69. 陈剑晖:《论散文作家的人格主体性》,《文艺理论研究》2003 年第 5 期。

70. 旷新年:《小说的精神——读韩少功的〈暗示〉》,《文学评论》2003 年第 4 期。

71. 王绯:《作家与情结》,《当代作家评论》2003 年第 3 期。

72. 曾利君:《"新笔记小说"谈片》,《西南民族学院学报》(哲学社会科学) 2003 年第 1 期。

73. 张法:《后现代与中国的对话:已有的和应有的》,《文艺研究》2003 年第 4 期。

74. 毕飞宇 汪政:《语言的宿命》,《南方文坛》,2002 年第 4 期。

75. 蔡翔:《何谓文学本身》《当代作家评论》2002 年第 5 期。

76. 莫言:《文学创作的民间资源》,《当代作家评论》2002 年第 1 期。

77. 马一夫:《20 世纪中国文学现代化初论》,《延安大学学报》2002 年第 1 期。

78. 莫言 王尧:《从〈红高粱〉到〈檀香刑〉》,《当代作家评论》2002 年第 1 期。

79. 沈汝发:《我国"代际关系"研究述评》,《青年研究》2002 年第 2 期。

80. 吴义勤:《难度·长度·速度·限度——关于长篇小说文体问题的思考》,《当代作家评论》2002 年第 4 期。

81. 魏石当:《生活流与意识流——对新时期小说文体特征的研究》,《河南社会科学》2002 年第 4 期。

82. 吴义勤:《将文体实验进行到底——刘恪的〈城与市〉》,《小说评论》2002 年第 3 期。

83. 余华 王尧:《一个人的记忆决定了他的写作方向》,《当代作家评论》2002 年第 4 期。

84. 杨经建:《戏剧化生存——檀香刑的叙事策略》,《文艺争鸣》2002 年第 5 期。

85. 张磊:《百年苦旅:"吃人"意象的精神对应——鲁迅〈狂人日记〉和莫言〈酒国〉之比较》,《鲁迅研究月刊》2002 年第 5 期。

86. 丁帆:《现代性与后现代性同步渗透中的文学》,《文学评论》2001 年第 3 期。

87. 格非:《文体与意识形态》,《当代作家评论》2001 年第 5 期。

88. 李少咏:《遮蔽与澄明——新时期小说的文体革命》,《殷都学刊》2001 年第 1 期。

89. 路文彬:《90 年代长篇小说写作现象分析》,《文艺争鸣》2001 年第 4 期。

90. 王一川:《我看九十年代长篇小说文体新趋势》,《当代作家评论》2001

年第 5 期。

91. 吴秀明:《论世纪之交历史题材小说的现代性进程》,《长江学术》2001年第 6 期。

92. 王宏图等:《"文革后一代"的精神资源和文化想像》,《作家》2001 年第 4 期。

93. 吴义勤:《历史 人史 心史——新长篇讨论之四:尤凤伟的〈中国一九五七〉》,《小说评论》2001 年第 3 期。

94. 王一川:《生死游戏仪式的复原——〈日光流年〉的索源体特征》,《当代作家评论》2001 年第 6 期。

95. 汪政:《惯例及其对惯例的期待》,《当代作家评论》2001 年第 3 期。

96. 於可训 赵艳 汪云霞:《70 年代人看 70 年代作家——七十年代人的一次批评行动》,《文艺争鸣》2001 年第 2 期。

97. 阎连科:《寻找支持——我所想到的文体》,《当代作家评论》2001 年第 6 期。

98. 周成平:《当代中国文学批评的困境与出路》,《江苏社会科学》2001 年第 3 期。

99. 阿来:《文学表达的民间资源》,《民族文学研究》2000 年第 3 期。

100. 郝永波:《评论家意味着什么》,《当代小说》2000 年第 11 期。

101. 李运抟:《短短长长有章法——论当今小说文体的篇幅界限》,《写作》2000 年第 4 期。

102. 江胡 木耳:《中原突破:"文学豫军"长篇小说研讨会纪要》,《小说评论》2000 年第 2 期

103. 童庆炳:《文化诗学作为文学理论的新构想》,《陕西师范大学学报》(哲学社科版)2000 年第 6 期。

104. 刘士林:《非暴力与不合作——试论 70 年代人的精神实践方式》,《文艺争鸣》1999 年第 6 期。

105. 冉云飞:《通往可能之路——与藏族作家阿来谈话录》,《西南民族学院学报》(哲学社会科学版)1999 年第 10 期。

106. 童庆炳:《文化诗学是可能的》,《江海学刊》,1999 年第 5 期。

107. 陈春生:《觉醒·实验·和谐——新时期小说文体演进的轨迹》,《湖北师范学院学报》(哲社版)1998 年第 5 期。

108. 葛红兵:《命名的尴尬:也谈70年代出生作家》,《南方文坛》,1998年第6期。

109. 严雄:《湖湘文化与现代小说创作》,《理论与创作》1998年第4期。

110. 孙荪:《关于文学豫军的话题》,《郑州大学学报》(哲学科学版)1997年第3期。

111. 陈思和:《共名和无名——百年中国文学发展管窥》,《上海文学》1996年第10期。

112. 格非:《长篇小说的文体和结构》,《当代作家评论》1996年第3期。

113. 刘克宽:《从时空观念的变化到叙事方式的革新——漫议八十年代长篇小说的文体发展》,《青岛大学师范学院学报》1996年第1期。

114. 刘少蕾:《新的代沟》,《青年研究》1996年第4期。

115. 南帆:《〈马桥词典〉:敞开和囚禁》,《当代作家评论》1996年第5期。

116. 蒋济永:《作为否定的后现代文化的叙事边缘性》,《南方文坛》1996年第5期。

117. 张新颖:《〈马桥词典〉随笔》,《当代作家评论》1996年第5期。

118. 郜元宝:《匮乏时代最后的凭吊者——谈六十年代出生作家群》,《青年文学》1995年第1期。

119. 佘佐辰:《"文体意识"简论》,《吉首大学学报》(社会科学版)1995年第6期。

120. 周怡:《代沟理论:跨越代际对立的尝试》,《南京大学学报》(哲学人文社会科学)1995年第2期。

121. 王振林:《现代西方哲学本体论的建构与趋向》,《吉林大学社会科学学报》1994年第3期。

122. 张清华:《莫言文体多重结构中传统美学因素的再审视》,《当代作家评论》1993年第6期。

123. 谢冕:《新时期文学的转型——关于"后新时期文学"》,《文学自由谈》1992年第4期。

124. 吴义勤:《沦落与救赎——苏童〈我的帝王生涯〉读解》,《当代作家评论》1992年第6期。

125. 袁可嘉:《西方现代主义文学在中国》,《文学评论》1992年第4期。

126. 李洁非:《小说类型探讨》,《当代作家评论》1991年第3期。

127. 小米:《中国"后现代主义小说"的艺术标本——格非长篇小说〈敌人〉解读》,浙江师大学报(社会科学版)1991 年第 4 期。

128. 吴秉杰:《当前长篇小说的分类与评述》,《当代作家评论》1990 年第 5 期。

129. 张彦哲:《小说的叙述结构及其功能》,《齐齐哈尔师范学院学报》1990 年第 3 期。

130. 南帆:《变革:叙述与符号》,《当代作家评论》1989 年第 1 期。

131. 王蒙 王干:《十年来的文学批评》,《当代作家评论》1989 年第 3 期。

132. 黄子平:《关于"伪现代派"及其批评》,《北京文学》1988 年第 6 期。

133. 李新华:《关于代际理论的手记之一:"代"的时代》,《当代青年研究》1988 年第 5 期

134. 龙渊:《修辞法则:当代小说的语言形态》,《小说评论》1988 年第 1 期。

135. 姜弘:《关于中国现代现实主义》,《江汉论坛》1988 年第 7 期。

136. 张志忠:《论长篇小说的结构艺术》,《小说评论》1988 年第 6 期。

137. 陈墨:《寓言的世界和世界的寓言》,《文学评论》1987 年第 6 期。

138. 郭小东:《相交的环,两代作家论略》,《小说评论》1987 年第 4 期。

139. 何镇邦:《新时期文学形式演变的趋势》,《天津文学》1987 年第 4 期.

140. 林焱:《论组构小说——小说体式论之四》,《小说评论》1987 年第 1 期。

141. 程德培:《受指与能指的双重角色——关于小说的叙述者》,《文艺研究》1986 年第 5 期。

142. 李洁非 张陵:《1985 年中国小说思潮》,《当代文艺思潮》1986 年第 3 期。

143. 李劼:《动人的透明,迷人的诱惑——论〈透明的红萝卜〉的透明度和〈冈底斯的诱惑〉的诱惑性》,《文学评论家》1986 年第 4 期。

144. 汪曾祺:《关于小说语言札记》,《文艺研究》1986 年第 4 期。

(二)博士学位论文

1. 王爱军:《诗性的放逐:现代中国小说的"文体互渗"现象的文化阐释》,南京师范大学,2013 年。

2. 张悠哲:《新时期以来文学戏仿现象研究》,吉林大学,2013 年。

3. 周利荣:《传播媒介发展与文学文体演变研究》,陕西师范大学,2012年。

4. 刘珪茹:《先锋与暧昧——中国当代文学的"戏仿"现象研究》,福建师范大学,2011年。

5. 谢有顺:《中国小说叙事伦理的现代转向》,复旦大学,2010年。

6. 刘晓军:《明代章回小说文体研究》,华东师范大学,2007年。

7. 施战军:《中国小说的现代嬗变与类型生成研究》,山东大学,2007年。

8. 张艳华:《五四文学的语言选择与文体流变》,山东大学,2007年。

后　记

　　这是我人生中的第四本书，却是我生命中的第一本专著。一直以为，我生命中的第一部专著应是在博士论文基础上修改完成的，但学术探索之路充满着太多的不确定性，似乎一切永远处于开放之中。从 2013 年到南师大文学院杨洪承教授门下攻读博士学位开始，我曾对自己将要面对的学术之路有过多种设想，是顺利的"一站式"畅达？还是沿途细枝末节，旁逸斜出，风景无限？抑或方向不明，不断纠偏，路途遥遥却收获满满？抑或风大浪大，一路停歇，心力交瘁却无法抵达？我是个悲观的人，做任何事情之前总喜欢预设各种困难和不堪，但我又是执拗的。从攻读语文教育硕士，再到报考中国现当代文学硕士，再到举意报考博士，其间总有某种力量在牵引着你不断纠偏，总是试图向某个方向靠拢。这股力量到底是什么，最终的方向又在哪里？这个问题一直在脑中悬置，直到我兴奋地立在学术殿堂门口，才感觉自己冥冥之中找到了答案。喧嚣的现实不能给人以片刻喘息、逗留、反思的机会，每个人都不可控制地随着时光隧道茫然向前滑行，但在文学艺术或学术理论的世界里，那里有现实生活的投影与玩味，有历史、人生等本质与规律的窥探与总结，在这个或感性，或理性的世界里，总能清晰地看见芸芸众生的身影，体会到他们的快乐、痛苦、困惑、疯狂、高深、邪恶、深思等等，我太迷恋这个丰富而多情的世界，所以在设想各种不堪时，我心笃定：不管遇到什么样的困难，向着心的方向前行。

　　匆匆中，三年已过。回望走过的路，虽然画面始终定格在一方书桌和一台电脑前，其间因阅读而思索，因思索而研读，但思索使人沉默，阅读使人充盈，在沉默和充盈中我饱尝焦虑、紧张、孤独、些微的温暖和短暂的快乐。更令人感慨的是，当初的几种设想竟然混合在一起，真真切切地构成了一段令人终生难忘的学术之旅。为了寻找选题，我大量阅读小说文本和相关研究成果，最终确定研究方向为"长篇小说文体",而在阅读与思考的过程中,我确实逸出博士论文撰写的轨道,拉拉杂杂写了十几篇关于当前长篇小说文体的论文,如《论莫言长篇小说的"跨"体书写》《论新时期以来长篇小说的注释叙事》《政治文化规约下的文体选择与文学反思》《第九届茅奖文体新取向:传统姿态下的"先锋"叙事》等,并将这些论文结集出版《当代名家小说研究》,该著作在市人文社科优秀成果奖评比中获得二等奖,也算是小小的鼓励。而在当初的选题设想中,初涉学术领域的我竟不知天高地厚,意欲做出两大突破。一是针对当前没有一部著作从整体上研究新时期以来长篇小说文体的现状,欲从量上做一突破,从根本上解决新时期以来三十余年文体现象"是什么"的问题。这本身就是个令人生畏的课题。更大的野心还在后面,我意欲不仅解决文体现象"是什么"的问题,还想解决"为什么"的问题,于是确定了《新时期以来长篇小说文体现象研究》的选题。这种既想解决"是什么",又想解决"为什么"的方案在理论上是成立的,但在实际操作中具有极大的挑战性。试想,文体本身就是个内涵丰富的文化现象,在研究过程中,如何确定研究对象?确定的标准又是什么?若"是什么"的问题都没有从根本上得以解决,又何以谈及成因的探究?继续思考,继续阅读,研究对象的范围和切入的视角在不断地调整,最终形成《新时期以来长篇小说文体的文化透视》。很显然,选题的研究对象未变,但切入视角变了。虽然从一开始的设定到最终的选择之间只差一个关键词"文化",但这中间却经历了千山万水,本书则是这千山万水的物化呈现。

对于这本书的出版,我由衷感激我的恩师。恩师治学严谨,学养深厚,他毕生致力于现当代文学研究,著作等身,硕果累累,在学术领域内颇有影响。而我作为一介草根,且又是愚钝之人,在写作过程中,从选题,到构思,再到论证,乃至撰写规范,恩师不厌其烦地启发我,教导我,让我掌握了基本的研究方法,洞悉了学术的本质与规律。对恩师的感激之情无以言表,唯一能做的则是把恩师授予我的一切铭记在心,在学术之路上默然前行,努力做出让老师满意的成果。与此同时,非常感谢省教育厅和市文联的项目扶持,感谢安徽文艺出版社及姜婧婧编辑的大力支持,使得我有机会让这本由博士选题衍生,带有几分稚气与锐气的学术著作得以面世。我清醒地知道,它的问世,或许会招来部分作家或学者的质疑,或许会赢得些许的喝彩与肯定,但于我而言,这些都不重要。重要的是,作为一名热爱文学且刚涉足文学研究的学人来说,没有什么比发出自己的声音更为开心的事情了。我愿将此书作为一种鼓励,一份暗示,一张入场券,从此进入一个丰富且多情的世界。在这个世界里,不管出身有多卑微,不管平台有多局限,我会屏蔽一切世俗的丈量,秉承胡适先生"大胆假设,小心求证"的治学精神,大胆而又谨慎地走下去。

刘霞云

2016 年 11 月